LA TÉTRALOGIE D'AHMED

ALAIN BADIOU

LA TÉTRALOGIE
D'AHMED

AHMED LE SUBTIL
AHMED PHILOSOPHE
AHMED SE FÂCHE
LES CITROUILLES

BABEL

PRÉFACE

1

"Ahmed" fut d'abord pour moi le nom d'une enfance, d'une solitude, d'une politique et d'un hasard.

Enfance. Au lycée, sous la direction d'un professeur exceptionnel, mélange de folie douce et de lumière, j'avais joué *les Fourberies de Scapin* de Molière. Etre projeté, à seize ans, le bâton à la main, sur le parvis nocturne d'un petit château, laisse des traces profondes. Et d'autant plus que ma première émotion au théâtre, quelques années auparavant, s'attachait à ces mêmes *Fourberies*, montées par la compagnie Le Grenier de Toulouse, avec dans le rôle-titre Daniel Sorano, qui devait ensuite devenir l'un des plus sûrs compagnons de Jean Vilar. Autour de cette pièce s'organisait la conjonction d'un jeune homme et d'une séquence forte de l'histoire du théâtre en France, celle de la décentralisation et du théâtre "populaire". J'étais pour toujours hanté par Scapin. Que cette hantise ait finalement pris la forme d'une réécriture de la pièce de Molière (c'est mon *Ahmed le Subtil*) montre à quelle longue distance opèrent les charmes de l'enfance et comment, si incalculables que soient les durées et les formes, nous sommes tenus de leur rester fidèles.

Solitude. En cet automne 1984, j'étais seul à la campagne, non loin de la ville de Toulouse où j'avais passé mon enfance et joué Scapin. La solitude dilate le temps à l'infini et une légère angoisse s'y mêle, de sorte que ce n'est pas trop de toutes les puissances du rêve et de l'oeuvre pour à la fois peupler les heures et transférer l'angoisse vers quelque salvateur symbole. Je n'avais rien en chantier, à l'époque, dans l'ordre de la philosophie. Ma *Théorie du sujet* était récente (1982), et le manuscrit de *Peut-on penser la politique ?* était achevé. D'un seul coup, un peu comme un souvenir intense vous saisit, un retour d'enfance, comme on parle d'un retour de flamme, je me jetai sur *les Fourberies de Scapin*, et j'entrepris, scène à scène, ligne à ligne, leur transposition dans une cité de banlieue contemporaine, avec Ahmed comme héros, comme maître des intrigues, de la langue, et du bâton. La pièce fut achevée en deux semaines, dans un enthousiasme suspect, presque brûlée par les cigarettes. Je contrôlais toutefois cet emballement par l'expédition régulière de quelques scènes à des amies, et le témoignage que je recevais de leur hilarité stupéfaite m'indiquait que je ne suivais pas une piste trop fausse.

Politique. Cet été 1984 avait été marqué par des mesures et des exactions dirigées contre ceux que le discours officiel appelle des "immigrés", et qui sont tout bonnement les prolétaires de nos cités. De sordides tireurs embusqués derrière leurs fenêtres avaient abattu de jeunes Arabes sous prétexte qu'ils faisaient du bruit, des policiers avaient en toute impunité vidé leur revolver sur quelques chahuteurs banlieusards, le gouvernement tentait de limiter, voire d'empêcher, par toutes sortes de contrôles tatillons et vexatoires, l'exercice du droit élémentaire qu'a tout ouvrier, quelle que soit sa provenance, de faire venir sa famille là où il habite et travaille. La froide détermination politique où me mettaient ces turpitudes s'est tout naturellement introduite dans l'écriture d'*Ahmed le Subtil*, non sous la forme du prêche idéologique, mais sous celle de la liberté que je m'accordais de "farcir" (au sens de mettre en farce) et la souveraine force affirmative que je supposais à ceux que l'on traquait ainsi – et que je connaissais pour avoir, de longue date, milité avec eux – et l'agitation dérisoire de tous les notables municipaux, gauche et droite allègrement confondues.

Hasard. Ce n'était pas, cette année 1984, une année ordinaire de l'histoire de mes rapports au théâtre. En juillet, au Festival d'Avignon, avait été créé *l'Echarpe rouge*, un opéra dont j'avais écrit le livret. Cette histoire est elle-même complexe, différée, essentielle. *L'Echarpe rouge* avait d'abord été un livre, publié en 1979, avec comme indication de genre "romanopéra". C'était une grande fresque, décalquée du *Soulier de satin* de Claudel, où l'on aurait remplacé l'arrière-plan catholique par le système complet des références révolutionnaires du siècle. On y trouvait les insurrections ouvrières, les soulèvements paysans, les guerres de libération nationale, les conflits dans le Parti, les tumultes étudiants, les répressions et les intrigues, les dévouements illimités et les impasses du pouvoir d'Etat. Tout cela mêlé à de puissants sentiments amoureux et porté par une langue variable, entre la parodie et le lyrisme de grands "airs" rythmés, lourds d'images et de réminiscences. J'ai appelé plus tard cette œuvre composite "le tombeau transparent du marxisme-léninisme". Je l'avais envoyée au hasard à plusieurs hommes de théâtre que j'admirais. Antoine Vitez en fut extraordinairement frappé et me convoqua pour me le dire. De là datèrent plusieurs années intenses de proximité avec cet homme admirable. Il me proposa de transformer *l'Echarpe rouge* en livret d'opéra, d'en confier la musique à son ami Georges Aperghis et d'en assurer lui-même la mise en scène. Ce fut une entreprise unique et étonnante, complètement à contre-courant d'un moment – le début des années 1980 – où sévissaient partout le reniement des engagements révolutionnaires et le ralliement au libéralisme parlementaire. Le spectacle était magnifique, avec l'énergie ludique du phrasé d'Aperghis et un dispositif scénique de Yannis Kokkos, qui utilisait, outre un castelet mobile transformant les types du récit en quasi-marionnettes, de grandes projections de diapositives dont la poésie nocturne et rouge sombre enchantait la tragédie. Antoine Vitez donnait à sa mise en scène la vivacité et le poids d'une légende. C'est encore sous le coup de l'émotion en moi suscitée par ce cadeau du ciel et de l'art qu'était l'événement d'Avignon que j'écrivis *Ahmed le Subtil*. J'étais bien loin de me douter que quelques années plus tard, mon ami Antoine Vitez allait mourir subitement. Il était alors directeur de la Comédie-Française et envisageait de monter, justement, cet *Ahmed* dont il avait donné, en 1987, une lecture publique d'une virtuosité telle qu'elle avait plié de rire l'assistance. Cette mort, dont encore aujourd'hui il m'arrive, pour mieux vivre, de douter, m'éloigna du théâtre un grand moment. *Ahmed le Subtil* dormit dans un tiroir. Hasards de la vie, les rencontres. Hasards de la mort, les pertes.

2

Parmi les auditeurs de la lecture d'*Ahmed le Subtil* par Vitez, il y avait Jean-Pierre Jourdain, alors son collaborateur au Théâtre national de Chaillot, responsable en particulier des programmes et publications. Au début des années 1990, Jean-Pierre Jourdain devint, au Centre dramatique national de Reims, le secrétaire général de Christian Schiaretti, jeune metteur en scène dont il apparut à Jean-Pierre Jourdain que le style, la conception du théâtre, la volonté d'associer un auteur à l'entreprise collective du théâtre, que tout en somme allait dans le

sens qu'indiquait la théâtralité d'*Ahmed le Subtil*.
Il passa le manuscrit à Christian Schiaretti, lequel
confirma le diagnostic. Les hasards de la vie, les
rencontres improbables, reprenaient le dessus. Non
sans avoir l'impression de me confronter à l'ami
mort, je fis à mon tour dans le bar de la Comédie
de Reims une lecture publique de ma pièce. Ah !
C'était l'enfance, à nouveau ! Dans le ruisselle-
ment des rires, je redevenais Scapin ! Schiaretti
s'exerçait depuis longtemps en vue de cette création contemporaine. Il avait travaillé le style de la
farce, rassemblé des comédiens aptes au rapport
discipliné et frontal que la farce impose entre la
scène et la salle. Un de ses coups de génie fut de
masquer Ahmed, demandant à Erhard Stiefel de
sculpter pour la circonstance un masque original,
dont il n'est pas exagéré de dire, je crois, qu'il est
un chef-d'œuvre. Ainsi Ahmed n'était plus du tout
je ne sais quel "immigré" réaliste, mais devenait,
dans la puissance de la langue, des intrigues, de la
libre et matérielle affirmation de la supériorité de
l'esprit, l'héritier de tous les personnages par lesquels la comédie, et la farce, qui en est l'essence,
montrent dans la lumière la revanche des gens
"d'en bas", et fictionnent l'increvable désir d'exister qui anime leur intelligence aux aguets. Autour
d'Ahmed, visages nus, les deux camps : la jeunesse,
indolente et brimée, espérant toujours se tirer d'affaire à moindres frais, les minuscules notables, le
maire communiste Lanterne, la députée réactionnaire Madame Pompestan, le contremaître fascisant

12

Moustache, l'animateur culturel et syndical Rhubarbe, figures ramenées à leurs tics de langage, à leur énergie obtuse, à leur vision toujours mutilée de la situation, qui fait qu'Ahmed, seigneur de son propre désir, parvient à utiliser jusqu'au mépris que ces petits chefs sociaux lui vouent, pour les rouler dans la farine. Tout cela prenait sur scène une allure drue et mélancolique, la solitude d'Ahmed ayant deux faces : son génie inventif, dont nul ne comprend l'origine, et l'absence, quand il a embrouillé puis démêlé tous les fils, de tout remerciement véritable. C'est pourquoi les représentations d'*Ahmed le Subtil* par la Comédie de Reims furent, au Festival d'Avignon en 1994, tout comme dans la région parisienne en 1995, et tout au long de la tournée provinciale, de très vifs succès populaires, cependant que la critique, mal préparée à ce théâtre direct, langagier, lumineux, affirmatif, unissant la tradition classique (littéraire comme scénique) au souci de la plus radicale contemporanéité, faisait grise mine.

Un héros masqué, des types théâtraux reconnaissables, des schémas éprouvés de la farce... Il est temps de dire ce que cette "entreprise Ahmed" doit à la *commedia dell'arte*. Ma réponse est : rien, précisément parce qu'elle entend faire pour aujourd'hui, sans nostalgie ni mémoire inutile, ce qui fut fait par le théâtre italien il y a trois siècles. Il n'y a dans le cycle d'Ahmed (qui comprend finalement quatre pièces : *Ahmed le Subtil*, *Ahmed philosophe*, *Ahmed se fâche*, *les Citrouilles*)

13

aucune citation, ni même aucune imitation, des figures telles qu'Arlequin, Pantalon, Colombine… Il y a la volonté explicite de créer des types théâtraux contemporains, dont la solidité et la flexibilité seront comparables, à partir de désirs et de situations tout à fait différents. Un seul exemple. Une caractéristique essentielle des types italiens est la voracité, l'appétit, aussi bien alimentaire que sexuel ou financier. De là que l'énergie du corps l'emporte à tout instant sur la virtuosité verbale, en sorte que le "canevas" est la forme littéraire appropriée. Certes, Ahmed et les types qui l'entourent disposent d'un "outil" corporel et visuel approprié : Ahmed est un athlète de la scène, rompu à la discipline du masque, souple et rapide ; Madame Pompestan est un travesti hautain, sans vulgarité ni complaisance ; Rhubarbe un pesant bavard en pantalon de velours et la pipe au bec ; Moustache un gros lard en tricot de peau, prompt à la bagarre ; Fenda une Africaine désirable, style "oiseau des îles" ; Camille une louloute en blouson de cuir. Costumière de Reims, Annika Nilsson avait créé pour chacun des personnages un costume à la fois intemporel et caractéristique. La cape noire d'Ahmed, son gilet rouge et or ; le tailleur vert (ou violet) de Madame Pompestan ; l'étonnant boubou bleu ciel de Fenda ; le velours noir à collerette de Rhubarbe : tout fait signe, à la lisière d'une réminiscence du XVIIe siècle et d'une captation, plus symbolique que réaliste, des prétentions sociales d'aujourd'hui. Cependant, la question n'est pas pour ces personnages, de façon primordiale, la simple survie dans un monde affamé, ni non plus le souci de paraître. La question est celle de leur capacité, dans le monde tel qu'il est, et cette capacité est en définitive mesurable au langage qui est le leur, à la possibilité de nommer leur désir, de désigner les ennemis, de les tromper par une intelligence supérieure. Même les notables ridicules sont d'abord caractérisés par leur jargon. En sorte que les corps doivent servir la langue, et non l'inverse. Soit une langue stéréotypée et restreinte, dont le comique est qu'elle est assénée avec d'autant plus de conviction qu'elle ne se rapporte à aucun réel (Lanterne, Pompestan, Rhubarbe), soit une langue pauvre et impuissante, qui se désole de cette impuissance sans en discerner l'origine (les jeunes), soit une langue brutale tout entière composée des déchets du ressentiment (Moustache), soit enfin la langue diagonale, celle qui jongle avec toutes les ressources et toutes les subtilités, celle qui maîtrise toutes les situations, la langue de l'intelligence anarchiste et volubile (Ahmed). C'est à cette poétique de la langue, toujours directe, mais aussi variée ou composée qu'un paysage, que j'ai rapporté finalement les types théâtraux, et c'est bien ainsi que Christian Schiaretti et les merveilleux comédiens de Reims les ont créés.

A vrai dire, c'est au fil des répétitions et des représentations d'*Ahmed le Subtil* que nous avons pris conscience de ce que notre projet était plus vaste que la simple création d'une farce inspirée de Molière. Car, voyant vivre Ahmed, Rhubarbe, Pompestan, Fenda, Moustache, Camille… c'est l'évidence d'une série d'opérations théâtrales ouvertes qui nous a saisis, la conviction que nous pouvions, que nous devions, théâtraliser et poétiser le réel à l'aide de ces figures bien au-delà du seul spectacle dont l'accueil public nous persuadait qu'il avait atteint son objectif.

Je me souviens d'un soir à Avignon, dans la chaleur lourde. Schiaretti et moi buvions sous les platanes, et comme il arrive dans ces instants vacants, vaguement abrutis, nous tirions des plans sur la comète. Pourquoi ne pas faire monologuer Ahmed, furieux, contre les critiques qui n'avaient pas su voir sa nouveauté littéraire et scénique ? Ce fut la première idée d'*Ahmed se fâche*. Et pourquoi ne pas nous adresser directement aux enfants, lesquels, à la différence des critiques, nous soutenaient avec vigueur, comprenant tout, riant de tout, même des allusions politiques qui avaient dix ans d'âge, qui étaient plus vieilles qu'eux (je rappelle que, écrit en 1984, *Ahmed le Subtil* fut créé en 1994) ? Et puisque j'étais philosophe, pourquoi Ahmed, dont la science des langages est illimitée, ne leur adresserait-il pas des leçons de philosophie ? Ce fut la première intuition de ce qui devait devenir, l'année suivante, *Ahmed philosophe*. Puis, vers la fin de l'été, je parlais à mes amis de la Comédie de Reims d'un vieux projet que la mort de Vitez avait rendu inactif : une adaptation contemporaine

16

des *Grenouilles* d'Aristophane, où le duel entre Eschyle et Euripide serait remplacé par un affrontement entre Brecht et Claudel, où Pirandello jouerait le rôle de Sophocle, et où l'on retrouverait Ahmed qui, comme l'esclave Xanthias dans Aristophane, guiderait aux Enfers non pas Dionysos, mais Madame Pompestan, devenue pour la circonstance ministre de la Culture. Mais bien sûr ! dirent les amis de Reims. Et je mis en chantier *les Citrouilles,* quatrième volet de cette "tétralogie" que les éditions Actes Sud, qui ont fidèlement publié le texte des pièces lors de leur création, ont eu l'idée – dont je les remercie vivement – de rassembler dix ans plus tard.

3

Pourquoi Ahmed ? Pourquoi un Algérien ? Il aurait certes pu être un Africain noir (et je n'ai pas manqué de mettre dans les types linguistiquement virtuoses une Africaine, Fenda). Si j'étais allemand, il aurait sans doute été turc, si j'étais belge, il aurait été marocain, si j'étais grec, albanais, si j'étais hongrois, tzigane, si j'étais anglais, pakistanais, si j'étais citoyen des USA, il aurait été mexicain, et si j'étais italien, peut-être aurait-il suffi qu'il soit sicilien, sarde, calabrais, ou même napolitain. Dans tous les cas, il s'agit du prolétaire venu "du Sud", de celui sur qui reposent la production et la vie des installés du Nord, de celui dont la liberté doit être à tout instant conquise contre le ressentiment et la vindicte des peureux. De là son endurance, son intelligence, sa vitalité acharnée, et finalement sa virtuosité langagière et sociale. Mao Tsé-toung disait : "L'œil du paysan voit juste." Disons que l'œil du prolétaire du Sud voit loin. Heureusement pour lui, parce que ce qu'il voit de près, tout autour de lui, n'est guère reluisant : racisme ordinaire, jalousie contre celui dont l'existence est vaste et variée, injustices de toutes sortes, lois discriminatoires, frilosité, travail dur... Mais il voit loin, sa vie est une arche voyageuse, ses enfants, par ruse, par force ou par raison, auront ce qu'il n'a pas eu. Et de la société il connaît les arcanes, justement parce qu'elle prétend les lui interdire.

Au théâtre, c'est le référent réel de ce que j'appelle un personnage "diagonal". Il est une condition majeure de la comédie, depuis toujours. L'esclave anime le comique ancien, le valet anime le comique classique. Le prolétaire moderne n'a pas eu cette fonction, sans doute parce qu'il était investi d'une mission politique, en sorte que l'épopée lui convenait mieux que la farce. Mais aujourd'hui la mission n'est plus lisible, la Révolution n'est plus une Idée capable d'investir de sérieux, voire de tragique, la condition ouvrière. Alors, libéré en même temps qu'à nouveau asservi, le prolétaire du Sud peut et doit, sur la scène et sous l'éternité du masque, faire valoir le devenir-farce du monde, traverser tous les milieux en les dévastant de sa ruse, retourner contre leurs utilisateurs naturels tous les langages disponibles. C'est cet effet qui est "diagonal", au sens où la diagonale du carré n'est pas commensurable à son côté. Dans le carré social d'un monde rendu à la sauvagerie capitaliste pure et simple, Ahmed vient embrouiller la situation de telle sorte que surgit, dans et par le rire – comme par son envers de doute ou d'angoisse –, une dimension qui n'a, avec ce monde, aucune mesure commune. En ce sens, qu'il soit "étranger", venu d'ailleurs, est une métaphore : en réalité, il est d'ici, mais d'un "ici" révélé dans son imposture et dans son semblant. Certains spectateurs ont insisté sur le caractère "irréel" d'Ahmed, comme du reste sur la dimension "surchargée" des comparses, les Rhubarbe, les Moustache, les Pompestan… Je m'en réjouis. Car Ahmed, diagonal, montre par la pure énergie théâtrale que ce qu'on nous déclare être la nécessité du réel (l'économie de marché, les élections, les droits de l'homme, la gauche et la droite, la mondialisation financière…) peut être vu et démonté comme un pur discours. Et les figurines du jeu social, qu'Ahmed ne cesse de faire tourner en bourrique, sont sur scène le corps fragile, la voix comique, de ces discours exhibés par Ahmed (qui les utilise mieux que ses interlocuteurs professionnels) comme des outres vides. Cette production frénétique, dans des situations théâtrales rapides, du vide des discours, de leur pompe obscène, c'est cela, et rien d'autre, qui fait d'Ahmed-le-diagonal, à sa manière, un philosophe. Soit celui qui, par son acte pur, démonte la logique obstinée des opinions.

4

On m'a souvent interrogé sur le rapport d'écriture entre la philosophie et la farce. Comment puis-je passer de l'énorme construction conceptuelle de *l'Etre et l'Evénement*, chargée de mathématiques et d'histoire de la pensée, au tourniquet "vulgaire" et à la vitesse d'exécution de mes scènes ? La question est d'autant plus pertinente que, dans la conception que je me fais du comique, il n'est pas question de renoncer ni aux jeux de mots les plus lourds, ni à la trivialité, ni aux allusions sexuelles, ni à la bastonnade, ni même à la scatologie. En outre, je pratique volontiers le dénouement arbitraire, dans le genre *deus ex machina*, ce qui m'interdit de prétendre que le spectacle délivre une leçon univoque.

Depuis Platon, les rapports de la philosophie et du théâtre sont à la fois essentiels et difficiles. Le philosophe voit volontiers dans le théâtre l'exemple même des pouvoirs dangereux du simulacre et de l'imitation. L'authenticité qu'il recherche s'accommode mal de la théâtralité et de ses équivoques. La pensée contemporaine lutte contre les prestiges de la représentation. Or, qu'est-ce qui se passe, un soir, dans l'artifice des lumières et l'emprunt des costumes, sinon la forme la plus glorieuse de la représentation ?

Une première tentation de synthèse entre philosophie et théâtre serait de faire de la scène le lieu d'une didactique philosophique. Les situations et les personnages représenteraient, certes, mais le référent déchiffrable de cette représentation serait en définitive une situation conceptuelle, une typologie des formes de conscience, dont le philosophe décrirait par ailleurs la structure abstraite. C'est évidemment dans cette voie que s'est engagé le théâtre de Sartre, non sans mérites. Il n'est pas sûr toutefois que philosophie et théâtre sortent indemnes de cette opération. Le théâtre y perd de son énergie poétique, la philosophie risque de n'être plus qu'une stylisation des opinions. Sans doute l'existentialisme sartrien est-il plus homogène, comme philosophie, à ce genre de transposition, qu'une entreprise de pensée aussi conceptuelle (voire platonicienne) que la mienne.

Mon orientation est en définitive tout à fait différente. Je suis convaincu que le théâtre est par lui-même, dans sa ressource propre, une forme particulièrement active de la pensée, une action de la pensée. Il est, comme le disait Mallarmé, un art "supérieur". Et la comédie, la farce, loin d'être les registres "bas" de cette pensée, en sont au contraire les plus purs, les plus difficiles, comme Hegel, dans son esthétique du théâtre, l'avait fort bien vu. La farce tente de capturer la circulation du désir et de l'intelligence immédiate des situations, de discerner l'héroïsme contenu dans la trivialité quotidienne, d'établir, en délivrant le rire, que n'importe quelle occurrence du langage peut être l'occasion d'un exploit. Tout cela requiert des formes à la fois neuves et éprouvées, consistantes et volatiles, comme l'a montré exemplairement, au cinéma, l'œuvre de Chaplin.

Je ne pars nullement, quand j'écris du théâtre, de la philosophie. Je pars du théâtre, et d'autant plus que les trois dernières pièces de la tétralogie ont été écrites pour les acteurs, les éclairagistes, les musiciens, la costumière, l'équipe technique, le scénographe, le metteur en scène. J'assiste à des improvisations, à des exercices, et c'est la physique de la scène qui nourrit la chimie des mots.

Alors, pourquoi *Ahmed philosophe* ? Dans ces trente-deux saynètes, la philosophie n'est pas là où elle déclare être, soit dans les discours d'Ahmed. On montrerait sans trop de mal (mais bien inutilement) que son objectif est de dominer son interlocuteur, de l'égarer dans le langage, ou de faire valoir et briller une dimension de sa souveraineté, à la fois théâtrale et subjective. On pourrait aussi voir comment les "arguments" d'apparence philosophique sont le plus souvent des sophismes dont seule la virtuosité théâtrale d'Ahmed (sa rapidité, son adaptation à l'interlocuteur ou son désir violent de séduire le public) dissimule l'inconsistance. Les situations, qui sont comme des instantanés, commandent l'apparition d'un langage inventé, qui circule entre les concepts et les notations concrètes à seule fin de "prouver" que la liberté de l'esprit est un bonheur, que la force langagière de la pensée est une joie. Quand Ahmed accable Moustache de considérations fumeuses sur l'extérieur et l'intérieur, c'est en définitive pour l'empêcher de pisser, seule chose dont Moustache ait vraiment envie. Quand Fenda multiplie les objections aux considérations d'Ahmed sur le temps, c'est pour le convaincre qu'après tout, ils pourraient s'aimer séance tenante. Quand Ahmed se lance, devant Rhubarbe, dans des abstractions sur la mesure, sur la relativité du grand et du petit, ce n'est que pour prendre au pied de la lettre l'expression "péter plus haut que son cul", et manifester une fois encore la médiocrité de la conscience "démocratique" de Rhubarbe. Quand Madame Pompestan s'efforce de définir pour Ahmed les notions de "loi" et de "nationalité française", il ne s'agit que de donner l'occasion à Ahmed d'affirmer violemment, y compris à coups de bâton, que la seule règle qui vaille est de laisser tranquilles les gens qui vivent ici, d'où qu'ils viennent. Et même quand il monologue sur l'infini ou le multiple, c'est pour que l'extrême concentration théâtrale, la saisie du corps par le vertige des mots, rebondissant sur le public, apaise l'angoisse et la solitude anonyme du héros masqué.

Dans *Ahmed philosophe*, la philosophie explicite est une philosophie de pacotille, elle est un matériau pour le jeu, celui d'Ahmed comme celui des autres protagonistes. Elle est un registre du langage, un de plus, à la disposition de la souveraineté du personnage diagonal. Les notions elles-mêmes, qui donnent leur titre aux saynètes (le rien, l'infini, la nation, le hasard, la mort, le multiple, le sujet, etc.) servent à désigner une situation théâtrale prélevée le plus souvent sur des expressions toutes faites du langage ordinaire. Prenons la saynète titrée "Le hasard". Le schéma de base vient directement du burlesque : il s'agit que, de façon répétée, un pot de fleurs tombe sur la tête de Moustache. Ahmed va utiliser, pour convaincre Moustache de revenir sans cesse là où tombe le pot de fleurs, toute une rhétorique sur le hasard, il va engager sa victime dans une farcesque leçon expérimentale sur la distinction entre hasard et nécessité. Certes, Ahmed connaît, et transpose dans son langage aussi abstrait qu'imagé, la théorie du hasard formulée au XIXe siècle par le philosophe français Cournot : le hasard est la rencontre de deux séries causales indépendantes (en la circonstance, la marche de Moustache et la chute du pot de fleurs). Mais évidemment, tout est truqué, et cette "théorie" ne sert qu'à hypnotiser Moustache. Schiaretti a eu l'idée lumineuse, une véritable idée-théâtre, de montrer le trucage : en fait, Ahmed tient une corde rattachée au pot de fleurs par une poulie. Quand il vaticine sur le hasard, il donne le bout de la corde à Moustache, qui la tient sans faire attention, et sans comprendre le truc, concentré qu'il est, avec la bonne volonté de la bêtise, sur les explications d'Ahmed. Tout cela rend immédiatement perceptible que le discours philosophique est un matériau de théâtre, un langage capturé par les intrigues et les artifices de la farce.

Cependant, ce genre de scène touche à la philosophie, et de deux façons. D'abord parce qu'au passage, pris dans la dynamique théâtrale, le discours se fait tout de même entendre, et qu'on peut jouir de sa virtuosité, de sa variété, de sa victoire. Ensuite et surtout, parce que chaque situation scénique nous montre que penser la situation, et la penser vite, dans un langage dominé, est une source inépuisable de gaieté et de puissance, même et surtout quand on est dans des rapports sociaux écrasants et sinistres. Le "prolétaire du Sud", qu'il s'agisse du rapport aux notables et aux ennemis, du jeu social, de la persécution dont il est victime, de la complication des intrigues sexuelles, peut tirer assurance et lumière de la pensée et de la parole. Philosophie, oui : comme gai savoir.

5

Ce gai savoir explique que j'aie écrit *Ahmed philosophe* pour les enfants. Que veut dire "pour les enfants" ? Je ne crois pas du tout qu'il faille un théâtre réservé aux enfants. Au contraire. Je dirais volontiers que les enfants sont la partie du public de théâtre la plus exigeante, la plus lucide, la plus désireuse qu'on la respecte, qu'on s'adresse à elle sans paternalisme, sans démagogie. Toute enfance, comme la mienne, a des rapports naturels et profonds avec le théâtre, car toute enfance sait ce que c'est que le jeu, son importance, sa vérité. Si j'ai écrit *Ahmed philosophe* pour les enfants, c'est que je pensais qu'au gai savoir de ce genre de "philosophie" ne pouvait convenir qu'un théâtre élémentaire (au sens des éléments, l'air, le feu, l'eau), un théâtre pur. Que faut-il entendre par là ? Le théâtre, aujourd'hui, est le plus souvent lourd. Il est matériellement lourd (productions qui montrent l'argent dont elles disposent, décors d'opéra, etc.), et il est spirituellement lourd : sentiments moroses, déplorations, nihilisme triste, compassion… Cette lourdeur est à mon avis la conséquence d'une sorte de résignation générale, tout à fait extérieure à la ressource de pensée et de force que je veux au contraire typifier sur la scène. D'où la nécessité d'un théâtre certes "parfait" (virtuosité des acteurs, soin infini des lumières, beauté simple du dispositif scénique, langue travaillée, rude et poétique à la fois), mais léger et pur, c'est-à-dire dirigé vers l'essentiel, frontal, énergique, demandant au public son appui, par le rire, par la présence, par la concentration. Un théâtre dont la pureté mobile bouscule la morosité peureuse des opinions établies. Je voudrais que le théâtre ne soit pas un miroir, ou un double, du monde à la fois confus, frénétique et stagnant où nous entraîne la sombre dictature du profit. Qu'il soit une éclaircie, une élucidation, une incitation.

D'un tel théâtre, les enfants peuvent être les garants et les juges. Ils seront alors chargés d'entraîner les autres publics, de bousculer leur inertie, de leur faire accepter le rire subtil et la distance avec soi-même.

Cette volonté d'un théâtre "pur" a commandé le choix des formes dans *Ahmed philosophe*. Scènes très brèves qui obligent à concentrer en quelques pages la totalité d'une situation théâtrale. Jamais plus de deux personnages, ce qui ramène la théâtralité à son vrai fond : le soliloque, ou le conflit. Usage systématique des archétypes de la farce : la tromperie, le déguisement, la bastonnade, les poursuites, les fonctions naturelles (pisser, péter, baiser, mettre ses doigts dans son nez…), la parodie. Une langue serrée et poétique à la fois, acceptant les jeux de mots, les à-peu-près, les injures, mais aussi les images, les évocations, mais aussi les concepts, les amphigouris, les "démonstrations" dans le genre de celles de Molière (Sganarelle essayant de prouver à Don Juan l'existence de Dieu). Les improvisations, tant verbales que gestuelles. Une sorte de limpidité rapide, colorée, qui est le jeu d'une gravité seconde, est liée au fait que rien n'est interdit, rien n'est convenu d'avance, en sorte que le réel du monde est charrié par la fiction dans ses intervalles, dans ses ombres secrètes, quand tout, justement, est en pleine lumière.

Un tel théâtre, entièrement montré, matériel, explicite, est un pari pour la pensée contre la mort. "A bas la mort !" dit Ahmed. Je voudrais dire à quel point les artistes qui, en France et en Italie, ont pris le texte à bras-le-corps, ont été fidèles à cette maxime. *Ahmed philosophe* est un spectacle très exigeant. A cause de la brièveté des scènes, les acteurs n'ont aucun temps de rattrapage, ils doivent être dans la perfection du jeu dès la première seconde. A cause de l'énergie que demandent les procédés de la farce, ils doivent tenir corps et voix dans une extrême discipline. A cause de la variété des situations, très rapidement enchaînées, metteur en scène, gens des lumières, musiciens doivent inventer une scansion rythmique très sûre. Le moindre fléchissement, la moindre usure du jeu sont immédiatement perceptibles. Un théâtre pur est aussi un théâtre particulièrement exposé. "A bas la mort !" veut aussi dire : le théâtre, à chaque seconde d'un tel spectacle, doit établir et soutenir sa vie. Aucun artifice latéral, aucune symbolique pesante, aucun effet spectaculaire, aucune réflexion interminable ne viennent ici l'en dispenser. Les saynètes de la farce coupent vers l'essentiel, l'essentiel du monde ici conjoint à l'essentiel du théâtre. Ce que j'ai écrit ne protège pas les artistes de la scène, mais bien plutôt les engage et les épuise. Dans *Ahmed se fâche*, Camille se plaint de ce que penser est fatigant. C'est à la joie d'une telle fatigue, d'une telle excellence, que le cycle d'Ahmed convie les spectateurs.

La tétralogie décline le rapport actif de la pensée au théâtre sous quatre formes finalement très différentes. J'ai déjà montré la singularité violente des très courts sketchs d'*Ahmed philosophe*. *Ahmed le Subtil* est une comédie d'intrigue, avec tous les ressorts usuels du genre : les jeunes contres les vieux, les opprimés contre les notables, les déguisements, les mensonges, les quiproquos et les reconnaissances, les retournements et les violences. *Ahmed se fâche* est une pièce déjà plus méditative et nocturne. Elle mélange un bric-à-brac un peu surréaliste (il y a l'homme-araignée, Athéna, la parodie de Roméo et Juliette, le monologue lyrique des pompiers, la doublure d'Ahmed), des thèmes d'actualité encore aujourd'hui très provocateurs (qu'est-ce qu'un Arabe ?), et un filon mélancolique autour du couple d'Ahmed et de Camille. C'est une pièce sans autre sujet que la poésie dispersée des figures qu'elle agence. *Les Citrouilles* sont la construction la plus ambitieuse, la plus déployée de tout le cycle. C'est celle en tout cas que je préfère, mais l'auteur a-t-il seulement le droit de dire comment il se préfère ? C'est comme, fait aux Enfers, le bilan du théâtre du XXe siècle. On y rencontre Brecht, Claudel ou Pirandello, non seulement comme personnages, mais à tout instant dans le texte même, truffé de citations plus ou moins arrangées. Au fond, il s'agit de dire au public que le théâtre peut exister avec la même puissance que quand Aristophane mettait sur la scène les grands tragiques. Le chœur – car il y a un chœur, composé des géants de la montagne – le dit en des termes sur lesquels je peux conclure :

Ainsi la scène nous montre qu'en chacun le chemine-
*   ment du choix*
Le changement de direction de l'existence,
Se fait par l'arrachement au mécanisme de soi-même,
Et par un consentement secret
A ce qui contrarie notre aisance.

AHMED LE SUBTIL

Scapin 84

Farce en trois actes

AHMED LE SUBTIL
ou Scapin 84
d'Alain Badiou
a été créée le 9 juin 1994
à la Comédie de Reims
puis reprise au Festival d'Avignon
le 23 juillet 1994 au Cloître des Carmes

Mise en scène : Christian Schiaretti
Assisté de : Hélène Halbin
et Valérie Moreigneaux
Scénographie : Renaud de Fontainieu
Costumes : Annika Nilsson
Assistée de : Marie-Edith Simonneaux
Costumes réalisés sous la
direction de : Isabelle Périllat
Habilleuse : Sophie Bouilleaux
Masques : Erhard Stiefel
Musique : Jacques Luley
Lumières : Mafoud Abkhonkh
Maquillages : Nathalie Charbaut
Régie : Christian Gras

Décor réalisé par les ateliers de La Comédie de Reims

Peinture du décor : Christian Boulicaut

Distribution
Antoine : Laurent Poitrenaux
Camille : Cécile Pillet et Gisèle Tortérolo
(en alternance)
Ahmed : Didier Galas
Fenda : Camille Grandville

Moustache : Jean-Philippe Vidal
Madame Pompestan : Loïc Brabant
Rhubarbe : Jean-Michel Guérin
Lanterne : Eric Bergeonneau
Sabine : Chloé Réjon
Alexandre : Arnaud Décarsin

Coproduction : La Comédie de Reims et La Coursive,
Scène nationale
de La Rochelle en coréalisation
avec le Festival d'Avignon 94.

PERSONNAGES

Dans l'ordre de surgissement

Antoine, très jeune ouvrier, fils d'Albert Moustache
et amant de Fenda.
Camille, louloute.
Ahmed, Algérien, entre 25 et 30 ans.
Fenda, ouvrière africaine, maîtresse d'Antoine.
Moustache (Albert), contremaître, père d'Antoine.
Madame Pompestan, députée du PRRRF*, femme de PDG.
Rhubarbe, animateur social, membre de la CTTTT**.
Lanterne, maire de Sarges-les-Corneilles,
membre du PQCF***.
Sabine, étudiante en chimie, fille de Lanterne,
maîtresse d'Alexandre.
Alexandre, terroriste du groupe Passion oblique,
amant de Sabine.

La scène est à Sarges-les-Corneilles, grande cité de banlieue.

* Le Parti républicain pour le rassemblement et le redressement de
la France. On dit aussi le Pé-RRR-Fe.
** La Confédération de toutes les travailleuses et de tous les travailleurs.
Bien faire claquer les *t*, comme une mitrailleuse : Cé-té-té-té-té.
Il sera aussi question de l'autre syndicat, la CCLF (dire aussi la Cé-
cleffe) : Confédération des classes laborieuses françaises.
*** Parti de la qualité communiste française (on dit aussi le Pé-Q-Cé-F).

ACTE I

scène 1

Antoine, Camille. Sur un banc de pierre, dans la grande cour centrale de la Cité. Pendant le début de la scène, on entend une sorte de hard-rock pâteux, issu du transistor que Camille a sur les genoux.

ANTOINE. Foutu merdier.

CAMILLE *(très nonchalante)*. Ouais.

ANTOINE. Comment vais-je me tirer de cette merde ?

CAMILLE. Ouais.

ANTOINE. Tu dis que tu as vu Moustache, mon paternel, parler à la mère Pompestan ?

CAMILLE. Ouais.

ANTOINE. La mère Pompestan, qui est député du Parti républicain pour le rassemblement et le redressement de la France, le Pé-RRR-Fe, et qui est la femme du vieux Pompestan, qui est le patron de l'usine Capitou-Nuclée, où je bosse ?

CAMILLE. Où tu bosses, ouais.

ANTOINE. Et le vicieux paternel aurait dit à la Pompestan qu'il fallait lourder Fenda de la boîte ?

CAMILLE. De la boîte.

ANTOINE. Fenda qui est noire, qui est la plus belle, qui est ma nana ?

CAMILLE. Ta nana, ouais.

ANTOINE. Et Moustache disait qu'il fallait aussi faire expulser Fenda du territoire national, vu qu'elle avait des faux papiers ?

CAMILLE. Complètement bidons, les papiers.

ANTOINE. Et qu'il n'y avait pas à avoir les chocottes en ce qui concerne Lanterne, le maire de Sarges-les-Corneilles, vu que, quoique du Parti de la qualité communiste française, le Pé-Q-Cé-F, il est d'accord d'expulser tous les Nègres clandestins ?

CAMILLE. Ouais. Et les Négresses clandestines, avec.

ANTOINE. Et tu as entendu ces gravelures au bistrot ?

CAMILLE. Au bistrot, ouais.

ANTOINE. Où mon vicieux de père Moustache s'aplatissait devant la Pompestan ?

CAMILLE. S'aplatissait, correct.

ANTOINE. Et Moustache avait l'air d'un qui en sait un bout sur mes affaires avec Fenda ?

CAMILLE. Un bout de lard, ouais.

ANTOINE *(arrêtant brutalement le transistor)*. Ah ! Laisse tomber Majestuous Brown Egg ! Cause un peu, ne te fais pas tirer les vers du nez un par un ! Je suis la proie de l'exaspération.

CAMILLE. Oh, oh ! T'emballe pas, jeune homme. J'ai rien à dire, vu que tu dis tout principalement comme c'est. Tu n'oublies pas un bouton. Tu es le dictionnaire des événements fataux.

ANTOINE. Dis-moi au moins comment me tirer de cette merde profonde. Tu es cruelle.

CAMILLE *(toujours aussi nonchalante)*. Mais dis-moi, bel Antoine. Crois-tu que je suis ferme à bord ? Est-ce moi, ou l'inconnu du Nord-Express, qui vends ce que ta chérie fauche chez Capitou-Nuclée ? Et qui lui a donné le joint pour les papiers bidons ? Dis-moi plutôt comment me tirer, moi, de ton merdier.

ANTOINE. Cet entretien bistrotier me succombe.

CAMILLE. Moi, il me fait gésir sur le béton.

ANTOINE. Quand Moustache apprendra toute l'extension de l'affaire, il va me pousser une gueulante énorme.

CAMILLE. Les gueulantes ! Rien du tout, les gueulantes. Si je m'en tirais d'un simple bruit

d'oreilles ! Je vois se former de loin un nuage fli-
card qui va crever sur mes épaules.

ANTOINE *(ténébreux)*. Ça craint. Par où sortir de
ce merdier impénétrable ?

CAMILLE. Il fallait cogiter la chose avant de baiser la Noire.

ANTOINE. Tu me fais crever, avec tes leçons
d'intellect.

CAMILLE. Tu me fais braire, avec tes actions
d'amour, monsieur.

ANTOINE. Que puis-je connaître ? Que dois-je
faire ? Que puis-je espérer ?

Entre Ahmed.

scène 2

Antoine, Camille, Ahmed.

AHMED. Vérole ! Sire Antoine, vous n'avez pas
l'air dans votre assiette. Vous êtes blanc comme
un fromage, et agité comme une marmelade.

ANTOINE. C'est la merde, Ahmed. C'est la catastrophe.

AHMED. Certainement.

ANTOINE. Tu sais déjà tout ?

AHMED. Rien. Je sais ta figure. Ta figure est déjà une catastrophe.

ANTOINE. Moustache a vu madame Pompestan, et Lanterne est d'accord.

AHMED. Coquin ! C'est de la politique !

ANTOINE. Gare à mes os, oui.

AHMED. Jeune ouvrier d'avenir ! Confie-toi à Ahmed le Subtil. Je m'intéresse aux affaires politiques, où vous, jeunes gens, trébuchez sur l'âpre sol de Sarges-les-Corneilles.

ANTOINE. Ah ! Ah ! Ahmed ! Si tu trouvais quelque astuce, si tu montais quelque complot pour me tirer du merdier où je suis, je te donnerais, je te donnerais…

CAMILLE. Eh ben ? Tu lui donnerais quoi ?

ANTOINE *(l'air mourant)*. Mes cassettes pirates du groupe Majestuous Brown Egg, tiens.

AHMED. Je n'ai travaillé que pour la gloire, jeune ouvrier talentueux ! Mon génie, Allah est grand, servait à compenser ce que les gens honnêtes trouvaient à redire à mon teint un peu basané. Les ignorants appellent cela de la délinquance. Je l'appelle, moi, de la mathématique humaine. Je déclare sans vanité que…

On entend un coup de fusil. Antoine et Camille plongent au sol.

CAMILLE *(toujours nonchalante).* On nous tire dessus.

AHMED *(qui n'a pas bougé).* C'est le radoteur des fenêtres. Il fait sa grenaille de plomb contre votre insupportable jeunesse. Debout les morts ! C'est du grain pour les moineaux.

ANTOINE *(toujours à plat ventre).* Fumier de chasseur ! Si je savais qui c'est !

AHMED. J'ai ma petite idée là-dessus. L'homme qui chie dans sa culotte de peau à l'abri des volets obéit à trois conditions. Premièrement, la jeunesse est une insulte à la misère bedonnante de sa vie, tant publique que privée. Deuxièmement, l'Arabe est pour lui toujours en trop, car il fit la guerre d'Algérie, et ne comprend pas que je sois toujours là, dans une native supériorité d'existence, comparée à son infortune. Troisièmement, il n'imagine pas qu'on puisse adresser la parole à quiconque, hormis son chien-loup et son épouse adipeuse. Tirez les conclusions.

CAMILLE. Que font les flics, au lieu de m'emmerder, moi ?

AHMED. Le flic, le journaliste, le syndicaliste et le ministre ont excusé d'avance le plombeur des étages élevés. Il faisait chaud, notez bien. Vous faisiez brailler l'infect rock de Majestuous Brown Egg, ne niez pas. Vous étiez en compagnie d'un immigré. Chacun sait qu'il y en a trop à Sarges-les-Corneilles. Quelle âme raisonnable, placée dans ces circonstances atroces, refuserait de tirer dans le tas ?

ANTOINE *(se relevant).* Et mon merdier, avant que je sois mort ?

AHMED. Le génie est trop persécuté. J'ai renoncé à tout depuis la peine que me fit une certaine affaire.

ANTOINE. Quelle affaire ?

AHMED. Une équipée où j'eus des intrications avec l'appareil d'Etat, tant policier que judiciaire, voire pénitentiaire.

ANTOINE. La tôle, toi !

AHMED. J'eus à y faire une villégiature.

CAMILLE. Tu étais à l'ombre ! On disait que tu étais reparti en Algérie !

AHMED. La police, la justice, et la pénitentice, en usèrent mal avec moi. Je me levai contre l'ingratitude du siècle, et je résolus de ne plus rien faire de génial. Allez ! Racontez-moi quand même votre embrouille.

Pendant le récit, Camille danse seule au son de Majestuous Brown Egg.

ANTOINE. Tu sais que règnent ici dans les façons de la politique d'une part Lanterne, le maire Pé-Q-Cé-F, d'autre part la mère Pompestan, député du Pé-RRR-Fe ?

AHMED. Aux législatives, la Pompestan triompha, et Lanterne trépassa. Huit jours plus tard, municipales : Lanterne fait un malheur, la Pompestan est au tapis. Sagesse du peuple électoral ! Arcanes sacrés de l'alternance !

ANTOINE. Mon père Moustache, contremaître chez Capitou-Nuclée, est du clan Pompestan. Lanterne, le maire, a une fille, qu'étudie la science chimique.

AHMED. Sabine. Sabine Lanterne. On ne l'a pas enlevée, au moins, Sabine ?

ANTOINE. Si. Ou plutôt non. Mon ami Alexandre, qui ne fait rien, couche avec elle.

AHMED. Il couche ?

ANTOINE *(désespéré)*. Il couche. Comme nous sommes les plus grands potes de la terre, Alexandre, qui ne fait rien, m'a fait le récit de son succès total.

AHMED. Eh bien ! Il fait au moins ça.

ANTOINE. Mais rien d'autre. Il m'emprunta ma chambre pour l'y faire, et je dus peu à peu coucher ailleurs.

AHMED. Sur ce banc public, avec ton litre de rouge ?

ANTOINE. Non. Chez Fenda.

AHMED. Je vois. L'affaire est à un tournant.

ANTOINE. Fenda, qui est noire, qui est belle, et qui travaille chez Capitou-Nuclée, est ma nana. Sa supériorité de splendeur sur la pâle Sabine est un sujet de controverse aiguë avec mon ami Alexandre, qui ne fait rien.

AHMED. Je ne vois pas où tu nous mènes, avec cette eau de rose.

ANTOINE. Deux tragiques événements vont te mettre la puce à l'oreille. J'apprends aujourd'hui que Moustache mon père a vu la mère Pompestan et l'a rassurée du côté de Lanterne.

AHMED. Tu l'as déjà dit. Abrège ta scène d'exposition, si tu veux bien.

ANTOINE. Bon, bon ! Moustache, qui hait que son fils, moi, couche d'amour avec Fenda, sait qu'elle a des faux papiers, et veut la faire expulser par l'entremise de Pompestan. Il lui garantit que Lanterne, qui trouve qu'il y a trop de Nègres non inscrits sur les listes électorales de gauche, ne bougera pas. D'un autre côté et parallèlement, j'arrive inopinément chez moi.

AHMED. Attends voir ça ! Tu vas chez toi-même inopinément ?

ANTOINE. C'est qu'il y a là Alexandre…

AHMED. … qui ne fait rien, c'est vrai. Donc ?

ANTOINE. J'arrive inopinément, accompagné, c'est le point fatal, de Rhubarbe.

AHMED. Rhubarbe ! L'homme de la Confédération de toutes les travailleuses et de tous les travailleurs !

Le barbu cé-té-té-té-té-tiste ! L'homme à la pipe !
L'autogestion marchande ! La qualité de la vie !
Tu fréquentes le linge tissé à la main, dis-moi, le
pantalon de velours des Alpes ! La chèvre autogérée des Cévennes !

ANTOINE. Pas un mot de plus ! Rhubarbe me
prête sa tire le vendredi soir.

AHMED. Je m'incline. Et que vois-tu d'inopiné
dans ton boui-boui ? Alexandre avec Sabine en
train de faire la chose ?

ANTOINE. Pas la chose, hélas ! Quelque chose.

AHMED. Vérole !

ANTOINE. Il touillait sur ma table une grande
valise avec un réveille-matin dedans, et pas mal
de substances suspectes. Ahmed ! Ah ! Ahmed !
Alexandre, qui ne fait rien, fait des bombes !

AHMED *(qui n'a pas l'air surpris)*. Bah ! Elles
doivent être foireuses.

ANTOINE. Se voyant pris à l'inopinée, il se tourne
sauvagement vers Rhubarbe, et lui profère ceci, littéralement : "Oui, je suis du groupe Passion
oblique. Si vous dites un seul mot aux poulets, je
vous déchiquette en confettis de rhubarbe." Littéralement, il dit ça. Rhubarbe et moi, on reste transis.

AHMED. O parole fanatique ! O terrorisme international ! L'humain Rhubarbe ne mérite pas d'être
bombiné, non non !

ANTOINE. On sort de chez moi tout aussi inopinément qu'on y était revenu.

AHMED. Et que dit Rhubarbe ?

ANTOINE. Il ne dit mot. Du moins tout d'abord. Nous marchions le long du canal, pensifs lui et moi. Sa main délicate tremblait nerveusement en allumant son éternelle pipe. Le soir descendait sur Sarges-les-Corneilles sa mélancolique machine. L'élargissement de la cheminée de l'usine de Capitou-Nuclée m'évoquait la silhouette adorable de Fenda. Nos pensées avançaient taciturnes, comme deux chevaux au labour d'un béton ramolli.

CAMILLE *(arrêtant de danser)*. Oh, eh ! Taille un peu dans le beurre, collègue. J'y vais à fond la caisse. Rhubarbe a dans la tête de dénoncer Alexandre à Lanterne, et c'est d'une pierre deux coups, vu qu'il est maire, ici, et père de Sabine, qui couche avec Alexandre. Rhubarbe suppose que la mairie reconnaissante lui fera un local d'animation super. D'un seul coup, il lui dira, à Lanterne, que sa Sabine chimique est dans le plumard d'un terroriste. C'est le premier os du jour. Le second est que Pompestan va faire expulser Fenda.

AHMED. Deux jeunes couples brisés, le terrorisme international décapité, l'invasion africaine stoppée net. Evénements étranges ! L'alliance sexuelle multinationale du jeune ouvrier d'avenir et de la noire et resplendissante Fenda jetée dans l'exil ! Et, sous la même conjugaison d'astres, la sexuelle accointance de la PQCF Sabine et du bombinateur Alexandre s'achève à Fleury-Mérogis ! Oh ! Oh ! Feuilleton lacrymal moderne !

ANTOINE. Ajoute qu'Alexandre mon ami, ne faisant rien, n'a plus un rond, et ajoute encore qu'il ne veut rien faire.

CAMILLE. La fabrication de ses machines à péter lui coûte la peau des couilles.

ANTOINE. Ajoute encore que c'est en revendant la fauche des composants électroniques chez Capitou-Nuclée que Fenda, Camille et moi-même subvenions aux besoins gigantesques d'Alexandre.

AHMED. Vous voici donc trésoriers directs de Passion oblique !

CAMILLE. La Pompestan ne fera pas de détail. Le juge est dans la poche de son tailleur.

AHMED. C'est tout ? Vous appelez "merdier" ces petites ficelles ? Vous fouettez un chat de ces babioles ? Tu n'as pas honte, toi *(Il se tourne vers Camille.)* de rester tel un gland pour ces chiures de mouches ? Te voilà pubère, mamelue, bien plantée, et tu ne trouves rien sous tes cheveux teints en rose pour vous tirer d'affaire ? Lamentable époque ! Si l'on m'avait prié autrefois de rouler dans la farine Pompestan, Moustache, Lanterne, et Rhubarbe pardessus le marché, j'aurais fait ça par-dessous la jambe. J'étais un chiard au berceau que déjà je savais faucher la tétine pour en faire un ballon dirigeable !

CAMILLE. Que veux-tu, on n'est pas des super-géniaux, nous ! Tout le monde ne trouve pas aussi jouissif que toi d'avoir sur le dos le policiaire, le judiciaire, et le pénitentiaire.

Arrive Fenda.

ANTOINE. Voici Fenda qui est belle, qui est noire, et qui est ma nana.

CAMILLE. Et qui n'en a plus pour longtemps sur le territoire national.

scène 3

Fenda, Antoine, Camille, Ahmed.

FENDA. Mon joli cœur de figuier ! C'est vrai ce que Camille a en jactance, que Moustache ton père veut me renvoyer en Afrique ?

ANTOINE *(l'embrassant).* Oh ! Ma sucrée ! C'est la merde. Tu ris ! Pourquoi ces dents d'insuppor-table éclat ? T'imagines-tu qu'on te fait une farce ? Oh ! Crois-tu que j'ai le flan de te mettre en boîte, vénérée capitoule du fleuve ?

FENDA *(elle parle toujours de façon très précise et élégante).* N'as-tu pas dit à Alexandre, tel un arta-ban à la queue multicolore, que tu n'avais cure que de ma couche ? Vous baisez, vous ronflez, et vous voilà enflés et craintifs comme des poules d'eau.

ANTOINE. Si le mot "amour" se coince dans ma glotte par son relent trop antique, crois-tu que…

FENDA. Je ne crois rien, je constate et je pèse vos conciliabules de crocheteurs d'âmes. L'homme doit être constaté et pesé par la femme jour après jour d'un point de vue hautement matériel.

ANTOINE. Ah ! Fenda ! Je ne suis pas, ni du haut ni du bas, fait comme les jeunes flambards de ce patelin.

FENDA. Tu feras bien, mon ventre pelucheux de bébé tigre, car je peux t'arracher un peu de figure pour garder ce qu'il en restera. Mais la Pompestan flanquée de Moustache dira au juge de m'emboîter dans l'avion. Et que feras-tu, nigaud, toi qui ne sais même pas faire "hou !" à une guichetière syndiquée de la Sécurité sociale ?

ANTOINE *(exalté)*. La police, la justice et la péni- tentice ne me feront pas dégonfler. Je partirai en Afrique le jour même, s'il le faut véritablement absolument, plutôt que de me passer de ton odeur. J'ai pris pour Moustache, Pompestan, Lanterne et Rhubarbe une haine terrifique. Tous dans le même sac, ma Fenda ! J'irai jusqu'à ne pas voter pour la gauche, si ça continue. Ne ris pas, ne pleure pas, tout est vrai, et en avant !

FENDA. En avant vers où, ma peau d'écorce de pal- mier ? Comment parer le coup que mijotent au piment sévère tous les cuisiniers de Sarges-les- Corneilles ? Tu peux me le dire ?

ANTOINE *(piteusement)*. Il y aura bien quelque chose qui se passe.

FENDA. Ça passe, et repasse, et passe encore, mais toi tu as les bras ballants d'un gorille qui va à l'école primaire.

ANTOINE. Là tu exagères. Tu vas m'énerver.

FENDA *(l'embrassant)*. Allez, jeune danseur chimérique !

AHMED *(à part)*. Elle est directement voluptueuse.

ANTOINE *(montrant Ahmed)*. Ce gars-là pourrait nous tirer du merdier, s'il voulait bien rempiler dans la magouille.

AHMED. J'ai juré sur la tête de ma mère que…

Coup de feu. Tout le monde plonge au sol, sauf Ahmed.

CAMILLE *(à plat ventre, très nonchalante)*. On nous re-tire dessus.

AHMED. C'est le même pantin. Debout les morts !

ANTOINE *(à plat ventre)*. Tu veux te faire supplier. Allez, Ahmed, je te donnerai les cassettes de Majestuous Brown Egg, et aussi une, et même deux, de Blue Eye of the Red Tiger.

AHMED. Et Fenda, elle donne rien ?

FENDA *(se serrant contre lui)*. Un peu de chaleur de cuisse, grand flandrin.

ANTOINE. Oh ! Eh ! C'est beaucoup !

AHMED *(se dégageant).* Il n'y a plus qu'à filer droit. Allez, je marche.

ANTOINE. Alors, je gamberge que…

AHMED. Ta gueule. Je commande. *(A Fenda, tendrement.)* Vous, disparaissez dans votre parfum d'ouvrière-cocotte ! *(Fenda sort en souriant. A Antoine.)* Et toi, à l'entraînement. Je vais te tester quant au muscle moral. Que vas-tu dire à ton père Moustache, s'il te tombe dessus ?

ANTOINE. Je les ai à zéro. Devant tout le monde, le mec Antoine est terrible. Mais devant Moustache, y a plus personne. Ça doit venir de la petite enfance.

AHMED. Laisse Herr Freud au placard. Si tu lâches au premier choc, il t'enfonce, il te sucre, et adieu Fenda. Etudie la question. Fais la comédie du gros dur. Annonce que tu vas lui mettre la tête au carré s'il touche à Fenda. Ces gars-là sont des lâches, dans le fond.

ANTOINE. Dur, c'est dur. Quel merdier !

AHMED. A l'entraînement, j'ai dit. Répétons les gestes, comme au foot. Vas-y, la gueule sombre, la mâchoire serrée, à bloc, l'œil frénétique.

ANTOINE. Comme ça ?

AHMED. Encore plus coriace.

ANTOINE. Là, ça colle ?

AHMED. OK. Mets-toi dans le crâne que je suis Moustache qui arrive. Tu me réponds par la menace, comme si c'était lui.
"Alors, petit futé ! Cochon de baiseur ! On se croyait malin, hein ? On s'imaginait coucher avec une putain de Négresse sans que le paternel y voie goutte ? On fauchait des trucs chez Capitou-Nuclée, mes patrons, d'où dépend que je passe de contre-maître à archimaître et maître-étalon ! Tu l'as dans l'os, mon coquin. Tu l'as jusqu'au trognon. Elle va gicler ta raclure. Au trou, d'abord. Et puis on te l'emballe dans l'avion, aussi sec. Et qu'elle pourrisse sous les cocotiers. Ah mais ! Ils se croient chez eux, ces gens-là ? Ils vont nous recouvrir comme une invasion de punaises ? Tu crois que tu vas fourrer une mousmé dans le lit de la mère Moustache ?"
Allez, allez ! Riposte, nom d'un chien !
"Qu'est-ce que tu as à dire, hein, Antoine Moustache de mes deux ! Je te l'ai bien empaquetée ton affaire ? Et si tu me mets des bâtons dans les roues, je te fais sacquer toi aussi. Allez, dis-moi ce que tu en penses, de ton père ? J'en ai encore entre les jambes, mon vieux. La Pompestan m'écoutait comme on boit du sirop. Qu'est-ce que tu réagis à ça ?"
Eh bien ! Merde, alors ! Tu restes planté comme un godet !

ANTOINE. C'est que tu le fais au poil ! On croirait l'entendre.

AHMED. Evidemment, cloche ! C'est pour ça qu'il ne faut pas prendre l'air du crétin des Alpes !

ANTOINE. Bon, bon. Quel merdier ! Cette fois, je la lui coupe.

AHMED. Sérieux ?

ANTOINE. Sérieux.

CAMILLE. Oh, voilà le père Moustache qui s'amène.

ANTOINE. Vérole ! Je suis foutu.

Antoine s'enfuit.

AHMED. Antoine, Antoine ! Ici ! Le voilà carapaté. Quelle asperge ! Enfin, sondons Moustache.

CAMILLE. Qu'est-ce que je lui dis, moi ?

AHMED. Rien du tout. Plus tu la boucles, mieux c'est.

Ahmed entraîne Camille vers le fond de la scène, d'où ils observent Moustache qui entre sur le devant.

scène 4

Moustache, Ahmed, Camille.

MOUSTACHE *(se croyant seul).* Madame Pompestan a été très aimable. Ça marche, Moustache, ça marche !

AHMED *(à part)*. Il est si farci de sa magouille qu'il cause tout seul comme un dément.

MOUSTACHE *(idem)*. Antoine va filer doux. Il va trouver une belle petite poule blanche. Il est qualifié, il deviendra chef, comme son père.

AHMED *(idem)*. Voyons un peu cette rumination.

MOUSTACHE *(idem, faisant des gestes de boxeur)*. Je ne vois pas comment il peut parer ce direct du droit que je lui flanque en douce.

AHMED *(idem)*. Nous avons notre idée là-dessus.

MOUSTACHE *(idem)*. Croit-il que la parole d'une Négresse vaudra celle de madame Pompestan, député du Parti républicain pour le rassemblement de la France, le grand Pé-RRR-Fe ?

AHMED *(idem)*. Nous ne croyons rien d'aussi grotesque.

MOUSTACHE *(idem)*. Va-t-il me faire des larmes d'amour, ce petit coq ?

AHMED *(idem)*. Ça se pourrait.

MOUSTACHE *(idem)*. Va-t-il me raconter des conneries, et s'imaginer bourrer le mou à Moustache ?

AHMED *(idem)*. Ça n'est pas au-dessus de nos forces.

MOUSTACHE *(idem)*. Rien n'y fera. La machine est lancée par Moustache, rien ne l'arrête sur la pente du droit chemin.

AHMED *(idem).* On verra, on verra.

MOUSTACHE *(idem).* Je suis chef, moi, je sais ce que j'ai à faire.

AHMED *(idem).* Chef de la voie de garage.

MOUSTACHE *(idem).* La Négresse retournera racler l'arachide.

AHMED *(idem).* C'est toi qui seras raclé.

MOUSTACHE *(idem).* Et cette Camille, qui revend la fauche, et qui doit droguer mon Antoine, au trou ! Entre deux beaux CRS aux belles cuisses.

CAMILLE *(à part).* Ça m'aurait étonnée qu'il n'ait pas prévu mon cas.

MOUSTACHE *(apercevant Camille).* Ah ah ! Vous voilà, petite dépravation ! Voleuse à la tire !

AHMED *(s'interposant avec politesse).* Monsieur Moustache, je suis très content de vous rencontrer.

MOUSTACHE. Vous l'Arabe, tenez-vous à carreau. *(A Camille.)* Alors, on file la drogue à mon fils ? On lui met une Négresse et une voleuse dans son lit ? Vous allez voir ça !

AHMED *(s'interposant).* On me dit que vos talents sont reconnus, que vous allez être promu archimaître chez Capitou-Nuclée ?

MOUSTACHE *(flatté quand même).* C'est bien possible. *(A Camille.)* On ne la ramène plus, hé ? On découvre qui est Moustache ?

AHMED *(s'interposant)*. Monsieur Pompestan vous félicite, madame Pompestan vous offre à boire ! Tonnerre ! J'en suis sur le flanc.

MOUSTACHE *(flatté quand même)*. Il y a encore de bons Français, monsieur le moricaud. Laissez-moi tanner le cuir à cette fille.

AHMED. Vous voulez lui tanner le cuir ?

MOUSTACHE. Je veux lui faire mordre les mollets par Pissedur, mon chien. Voilà ce que je veux, oui.

AHMED. Ses mollets à elle ? Les petits mollets de Camille ? Par Pissedur le féroce, votre chien ?

MOUSTACHE. Et pourquoi non, monsieur le basané ?

AHMED. Et pourquoi donc, monsieur Moustache, si je ne suis pas indiscret ?

MOUSTACHE. Vous en êtes tous, des vins discrets, les fainéants d'Afrique. Tu ne sais pas ce qu'elle a fait.

AHMED. Vous savez, on dit des petites choses, par-ci, par-là.

MOUSTACHE. Des petites choses ? Une délinquance de ce format ?

AHMED. Evidemment, on pourrait dire…

MOUSTACHE. Une insécurité à ne pas mettre un poisson rouge dehors ?

AHMED. Il y a du vrai.

MOUSTACHE. Un honnête garçon travailleur qualifié, mon fils Antoine Moustache, capturé dans la bande d'une voleuse, d'une droguée, d'une revendeuse, des Arabes, des Noirs, des Levantins, des métèques, des juifs, des jeunes, des bambins, des motards, des cabinets, des chiottes, des routards, des chevelus, des rocking-chairs.

AHMED. D'accord, d'accord ! Il y a trop de monde sur la terre pour la philosophie française. Mais je ne pense pas qu'il faille faire exagérément du potin.

MOUSTACHE. Je n'ai pas de leçon à recevoir d'un bougre de musulman chiite de ton espèce. Du potin, il va y en avoir ! Tu n'imagines pas qu'un Moustache va se croiser les bras et laisser la racaille faire la loi à Sarges-les-Corneilles ?

AHMED. Il n'en est pas question. Moi-même, qui suis élevé dans la respectueuse respectation de gens comme vous, gardiens de toute la morale publique, quand j'ai vu la chose, j'ai bouilli. Demandez un peu à Antoine, votre fils, quelles furieuses engueulades je lui ai passées par le travers. Je lui ai dit que faire ça à un homme comme vous, l'archimaître Moustache…

MOUSTACHE (flatté quand même). Pas encore tout à fait.

AHMED. … le futur archimaître Moustache, c'était de l'ignominiure. Vous l'auriez vu trembler ! Vous n'auriez pas fait mieux, même avec Pissedur, le chien. Mais il m'a explicité la chose. Dans le fond, il n'est pas si mauvais qu'on peut croire.

MOUSTACHE. Ne m'embobine pas, métèque, même si tu as un peu de valeurs françaises dans ton sang impur qui n'a jamais abreuvé les sillons de par ici.

AHMED. Que voulez-vous ? Antoine a été poussé par le destin.

MOUSTACHE. Ah ah ! Elle est excellente, celle-là ! Tu me donnes du fatalisme islamique, en plus ! Vous êtes comme ça, vous, on peut voler, mettre du charbon dans sa baignoire, couper les couilles d'un adjudant-chef français, ruiner les allocations familiales avec quatorze enfants, et puis on viendra dire après qu'on a été forcé par le destin !

AHMED. Vous prenez ce que je dis comme un philosophe savant que vous êtes. Je veux dire qu'il a été forcé, dans le cas d'espèce.

MOUSTACHE. Et qu'allait-il faire avec ces pourris ?

AHMED. Et comment pourrait-il, si jeune, égaler votre sagesse ? Les jeunes sont de la jeunesse. Il faut qu'elle se passe, on doit jeter sa gourme, évacuer son bonnet par-dessus les moulins, faire les quatre cents coups. Voyez la jeune Sabine, qui étudie la science chimique, et qui est la fille du maire soi-même, l'immense Lanterne, du PQCF. Elle aussi, je l'ai admonestée et chapitrée. Eh bien ! elle a fait pire encore que votre fils ! Et vous-même, cher monsieur Moustache ? N'avez-vous pas été jeune ? On m'a dit que vous en aviez pour toutes, là *(Il lui touche le pantalon.)* et qu'aucune ne s'est jamais plainte ! Et quand vous faisiez la guerre d'Algérie, eh ? Tournons la page, je sais, c'est l'amnistie. Mais n'avez-vous pas secoué quelques-unes de mes jeunes compatriotes, dans les douars, pour la rigolade avec les copains ? Ah ! On se les racontait dans les casernes, entre Oran et Sidi-bel-Abbès, les fameuses expéditions de Moustache !

MOUSTACHE *(flatté quand même).* On exagère peut-être un peu. Mais de toute façon, j'avais le droit pour moi, le droit de la guerre ! Le saint droit de la guerre ! Mon fils se met à quatre pattes devant une Négresse en temps de paix. Vous m'entendez : en temps de paix !

AHMED. Que vouliez-vous qu'il fît contre trois ? Hein ? Qu'il mourût, peut-être ? Il voit Fenda. Elle le désire farouchement. Il tient ça de vous, aucune ne peut résister. Il la met dans son lit pour la chaleur de la chose. Arrivent trois parents, vous savez ce que c'est, en Afrique. Il y a là le grand frère, le sorcier, et le cousin par voie maternelle. Ils ont des couteaux immenses, dont le manche est sculpté dans de la mâchoire d'alligator. On dit à Antoine que s'il bronche, ou s'il rompt, ou s'il dénonce qui que ce soit, on l'embroche.

CAMILLE *(à part).* Il est complètement siphonné !

AHMED. Devait-il se laisser embrocher ? Il vaut encore mieux faire la perruque chez Capitou-Nuclée qu'être mort.

MOUSTACHE. On ne m'a rien dit de tout cela ! Pourquoi n'est-il pas venu raconter cet attentat à son père ? Ou même directement à la police ?

AHMED. Ah ! C'est là qu'on voit le bon fils. Vouliez-vous qu'il vous expose à la vengeance de ces brutes ? Dans cette cité de béton anonyme ? Dans Sarges-les-Corneilles, où malgré votre pétition, malgré tous les efforts de Lanterne et de madame Pompestan, il n'y a pas un seul commissariat de police digne de ce nom ?

MOUSTACHE. Eh eh ! Il faut se faire justice soi-même ! Légitime défense, mon cher ! Mais on ne m'a rien dit de tout ça.

AHMED. Demandez à Camille. Elle ne risque pas de dire le contraire.

MOUSTACHE. On l'a forcé à entrer dans tes saloperies ?

CAMILLE. Ouais.

AHMED. Pourquoi vous mentirais-je ?

MOUSTACHE *(à Camille)*. Il n'avait qu'à se rendre en secret à la police de la préfecture. On bouclait tout le gang au petit matin. Un couteau en alligator ! C'est que c'est une pièce à conviction, ça !

AHMED. Il n'en était pas question.

MOUSTACHE. Ça m'aurait donné une raison de plus de faire disparaître cette Fenda. *(A Camille.)* Et toi avec, espèce de sexuelle !

CAMILLE. Ouais.

AHMED. Expulser Fenda ?

MOUSTACHE. Et comment !

AHMED. Vous ne ferez pas ça.

MOUSTACHE. Je ne le ferai pas ?

AHMED. Non.

MOUSTACHE. Avec tous les arguments de la légitime défense ?

AHMED. Antoine ne voudra pas.

MOUSTACHE. Antoine Moustache, terrorisé par des voyous noirs, ne voudra pas ce que veut Albert Moustache ?

AHMED. Non.

MOUSTACHE. Mon fils ? Cet ouvrier modèle ?

AHMED. Votre fils. Voulez-vous qu'on dise partout qu'il a eu la trouille, et que c'est de force qu'il est devenu sexuel, multiracial et voleur ? Jamais. Ce serait déshonorer la famille Moustache au grand complet.

MOUSTACHE. Je m'en fiche ! Tous au trou !

AHMED. Il y va de l'honneur d'un ancien combattant d'Algérie. Il faut faire silence sur tout ça. Botus et mouche cousue.

MOUSTACHE. Mon honneur ne sera jamais de capituler devant l'invasion maghrébine ! Antoine fera ce que je lui dirai.

AHMED. Il ne le fera pas.

MOUSTACHE. Il sera bien forcé ! Madame Pompestan va agir.

AHMED. Vous direz à madame Pompestan que ce sont de faux bruits.

MOUSTACHE. Je dirai à madame Pompestan d'agir par voie d'urgence, d'exception, de finition et de flagrant délit. Là.

AHMED. Vous direz d'employer le flagrant délit ? Vous ? Moustache ?

MOUSTACHE. Moi, Moustache. Là.

AHMED *(sifflotant)*. Bon, bon !

MOUSTACHE. Comment ça "bon, bon" ?

AHMED. Vous ne ferez pas le flagrant délit.

MOUSTACHE. Je ne ferai pas le flagrant délit ?

AHMED. Non.

MOUSTACHE. Non ?

AHMED. Non.

MOUSTACHE. Eh bien ! C'est à se tordre ! Je ne ferai pas le flagrant délit ?

AHMED. Certainement pas.

MOUSTACHE. Et qui m'en empêchera ? Hein ?

AHMED. Vous-même.

MOUSTACHE. Moi ?

AHMED. Oui. Vous n'aurez pas la méchanceté.

MOUSTACHE. Moi ? Je suis plus méchant que Pissedur.

AHMED. Vous nous montez le bourrichon.

MOUSTACHE. Si on me cherche, on me trouve.

AHMED. Vous êtes un père français, vous avez un fils français, vous ne le mettrez pas dans le pétrin.

MOUSTACHE. La France, la France, je lui fais ça !

Un bras d'honneur.

AHMED *(sifflotant).* On dit ça !

MOUSTACHE. Vous verrez, fils de moukère !

AHMED. Fumisteries.

MOUSTACHE. Quoi ! Fumier toi-même !

AHMED. On le sait partout. Moustache est un bon Français.

MOUSTACHE. Fiche-moi le camp ! Le bon Français t'encule ! Tous au trou ! A moi ! Poum poum poum ! Reconquista ! Les immigrés en bateau !

La France aux Français ! *(S'adressant à Camille.)* Va prévenir ta victime innocente, horrible minette à pilule ! Je vais aller voir la Pompestan, et Lanterne aussi je vais le voir. Je vais tout parer et tout préparer ! A gauche et à droite ! Et même au centre !

AHMED. Quelle que soit votre décision, je suis à votre service.

MOUSTACHE. Ouais ! Disparais ! *(Changeant de ton.)* Eh ! Cet animal me susurre que Sabine, la fille de Lanterne, a fait pire que mon Antoine. Eh ! C'est une position de force pour Moustache. *(Repris par l'angoisse.)* Ah ! Pourquoi mon âge connaît-il Sarges-les-Corneilles dans la noirceur immigrative ! Pourquoi mon fils est-il jeune, au lieu d'être aussi vieux que moi ! Pauvre France ! Ton esprit immortel fout le camp dans les égouts du désordre ! Algérie française ! Ah ! Ah ! Ah !

Moustache sort en pleurant.

scène 5

Ahmed, Camille.

CAMILLE. Tu es siphonné, mon chéri. Alligator. *(Elle rit.)* Alligator ! Moustache avale l'alligator ! Beh ! *(Soudain sérieuse.)* Mais dis-moi, c'est le fric qui manque. Fenda n'ose plus faucher chez Capitou. Si on ne fait rien, Alexandre…

AHMED. Va enfin faire quelque chose, je sais. J'ai mon idée, pour le blé. Je cherche un spécimen… Attends. Tiens-toi les jambes bien écartées. Prends l'air mauvais. Imagine que t'as une chaîne de vélo à la main. T'as un casque ?

CAMILLE. Ouais. Un complet.

AHMED. Voyons. Marche un peu en louloute féroce, genre Blue Eye of the Red Tiger. C'est bon. Viens dans ma piaule. Je vais te maquiller le faciès.

CAMILLE. Ne me fous pas le judiciaire et le pénitentiaire sur le dos ! Ça chauffe déjà assez !

AHMED *(lui fait une bise).* Va ! On partagera fifty-fifty ! Trois ans de Fleury-Mérogis de plus ou de moins n'arrêteront pas ton noble cœur.

Ils sortent.

scène 6

Madame Pompestan, Moustache. Ils entrent en pleine conversation.

MADAME POMPESTAN. Vous dites, cher monsieur, que la fille de Lanterne aurait fait des coucheries et des overdose-parties ?

MOUSTACHE. Des overdose-parties, je n'en sais rien, madame le député Pompestan.

MADAME POMPESTAN. Députée.

MOUSTACHE. Eh bien oui, député ?

MADAME POMPESTAN. Madame la députée.

MOUSTACHE. La député, si vous permettez, c'est comme si on n'était plus pute. Ah ! Ah !

MADAME POMPESTAN *(sévère)*. Les grosses plaisanteries, mon cher, je les comprends entre hommes après une rude journée de travail chez Capitou-Nuclée, le sauveur de la turbine française. Je ne suis pas bégueule. Mais enfin, ici, avec moi, surveillez-vous.

MOUSTACHE. Pardonnez-moi, madame le député.

MADAME POMPESTAN. La députée.

MOUSTACHE. La député.

MADAME POMPESTAN. La député-e. Vous dites bien une contremaîtresse ? Nous suivons le progrès des mœurs et des lois, monsieur Moustache. Les femmes sont des êtres humains à part entière, dans nos sociétés libérales. Madame la député-e.

MOUSTACHE. Oui, madame la député-euh.

MADAME POMPESTAN *(déçue)*. Pas d'over-dose-partie, alors ? C'est embêtant.

MOUSTACHE *(alléchant)*. Mais peut-être pire !

MADAME POMPESTAN *(horrifiée)*. Pire qu'une overdose-partie ? Mon Dieu ! Sabine Lanterne est une gouine rouge ?

MOUSTACHE. Pardon ?

MADAME POMPESTAN *(petit rire)*. Laissons cela. Que savez-vous au juste ?

MOUSTACHE. Je le sais par Ahmed, qui est un Arabe, mais je dois vous dire, très fortement assimilassionné.

MADAME POMPESTAN. Peu importe de quel puits sort la vérité, si elle féconde la campagne électorale du Parti républicain pour le rassemblement et le redressement de la France. La France d'abord ! Qu'a dit cet Ahmed ?

MOUSTACHE. Que Sabine avait fait pire que mon fils Antoine, dont vous connaissez l'affaire.

MADAME POMPESTAN. C'est du joli ! Je te tiens, Lanterne ! Le scandale dans Sarges-les-Corneilles te fait chuter. La dictature bolchevique et marxiste s'écroule. Le Pé-RRR-Fe rend au flambeau municipal sa couleur immaculée.

MOUSTACHE *(prudent)*. Il faut voir rapport aux faits.

MADAME POMPESTAN. Dans une élection, mon cher Moustache, le sens général des faits compte plus que les faits eux-mêmes. Vous voyez ce que je veux dire ?

MOUSTACHE. En général, oui.

MADAME POMPESTAN. Trouvez-moi un sens général assez croustillant.

MOUSTACHE *(inquiet)*. C'est que ce serait dur de se brouiller en général avec Lanterne, et d'avoir toute la Cé-cleffe sur le dos. Ils ne plaisantent pas, à la Confédération des classes laborieuses françaises. J'en ai vu, des petits malins de gauchistes, qui se retrouvaient dans un coin noir avec en général la tête au carré.

MADAME POMPESTAN. Mon cher, tant que je n'ai rien d'absolument général sur la fille de Lanterne, vous n'aurez pas l'expulsion de votre Noire, la nommée Fenfa ou quelque chose comme ça. Et je dirai à mon mari de la garder à Capitou-Nuclée. Je ne suis pas raciste, moi. Le Parti républicain pour le rassemblement et le redressement de la France combat le racisme. Nous n'expulsons jamais pour des motifs privés. Nous n'expulsons que pour le bien des travailleurs et du pays. Mettez-vous au travail.

MOUSTACHE *(s'en allant, lamentable)*. Pauvre Moustache ! Entre le marteau du PQCF et l'enclume du Pé-RRR-Fe…

Entre Rhubarbe.

scène 7

Rhubarbe, madame Pompestan.

RHUBARBE *(voyant madame Pompestan)*. Voilà la député-e ! Filons.

Il s'apprête à partir.

MADAME POMPESTAN *(lui met la main sur l'épaule).* Alors, mon cher Rhubarbe ! La Confédération de toutes les travailleuses et de tous les travailleurs a pris une sacrée culotte, au comité d'entreprise de Capitou-Nuclée ! Voilà ce que c'est de manipuler des immigrés qui n'y connaissent rien dans des grèves sauvages. Mon mari m'a dit : tu vas voir ! La CTTTT va prendre la culotte. Ça n'a pas raté.

RHUBARBE. Pardon. Madame la député-e ! Nous ne manipulons pas, à la CTTTT. Nous suivons. Nuance. Les travailleurs des ateliers des presses voulaient le coefficient des professionnels. Ils voulaient l'égalité, quoi. C'est pas rien, ça, l'égalité ! Nous avons dit : attention, les gars ! Il y a la rigueur ! Il y a l'austérité ! Préférons le qualitatif au quantitatif ! Demandons l'instruction laïque et obligatoire, une atmosphère plus chaleureuse, et l'humain dans les rapports. On s'est fait siffler. Alors, on a suivi. Mais comme on n'y croyait pas plus que ça, au lieu d'être celui qui suit la masse, c'est la masse qui nous poursuivait, alors on a préféré que ça se casse la gueule.

MADAME POMPESTAN. Et du coup, les indépendants et la Cé-cleffe vous ont taillé des croupières. Pourtant, vous nous êtes sympathiques, si si. Pourquoi donc suivez-vous ces émeutes d'analphabètes et d'agitateurs musulmans intégristes ?

RHUBARBE. Suivre à la base, c'est notre devise. On suit, tant qu'on n'est pas poursuivis. Si on est trop poursuivis, on ne suit plus, on essuie, et on se remet assis.

MADAME POMPESTAN. Et vous faites quoi, quand vous êtes assis ?

RHUBARBE *(solennel)*. Des initiatives de pensée, madame. C'est là que je glisse à la base mon plan d'insertion sociale humaine et autogérée.

MADAME POMPESTAN. Savez-vous que ça peut intéresser le Pé-RRR-Fe ?

RHUBARBE *(offusqué)*. J'en étais sûr ! Le piège ! Madame la député-e ! Nous sommes à gauche. Il y a la première gauche, qui sont tous les autres, et, un peu à droite, la deuxième gauche, qui est nous, les gars de la CTTTT.

MADAME POMPESTAN. Le Parti républicain pour le rassemblement et le redressement de la France est libéral, mais il est aussi social. Dites-moi un peu votre plan, là, le machin d'humanité insérante et capable.

RHUBARBE *(tenté)*. "Insertion sociale humaine et autogérée", madame la député-e.

MADAME POMPESTAN. Donnez-moi les grandes lignes.

RHUBARBE *(ne pouvant plus résister)*. C'est une question de créneau. Le problème est d'avoir des structures souples, où l'information circule à partir des initiatives de la base. Vous avez des cellules d'initiatives autogérées, qui se conscientisent à partir de l'expérience humaine, voyez, sur le terrain. La réflexion y est très poussée, dans une atmosphère de débats fraternels, sans préjugés sectaires. Ensuite, la responsabilisation se fait à deux niveaux. Au premier niveau, vous avez toute une ambiance de microdécisions qui se donnent dans des notes de synthèse brèves, qui circulent tout le long du circuit des personnes compétentes, sans tenir à l'écart les incompétentes, bien au contraire. Au deuxième niveau, ce sont les stratégies originales, qui sont impulsées par la coordination des acteurs de l'autogestion elle-même. Le professionnalisme est contrebalancé par l'amateurisme, dans une dialectique dynamique qui fait passer dans tout l'organigramme une sorte de souffle printanier. Au sommet…

MADAME POMPESTAN. Oui oui, au sommet ? C'est intéressant, le sommet.

RHUBARBE *(sévère)*. A la Cé-té-té-té-té, nous n'acceptons qu'il y ait un sommet que si la base est au sommet et réciproquement. Donc, au sommet, il y a tout ce qui, de la base, a pu grimper jusque-là, tout en conservant l'humain des rapports et la foule des idées qui à chaque minute sort des microdécisions autogérées. Pour cela, les structures sont plus que souples, elles sont flexibles, au point qu'en les courbant complètement, vous devez faire que leur tête touche les pieds.

MADAME POMPESTAN *(rêveuse).* Les pieds de la structure ?

RHUBARBE *(condescendant).* C'est une image, madame ! La structure n'a pas de pieds ni de tête, pas plus qu'elle n'a une queue.

MADAME POMPESTAN. Elle n'a ni queue ni tête.

RHUBARBE *(sans comprendre).* Si vous voulez. Au bout du compte, le secrétariat est composé de secrétaires et le bureau de buralistes. Ils n'ont que des tâches d'exécution administrative, un buraliste ne doit pas devenir un bureaucrate. Il ne doit pas empiéter sur ce magnifique mouvement où vous voyez, sur toute la surface de la structure flexible, l'initiative cellulaire transversale escalader le massif des décisions insérantes. Voilà la société fraternelle que ce monde dur appelle comme l'invention dont il est en potentialité par le recours qualitatif aux travailleuses et aux travailleurs. Et bien entendu nous n'écartons ni les féministes, ni les pacifistes, ni les écologistes, ni les gymnastes. Toutes les forces vives peuvent se reconnaître dans notre plan syndical. Et au-delà, chère madame, très au-delà, au centre-droit, au centre-droit-droit, peut-être même encore plus loin, là où l'œil nu ne voit plus rien.

MADAME POMPESTAN. Mais au bout du compte, de quoi s'agit-il ?

RHUBARBE. Je vous l'ai dit ! De l'animation sociale et culturelle.

MADAME POMPESTAN. Savez-vous que c'est tout à fait convenable ?

RHUBARBE *(sombre).* Le problème, c'est le local. Il nous faut un local à Sarges-les-Corneilles.

MADAME POMPESTAN. C'est bien vrai. Si souple que soit la structure, même les pieds sur la tête, on ne peut la loger trop à l'étroit. Cher ami, vous êtes à gauche, et je suis partout. Mais le Pé-RRR-Fe a le sens du social. Nous sommes prêts, si nous gagnons les municipales, à loger votre structure dans un F4.

RHUBARBE. Vous ne me corromprez pas, madame la député-e. Le navire de la CTTTT a jeté l'ancre à gauche pour toujours. J'obtiendrai un local de la mairie actuelle.

MADAME POMPESTAN *(furieuse).* Vous imaginez que Lanterne, le PQCF et la Cé-cleffe vont filer à la Cé-té-té-té-té de quoi se passer vos lubies ! Vous vous mettez le doigt dans le cul jusqu'à l'œil, espèce de gauchiste !

RHUBARBE *(mystérieux).* J'ai de quoi faire pression sur les dogmatiques du PQCF. J'ai des révélations dans ma structure.

MADAME POMPESTAN. Sur la fille de Lanterne, par exemple ?

RHUBARBE. Je n'en dirai pas plus. Un fossé infranchissable nous sépare, madame. Je vous quitte.

Rhubarbe sort.

MADAME POMPESTAN. Va te faire foutre ! Ils ont tous l'air de savoir des choses sur Lanterne. Ma fille, tu as un train de retard.

Elle sort énergiquement.

ACTE II

scène 1

Lanterne, madame Pompestan.

LANTERNE. La gauche est solidement amarrée à gauche. Sarges-les-Corneilles a au-dessus de son peuple laborieux et français un maire soucieux avant tout de ses intérêts. Je veux dire de leurs intérêts. Je veux dire que leurs intérêts se confondent et ne font qu'un avec ses intérêts. La classe ouvrière et les masses laborieuses nous rééliront dans un fauteuil au fauteuil de maire. Car nous avons pris les mesures qui s'imposent, malgré les manœuvres acharnées de la droite et du grand capital. Ce n'est pas comme votre sbire Moustache, dont le fils est avec une bande de voyous, de hooligans et de cas sociaux. *(Il tape du pied.)* Et toc !

MADAME POMPESTAN. Ce que vous appelez la droite, permettez-moi monsieur Lanterne de vous dire que c'est un vieux mot qui divise les Français en deux moitiés inégales. C'est un mot qui déclenche partout la lutte marxiste des classes dont les Français ne veulent plus, ni non plus du reste les Françaises. C'est un mot qui porte atteinte jusque dans les foyers les plus humbles à l'unité nationale incarnée par Charles de Gaulle. Au demeurant, et si je puis dire par ailleurs, cette fameuse droite qui n'existe que dans votre imagination, je vous dis qu'elle est plus à gauche que cette fameuse gauche, qui n'existe pas non plus. La preuve est que vous avez vidé les caisses de Sarges-les-Corneilles. *(Elle tape du pied.)* Et vlan !

LANTERNE. Madame Pompestan ! Vous avez peut-être une fortune personnelle qui vous permet de remplir les caisses noires de certains que je ne nommerai pas. Nous, nous sommes le parti des fusillés aux mains propres. Si nous n'avons pas les crédits pour produire français, ce n'est pas la faute de notre parti, suivez mon regard. *(Il tape du pied.)* Et d'une !

MADAME POMPESTAN. Monsieur Lanterne ! Vous avez peut-être des protecteurs à l'Est qui font que votre parti est plus riche que tous les autres. L'emprunt russe n'a pas été perdu pour tout le monde. Pour ce qui est de suivre le regard, il faudrait peut-être y regarder à deux fois. Le fait est que les caisses, les fameuses caisses, les grosses caisses de Sarges, de par votre incompétence et votre mépris des petits entrepreneurs nationaux et méritants, sont totalement à sec. Les Sargeois-Cornéliens et les Sargeoises-Cornéliennes savent qu'il leur faut une gestion libérale et au-dessus des intérêts partisans. Voyez la poutre où elle est, et la paille ne sera plus du foin. Vous m'avez comprise. *(Elle tape du pied.)* Et de deux !

LANTERNE. Madame Pompestan ! Quand on a des protégés, pour ne pas dire, car mon parti se refuse à tous les excès gauchistes, des mouchards, jusque parmi la grande famille des chefs et des sous-chefs, où que la Confédération des classes laborieuses françaises y est cependant majoritaire chez Capitou-Nuclée, on fait attention que les enfants des sus-nommés mouchards, pour ne pas nommer Antoine Moustache, ne soient pas fourrés avec les drogués, les asociaux et les délinquants. En plus que les mu-nicipalités de droite ne veulent aucun Arabe et nous les envoient tous, si bien que le seuil de tolérance est dépassé de quatre cent cinquante-trois pour cent. C'est ce qu'a dit à la télé notre secrétaire général, bien que, à la télé, on donne plutôt la parole aux représentants comme vous du grand patronat le plus réactionnaire. *(Il tape du pied.)* J'ai dit.

MADAME POMPESTAN. Monsieur Lanterne ! Quand on pousse en avant ou en arrière, pour le désordre et la déstabilisation de tous les chefs d'en-treprise responsables, une masse de travailleurs immigrés islamiques, et que la Cé-cleffe pas plus tard qu'avant-hier fait un discours en arabe qui s'achève par "Allah est grand et il bosse avec nous", on ne donne pas au Parti pour le rassemble-ment et le redressement des leçons de seuil de tolé-rance. Parce que vous, c'est plutôt la maison pour ça. *(Elle tape du pied.)* J'ai dit.

LANTERNE. Il y en a, je ne dis pas qui, qui devraient se sentir responsables de ce que font les fils de leurs militants. L'Etat et le père de famille doivent être méritants, quand on veut attaquer les réussites municipales de notre parti. Envoyé, c'est pesé.

MADAME POMPESTAN. Qu'est-ce que vous insinuez ?

LANTERNE. Que si vous n'aviez pas des brebis galeuses et des pères ramollis dans vos barbouzes, je ne pourrais pas le dire dans mes affiches municipales contre vous. Prenez le paquet, et avec la ficelle en plus !

MADAME POMPESTAN. Et qu'est-ce que vous avez à dire contre monsieur Moustache, qui est un authentique Français ancien combattant, et qui, question sécurité, possède un chien féroce nommé Pissedur ?

LANTERNE. Ah ! ah ! Pissedur, pissemou, mais pisse dans le trou ! Eh ! eh ! Vous ne lui avez pas tenu la bride, à votre Pissedur !

MADAME POMPESTAN. Parce que vous, vous avez tenu la bride à votre fille Sabine ?

LANTERNE. Et comment ! Sabine étudie la science chimique, et elle produira français dans les laboratoires nationalisés, je ne vous dis que ça.

MADAME POMPESTAN. Et si cette petite fille marxiste modèle, que vous avez si bien vissée sur son banc, avait fait pire encore que le fils Moustache, eh ?

LANTERNE. Comment ?

MADAME POMPESTAN *(imitant Lanterne)*. Comment ?

LANTERNE. Qu'est-ce que c'est que cette attaque personnelle mensongère du grand capital contre les communistes ?

MADAME POMPESTAN. Quand on veut gagner les élections, monsieur Lanterne, il faut balayer devant sa porte avant de montrer le crottin devant celle des autres.

LANTERNE. Je ne vois pas le rapport avec ce proverbe électoral.

MADAME POMPESTAN. On vous l'expliquera bientôt.

LANTERNE. Vous avez entendu dire quelque chose de ma fille ?

MADAME POMPESTAN *(l'air léger)*. Ça se pourrait bien.

LANTERNE. Mais quoi ?

MADAME POMPESTAN. Un jeune Arabe, mais très correct, très instruit, l'a dit à Moustache en gros. Si vous voulez les détails, voyez cet Ahmed. Allez, allez ! Nous nous en sortirons. Je vais aviser de ce pas à remettre Antoine Moustache dans le droit chemin de l'union nationale. Voyez du côté de votre Sabine. Bon courage, monsieur le maire !

Madame Pompestan sort.

scène 2

Lanterne, puis Sabine.

LANTERNE. Pire encore ! Elle a dit : "Pire encore !"
Qu'est-ce que le bureau fédéral du parti peut trouver de pire que d'être mélangé à la drogue, au vol,
et à l'insécurité des banlieues ? *(Entre Sabine.)* Ah !
Te voilà !

SABINE *(courant vers lui).* Ah ! Papa ! J'ai des
choses sensationnelles à te dire !

LANTERNE *(refusant de l'embrasser).* Du calme.
Parlons peu, mais parlons de façon démocratique
et centralisée.

SABINE *(voulant l'embrasser).* Mais je dois te dire
que…

LANTERNE *(la repoussant).* Du calme, te dis-je !

SABINE. Mais papa ! J'ai été reçue quatrième à
l'examen intermédiaire !

LANTERNE *(froidement).* D'accord. Je voudrais
bien y voir clair.

SABINE. Clair ? Mais c'est très clair ! J'ai eu la
meilleure note en chimie et…

LANTERNE. Regarde-moi dans les yeux, comme
si j'étais le secrétaire général.

SABINE. Papa ! Tu débloques !

LANTERNE. Qu'est-ce que tu as fait ces derniers jours ? Et tout spécialement ces dernières nuits ?

SABINE *(troublée).* Ce que j'ai fait ?

LANTERNE. Oui.

SABINE. Qu'est-ce que tu veux que j'aie fait ?

LANTERNE. Je ne veux rien du tout, moi ! Je te demande ce que c'est que tu as fait.

SABINE. Moi ? Je n'ai rien fait que bosser les exams.

LANTERNE. Rien du tout ?

SABINE. Non.

LANTERNE. Tu n'as pas fréquenté des gens louches ? Des sortes d'anarchistes ? Des fils à papa payés par le patronat pour contaminer la jeunesse ?

SABINE *(troublée).* Je n'ai vu personne.

LANTERNE. Tu dis ça bien vite !

SABINE. C'est que je suis sûre de n'avoir rien fait.

LANTERNE. Le nommé Ahmed a pourtant dit des choses…

SABINE. Ahmed !

LANTERNE. Eh eh ! Tu as l'air de le connaître, ce citoyen !

SABINE. Ahmed a dit quelque chose de moi ?

LANTERNE. On ne va pas régler ça sur la place publique. Viens au bureau de la mairie tout à l'heure. Si tu as trempé avec les voyous, je te coupe les vivres, je te fais vider de l'institut de chimie, et je ne t'adresse plus la parole.

Lanterne sort, furieux.

scène 3

Sabine, puis Alexandre.

SABINE. Ahmed nous a vendus ! J'avais bien dit à Camille qu'il mangeait à tous les râteliers. Il n'y a pas à dire, ces Maghrébins, on ne les comprend pas.

Entre Alexandre avec une valise.

SABINE *(l'embrassant goulûment)*. Alexandre ! Alexandre ! Ahmed a tout raconté à mon père Lanterne.

ALEXANDRE *(s'arrête, pose sa valise, se met sur un pied, et prend l'air méditatif. La valise fait tic tac de façon très bruyante)*. Ah.

SABINE *(regardant la valise avec inquiétude)*. Dis, Alexandre, tu es sûr qu'elle ne va pas péter trop tôt ?

ALEXANDRE *(met son pied par terre).* Cette valise ne saurait exploser.

SABINE. Et pourquoi ?

ALEXANDRE. Il n'y a rien dedans.

Il reprend sa posture sur un pied.

SABINE. Il n'y a rien ? Mais elle fait tic tac !

ALEXANDRE. C'est l'effet simple de la présence dans ce bagage, à l'exclusion de tout autre ingrédient, de mon réveille-matin.

SABINE. Mais, mon chéri, pourquoi tu as un réveille-matin dans ta valise ?

ALEXANDRE. Je n'ai pas un réveille-matin dans ma valise. J'ai une valise pour porter commodément mon réveille-matin.

SABINE. C'est une drôle d'idée d'emporter son réveille-matin dans une valise.

ALEXANDRE. C'est pour voir l'heure. Je n'ai pas de montre.

SABINE. Tu pouvais le mettre, je sais pas, dans ta poche.

ALEXANDRE. Voudriez-vous, femme, que je transportasse un réveille-matin dans mon veston ? J'aurais l'air d'un terroriste.

SABINE *(tendrement).* Tu l'es bien un peu.

ALEXANDRE *(posant le pied par terre).* Que dis-tu, femme légère ? N'as-tu pas été éduquée par le parti-traître ? Je suis un soldat de la révolution mondiale. Retiens bien cette nuance.

SABINE. D'accord, d'accord ! Le temps nous presse, Alexandre.

ALEXANDRE. Le temps est mesuré par mon réveille-matin. Il ne presse ni ne dépresse.

SABINE. Mon père va te dénoncer, tu le connais.

ALEXANDRE. C'est pourquoi j'examine la situation concrète. *(Il se remet sur un pied.)* Va voir ton père, ce suppôt du crétinisme municipal. Retiens-le par d'impressionnantes contre-vérités.

SABINE. Je ne mens pas très bien, tu sais.

ALEXANDRE. Fais ce que tu peux pour la Cause.

Sabine sort.

scène 4

Ahmed, Antoine, Alexandre.

ALEXANDRE *(seul).* Cet Ahmed est certainement un agent de l'ennemi de classe. Il faut lui faire sentir la lourde main de la révolution mondiale. Aller me dénoncer à Lanterne, ce social-traître stipendié par les Russes, est une manœuvre cousue de fil blanc de l'impérialisme américain. Je vois clair dans ton jeu, Ahmed !

Ahmed entre avec Antoine, sans voir Alexandre. Ils continuent une conversation.

ANTOINE. Camille n'en pouvait plus de l'alligator. Tu as été sensationnel ! Sans toi, j'étais au tapis. Tu veux laquelle, de Blue Eye of the Red Tiger ?

ALEXANDRE *(sort de son veston un pistolet tarabiscoté avec un énorme embout)*. Monsieur Ahmed ! Je suis tout à fait content d'avoir l'opportunité de vous joindre.

AHMED. Et moi aussi. Rangez votre jouet, vous allez vous faire remarquer.

ALEXANDRE *(le mettant en joue)*. On plaisante, je vois ! Ce pourrait être une plaisanterie excellente, car très courte.

AHMED. Holà ! Attention !

ANTOINE *(écartant le bras d'Alexandre)*. Eh bien ! Alexandre !

ALEXANDRE *(tapant sur les doigts d'Antoine)*. Jeune prolétaire centriste ! Ne vous mettez pas entre la révolution mondiale et la CIA.

AHMED. Qu'est-ce qu'il baragouine, cet olibrius ?

ANTOINE *(retenant Alexandre)*. Reste calme !

ALEXANDRE. Je suis calme, très calme. Laisse-moi accomplir mon devoir de soldat en civil.

Il braque le pistolet sur Ahmed.

ANTOINE. Ecoute ! Je suis ton ami ! Ne fais pas ça !

AHMED *(tombant à genoux)*. Qu'est-ce que je vous ai fait ?

ALEXANDRE *(le braquant)*. Tu le sais mieux que moi.

ANTOINE *(le retenant)*. Doucement !

ALEXANDRE *(armant le pistolet)*. Mon cher Antoine ! Je veux seulement que celui qui prétend s'appeler Ahmed, et qui pourrait bien avoir pour véritable nom Johnson...

ANTOINE. Regarde-le ! Il n'a pas l'air d'un Johnson !

ALEXANDRE. Ça ? Chirurgie esthétique ! On n'égare pas la révolution mondiale. Je veux que Johnson avoue son crime. Mon service de renseignements m'apprend que Ahmed-Johnson veut me démanteler par la mise en branle des politiciens. L'agent Johnson, alias Ahmed, n'imaginait pas que je puisse être informé avec une telle promptitude. Il va confirmer ces rapports de vive voix, et me livrer tout le réseau de la DST à Sarges-les-Corneilles, ou je le fusille sur place.

AHMED. Alexandre ! Tu me fusillerais ?

ALEXANDRE *(montrant le pistolet)*. Voici l'engin de cette juste sentence. Parle. Avoue tes crimes politiques.

AHMED. J'ai commis des crimes politiques, moi, Ahmed ?

ALEXANDRE. Toi, Johnson. Tu es démasqué. Mets-toi à table.

AHMED. Je ne me mêle pas de politique.

ALEXANDRE *(braquant le pistolet).* Finissons-en, alors.

ANTOINE *(le retenant).* Alexandre !

AHMED. D'accord, d'accord. Je confesse que c'est moi qui ai mis des petits clous spéciaux aux alentours du monument aux morts. Si bien qu'à la dernière commémoration de la guerre de 14-18, toutes les voitures officielles ont crevé, et qu'il y a eu une pagaille épouvantable.

ALEXANDRE *(étonné).* C'est toi qui fis cette merveilleuse déstabilisation de l'anniversaire des boucheries impérialistes ?

AHMED. Oui. Je ne sais ce qui m'a pris.

ALEXANDRE. C'était excellent à tous égards. Mais nous n'avons là qu'une diversion habile de l'agent Ahmed-Johnson. Tu préparais la suite en égarant les soupçons. Viens au fait.

AHMED. Ce n'est pas ça, le fait ?

ALEXANDRE. Non, non ! Le fait m'importe bien davantage, et révèle enfin ton véritable caractère politique.

AHMED. Je ne me souviens d'aucune autre intervention dans la politique.

ALEXANDRE *(braquant le pistolet).* Bon, si tu as la mémoire courte, abrégeons-la encore un peu.

AHMED. Oh ! Eh !

ANTOINE. Doucement !

AHMED. Bon. Vous vous souvenez du bal champêtre de la Confédération des classes laborieuses de France, la Cé-cleffe, section de Sarges-les-Corneilles ? Il y a eu un scandale terrible, du fait que tous les participants furent pris de diarrhée juste après. Ils chiaient partout autour des stands. C'est moi qui avais mélangé de l'huile de ricin et du champignon pourri au pastis Ricard.

ALEXANDRE *(étonné).* C'est toi qui as saboté et couvert de ridicule les festivités démagogiques du syndicat social-traître ?

AHMED *(piteux).* Oui, pour qu'on parle partout de la colique syndicale.

ALEXANDRE. C'est une idée de génie ! Le champignon pourri est une bombe d'opinion ! L'agent Johnson me surprend. Il fait des diversions tant à gauche qu'à droite ! Mais je veux le renseignement véritable.

AHMED. Ce n'est pas ça, le renseignement véritable ?

ALEXANDRE. Non, rusé renard de la guerre des classes ! Dis-moi ton objectif suprême.

AHMED. Suprême ? Vérole !

ALEXANDRE. Dépêche-toi ! Mon réveil compte le temps des aveux.

Court silence où on entend le tic-tac du réveil.

ANTOINE *(inquiet).* Dis-moi, Alexandre, qu'est-ce qu'il y a dans cette valise ?

ALEXANDRE. Il y a l'heure. *(Braquant le pistolet sur Ahmed.)* Le compte est bon !

ANTOINE *(le retenant).* Eh !

AHMED. Vous savez sûrement qu'il y a six mois, le groupe Passion oblique avait mis une petite bombe sous-marine dans le bénitier de l'église, pour marquer son hostilité à la politique du pape ?

ALEXANDRE. Certes. Elle devait exploser à trois heures du matin. C'est moi qui l'avais confectionnée.

AHMED. J'ai été dans la confidence. C'est moi qui ai, de nuit, transporté la bombe dans le bassin préfectoral aux poissons rouges. C'est moi qui ai mis à côté le fameux tract, vous savez, "Nous, pêcheurs à la ligne prolétariens, détruirons jusqu'au dernier des poissons du Capital".

ALEXANDRE *(furieux).* C'est toi, crapule, qui as fait ce grotesque massacre de poissons au lieu de notre démonstration idéologique anticléricale exemplaire ?

AHMED. Oui ! J'avoue ! Je comptais bien en faire frire quelques-uns.

ALEXANDRE. Je me souviendrai de ce contre-complot, crois-moi. Mais revenons au cœur du litige. Donne tous les détails de ce que tu as dit à Lanterne.

AHMED. A Lanterne ?

ALEXANDRE. Au social-traître Lanterne, et me concernant.

AHMED. Je n'ai jamais rencontré Lanterne.

ALEXANDRE. Jamais ?

AHMED. Absolument. Il te le confirmera lui-même s'il le faut. Il ne me connaît pas.

ALEXANDRE. C'est de lui-même que Sabine, ma compagne, l'a entendu.

AHMED. Il a menti.

Camille entre brusquement.

scène 5

Camille, Ahmed, Antoine, Alexandre.

CAMILLE. Le judiciaire et le policiaire foncent sur nous, les amis.

ALEXANDRE *(à Ahmed).* O ! Fatal dénouement de ta dénonciation fasciste !

CAMILLE. Quoi ? Laisse ce flingue, Alexandre, tu ne vas pas tuer les huissiers ?

ANTOINE. Les huissiers ? Quels huissiers ?

CAMILLE *(se cognant dans la valise).* Merde ! Qu'est-ce qu'il y a dans cette valise ?

AHMED *(lugubre).* Dans cette valise, il y a l'heure de mon exécution.

CAMILLE. Vous êtes tous givrés, ma parole ! Remuez-vous ! On est sans un, à l'heure qu'il est.

ALEXANDRE. Tiens-nous au courant de l'évolution de la situation minute par minute.

CAMILLE. Le poulet, le serrurier et l'huissier sont venus tout saisir chez toi, Antoine. Ils ont embarqué la moto, l'hi-fi, toutes les cassettes pirates. Et en plus tout le laboratoire de chimie d'Alexandre.

ALEXANDRE. Mon outil de travail ! Infamie des spoliations bourgeoises !

ANTOINE. Tu veux dire tous les machins que Sabine avait soi-disant empruntés au laboratoire de l'institut ? Quel merdier !

CAMILLE. Ils réclament une brique.

ANTOINE. Une brique ! *(Vers Alexandre.)* Mais qu'est-ce que tu as bricolé, foutu terroriste ? Je t'avais donné l'argent pour le téléphone, l'électricité, les impôts locaux, les loyers en retard…

CAMILLE. Sans compter les quatre amendes pour tapage nocturne, quand tu faisais péter tes bombes sous-marines dans la baignoire !

ALEXANDRE. La cause de la révolution mondiale a tout absorbé.

ANTOINE. Tout ?

ALEXANDRE. Rigoureusement tout.

ANTOINE. Ah ! Ahmed ! Tire-nous de ce profond merdier !

AHMED (*passant devant Alexandre d'un air fier*). Mais non, mais non ! Je suis un politique, moi. Que monsieur, de la révolution mondiale, me tue.

ANTOINE. C'est des conneries, tout ça. La moto ! Mon hi-fi ! Majestuous Brown Egg ! Et le rarissime Blue Eye of the Red Tiger de 1977 ! Trouve-nous une brique, Ahmed.

AHMED. Rien du tout, j'ai attaqué la droite, la gauche, et les extrêmes. Qu'on me liquide immédiatement.

ALEXANDRE. Tiens, va, tel un Auguste de l'empire prolétaire, je te pardonne.

AHMED. Capitulation ! Renégatisme ! Qu'on me pistolète à fond de haut en bas.

ANTOINE. Non non ! Monte une mécanique pour nous tirer…

CAMILLE *(lamentable).* … du merdier.

ALEXANDRE. Jeunesse multiraciale de cette profonde banlieue ! Joue ton rôle contre les institutions !

AHMED *(prenant le pistolet des mains d'Alexandre).* Si nul ne veut rendre la justice du peuple, je me la rendrai à moi-même.

ALEXANDRE. Johnson ! Sois matérialiste ! Ne t'abandonne pas à la manie japonaise du hara-kiri !

AHMED. Japonais toi-même !

ANTOINE. Ahmed ! Laisse le pistolet ! Le temps presse !

AHMED *(braquant le pistolet sur Alexandre).* Monsieur a compté mes derniers instants ? Et avec une valise, en plus ?

ALEXANDRE. Ce n'était que la lourde main de la révolution mondiale. Je n'y suis pour rien. Il y a encore un petit petit Staline dans ma tête.

AHMED. Monsieur s'indigne de ce qu'on fasse sauter les poissons de la préfecture plutôt que les grenouilles du bénitier ?

ALEXANDRE. C'est l'éternel choix entre le sabre et le goupillon.

AHMED. Monsieur me traite de mouchard, et même de renard ?

ALEXANDRE. Comme disait Lénine, le révolutionnaire doit savoir ramper. Tiens ! Je rampe !

Il rampe sur le béton.

ANTOINE. Allez, Ahmed, tu l'as mis aux pieds.

AHMED. Lève-toi. Et fais attention, la prochaine fois.

ALEXANDRE. Tu travailleras pour la Cause ?

AHMED. Je travaillerai pour la brique. Laisse-moi d'abord vider cet engin.

Ahmed tire en l'air avec le pistolet ; il n'y a aucune détonation mais il sort du tube un énorme jet de peinture bleue.

AHMED, ANTOINE ET CAMILLE *(estomaqués)*. Oh !

CAMILLE. Qu'est-ce que c'est que cet arrosoir ?

ALEXANDRE *(modeste)*. J'allais faire avec lui une petite campagne de marquage des contre-révolutionnaires.

AHMED. Je savais bien que j'avais une peur bleue !

ANTOINE. Travaille pour nous, Ahmed, on est comme des passe-lacets.

AHMED. Ne t'en fais pas. Il vous faut une brique ?

ALEXANDRE. Il y a là, semble-t-il, une nécessité du moment actuel.

AHMED. Je vais tirer ça de Lanterne et de Moustache. *(A Antoine.)* Pour ton vieux, j'ai déjà monté la combine. *(A Alexandre.)* Quant à ton beau-père, Lanterne, il est d'un radin tout à fait communiste. Mais il n'est pas plus malin qu'une punaise des bois.
Attention ! Voilà Moustache et la mère Pompestan ! Commençons par lui. Taillez-vous. Camille ! Reviens jouer ton rôle en vitesse.

Alexandre, Antoine et Camille sortent. Entrent Moustache et madame Pompestan.

scène 6

Madame Pompestan, Moustache, Ahmed.

AHMED *(dissimulé)*. Ils ont l'air dans leur petit traquenard.

MADAME POMPESTAN. Tâchez d'être au courant sur Lanterne et Sabine. Comportez-vous aimablement avec le nommé Ahmed, et tirez-lui les vers du nez. Je vous le répète. Tout le Parti républicain pour le rassemblement et le redressement de la France est derrière moi. Pas une seule expulsion raciste. Rien que des expulsions pour l'intérêt de la France. Si je ne connais pas les turpitudes de

Sabine, Fenda restera en France, et elle restera même chez Capitou-Nuclée.

MOUSTACHE. Je vais me renseigner, madame la député.

MADAME POMPESTAN. La député-Eu ! Ah, mais !

Elle sort.

MOUSTACHE. Vais-je tomber en disgrâce ? Je ne vois que périls de tous côtés. Ah ! Dégoûtante canaillerie de la jeunesse ! Lubricité insondable de mon fils !

AHMED *(surgissant).* De l'amertume, monsieur Moustache ?

MOUSTACHE. Bonjour, le moricaud, je veux dire, bonjour, mon très cher Ahmed.

AHMED. Vous vous tourmentez pour l'affaire de votre fils Antoine ?

MOUSTACHE. J'en suis tout raplati.

AHMED. Monsieur, la vie est une navigation sur les flancs escarpés du hasard. Un homme comme vous, avec vos responsabilités, doit tenir les rênes d'une main ferme, et regarder la pente avec un œil clair, cependant que l'autre œil est tourné vers les principes. Dans ses brillants *Souvenirs d'un industriel au service de l'Humain*, monsieur Pompestan dit une parole qui est gravée dans l'airain de mon cerveau.

MOUSTACHE. Laquelle ?

AHMED. Que le père de famille qui a acheté un F4 à la sueur de son front et de son épargne, qui possède dans le Midi une caravane installée dans un pré, qui respecte la hiérarchie, et qui, question sécurité, dresse un bon chien – j'ai pensé à votre aimable Pissedur –, et aussi graisse tous les jours une petite vingt-deux long rifle, que cet homme doit s'attendre aux avanies du siècle, et à être quotidiennement dénoncé par les intellectuels irresponsables.

MOUSTACHE. C'est tout à fait bien écrit. Mais dis-moi, très cher raton, je veux dire très cher Ahmed, qu'est-ce qu'elle a fait au juste, Sabine Lanterne, eh ? *(A part.)* Je te lui introduis la question en finesse.

AHMED. Ne comptez pas sur Pompestan pour arranger vos affaires. Les grands de ce monde ont trop de soucis pour s'occuper de la vie domestique des subalternes, si grandioses soient-ils, comme l'est l'archimaître Moustache.

MOUSTACHE *(flatté)*. Pas encore, pas encore. Mais quel moyen veux-tu que j'emploie pour détourner Antoine du vice et de la fainéantise ?

AHMED. Ahmed ! Ahmed !

MOUSTACHE. Eh bien oui, Ahmed, c'est ton nom, ne crie pas comme ça !

AHMED. C'est Ahmed, votre moyen. Je vous ai vu si furieux et graveleux tout à l'heure que je me suis dit : "Ahmed, si tu es un homme, va au secours de ce bon Français en détresse." Voir un homme comme vous, le chien Pissedur dans la main droite et la bénédiction de Pompestan dans la gauche, persécuté par des voyous et des Nègres, c'est insupportable.

MOUSTACHE. Même des Arabes peuvent voir où est le mérite.

AHMED. Je suis allé trouver les trois complices de Fenda, vous savez, le grand frère, le sorcier, et le cousin par voie maternelle.

MOUSTACHE. L'alligator !

AHMED. Exactement. J'ai surtout pris langue avec le cousin maternel, parce que c'est le plus petit. C'est un Noir tout rond.

MOUSTACHE. Il est du Sud.

AHMED. Pardon ?

MOUSTACHE. Les Nègres du Nord sont grands, ceux du Sud sont petits.

AHMED. Va pour le Sud.

MOUSTACHE. Mais avant que tu continues, ne peux-tu me dire dans quelle drogue-partie s'est fourrée la fille du maire Lanterne ? *(A part.)* Moustache, tu ferais un policier tel que l'Hercule Foirot.

AHMED *(sans remarquer la question)*. Donc ce Nègre du Sud me dit : si le Moustache est archi-chef, s'il est si grand et si fort que tu racontes, je laisse tomber. J'interdis à Fenda de revoir cet Antoine, et je fais chasser ce fils Moustache de tous les groupes de voleurs. L'autorité du cousin par voie maternelle ne se discute pas. Moi, grand cousin, je peux obliger Antoine Moustache à être honnête. Il me faut seulement une petite somme d'argent, et hop ! c'est réglé.

MOUSTACHE. De l'argent, mais combien ?

AHMED. Vous connaissez ces marchands de tapis. Il a d'abord dit des chiffres astronomiques.

MOUSTACHE. Combien ?

AHMED. On se serait cru au ministère des Finances.

MOUSTACHE. Mais encore ?

AHMED. Il parlait de dix mille francs lourds !

MOUSTACHE. Dix mille flics qui le crèvent, ce Noir dégoûtant ! J'appelle la préfecture ! A moi ! A la garde !

AHMED. Doucement, doucement. Je lui ai dit tout ça. "Comment ? lui ai-je envoyé dans sa tronche épanouie, tu imagines que monsieur Moustache est un rigolo ? Une poire ?" Nous avons marchandé pendant des heures. Enfin voilà le résultat de notre conférence au sommet : "Il faut, a-t-il baragouiné, que j'écoute la radio de mon pays, car je participe à un complot contre mon gouvernement." Ces gens, en plus d'être ici à manger nos tartines, font de la politique subversive.

MOUSTACHE. Tous à la mer !

AHMED. "Il me faut donc, a-t-il continué, des écouteurs, car dans ma chambre on est huit, et je ne peux pas faire brailler Radio-Tombouctou."

MOUSTACHE. Tombouctou ! Tombouctou ! Il est du Sud ! Je savais bien. Combien valent les écouteurs ? Ceci dit, en passant, comme ça, quand j'y songe, tu ne pourrais pas me dire ce que la fille Lanterne fricote de pas catholique ? *(A part.)* Moustache, tu glisses ça au débotté comme un chef.

AHMED. Les écouteurs valent trois cents francs.

MOUSTACHE. Trois cents balles, je les donne.

AHMED. "Il faudrait aussi faire installer une antenne aérospatiale spéciale et spacieuse, car Tombouctou, c'est très loin vers le Sud." L'antenne vaut sept cents francs.

MOUSTACHE. Sept cents et trois cents, ça fait mille.

AHMED. Vous avez une de ces têtes ! Shamo !

MOUSTACHE. Comment ça, chameau ! Sois poli !

AHMED. Pas chameau ! Shamo ! C'est un cri d'enthousiasme de chez moi.

MOUSTACHE. Ah bon. Mille balles, c'est beaucoup. Mais je les donne, si ça règle d'un seul coup mon affaire.

AHMED. Réglée à fond, elle sera, aucun souci à vous faire. "Il me faudra payer le monteur d'antenne, poursuit le cousin, car il a des travaux de la technique d'extrême pointe, et c'est cher. Mille francs pour le monteur."

MOUSTACHE. Jamais ! Jamais ! Qu'il garde sa ferraille ! A la mer !

AHMED. Ecoutez…

MOUSTACHE. Non, c'est un voleur, tous des voleurs, tous des brigands ! J'irai à la préfecture ! On verra ce qu'on verra.

AHMED. Voulez-vous qu'il mette l'antenne dans ses waters ? Elle fait quatorze mètres de long !

MOUSTACHE. Qu'il se l'enfile où je pense !

AHMED. Attention ! Un refus pourrait ramener je ne sais quel couteau d'alligator. Qu'est-ce que deux mille francs aujourd'hui ? Car sept cents, trois cents, et mille, ça ne fait jamais que deux mille.

MOUSTACHE. Chameau ! Chameau ! Je les donne. Mais mon affaire est réglée, archiréglée. Et pour ce qui concerne Sabine Lanterne…

AHMED. "Et enfin, dit-il, il me faut le poste à ondes courtes…"

MOUSTACHE. Jamais ! Pas une seule onde !

AHMED. Monsieur ! Une onde extrêmement courte !

MOUSTACHE. Il n'aura même pas un verre d'eau.

AHMED. Voyez que…

MOUSTACHE. A la préfecture ! Tous au trou ! Tous à la mer !

AHMED *(d'une voix tonnante)*. Dans quel abîme vous jetez-vous, Albert Moustache ! Considérez l'extension infinie des familles africaines ! Jetez les yeux sur la forêt des couteaux d'alligator ! Vous faites arrêter le grand frère, le sorcier et le cousin par la voie maternelle. Soit. Vous faites expulser Fenda par madame Pompestan. Soit. Camille va à Fleury-Mérogis. Parfait. Mais avez-vous songé au cousin par la voie paternelle ? Au benjamin de la famille ? A l'oncle de l'autre branche ? A l'archi-sorcier ? Tous ces gens vont traverser la mer, qui en avion, qui en pirogue, qui en pédalo. Tous n'auront qu'un but, qu'une cible : Albert Moustache. Ils auront dans leurs bagages des couteaux de tous formats. Ils auront cuit dans leurs fourneaux des serpents venimeux pour en faire des poisons subtils. Tous diront, dans des langues aussi barbares que le tam-tam au cré-puscule, un seul mot : "Vengeance !" Une seule phrase : "Mort à Moustache." La douane, à cause des syndicats marxistes, n'est qu'une passoire. Ils s'insinueront jusqu'à Sarges-les-Corneilles. Madame Pompestan n'y verra que du feu. Lanterne ne fera qu'une pétition, au mieux une délégation, au pire une protestation. Arrivés dans la Cité, ils se concerteront avec les loubards amis de Camille. A notre époque, qui ne se ressemble pas s'assemble quand même. C'est tout le drame. Ils guetteront tous vos gestes dans l'ombre. Les loubards voleront votre carabine. Pissedur, la pauvre bête, mourra dans d'horribles souffrances, après avoir rongé un os de gazelle habilement creusé et rempli de la bave de plusieurs vipères cornues. Ainsi, nu, solitaire, désarmé, vous serez enfin égorgé dans une ruelle, et abandonné sur le froid du béton. Vous aurez dans la bouche le goût amer de votre promotion envolée, et de vos économies livrées à l'étourderie de votre fils Antoine. C'est être damné vivant que de s'exposer ainsi à la rancune d'un cousin par voie paternelle, et d'un sorcier de la troisième classe et du dixième échelon. Cette seule idée me ferait ouvrir grand, très grand, mon portefeuille.

MOUSTACHE. A combien s'élèvent les ondes courtes ?

AHMED. Avec les écouteurs, l'antenne spacieuse, la pose, et le poste, plus quelques retards de loyer, il demande cinq mille francs, et l'affaire est faite.

MOUSTACHE. Cinq mille balles ? Lourdes, les balles ?

AHMED. Lourdes.

MOUSTACHE. Jamais, jamais, jamais. Qu'ils avalent leurs serpents. J'irai à la Pompestan, j'irai à Lanterne, j'irai à la préfecture, j'irai partout.

AHMED. Réfléchissez…

MOUSTACHE. A la préfecture.

AHMED. Ne vous exposez pas à…

MOUSTACHE. Je veux la préfecture de police. Je n'aime que la préfecture de police.

AHMED. Mais…

MOUSTACHE. Rien à faire. Moustache a parlé : rien à faire !

AHMED. On dira partout que vous êtes le père d'un délinquant organisé par des Nègres et des Arabes.

MOUSTACHE. Celui qui dit quoi que ce soit, je le plombe.

AHMED. Bien bien. Si j'étais vous, je fuirais la préfecture.

MOUSTACHE. Je ne donnerai pas cinq mille francs à ces bandits.

AHMED. Voilà justement le cousin par voie maternelle.

Entre Camille, déguisée en loubard africain, passée au noir de fumée, un couteau à la main.

scène 7

Camille, Moustache, Ahmed.

CAMILLE *(déguisant sa voix).* Ahmed, fais-moi un peu voir cet Albert Moustache, fils et petit-fils de rhinocéros puant.

AHMED. Pourquoi, cher monsieur ?

CAMILLE. Tu m'as dit toi-même qu'il veut faire expulser ma cousine Fenda, plus belle que le porc-épic, non ? Et livrer à la police aux dents de requin gâtées le sorcier de deuxième catégorie, le frère très aimé et moi-même, non ?

AHMED. Je ne sais pas. Mais il ne veut pas vous donner cinq mille francs. C'est beaucoup trop.

CAMILLE. Chameau ! Boa ! Trèfle ! Mille-feuille ! Si je le trouve, je le découpe en fines lamelles, et je le fais cuire avec du salsifis !

Moustache se dissimule en tremblant derrière Ahmed.

AHMED. Dites donc ! Le père d'Antoine est un brave ! Il a fait la guerre d'Algérie ! Il est de la légitime défense ! C'est lui qui tire depuis les fenêtres des tours sur les enfants arabes qui font du bruit !

MOUSTACHE *(bas).* Chut ! Tais-toi ! Comment sais-tu que c'est moi ?

AHMED *(bas).* C'est un argument pour l'effrayer.

CAMILLE *(brandissant le couteau).* Ah ! C'est ce Moustache qui tire au petit plomb sur nos enfants plus jolis que les cailles et les boutis ? Vipère ! Tam-tam ! Cœlacanthe ! S'il était là, je lui donnerais de cet alligator dans le ventre. *(Apercevant Moustache.)* Qui est ce spécimen ?

AHMED. Ce n'est pas lui, monsieur le cousin !

MOUSTACHE. Non non ! Ce n'est pas moi !

CAMILLE. N'est-ce pas un de sa race, ou de sa sous-race ?

AHMED. Non, cousin, c'est un ennemi juré de Moustache. C'est son pire ennemi. C'est son sous-chef à l'usine.

CAMILLE. Son ennemi juré et héréditaire ?

AHMED. C'est son ennemi hiérarchique !

CAMILLE. Ah ! Quelle joie me saisit sous le soleil de cette cité obscure ! Tu es, monsieur, l'ennemi hiérarchique et héréditaire de cet escargot baveux de Moustache ?

AHMED. Absolument.

CAMILLE. Contre mon cœur. *(Elle serre brutalement Moustache.)* Sois dans la sérénité du ciel, mon frère. Je te jure par le sacré de la cousinerie maternelle qu'avant la nuit, je vous égorge ce Moustache, et son chien Pissedur avec. Sois bien confiant, mon blanc fidèle.

AHMED. Dites donc, cousin ! Il y a de la police, ici ! Nous ne sommes pas dans la forêt vierge !

CAMILLE. Je n'ai rien à perdre. L'alligator veille.

AHMED. Moustache a une belle carabine bien graissée, monsieur ! Il n'hésite pas à tirer sur les enfants, et…

MOUSTACHE *(le tirant par la manche, à part).* Fais moins de bruit là-dessus !

AHMED *(à part).* Il faut le terroriser. *(Haut.)* Moustache a des amis, qui monteront la garde !

CAMILLE. Des amis ? Tant mieux ! Par le sorcier du dixième échelon ! Je ferai un massacre. *(Elle court dans tous les sens en brandissant le couteau.)* Ah pécari ! Ah girafe ! Que Moustache soit là avec tous ses amis, sa famille, ses cousins du degré cent vingt-sept ! Quoi ? Vous m'attaquez ? Moi le bonzolo bogari du fleuve ? Allons, tue ! Pas de grâce, pas d'autruche ! En avant ! Guerriers ! Tambours ! Là, et là ! Ah vipères lubriques ! Ah hyènes dactylographes ! Vous en aurez ! Je cuirai vos foies ! Vos estomacs ! Vos pancréas ! Perçons le tonneau du ventre ! Un coup dans le testicule gauche ! Dans la couille droite ! Quoi ? Vous cédez ? Ferme, lionceaux, ferme !

AHMED. Eh, eh ! Cousin ! Ce n'est pas nous !

CAMILLE. Voilà une bonne leçon. Hourra pour l'alligator !

Camille sort.

AHMED *(s'épongeant le front, à Moustache pros-tré).* Ouf ! Voyez, étendus sur l'asphalte, tous ces morts, pour cinq mille francs ! Allez ! Je vous souhaite quand même de vivre jusqu'à demain.

MOUSTACHE *(tremblant).* Ahmed !
Je donne les cinq mille francs.

AHMED. Ah ! Je vous vois d'un seul coup en res-suscité !

MOUSTACHE. Allons-y. Je les ai dans mon por-tefeuille.

AHMED. Donnez-moi ça. Il vous a vu ici dire que vous n'étiez pas vous ! Vous ne pouvez dire après le contraire.

MOUSTACHE. Bon. Mais fais bien attention, avec ce fou dangereux.

Il compte les billets.

AHMED. Vite ! Il faut le calmer.

MOUSTACHE. Voilà, je t'attends chez moi pour voir si c'est réglé.

AHMED. Attendez-moi ! *(Moustache sort.)* Et d'un ! Je vais aller chercher Lanterne à la mairie. Si du moins… Il arrive ! Le destin les fourre dans mon sac.

Entre Lanterne.

scène 8

Lanterne, Ahmed.

AHMED *(faisant semblant de ne pas voir Lanterne).* Terrible ! Terrible ! Terrible ! O paternité mise à la torture ! O fonctions municipales souillées ! O Parti de la qualité communiste française plongé dans le drame ! Pauvre Lanterne !

LANTERNE. Qu'est-ce qu'il raconte de moi, ce louche musulman ?

AHMED *(même jeu).* Quelqu'un peut me dire où est Lanterne, notre maire à tous ?

LANTERNE. Qu'y a-t-il, Mohammed ?

AHMED *(idem).* A la mairie, personne ! A la Fédération, personne ! A la section, personne ! A la cellule, personne !

LANTERNE. Qu'est-ce qui se passe, Abdallah ?

AHMED *(idem).* Je cours dans tout Sarges-les-Corneilles pour trouver notre maire !

LANTERNE. Je suis là, Saïd !

AHMED *(s'arrêtant comme frappé d'une idée).* Peut-être est-il à l'inauguration de la nouvelle guérite municipale pour le gardien des écoles ?

Il repart.

LANTERNE *(arrêtant Ahmed).* Eh ! Moustapha ! Tu as perdu tes lunettes ?

AHMED. Camarade Lanterne ! Pas moyen de vous mettre la main dessus.

LANTERNE. Il y a une heure que je te vois galoper. Qu'est-ce que c'est que ce saint-frusquin ?

AHMED. Monsieur, camarade, citoyen, maire…

LANTERNE. Eh ben quoi ?

AHMED. Votre Bourse du travail toute neuve…

LANTERNE. Eh ben quoi, la Bourse ?

AHMED. Votre fille Sabine…

LANTERNE. Eh ben quoi, Sabine ? Qu'est-ce qu'elle a encore fait, celle-là ?

AHMED. Bourse et fille vont sauter d'un moment à l'autre.

LANTERNE. Tu es fou, Abd el-Crime ?

AHMED. Ecoutez-moi, par Mahomet le grand et Allah le très grand ! Je veux dire par Marx le grand et Engels le pas si grand ! J'ai rencontré Sabine tout à l'heure, à la sortie de la mairie. Elle était triste de ce que vous lui aviez sermonné. Nous nous connaissons un peu, nous avons fait nos études de chimie moyenne ensemble. Nos pas nous conduisent tout naturellement vers la splendeur de la Bourse du travail étincelante de peinture neuve sous le soleil. Nous descendons visiter la cave. Nous trouvons une assemblée de jeunes gens sympathiques, qui nous disent être les jeunes syndicalistes du papier-carton. Ils nous offrent du pastis Ricard. Ils nous montrent leur dernière œuvre : un emballage de pastis à l'effigie du secrétaire général de votre parti, le Parti de la qualité communiste française, le grand et fort Pé-Q-Cé-F. C'est vous dire si nous étions en confiance !

LANTERNE. Ah ! Les braves militants ! Pourquoi se lamenter ?

AHMED. Attendez ! Echauffés par la joie militante et syndicaliste, nous n'avions pas remarqué un détail : sur l'effigie de l'emballage de pastis, le secrétaire général du PQCF avait des boucles d'oreilles !

LANTERNE *(horrifié)*. Notre secrétaire général avec des boucles d'oreilles ?

AHMED. D'immenses boucles d'oreilles ! Comme les anneaux du nez des cochons. Fatal détail ! Car voici que subitement tout bascule. Le chef arrête la musique, renverse le pastis, et fait fermer la porte à double tour. Il déclare qu'ils sont du groupe terroriste Passion oblique, qu'ils ont une bombe de mille kilowattheures, et que si vous ne payez pas l'impôt révolutionnaire de cinq mille francs, ils vont faire sauter la Bourse du travail, et qu'en plus ils violeront votre fille Sabine dix-sept fois.

LANTERNE. Dix-sept fois ? Pourquoi dix-sept fois ?

AHMED. Parce qu'ils sont seize, et que le chef compte double. Ce sont des féroces, je vous dis, des bêtes. Je suis chargé de vous trouver de toute urgence, et de ramener l'impôt en question.

LANTERNE. Combien dis-tu ?

AHMED. Cinq mille francs. Et ils ne m'ont donné que deux heures.

LANTERNE. Anarchistes ! Terroristes ! Voyous ! Crapules ! Capitalistes ! Cinq mille francs !

AHMED. C'est à vous de sauver de l'infamie votre fille adorée, et de la plus sauvage destruction votre Bourse du travail vénérée.

LANTERNE. Et pourquoi diable n'avez-vous pas remarqué tout de suite les boucles d'oreilles ? Avant de passer la porte ?

AHMED. Je vous l'ai dit ! L'atmosphère militante, saine et cordiale !

LANTERNE. Va leur dire, Moustapha, va leur dire que le PQCF ne s'incline jamais devant la terreur. Nous sommes le parti des fusillés aux mains propres. Je vais de ce pas prévenir les forces de l'ordre.

AHMED. A la première vue d'un képi, d'un casque, d'un individu suspect, d'une estafette, d'une chaussure à clous, ils font tout sauter, et ils commettent le premier des dix-sept viols.

LANTERNE. Mais pourquoi n'avez-vous pas vu les boucles d'oreilles ?

AHMED. Sabine était étourdie de tristesse par votre sermon.

LANTERNE. Fofana ! Il faut que tu sois à la hauteur de la situation.

AHMED. J'y suis tout prêt, monsieur le maire.

LANTERNE. Va dire à ces sauvages qu'ils me rendent ma fille. Tu te mets à sa place, jusqu'à ce qu'on négocie dans un bon rapport de forces.

AHMED. Vous plaisantez ! Vous imaginez que les terroristes de Passion oblique vont prendre un malheureux Arabe comme moi à la place de la fille du grand Lanterne, maire de Sarges-les-Corneilles, et membre du comité central du PQCF ? Sans compter, si vous permettez, qu'ils n'auront peut-être pas autant de zèle pour me violer dix-sept fois !

LANTERNE. Mais pourquoi n'avez-vous pas remarqué les boucles d'oreilles ? Un secrétaire général à boucles d'oreilles, c'est louche, tout de même !

AHMED. Nous ne pouvions pas imaginer une pareille histoire. Ils m'ont donné deux heures, camarade municipal !

LANTERNE. Ils demandent combien ?

AHMED. Cinq mille francs.

LANTERNE. Cinq mille francs ! Ils ne savent pas qu'il y a la baisse du pouvoir d'achat fomentée par le grand capital apatride !

AHMED. Monsieur ! Les Brigades rouges demandent cinq millions !

LANTERNE. Connaissent-ils les difficultés du panier de la ménagère ? Le prix des œufs durs ? Du vin de Cahors ?

AHMED. Ils savent que cinq mille francs, c'est cinq cent mille centimes. Un point c'est tout.

LANTERNE. Savent-ils que je reverse au parti les deux tiers de ma solde ?

AHMED. Pardonnez-moi ! Ils appellent votre parti "le grand chat puant".

LANTERNE. Le grand chat puant ! Mais pourquoi n'avez-vous pas bondi en voyant ces boucles d'oreilles ?

AHMED. Nous aurions dû. L'intelligence a des éclipses. Grouillez-vous, camarade, le premier viol va se perpétrer.

LANTERNE. Tiens, voilà la clef de l'armoire où sont mes archives personnelles.

AHMED. Bon.

LANTERNE. Tu trouveras dedans une collection de tous les numéros du journal du comité central depuis 1946.

AHMED. Et alors ?

LANTERNE. Tu iras les vendre aux puces, et tu paieras avec ça la rançon de Sabine et de la Bourse du travail.

AHMED *(rendant la clef)*. Vous dormez debout ! Personne ne voudra de ces machins ! J'en tirerai deux cents balles ! Il nous reste à peine une heure !

LANTERNE. Mais pourquoi n'avez-vous pas sur-sauté en voyant un secrétaire général avec des boucles d'oreilles ?

AHMED. Laissez ces boucles d'oreilles, à la fin ! Votre fille va y passer ! Hélas ! Malheureuse Sabine ! Etudiante chimiquement modèle ! Peut-être qu'en ce moment, le premier sauvage de Passion oblique se déboutonne ! Et toi, Bourse du travail ! Fruit des efforts du budget municipal ! Chef-d'œuvre de cent maçons syndiqués ! Peut-être vacilles-tu déjà sur tes fraîches fondations ! Mais Marx et Engels témoi-gneront que j'ai fait tout ce que j'ai pu, et qu'il faut ici juger et condamner l'obstination dogmatique d'un père, et d'un maire.

LANTERNE. Attends, Abdel Kader, je vais cher-cher l'argent.

AHMED. Filez comme un pet sur une toile cirée ! L'heure sonne !

114

LANTERNE. Tu dis, quatre mille francs ?

AHMED. Non, cinq mille.

LANTERNE. Cinq mille ?

AHMED. Oui.

LANTERNE. Se laisser berner par des boucles d'oreilles !

AHMED. C'est à pleurer. Mais filez !

LANTERNE. Peut-on confondre l'oreille d'un secrétaire général avec le nez d'un cochon ?

AHMED. C'est à se flinguer. Mais foncez !

LANTERNE. Des boucles d'oreilles !

AHMED *(à part).* Ces boucles d'oreilles lui sortent par le nez !

LANTERNE. Tiens Saïd, j'ai justement cinq mille francs sur moi. C'était pour la caisse de roulement des permanents intérimaires du parti. Ah ! Je les croyais bien en sûreté.

Il lui tend les billets, mais il les garde dans la main, et finalement les remettra dans sa poche sans s'en apercevoir.

Tiens, va racheter Sabine et la Bourse.

AHMED. Bien, il est grand temps.

LANTERNE. Mais dis à ces gangsters que je leur revaudrai un chien de ma chienne !

AHMED. Oui.

LANTERNE. Que je leur mettrai tous les flics au derrière.

AHMED. Oui.

LANTERNE. Que les masses laborieuses et le service d'ordre de la Confédération les traqueront partout.

AHMED. Faites-moi confiance.

LANTERNE. Qu'ils finiront leurs jours dans les quartiers de haute sécurité, et aussi dans les hôpitaux psychiatriques.

AHMED. A coup sûr.

LANTERNE. Que si la gauche est réélue, ils ne pourront plus se cacher à droite.

AHMED. Oui.

LANTERNE. Cours vite sauver la Bourse et ma fille.

Il commence à s'en aller.

AHMED *(courant après lui)*. Oh ! Comité central !

LANTERNE. Quoi ?

AHMED. Et le fric ?

LANTERNE. Je ne te l'ai pas donné ?

AHMED. Non ! Vous l'avez fourré dans votre poche.

LANTERNE. L'indignation politique me met hors de moi.

AHMED. Je vois bien.

LANTERNE. Pourquoi n'avez-vous pas fait attention aux boucles d'oreilles ? Satanées boucles d'oreilles ! Terroristes ! Je vous aurai !

Lanterne sort.

AHMED. Tu n'en es pas quitte envers Ahmed. Ah ! On raconte des fables sur moi à Sabine ! On me fait pistoléter par Alexandre ! Ça vaut bien plus cher que cinq mille francs !

Entrent Antoine et Sabine.

scène 9

Antoine, Sabine, Ahmed.

ANTOINE. Ahmed ! As-tu trouvé l'oseille pour ôter des huisseries Blue Eye of the Red Tiger et la moto ?

SABINE. Et pour racheter le matériel de chimie que j'avais fauché à l'institut ?

AHMED *(à Antoine)*. Voilà cinq mille francs, que j'ai tirés de ton père Moustache. Et je crois que Fenda restera ici, bien pépère.

ANTOINE. Formidable !

AHMED *(à Sabine).* Côté de vous et d'Alexandre, j'ai raté.

SABINE *(effondrée).* Alexandre va s'enfuir et aller en prison ! Je n'ai plus qu'à aller chez le psychanalyste. Sans Alexandre, je suis paumée, c'est la névrose à tous les coups.

AHMED. O ! Doucement ! Tu t'emballes, poupée !

SABINE. Tu crois que je vais retourner chez mon père ? Tu te fiches de moi ? Non, non, le divan, il n'y a que ça.

AHMED. Le divan ? Horreur ! Tiens, voilà tes cinq mille francs.

SABINE *(l'embrassant).* Chic alors ! *(De nouveau assombrie.)* Mais il y a Rhubarbe, le cé-té-té-té-té-tiste. Pour avoir son local d'animation, il est prêt à dénoncer Alexandre à mon paternel.

AHMED. Je m'occupe de Rhubarbe. Mais à une condition : tu m'autorises à me venger de Lanterne, qui m'a calomnié auprès d'Alexandre.

SABINE. Ce n'est pas Lanterne.

AHMED. Comment ça, ce n'est pas Lanterne ?

SABINE. C'est moi qui l'ai cru, d'après ce que papa me disait quand il m'a retrouvée. J'avoue que je t'ai soupçonné, et c'est moi qui ai informé Alexandre. Mais en fait, tout ça vient de madame Pompestan. Papa m'a raconté la scène en détail, tout à l'heure, à la mairie. Pompestan lui a fait des insinuations sur moi, et lui a dit de voir auprès d'un certain Ahmed.

AHMED. La Pompestan ! Me voici tout à fait libre de me venger.

ANTOINE. Méfie-toi. C'est une peau de vache.

AHMED. C'est une affaire entre elle et moi. Quant à Rhubarbe, il sera muet comme un cataplasme, je vous le dis.

ANTOINE. A moi Fenda, douce immortelle ! A moi cassettes fulminantes de Majestuous Brown Egg ! Le jour ici s'allonge au-dessus des antennes de télévision, juchées sur les hautes tours comme des marabouts au bec clos ! Les pompes à essence cachent dans leur ventre rouge sang le bec de leurs tuyaux ! Les camions, tels autant d'éléphants aux semelles silencieuses, s'alignent derrière le vantail d'acier des profonds garages. Et, dans l'éclat du soleil au déclin, à peine masqué par le panneau publicitaire des machines à laver Spino-tube, je vois, au-dessus de la Bourse du travail, flotter la dernière…

SABINE. Arrête ton char ! Allons raconter tout ça aux copains.

AHMED. Belle journée. Debout, les morts !

ACTE III

scène 1

Rhubarbe, Ahmed.

RHUBARBE *(seul).* Je vais aller trouver Lanterne.
Parfaitement, je vais aller trouver Lanterne. Rhubarbe, tu vas aller trouver Lanterne. Tu vas lui dire :
"Camarade Lanterne, parlons d'égaux à égaux,
d'homme à homme, de première gauche à seconde
gauche. Votre fille Sabine…" Non. C'est trop direct.
Je vais aller trouver Lanterne. Je mettrai mon maca-
ron de la Pologne, pour que tout soit bien clair entre
nous, là, d'entrée de jeu. J'entre chez Lanterne, et je
lui dis : "Connaîtriez-vous par hasard un nommé
Alexandre ?" Non. C'est trop indirect.
Donc, je monte l'escalier de la mairie, j'ai rendez-
vous avec Lanterne, on m'introduit. "Salut, camarade Lanterne." Il répond… Qu'est-ce qu'il répond ?
Il ne m'aime pas. Ils sont butés, ces dogmatiques
bureaucrates. Il répond : "Ouais, posez-vous là." Je
me pose. Je ne dis rien, ça c'est la ruse, j'attends
qu'il se découvre. Il se découvre. Non, il est malin,

c'est lui qui me dit : "Découvrez-vous, Rhubarbe."
Je lui rive son clou avec une astuce : "Mais je
suis découvert, cher Lanterne, je n'ai pas de chapeau !" Non. C'est mauvais.

Entre Ahmed, qui l'observe.

Je pousse en trombe la porte de Lanterne, et je lui dis
comme ça, d'un seul souffle : "Lanterne ! Ou tu me
donnes un local pour l'animation sociale et culturelle,
ou je publie dans le journal de la CTTTT, vous savez,
le Miroir transparent de la base travailleuse, le
MTBT, comme on dit chez nous familièrement,
le MTBT de la CTTTT, je publie tout sur Alexandre, le
terrorisme à Sarges-les-Corneilles, et on est obligé de
mouiller ta fille jusqu'au cou, et la CTTTT te met au
tapis, parce qu'on peut indigner toute l'initiative des
travailleurs contre les bureaucrates, si bien qu'alors…
Non. C'est embrouillé.
Oh ! C'est difficile ! Il me faut un plan démocratique
de mon action.

AHMED *(se montrant).* Très cher camarade Rhubarbe ! Permets-moi de t'aider.

RHUBARBE. Bonjour, Ahmed. Tu ne connais rien à
cette situation.

AHMED. Je sais tout, Sabine, Alexandre, votre
projet de local, la difficulté de voir Lanterne. Tout.

RHUBARBE *(dépité).* Tout le monde sait tout,
alors ? Mon tuyau est crevé ?

AHMED. Il vaut pas un pet de lapin.

RHUBARBE. Je peux tout de même essayer. Sinon, comment ma structure souple sera logée pour l'animation sociale et culturelle à Sarges-les-Corneilles ?

AHMED. Tu vas aller voir Lanterne ?

RHUBARBE. J'irai. Je monte l'escalier, et…

AHMED. Tu vas dénoncer Sabine et Alexandre ?

RHUBARBE. Dénoncer ! Non. La CTTTT ne dénonce jamais. Elle laisse ça aux fascistes et aux staliniens. Non, je vais lui dire la vérité.

AHMED. Dis-moi un peu comment tu vas t'y prendre ?

RHUBARBE. Justement, je faisais un plan démocratique pour mon initiative. J'entrais chez Lanterne, et je disais, voyons, voyons…

Silence.

AHMED. Tu disais quoi ?

RHUBARBE. Dur. C'est dur. Les dogmatiques du PQCF ont la tête dure.

AHMED. Et après ? Hein ? Après ? Lanterne va te lanterner. Il va réunir le bureau fédéral. Il va en référer au comité central. Le secrétaire général va s'en mêler. On fera donner la Cé-cleffe, contre la Cé-té-té-té-té. On dira que si vous êtes au courant, c'est que vous êtes mélangés aux gauchistes et aux immigrés délinquants de la deuxième génération. Sabine niera tout en bloc. La police, pour vous faire un croche-pied, ne trouvera rien chez Alexandre. La télé régionale tirera des voiles de fumée. Lanterne fera un défilé contre l'anticommunisme primaire. Le syndicat de Capitou-Nuclée, où déjà vous avez ramassé la gamelle, fera trois minutes de grève générale contre les calomnies et les licenciements. Tes amis mêmes de la CTTTT trouveront que tu fais beaucoup de bruit pour rien. Ils t'accuseront de les brouiller avec la mairie, avec la Cécleffe, avec le PQCF. Ce sont de vrais démocrates. Donc ils ont peur des gens puissants. Tu te retrouveras seul, exclu, ou muté à l'époussetage des archives. Adieu l'animation sociale et culturelle ! Zéro pour la structure ! Pas plus de local que de beurre au cul. Si tu vois ce que je veux dire.

RHUBARBE. C'est embêtant ! C'est embêtant ! Je n'ai aucune autre idée. J'ai beau me conscientiser à la base, je ne trouve pas autre chose pour tirer ça de Lanterne.

AHMED. J'ai l'idée qu'il te faut.

RHUBARBE. Une idée de base ? Une initiative jeune et moderne ?

AHMED. Absolument. Accroche ta ceinture et suis-moi. Tu sais qu'on va donner le droit de vote aux immigrés pour les élections municipales ?

RHUBARBE. C'est un serpent de mer.

AHMED. Pas du tout ! J'ai des tuyaux sûrs. Les négociations secrètes avec les responsables de l'immigration aboutissent. Les vrais responsables, ceux qui sont authentiquement responsabilisés et français. Pompestan elle-même est d'accord.

RHUBARBE. Et quel rapport avec mon local d'animation culturelle ?

AHMED. Un local ? Misère ! Les idées de Rhubarbe méritent le gros lot, et pas un simple local.

RHUBARBE. Le gros lot ? Quel gros lot ?

AHMED. La mairie. Le fauteuil de Lanterne. C'est lui qui viendra te mendier une salle pour boire son pastis Ricard.

RHUBARBE. Moi à la mairie ? Tu te fiches de moi.

AHMED. Suis-moi, je te dis. Les immigrés sont 22 % à Sarges-les-Corneilles. OK ?

RHUBARBE. Je sais bien ! Entre nous, du reste, j'ai le courage de le dire, c'est un problème. Je ne suis pas d'accord avec le Parti de la qualité communiste française que c'est un seuil de tolérance. Non ! Il n'y a pas de seuil de tolérance. Il n'y a qu'un très grave problème ! Un immigré de plus, je dis bien : un seul immigré de plus, et le pluriculturel des communautés est bouffé par le racisme. Je le répète à tous les irresponsables. La démocratie exige aujourd'hui qu'on expulse par tous les moyens de police et de judiciaire tous les immigrés qui c'est qui sont clandestins, et qui c'est qui sont surnuméraires. C'est ça, la démocratie réaliste. Si on a juste le nombre qu'il faut d'immigrés, l'animation culturelle et sociale se charge de les intégrer et de les encadrer. Ils ne bougent plus. Il y aura des méchouis interculturels. Sinon, c'est le racisme qui monte, qui monte, qui monte !

AHMED. A qui le dis-tu ! Moi-même, si j'étais cet immigré en trop dont tu parles, je n'hésiterais pas une seconde ! Je m'expulserais.

RHUBARBE *(satisfait)*. Tu vois ! Il y en a, des immigrés conscients et responsables ! Et cette histoire de fous de la mairie ?

AHMED. Celui qui a aux élections le 22 % d'immigrés, il gagne.

RHUBARBE. C'est sûr ! Et alors ?

AHMED *(royal)*. Je te les donne !

RHUBARBE. Tu me donnes les voix des immigrés ? C'est toi qui les as ?

AHMED *(impérial)*. Je les ai. Demande partout. Les voix des immigrés aux élections, c'est moi.

RHUBARBE. Mais comment je serai candidat ? Il me faut des voix françaises ! Exactement… *(Rhubarbe sort sa machine à calculer.)* Voyons ! 22 % d'immigrés. Restent 78 % de Français. Pour arriver à 50 %, il me faut 28 % de plus que les 22 %. 28 % sur 78 %, tous des Français, bien sûr… Il me faut 21,84 % des Français.

AHMED. Suis-moi, te redis-je ! Tu t'inscris illico au Parti démocratique socialiste, ce bon vieux PDS de Jules Guesde, et Guy Mollet, de François Mitterrand, et autres héros de la gauche française.

RHUBARBE. Le Parti démocratique socialiste ? J'y suis déjà.

AHMED. Tu y es déjà ? Et qu'est-ce que tu y fais ?

RHUBARBE. Comme tous les militants de base.

AHMED. C'est-à-dire ?

RHUBARBE. Rien. Enfin, rien de la politique politicienne ! On discute, on échange les idées, on colle des affiches pour les élections. C'est très sympa, très chaleureux psychologiquement. C'est pas du tout sectaire.

AHMED. Et il fait combien aux élections, le PDS ?

RHUBARBE. Dans les 22 %.

AHMED. Parfait ! Les voilà, tes 21,84 % de Français ! Tu dis à tes camarades que tu as les voix des immigrés. Que tu les as personnellement, à cause de l'animation sociale. Comme ils veulent le fauteuil, ils te bombardent forcément tête de liste. 22 % les immigrés, et 22 % sur ce qui reste de Français avec le PDS, ça fait 50 % du total. Tu es élu !

RHUBARBE *(soupçonneux)*. Mais pourquoi tu me les donnerais, les voix des immigrés ?

AHMED. Tu me le demandes ?

RHUBARBE. Oui, je te le demande.

AHMED. Rhubarbe ! Tu t'es regardé ?

RHUBARBE. Comme tout le monde, quand je me rase.

AHMED. Justement ! Tu as une barbe !

RHUBARBE. Je la taille, tout de même.

AHMED. Alors, tu sais tout. Qui nous représentera mieux au conseil municipal, que dis-je, dans le fauteuil de maire, que Rhubarbe ! L'homme des minorités sexuelles, régionales, écologiques, nationales, provinciales ! L'homme de toutes les bases contre tous les sommets ! L'homme des structures les plus souples, et des dialogues interculturels les plus dynamisants ! A la place du dogmatique Lanterne, qui veut le seuil de tolérance antiarabe, nous voulons, nous aurons, Rhubarbe ! Celui qui ne tolère que des expulsions certes massives, mais raisonnables. C'est un progrès fantastique ! Non, va, c'est dans la poche. Il me faut seulement une petite assurance. Tiens, signe ce papier.

RHUBARBE. Qu'est-ce qu'il y a, sur ce papier ?

AHMED. Lis ! Lis ! Je ne suis pas comme les bureaucrates, moi, je n'ai pas le goût du secret. Tout est à ciel ouvert.

RHUBARBE *(lisant)*. "Je soussigné Edmond Rhubarbe garantis ici librement, et en donnerai tous les témoins, que ce qui se raconte sur le prétendu

terroriste Alexandre et sa compromission avec
Sabine Lanterne, n'est que de la calomnie."
Pourquoi faut-il que je signe ça ?

AHMED. Veux-tu avoir contre ton élection toute
la jeunesse ? Déjà le bruit court que tu vas les
dénoncer. Ils s'agitent, ils font dans les caves des
assemblées générales. Il faut couper court, et ral-
lier ces forces vives, même si elles sont un peu
irresponsables. Je montrerai ce papier, et ils vote-
ront pour toi. Tiens, avec ça, en plus des 22 %
d'immigrés, je t'amène sur un plateau les 10 % de
la jeunesse des cités.

RHUBARBE. Ça a l'air de coller. Je signe. Ahmed !
Quand je serai maire, je ferai traduire en arabe
tous mes arrêtés municipaux. Je serai le premier
maire pluriculturel. Est-ce que le poste de traduc-
teur, à l'échelon de base, deuxième catégorie, t'intéresse ?

AHMED. Ahmed ne travaille que pour le bien
public. Merci quand même !

RHUBARBE. Dès ce soir, je commence à me
montrer à la section du Parti démocratique socialiste. Merci, merci, merci.

Il sort.

AHMED. Quel cornichon ! Tiens, voilà la bande
des filles.

Entrent Fenda, Sabine et Camille.

scène 2

Fenda, Sabine, Camille, Ahmed.

AHMED. Et voilà. Rhubarbe est coincé. Lisez !

Il donne le papier à Sabine.

CAMILLE. Restons groupées, les copines. Toute cette salade me fait mal au crâne.

Camille et Fenda dansent aux accents de Blue Eye of the Red Tiger.

SABINE. Tu es incroyable ! Regarde ça, Fenda ! Alexandre est tiré d'affaire. Mon psychanalyste attendra ! Et tout ça nous a donné l'occasion de nous connaître. Sais-tu que tu es la première fille africaine à qui je parle ?

FENDA. C'est ma supériorité, petite blonde de ce petit pays. J'ai loisir, chez Capitou-Nuclée, d'examiner à la loupe la représentante patentée de votre féminitude. Je vous dirais qu'on y voit des pâlichonnes et des moins-que-rien plus que de saison. Je compte poursuivre mon étude de votre race. Je serai épanouie de recevoir ton amitié.

AHMED. L'amitié entre femmes est un pistolet braqué sur les hommes. J'aime mieux que vous nous aimiez.

FENDA. L'amour, mon petit poulet, est une étude où se faire manger la figure arrive plusieurs fois entre deux lunes. Il est très convenable de ne pas chevaucher ce tapir sans avoir des brides, des ficelles et des papiers en règle.

AHMED. Tu as ficelé Antoine, ma Noire lumineuse ? Tu l'as bridé et papiérisé ?

FENDA. Je le prospecte avec ma patience. Il n'a pas su nous mettre à l'abri du temps, c'est toi qui as fait le labeur. Mais je ne cherche pas dans la vie, pour l'ouvrière, un guerrier boum boum ! J'ai mes dents, et j'ai ma pensée, profondément. Antoine pourrait bien faire la grande malencontre, s'il croit esquiver de passer devant le maire, et tirer de mon flanc gratuit sa petite langueur. Moustache le père devra de la bouche d'Antoine le fils savoir que Fenda, qu'il n'expulse plus, va s'asseoir dans sa maison, et la briquer un peu de toutes les cochonneries que ce vieux entasse sur les toiles cirées.

AHMED. Tel que je connais Antoine, dès que tu l'argumentes, il publie les bans et achète sa queue-de-pie.

FENDA. Il vaut mieux préférer le croire. Nous autres, femmes d'Afrique, sommes ici pour plus de vigueur du côté de ce qui est matrimonial.

AHMED. C'est vrai qu'à vous voir passer sous la couleur, et droites comme un *i*, on se dit que les petites Françaises de psychanalystes peuvent se rhabiller.

SABINE. Tu exagères ! Il est bien normal que nous étudiions nos fantasmes. Les femmes sont plus près d'une expérience intime, je ne sais pas, un discours qui n'est pas complètement abstrait, comme les prétentions des mecs.

FENDA. L'homme dans sa demeure musculaire abrite un enfant qui a des jeux très agréables et spécialement très bêtes. Il court partout avec l'air si grave qui lui est convenable. Mais la soupe tous les jours est le sérieux de ce qui va comme le fleuve. Etre à sec est la pire des infortunes noires, aussi la femme est très attentionnée, elle voit tout, et rit parmi elles des hommes, mais pas devant lui.

SABINE. Il y a encore pas mal de trucs du patriarcat, là-dedans. Alexandre doit surtout bien me comprendre, connaître à fond mes désirs.

FENDA. Il s'agirait de comprendre pas trop. L'œil suffit. Et d'être sous l'obligation.

SABINE. L'idée, c'est d'être complètement personnelle, et aussi dans l'équilibre, dans l'harmonie, avec le sexuel, le mental, le quotidien, tout.

AHMED. L'équilibre ! C'est emmerdant comme la pluie, l'équilibre ! J'estime que la vie doit plonger et remonter, comme au grand huit de la foire du Trône. C'est ça qui fait la jouissance.

FENDA. Ahmed ! Raconte-nous la légende de ton histoire de tirer de l'argent de Moustache. Je suis tout rire à l'avance, et si tu fais le conte de ceci, tu auras la joie de ma joie.

AHMED. Camille te le racontera mieux. Il faut que je me venge de la Pompestan, ça, c'est de la volupté.

CAMILLE. Ecoute, mec. Tu as fait des trucs utiles et rigolos aujourd'hui. Pourquoi veux-tu maintenant, pour rien, risquer la grosse gaffe ?

AHMED. Parce que j'aime prendre des risques, ma biche.

CAMILLE. Laisse la Pompestan. Elle va te faire plonger.

AHMED. Fiche-moi la paix.

CAMILLE. Tu t'attaques à un gros morceau, pour des prunes.

AHMED. Fiche-moi la paix, je te dis.

CAMILLE. Ouais, ouais !

AHMED. C'est moi qui plongerai, pas toi, ma biche.

CAMILLE. Je te dis ça comme ça.

AHMED. Celui qui fait des choses pas possibles, hein, il ne doit pas trop examiner leur possibilité. Vu ?

FENDA. Laissons-le jouer avec ses plumes dans le derrière.

AHMED. Retournez chez Antoine.

Sabine, Fenda et Camille sortent.

Ahmed ne laissera pas qu'on puisse le trahir. Le silence est d'or, même pour une député-euh du Pé-RRR-Fe.

scène 3

Madame Pompestan, Ahmed.
Madame Pompestan arrive dans une grosse voiture,
une Mercedes, et s'arrête au milieu de la scène.

MADAME POMPESTAN *(par la portière).* Dis donc, toi ! N'es-tu pas le nommé Ahmed ?

AHMED. A votre service, madame la présidente. Je vous cherchais, justement.

MADAME POMPESTAN. Ah ! Tu veux me dire tout ce que tu sais sur ce communiste et sur sa fille dévergondée ?

AHMED. Cette histoire ne vaut pas tripette, madame la présidente. C'est vous qui êtes en danger, en danger de mort ! Vous n'auriez pas dû sortir du siège du Parti républicain pour le rassemblement et le redressement de la France. Là-bas, il y a des gorilles, au moins. Il ne fallait pas vous aventurer dans la Cité ! Venir nue sur le béton !

MADAME POMPESTAN. Nue, vous exagérez ! Mais qu'est-ce que c'est que cette chienlit ?

AHMED. En ce moment même, des loubards sillonnent les blocs pour vous foutre à poil, c'est leur façon de parler, et vous faire tâter du baston, comme ils disent.

MADAME POMPESTAN. Moi ! La député-e ! La présidente du club parlementaire des femmes d'action ! Voyou ! Je vais t'apprendre à te fiche de moi !

Elle essaie de redémarrer.

AHMED *(s'installant sur le capot de la voiture).* Les tuyaux d'Ahmed sont bons. Vous veniez vous-même les chercher !

MADAME POMPESTAN. Mais qui sont ces délinquants ?

AHMED. Vous avez été imprudente ! Le bruit s'est répandu partout que vous vouliez coincer Passion oblique, et Lanterne avec. Il y a eu une alliance des terroristes et des jeunes gros bras du PQCF et de la Cé-cleffe. Je soupçonne que les Palestiniens et le KGB sont derrière. Ils ont juré de vous avoir. Ils sont par petits groupes, et ils arpentent la Cité avec couteaux, chaînes de vélo, barres de fer, tout un arsenal. Il y a des Nègres, des Arabes, des Pakistanais, des Antillais, des Serbes, des Croates, des Oustachis, des Turcs, des Comoréens, des Tahitiens, des Grenadiers, des pirates des îles, des Guyanais, des Sri Lankais, des Portugais, des Grecs, aussi bien des Grecs anciens que des Grecs modernes, des Espagnols, dont je vous prie de croire que l'armée n'est pas en déroute, des Malgaches, des Réunionnais, des Congolais, des sicaires de républiques bananières, et des mercenaires de potentats subglaciaires. J'ai même vu un Belge, en compagnie d'un Chinois. Lanterne les encourage en sous-main. Moustache a déjà passé de vie à trépas. A très, très, pas, c'est moi qui vous le dis. C'est l'émeute. Sur Sarges-les-Corneilles descend le grand soir sardanapalesque. Moi-même, je suis menacé.

MADAME POMPESTAN. Je pars à la préfecture. On va nettoyer tout ça d'un seul coup ! On va envelopper la Cité d'un nuage de CRS. Ils jouent au con, là. On va raser toutes ces tours pleines de squatters. J'appelle le bulldozer et la pompe à eau. Lanterne est démasqué !

Elle veut démarrer.

AHMED *(couché sur le capot).* Au nord, au sud, à l'est, à l'ouest, ils veillent. Il y a des barricades, des clous, des pneus. Vous ne passerez pas. Ils connaissent votre voiture. Ils sont dans le béton de Sargesles-Corneilles comme des poissons dans l'eau. Il ne fallait pas venir, madame !

MADAME POMPESTAN *(sortant de la voiture).* Mais qu'est-ce que je dois faire, alors, mon brave !

AHMED. Le feu a pris à toute la plaine. Je ne m'y attendais pas. J'ai peur d'un sanglant cauchemar, et…

Il court vers le fond de la scène.

MADAME POMPESTAN *(inquiète pour de bon)*. Ils arrivent ?

AHMED *(revenant)*. Non non, c'est rien.

MADAME POMPESTAN. Tu les connais, ces gens de couleur. Tu ne peux pas négocier, pendant que je vais chez mon ami le commandant des CRS ?

AHMED. Vous ne passerez pas, je me tue à vous le dire. J'ai bien une idée, mais je risque, moi, de rester sur le carreau.

MADAME POMPESTAN. Mon brave ! La France vous parle par ma voix maternelle ! Ne laisse pas s'accomplir l'irréparable !

AHMED *(claquant des talons)*. A vos ordres ! Vive de Gaulle ! Je ne peux pas laisser notre député-e, libérale, sociale et nationale, se faire assommer.

MADAME POMPESTAN. On vous récompensera, mon ami. Quand nous reprendrons la mairie nous vous engagerons chez les éboueurs municipaux. Vous y ferez un syndicat indépendant et vraiment français. Vous combattrez l'influence des marxistes. On vous aidera.

AHMED. Très bien. Voilà. Vous vous mettez dans le coffre de la voiture.

MADAME POMPESTAN. Dans le coffre !

AHMED. Oui, ils n'auront pas la jugeote de regarder là. S'ils reconnaissent votre voiture, je dirai que vous avez réussi à vous enfuir, et qu'à l'heure qu'il est, vous êtes à la préfecture. Ça les douchera.

MADAME POMPESTAN. Ce n'est pas folichon. Mais enfin.

AHMED *(ouvrant le coffre de la voiture).* Il est grand. Pliez-vous un peu. *(A part.)* Tu vas payer pour tes bavardages.

MADAME POMPESTAN *(dans le coffre).* Qu'est-ce que tu dis, mon brave ?

AHMED. Je dis que nous les aurons. Restez bien pliée en deux, comme un fœtus, et ne dites pas un mot.

MADAME POMPESTAN. Il n'y a pas beaucoup d'air…

AHMED. Attention ! Voilà un Marocain qui vous cherche ! *(Il claque le coffre, et prend un accent arabe d'opérette.)* "Qu'is ti qui m'dira où l'é la mérr Pompestin. 'Sonne pour mi dire où é cachée c'te fille de chien, que j'li donne de c'coup d'barr à mine ?" *(Vers le coffre, avec sa voix ordinaire.)* Ne bougez pas. *(De l'autre voix.)* "Par Allah l'tout-puissant ! J'la tripe, qui s'rait retournée même dans l'ventre de sa mérr !" *(Vers le coffre.)* Pas un bruit. *(Tantôt avec sa voix ordinaire, tantôt avec l'autre.)* "Dis donc ti, l'gars za voiturr' ?" – Oui.

– "Cinq sacs pour ti si ti m'dis où s'qui é l'mérr
Pompestin." – Tu cherches notre député-e ? – "Oui,
par Allah seigneur tout-puissant, j'li cherch !"– Et
pourquoi ? – "Pourquoué ?" – Oui. – "J'veux li
casser li jambes d'elle." – Oh ! Dis donc ! Casser
les jambes françaises d'une député-e du Pé-RRR-
Fe ! Toi ! Un minable ! Un ouvrier ! – "Qu'est-ce tu
m'i chinte ? La fille d'pute Pompestin ? La gross
vach d'mouchard ?" – Madame Pompestan n'est ni
moucharde, ni fille de pute, ni pute elle-même. Un
honnête travailleur étranger, comme toi ou moi, ne
doit pas employer ce langage ordurier ! – "Toi ti
s'rais pas copin d'la Pompestin ?" – Oh ! On ne
copine pas avec une dame de la société. Elle me fait
la faveur de m'entretenir quelquefois. – "Ah ! T'i
causes la Pompestin ! Ti vas voir !"

*Ahmed donne de violents coups de barre de fer sur
la voiture, casse les pare-brise, les fenêtres, massacre les ailes, cabosse tout le toit, etc.*

"Tiens ! Et tiens ! Voilà pour c'te pute d'ma part !
Causes-y bien !" – Ah ! Aïe ! Doucement ! Aïe !
Assez ! Oh ! – "La prochaine fois qu'tu li causes la
Pompestin, ti portes ça d'moi." – Aïe ! Arrêtez !
– "Salut, li copin !"

*Ahmed écrase sur ses habits et sa figure de petites
fioles d'encre rouge et gémit tant et plus.*

Ah ! Putain de sort ! Salaud de Berbère ! Ah !

MADAME POMPESTAN *(ouvrant le coffre de la
voiture).* Mais ils mettent ma Mercedes en miettes !

138

AHMED. Ah ! Madame ! Je suis crevé ! Je n'y tiens plus ! Je saigne de partout !

MADAME POMPESTAN. Comment ! Mais ils tapaient sur ma voiture ! Mes oreilles ont failli éclater !

AHMED. La voiture ! Je vous en fiche de la voiture ! Il voulait me casser les reins, oui !

MADAME POMPESTAN. Mais regarde ! Toutes les vitres sont en l'air !

AHMED. C'est juste le bout de sa barre qui a effleuré la Mercedes ! Aïe ! Quelle bête, ce chleuh !

MADAME POMPESTAN. Eh bien, mets-toi un peu plus loin, qu'ils ne bousillent pas ma voiture neuve !

AHMED (la pousse dans le coffre et le referme). Attention ! Le Chinois ! – "Longue marche sur béton de Yang Tsé Kiang mènera Yang Tsé Kiang transpercement subtil de très honorable Pompestan. Si peu digne de transpercer elle soit le vermisseau Yang Tsé Kiang." – Respirez le moins possible, madame. – "Permettez honorable voisin de belle voiture vous demander si œil de vous exercé et clair n'avoir pas aperçu troublante silhouette de madame Pompestan ?" – Pas du tout, monsieur, je ne sais pas où est notre députée. – "Langue de vous pouvoir se tenir droite, honorable correspondant, Yang Tsé Kiang être impassible comme tous les fils Empire céleste récemment changé République céleste populaire." – Mais puis-je savoir pourquoi vous désirez rencontrer notre députée ? – "Yang Tsé Kiang désireux couper impassiblement madame Pompestan quelques veines et artères, à l'aide de pensée président Mao lui perforer également partie supérieure du cou." – Je ne sais absolument pas où elle est. – "Yang Tsé Kiang déjà voir cette voiture, pense-t-il humblement dans son esprit." – Certainement pas ! C'est la mienne ! – "Honorable Ahmed d'Arabie posséder bien grosse voiture pour standing prolétaire ! Etre fortement corrompu pourriture capitaliste occidentale !" – Monsieur, je suis un travailleur honnête et économe ! – "Yang Tsé Kiang être dévoré coupablement curiosité. L'honorable Arabique pouvoir ouvrir coffre de considérable voiture par lui achetée avec économies frugales ?" – Jamais, monsieur ! Il faudrait pour cela un mandat de perquisition. – "Yang Tsé Kiang devoir insister." – Rien à faire ! Il faudrait me passer sur le corps. – "Corps d'honorable Arabique pouvoir être fortement raccourci par couteau d'insistant Yang Tsé Kiang." – Vous ne me faites pas peur ! – "Yang Tsé Kiang commencer par raccourcir mollets d'Arabique têtu." – Faites le malin, espèce de fanatique oriental ! Je n'ouvrirai pas ! – "Dans ces conditions, Yang Tsé Kiang faire petits exercices préliminaires. Voilà ! Voilà ! Voilà encore !"

Ahmed crève les quatre pneus de la voiture avec un couteau, puis se retrousse les pantalons et s'écrase de l'encre rouge sur les chevilles.

140

Aïe ! Pitié ! Ne raccourcissez plus ! Aïe ! – "Yang Tsé Kiang regrette infiniment avoir dû commencer raccourcissement honorable Arabique. Propriétaire voiture trop grosse pour revenu prolétarien prendre ça pour leçon sagesse confucéenne et morale socialiste." – Ah ! Les supplices chinois ! Affreux !

MADAME POMPESTAN *(sortant la tête du coffre)*. Ma Mercedes ! C'est une épave !

AHMED. Il m'a tailladé les mollets ! Je perds tout mon sang ! Je ne tiendrai pas le coup !

MADAME POMPESTAN. Mais pourquoi démolissent-ils la voiture ?

AHMED *(la renfermant dans le coffre)*. Alerte ! Il y en a cinq ou six qui se pointent par ici. Ce sont les gros bras de Lanterne.

Pendant ce qui suit, Ahmed qui imite les voix de quatre ou cinq personnes, arrache le capot, tape sur les cylindres à coups de barre, sort des pièces du moteur, défonce le coffre, etc.

"Allez les gars ! Elle est planquée ici. – On le sait. – Cherchons dans les caves. – Grimpons sur les tours. – Fouillons les poubelles. – Grattons le béton. – Lanterne l'a dit. – Lanterne l'a fait. – Vive le PQCF ! – A bas la réaction ! – Creusons un tunnel ! – Elevons un échafaudage ! – Prenons les jumelles. – A gauche ! – Non, à droite ! – Tu

141

t'imposes ! – A droite, jamais ! – Tu te goures.
– J'ai vu sa jupe. – J'ai repéré son parfum de pute.
– Ça craint ! – Pompestan, t'es foutue, l'syndicat est
dans la rue !" *(Vers le coffre.)* – Ne bronchez pas
d'un pouce ! – "Ah ! camarades ! Le citoyen
Ahmed ! – Il est complice ! – Il sait où est Pompestan ! – Elle couche avec lui." – Chers amis, je ne sais
rien du tout. – "Allons ! Dis où elle est ! – Parle !
– Quatrième degré ! – Grouille ! – Remue ton
popotin ! – Où elle se planque ? – Vite ! – A la
bourre !" – Chers amis ! Ne me tapez pas !

*La voiture est quasiment en miettes. Madame Pom-
pestan sort sa tête du coffre, et voit qu'Ahmed est
tout seul.*

"Si tu ne dénonces pas la Pompestan, on va te
chatouiller, mon gars ! – Les Arabes, on connaît !
– On a fait le djebel. – Tu connais la baignoire ?
– La gégène ? – Le vilebrequin ? – Le sabotier ?
– Le coup du père François ? – La bouteille de
Ricard dans le cul ?" – Je résisterai à tout. – "On
va te couper les couilles, et te les donner à bouf-
fer." – Vous n'aurez pas madame Pompestan.
– "Ah ! Tu fais le malin ! Oh ! Venez, les mecs, on
le défonce ! Tiens !" – Oh !…

*Revenant la barre levée vers le coffre, Ahmed voit
madame Pompestan, ahurie, la tête dehors, et s'enfuit à toutes jambes. Madame Pompestan sort du
coffre. La voiture s'écroule en morceaux.*

MADAME POMPESTAN *(courant derrière Ahmed)*.
Au crime ! A l'Arabe ! Délinquant ! Voyou ! Casseur !

Elle sort.

scène 4

Fenda, Moustache.
La scène reste vide un moment. Puis apparaît
Moustache, porteur d'un gigantesque balai. Il com-
mence à balayer les débris de la Mercedes.

MOUSTACHE. Si c'est pas malheureux ! Une
belle bagnole comme ça ! Une qui vous fait du
cent dix-sept de moyenne entre Angoulême et
Poitiers, le temps de faire le plein compris ! Si
c'est pas malheureux en plus que ce soient les
Boches qui fassent de la bagnole solide comme
ça. Quoique solide, solide… *(Il envoie des débris*
dans la coulisse à coups de balai.) Ils sont peut-
être pas si forts qu'ils en ont l'air, les Boches.

Fenda entre en riant.

FENDA. Ah ! Ah ! Il faut que j'aie de l'air dans
les poumons !

MOUSTACHE. Qu'est-ce que c'est que cette
Négresse hilare ?

FENDA *(sans voir Moustache)*. Ah ! Ah ! Ah ! Ah !
C'est à crever dans le rire du singe ! Quel bouffon
d'écume, que ce père !

MOUSTACHE *(à part).* Nom de Dieu ! Elle parle de moi ! *(A Fenda.)* Dites donc ! Vous n'allez pas faire la loi ici !

FENDA. Qu'est-ce qui vous importune, noble monsieur ?

MOUSTACHE. Je vous ferai passer l'envie de rire dans le nez des archimaîtres ! Le Noir qui n'est pas d'ici doit un peu de respect au Blanc qui n'est pas de là-bas, quoi ! Les lieux sont les lieux, et les non-lieux sont pas pour les chiens.

FENDA. Je ne vous adresse nulle parole.

MOUSTACHE. Et de quel droit riez-vous, alors ?

FENDA. Serait-ce vos oignons ? Je ris toute seule d'une légende qu'on vient de me bercer, fortement décongestionnante ! Je ne puis vous dire que ça ! Certainement j'ai des intérêts dans la circonstance, mais on ne fera pas légende d'une farce comme ce tour que le fils a joué à son propre père pour lui tirer cinq mille francs.

MOUSTACHE. Tonnerre de Dieu ! Cinq mille francs !

FENDA. Allez, gentil moustachu ! Persistez un peu, je vous raconte toute la légende. C'est avarice dans la case que de garder le conte qu'on a par l'oreille.

MOUSTACHE *(à part).* Moustache, tu es sur une piste. *(A Fenda.)* Racontez-moi donc cette histoire.

FENDA. Elle fera forcément le tournant de la Cité aussi vite qu'un zèbre, pffuit ! Je peux vous anticiper le détail. Figurez-vous que je suis venue ici d'Afrique parce que je préfère le Monoprix à rien du tout de mangeable. Je suis dans les petits fils de plomb chez Capitou-Nuclée. Un beau gars d'à côté me presse, me bombarde au sens littéraire de floralies et de musiquettes. Moi, le physique de la chose me met de l'éclat, et je vois sur sa figure tout en rose et blanc qu'il ira à la fidélité. Pour doubler le potage, et faire vivre un ami à lui qui ne fait rien, Alexandre, naturellement que nous mettons entre les seins, Dieu les garde, de petits fils à plomb un peu tordus pour les vendre à l'électronique. Mais voici que la menace se fait d'un vent très noir, car le père de mon joli, qui est chef, cause à un autre qui est aussi chef, et qui a vu un jour toutes choses. En plus qu'Alexandre, qui fait tout de même de la chose chimique, dépense tous les sous sans rien payer de la normale. Pour abréger, je risque d'être mise dehors de Capitou et du pays, et en plus il faut cinq mille francs pour racheter toutes les musiques de mon petit Antoine, lesquelles l'huissier a mises dans sa gabardine. Le père de mon cœur de petite panthère s'appelle Moustache, comme tout le monde, mais il a un prénom… attendez… il est l'homme le plus anti-race et baveux qui soit… Aidez-moi ! Vous avez sur la langue le nom d'un de cette ville qui est connu de certains pour tirer au petit plomb sur les jeunes qui dansent.

MOUSTACHE. Je ne vois pas du tout !

FENDA. Il y a du bert, dans son nom, du bébert. Nom de nom… Bertha… Non. Aliert… Non. Albert ! C'est tout à fait ça ! Albert Moustache ! Voilà mon vilain, c'est lui tout craché. Pour refaire le cours de la légende, on était bel et bien dans le marigot. Mais on a embauché pour notre pêche un homme dont le plus rusé des babouins ne tète pas la cheville. Son nom, je le connais dans le cœur : Ahmed ! Il faut faire le triomphe de ce Ahmed !

MOUSTACHE *(à part)*. Maudit voyou ! Apache !

FENDA. Et voici son filet pour attraper l'Albert Moustache. *(Elle est prise de fou rire.)* Ah ! ah ! ah ! ah ! Le souvenir est la joie en multiplication. Ah ! ah ! ah ! Il va trouver le Moustache père, ah ! ah ! ah ! Il lui fait de ma famille une piqueture à crever, à crever sur le dos, hi ! hi ! Il lui dit le cousin, ah ! ah ! le cousin… par la voie maternelle ! Le sorcier, hi ! de quatrième catégorie ! Il lui parle de couteaux… ah ! ah ! de couteaux d'alligator ! Le vilain qui tire des fenêtres a les jambes qui s'entrechoquent ! Ah ! ah ! ah ! Ahmed lui dit qu'il a négocié, que le cousin maternel veut… ah ! ah ! ah ! un poste de radio, pour écouter… pour écouter ah ! ah ! ah ! pour écouter… Tombouctou ! Le Moustache tempête, rage, crache le feu et la soupe ! Il veut courir à la préfecture ! Ah ! ah ! Il discute la longation des ondes courtes ! Hi ! hi ! Alors Ahmed, là c'est pire qu'un crâne de hibou !

Ah ! ah ! Ahmed lui envoie Camille passée au bouchon brûlé ! Camille… Camille… en Nègre ! Ah ! ah ! Elle fait le cousin, elle brandit le couteau-crocodile ! Ah ! ah ! Le Moustache dit lui-même… ah ! oh ! ah ! dit lui-même qu'il n'est pas lui-même ! Il est caché derrière Ahmed comme une sangsue de nénuphar ! Ah ! ah ! ah ! Et après il veut bien payer, ah ! ah ! Il veut bien payer le poste-Tombouctou, ah ! ah ! ah ! et… Mais vous n'avez pas la physionomie de vous hilarer de la légende ! Qu'est-ce que vous en dites ?

MOUSTACHE. De l'air ! De l'air ! J'étouffe ! Du plomb ! De la balle ! Des chevrotines ! Tous à la mer ! Alerte ! Antoine est un fils… un fils… pourri, là, pourri ! Albert Moustache le fera sacquer, là ! La Négresse Fenda est une raclure africaine, là ! On lui fera avaler les ondes courtes, et même les longues, là ! Et Ahmed, il ira au gibet ! Au gibet, tous ! Peine de mort ! Guillotine ! Là ! La tête, couic !

Moustache sort. Arrive Camille.

scène 5

Camille, Fenda.

CAMILLE. Où vas-tu ? Tu sais que c'est Albert Moustache qui vient de partir ?

FENDA. Je viens d'y penser. Je l'ai rencontré là dans le hasard, et je lui ai raconté sa propre légende !

CAMILLE. L'histoire de l'alligator ? Tu as fait une superconnerie !

FENDA. Je débordais de la joie du rire, je voulais la donner à toute la terre ! Mais que peut-il actionner ? On a toujours les cinq cent mille centimes.

CAMILLE. Ouais. T'as pas de langue, parole. Ça va encore fumer.

FENDA. Qui garderait dans son clos une légende pareille ? Va, je rentre.

Camille s'assied dans le fond de la scène. Il y a un long interlude, sur une ballade de Blue Eye of the Red Tiger. La nuit tombe. Ahmed apparaît à une fenêtre, juste au-dessus de Camille.

scène 6

Lanterne, Moustache, madame Pompestan, Rhubarbe, Ahmed, Camille.
La nuit est complètement tombée. De quatre points différents, porteurs de lanternes, très lents, entrent madame Pompestan, Lanterne, Moustache et Rhubarbe.

LANTERNE. Je suis réduit à néant. Je suis décentralisé.

MOUSTACHE. Je suis plus bas que Pissedur. Je suis le chien de mon chien.

MADAME POMPESTAN. Je suis dépouillée, démembrée, désossée.

RHUBARBE. Je n'ai plus qu'à autogérer la catastrophe.

LANTERNE. Figurez-vous ! Figurez-vous ! Le bureau fédéral a appris toute l'histoire. Ils m'ont dit, ces canailles du bureau fédéral, des collègues de vingt ans… Vous ne pouvez pas imaginer. Ils m'ont dit ! Ils m'ont dit ! Ils m'ont dit : le parti ne peut pas être soupçonné vu qu'il est la femme de César. J'ai dit qui c'est César ? Ils m'ont dit que c'est le secrétaire général. Le parti, ont-ils repris, ne peut laisser dire qu'il marche avec les terroristes, les Arabes et les voleuses, ils m'ont dit. Le bureau fédéral. Sur ordre du bureau tout court, du bureau que vous savez. Ils m'ont dit, en plus, tu te fais couillonner par un Algérien. Fais-toi discret, qu'ils me glissent, sacrifie-toi au parti. Pars à la campagne. La campagne à vaches, pas la campagne électorale. Ils m'ont dit. C'est plus moi qui suis maire, dès demain je suis mis en démission de maire. C'est la fin. Lanterne ! Tu es éteint.

MOUSTACHE. Pompestan me vire de Capitou-Nuclée, où je devenais pas plus tard qu'hier archimaître pour la première fois de ma vie. Du Capitole avec ses oies où je me couronnais archimaître, je tombe dans le rocher Tarpéien où je suis comme qui dirait chômeur. Pompestan, il m'a fait venir, et il m'a dit : Mon très cher Moustache, je sais que c'est vous et aucun autre qui plombez les enfants de bougnoules du haut des tours de la Cité. Bravo ! Il me dit. Vous êtes un homme, vous. Capitou-Nuclée est fier de former à la dure les tireurs d'élite de la sécurité publique. Permettez que je vous serre une dernière fois la main. Moi, comme un gland, je vois la main qu'il me tend par-dessus le bureau. Je ne fais pas gaffe qu'il avait dit "pour la dernière fois" ! Cette main me met du baume sur le cœur, elle m'égare sur la fausse piste de l'orgueil. Je me dis, cette fois, tu es archimaître, c'est dans le sac. Pour être dans le sac, j'y étais ! Il me serre donc la main, Pompestan, je dis bien le mâle Pompestan, et je tombe dans la stupéfaction ! Car il me dit : Bien entendu vous avez compris votre sacrifice. Sacrifice, je me dis, c'est moins clair. Oui ! Vous êtes un homme lucide et courageux, qu'il me poursuit. Lucide, je me dis, c'est assez complexe. Où va-t-il, le père Pompestan ? Il me dit aussitôt où il va : Vous savez bien, qu'il insiste, qu'il y a trop d'Arabes dans les ateliers. Certes, je sais qu'il y en a trop. Par conséquent, qu'il déduit, le Pompestan, comme ils savent que c'est vous le tireur des enfants, vous ne pouvez plus faire chef. Ils ont demandé votre renvoi sous peine de grève générale. Je reste muet. Pompestan arrive au terminus de sa harangue : Vous vous êtes sacrifié à la fois pour l'ordre public, et pour le calme de l'entreprise. Bravo !

Mon cher Moustache, vous n'aurez pas les indemnités, parce que c'est une faute grave, dit la loi, pas moi, qu'il hypocritise, Pompestan. Mais voilà cent balles ! Et il me vire. Moustache est tombé dans le moins que rien du chômeur ! O fragilité des rêveries de la grandeur sociale ! Noire fugacité des hiérarchies ! Le monde est une illusion dont le contremaître est l'enfant !

RHUBARBE. Moi c'est pire ! C'est l'humiliation ! L'abaissement de la conscience intime ! Je vais à la section du Parti démocratique socialiste, je suis plein de l'ivresse de l'idée. Je recompte en chemin les vingt-deux pour cent et les vingt et un virgule quatre-vingt-quatre. Mon programme moderne et humain pour les fonctions municipales est au point. C'est dans la poche. Je fais mon discours devant la section du parti. Tout le monde se marre ! C'est la panique, ils se tordent ! Y en a même un qui dit : "C'est pas la structure, ça, c'est la biture !" Rhubarbe, je me dis, tu es lessivé question dignité humaine. Je sors telle une ombre. La vie n'a plus de couleur. J'ai été dévoré par un fantasme de puissance !

MADAME POMPESTAN. Que dirais-je de plus ? La femme moderne a été cassée. L'élan électoral est mort. On dirait que tout le Parti républicain pour le rassemblement et le redressement de la France m'a vue dans le coffre de la Mercedes ! Certains, on me l'a rapporté gentiment, ont même ricané entre eux qu'ils avaient vu ma culotte ! Le grand de l'immobilier, celui qui nous finance, et qui achète tous les journaux pour faire notre politique, il m'appelle : Allô Mathilde, il glousse. Ce salaud m'appelle Mathilde. Allô Mathilde, c'est vrai, cette histoire ? Je ne dis rien. Allô Mathilde ! Tu n'es pas encore dans le coffre, quand même ! Il jubile, ce grand escroc, il a toujours voulu coucher avec moi ! Espèce d'ordure ! je lui dis. Espèce de queue de belette ! Il est pas content de la queue de belette. J'ai marqué un point. Mais il riposte à sec : Cette fois, il me dit, le Parti communiste va se décrocher la mâchoire ! Pas question que je te donne un sou, ma poule, ta campagne électorale, tu la feras à poil ! Et il raccroche. Terminé, fini. Quant au père Pompestan, il veut divorcer ! Je suis sur la paille.

AHMED *(de la fenêtre).* Sarges-les-Corneilles voit faucher en un seul jour toute la fleur de son jardin politique !

Il y a un silence. On entend, piano, la ballade.

MADAME POMPESTAN. Mais je me redresse ! A moi la liberté ! Je démissionne de tout ! Qu'ils aillent se faire cuire un œuf avec leurs élections ! Je me jetterai dans la débauche ! Et toc !

RHUBARBE. Ah ! Vous démissionnez ? Eh bien, moi aussi ! J'emmerde l'autogestion ! La structure flexible, je la fous au frigo ! On verra si elle est toujours aussi molle ! Je vais faire de la révolution sauvage, moi ! Ils vont m'entendre ! Et vlan !

152

LANTERNE. Démission pour démission, je surdé-missionne ! Le secrétaire général est une andouille ! J'ai toujours pensé que c'était une andouille ! L'URSS est un pays de sauvages ! A bas les bureaucrates ! Je vais faire des émeutes d'usines et d'immigrés, moi ! Et d'abord, je m'achète des boucles d'oreil-les ! Et floc !

MOUSTACHE. Ah ! Pompestan me vire ! Eh bien, je m'autovire ! Les chefs, c'est des ivrognes, d'abord, et moi le premier ! Vive les Arabes ! Au moins ils font le boulot pendant qu'on tape le car-ton ! Je vais me piquer, tiens, je vais fumer le hasch, tiens, je vais renifler la cocaïne ! Je mettrai à ma fenêtre un haut-parleur, tiens ! Ça gueulera à trois heures du matin Majestuous Brown Egg ! Et tan !

LANTERNE. Et ma fille Sabine, qu'elle fasse ce qu'elle veut ! Qu'elle s'envoie en l'air avec Carlos ! C'est pas mes affaires !

MOUSTACHE. Et mon fils Antoine, qu'il épouse la plus noire des filles ! Il a bien raison ! S'il a un fils, j'exige qu'il l'appelle Fofana dia Samba ! Ça nous changera d'Albert et de Marcel, ces prénoms complètement tartes ! Et qu'il dévalise Capitou-Nuclée ! Je m'en torche !

Entrent Antoine et Alexandre.

scène 7

Antoine, Alexandre, Lanterne, madame Pompes-tan, Rhubarbe, Moustache, Ahmed, Camille.

ANTOINE. Papa…

ALEXANDRE. Messieurs, mesdames…

LANTERNE *(à Alexandre)*. Dans mes bras, terro-riste ! Je vous épouse.

MOUSTACHE. Mon fils ! Donne-moi le réseau du hasch ! Je veux fumer ma première petite pipe.

ANTOINE. Ah ? Bon ? Tu crois ?

ALEXANDRE. Mon cher social-traître, j'aban-donne le terrorisme. La cause de la révolution mondiale et de la justice universelle a besoin de patience, et de nouveauté. La longueur du temps importe plus que la rage. Nous devons réinventer la politique.

LANTERNE *(déçu)*. Tu ne vas pas entrer au Parti de la qualité communiste française, au moins ?

ALEXANDRE. Horreur ! Jamais !

RHUBARBE. Tu ne vas pas te fourrer dans le marécage puant de la Confédération de toutes les travailleuses et de tous les travailleurs, au moins ?

ALEXANDRE. Dégoûtation ! En aucun cas ! Non, j'ai réfléchi toute la journée, au cœur d'une conjoncture tumultueuse à Sarges-les-Corneilles. Nous devons sortir entièrement, jusque dans la pensée, des anciennes figures. Les élections, le Parlement, tout ça est la misère de la pensée et l'objection à toute justice. Et poser des bombes n'est que la même chose à l'envers. La pensée politique de tous nos multiples peuples intérieurs ouvriers se fera selon un chemin que j'entrevois spécial et sinueux.

LANTERNE. Si c'est contre le PQCF, je marche !

RHUBARBE. Si c'est pas la structure CTTTT, je marche aussi. *(Passant sa main sous la jupe de madame Pompestan.)* Vous avez bien dit "débauche", tout à l'heure ? Si on commençait aujourd'hui ?

MADAME POMPESTAN *(tendre)*. Je crains pour ma peau douce le piquant de votre barbe.

RHUBARBE. Qu'à cela ne tienne !

Il sort un grand rasoir et se coupe la barbe.

MOUSTACHE *(brusquement)*. Et Ahmed ?

LANTERNE. Ah, celui-là, non. Au trou !

MADAME POMPESTAN. Je lui ferai lécher mes bottines !

RHUBARBE. Je lui ferai manger la structure !

MOUSTACHE. Très bien ! Qu'il crève !

LES QUATRE. Ahmed ! Ahmed ! On te crève !

ALEXANDRE. Tout de même, messieurs…

LES QUATRE. Non !

ANTOINE. Il a un peu exagéré, mais…

LES QUATRE. Qu'il crève !

Ils restent à bavarder sur le théâtre.

CAMILLE *(au fond, à Ahmed qui est à une fenêtre au-dessus d'elle).* Tu vois ! Les fils et filles vont se rabibocher avec la famille, et tu vas rester en plan.

AHMED. Bof ! Les menaces, c'est du vent. Ça passe loin, loin au-dessus de nos têtes.

CAMILLE. Ouais ! Qui vivra verra.

AHMED. Monte un peu me voir ici. J'ai une idée !

CAMILLE. Ouais ! Une de plus ! Tu es vraiment Ahmed le Subtil.

Camille sort par le fond, Ahmed disparaît de la fenêtre. Entrent Sabine et Fenda.

scène 8

Lanterne, madame Pompestan, Rhubarbe, Moustache, Antoine, Alexandre, Sabine, Fenda.

LANTERNE. Ma fille ! Dans mes bras ! Ton Alexandre est une merveille ! Il a des idées politiques qui crépitent ! Il va bouffer le PQCF par le chemin de toutes sortes de noyaux d'ouvriers ! Il va saper la cochonnerie syndicale ! Je l'épouse.

SABINE *(pincée)*. Papa ! Je préférerais l'épouser moi-même.

MOUSTACHE. Fenda ! Ma fille ! Vive l'Afrique ! Je vais te dire où faucher dans l'atelier dix-sept. Tu ne faisais que de la bricole ! Il faut les dévaliser en grand ! Tu n'as pas un joint ?

ALEXANDRE *(embrasse Sabine)*. De Sarges-les-Corneilles et de ce jour, les radieuses cités à venir de la justice diront : Là fut la fin du commencement.

ANTOINE *(embrasse Fenda)*. Ben, si on va voir le maire, ce sera pas le papa de Sabine !

RHUBARBE *(rasé de frais, à madame Pompestan)*. Tout prêt à vous lécher partout.

MADAME POMPESTAN. Saurez-vous vous y prendre ?

MOUSTACHE *(à Fenda)*. Vous avez bien rigolé de moi, hein ? Vous aviez raison ! J'étais l'archimaître des cons.

FENDA. Cher et estimé père à Moustache, je ne vous avais pas connu, ni reconnu.

MOUSTACHE. Tout ça est venu d'Ahmed.

LES QUATRE. Qu'il crève !

FENDA. Mais c'est un très brave lion de notre farce !

LES QUATRE. Non !

SABINE. C'est un type sympa !

LES QUATRE. Qu'il crève !

Entre Camille.

scène 9

Lanterne, madame Pompestan, Rhubarbe, Moustache, Sabine, Fenda, Alexandre, Antoine et Camille.

CAMILLE. Ouais ! Il est déjà à moitié crevé.

MADAME POMPESTAN. Qu'il fasse l'autre moitié.

CAMILLE. Le triste et supergénial Ahmed…

LANTERNE. A la lanterne !

CAMILLE. Il vient de recevoir son arrêté d'expulsion. Dans quatre heures, l'avion le ramène dans son Algérie prénatale. Il ne veut pas partir sans demander votre aman islamique.

MOUSTACHE. Où est-il, ce diable ?

CAMILLE. Il arrive.

scène 10

Tous les personnages.

AHMED *(en complet strict, la valise d'Alexandre à la main).* Mesdames, messieurs, les autorités policiaires, judiciaires et pénitentiaires me renvoient dans mon pays. Elles ont pour cela de bonnes raisons, hélas, j'en conviens. Je vous demande ici le pardon complet, pour que je puisse fouler le sol de la mère patrie avec une âme claire, et comparaître un jour devant Allah le seigneur tout-puissant et miséricordieux sans aucune vindicte attachée à mes semelles.

RHUBARBE. Qu'est-ce que c'est que ces foutaises ? J'ai crié avec les autres pour faire du bruit ! On a bien rigolé, eh eh ! *(Il embrasse madame Pompestan.)* Non seulement je te pardonne, mais je t'admire !

LANTERNE. Puisqu'on t'expulse et que tu débarrasses le plancher, c'est bon.

ALEXANDRE. Papa ! Dans ma conception à long terme de la politique, il faut savoir s'allier à ce genre de farceur nihiliste. Ils ont une énergie sociale irremplaçable.

LANTERNE. Tu crois que pour foutre en l'air le PQCF, il nous faut ce gars-là ?

ALEXANDRE. Ça ne fait aucun doute.

LANTERNE. Alors, Ahmed, tirons un trait ! Bon voyage, et reviens à Sarges-les-Corneilles avec de faux papiers le plus vite possible ! C'est toi qui accrocheras son anneau de cochon au nez du secrétaire général.

MOUSTACHE. Qu'il foute le camp ! J'oublie tout !

ANTOINE. Papa, si tu veux de l'herbe, c'est lui qui…

MOUSTACHE. Alors qu'il reste ! J'oublie tout.

AHMED *(à madame Pompestan)*. C'est surtout vous, madame, avec ces barres de fer, que…

MADAME POMPESTAN. Plus un mot. Je te pardonne.

AHMED. C'est vous que j'ai le plus maltraitée, avec cette Mercedes où…

MADAME POMPESTAN. Ta gueule. Disparais.

AHMED. Quand vous étiez pliée en quatre dans le coffre, et que…

MADAME POMPESTAN. Tais-toi ! Rhubarbe chéri ! Dis-lui de se taire.

AHMED. Au moment de partir pour une terre aussi ancestrale qu'inconnue, je suis taraudé par le souvenir de ce pare-brise que…

MADAME POMPESTAN. Laisse tomber. J'oublie tout.

AHMED. Vous êtes tous d'une bonté qui me cala-mistre. *(Vers madame Pompestan.)* Mais est-ce du fond du cœur que vous oubliez cette situation dans le coffre…

MADAME POMPESTAN. Oui, zut, et chierie ! Je fais une croix, ça y est.

AHMED. Ah ! Alors je vais réexaminer avec les autorités cette mesure d'expulsion. J'ai des doutes sur sa légalité.

MADAME POMPESTAN. Oh oh ! J'oublie tout, si tu es expulsé. Il faut pas tirer sur la ficelle !

AHMED *(grave)*. Je vais donc m'en aller sans espoir de retour, pour un exil éternel.

RHUBARBE. Allez, chérie ! La débauche est seule au monde ! Le sexe est œcuménique ! Que le passé disparaisse dans les feux de la libido !

MADAME POMPESTAN. Et puis j'en ai rien à branler. Qu'il fasse ce qu'il veut.

LANTERNE. Je vous invite tous au *Grand Cerf Bicolore* ! On boira à l'égalité.

ALEXANDRE. Nous examinerons l'idée de la nou-velle politique.

AHMED *(laissant tomber la valise)*. Vous me trou-verez bien une place de trésorier.

Tous le regardent, perplexes, puis éclatent de rire. Ils sortent, sauf Ahmed, qui s'assied sur la valise. Après un bref instant, Sabine revient.

SABINE. Dis-moi ! C'est la valise d'Alexandre !
Qu'est-ce qu'il y a dedans ?

AHMED. Le temps, petite Sabine ! Le temps qui
passe…

*Ils sortent. Il ne reste plus que la valise, qui fait tic
tac.*

Fin.

AHMED PHILOSOPHE

*Vingt-deux petites pièces pour les enfants
et pour les autres*

AHMED PHILOSOPHE
d'Alain Badiou a été créée le 11 avril 1995
et reprise le 17 mars 1996 à la Comédie de Reims

Mise en scène : Christian Schiaretti
Assistante à la mise en scène : Dimitra Panopoulos
Costumes : Annika Nilsson
Masque : Erhard Stiefel
Musique : Jacques Luley
Lumières : Julia Grand
Maquillages : Nathalie Charbaut

Décor conçu et réalisé par les Ateliers de la Comédie
de Reims

Distribution

Ahmed : Didier Galas
Rhubarbe : Jean-Michel Guérin
Fenda : Camille Grandville
Moustache : Patrice Thibaud
Madame Pompestan : Loïc Brabant

Production : La Comédie de Reims
et le Théâtre de Saint-Quentin-en-Yvelines

1. Le rien

Ahmed, Moustache.
Ahmed monte sur la scène, et pointe, menaçant,
son bâton sur les spectateurs.

AHMED. Qu'est-ce que vous regardez là ? Il n'y
a rien, là. Moi, Ahmed, je ne suis absolument rien.
Superlativement rien. Et j'aime autant vous dire
que regarder le rien, c'est du pareil au même que
ne rien regarder. Voyez un peu comme je suis rien.

Improvisations de Ahmed sur le rien, il s'exténue
et disparaît sur scène.

S'il y en avait un parmi vous qui était malin, qui
était vraiment un aigle côté pensée, qui était plus
fort pour démêler les embrouilles du monde que
Ahmed et Einstein réunis, il m'enverrait ça par le
travers de ma figure de rien : "Mon petit Ahmed-
rien, comment tu sais que tu n'es rien ? Hein ? Car
si tu sais que tu es rien, c'est que tu es quelque
chose, hein ? Parce que rien, c'est rien, et rien, ça
peut pas connaître grand-chose. Surtout pas le
rien. Il ferait beau voir que le rien connaisse le

rien. Pour connaître le rien, il faut être quelque chose, et non pas rien." Et alors là, moi, Ahmed, je l'aurais dans le baba. Si le rien a un baba. Est-ce que le rien a un baba ? Il y a le baba au rhum, mais est-ce qu'il y a le baba au rien ? Le rhum, le rien, le vaut-rhum et le vaut-rien…

Improvisation de Ahmed sur le rhum et le rien.

En tout cas, c'est sûr. Moi, Ahmed, je ne savais pas que je n'étais rien, et je ne l'aurais jamais su. S'il n'y avait pas eu Moustache. Albert Moustache. Moustache, il est pas rien du tout. Il a une moustache, Moustache. Il est costaud, Moustache. Il pèse son poids sur la surface de Sarges-les-Corneilles, Moustache. C'est quelque chose, Moustache, c'est pas rien. Et un jour… Mais je ne vais pas vous raconter. Moi Ahmed, je ne vais pas faire parler le rien. Le rien ne dit rien, c'est normal. Il va vous dire lui-même. C'est le quelque chose qui dit quelque chose. Normal. Moustache ! Moustache !

Moustache entre en scène.

Mon cher Moustache, dis-leur un peu qui je suis, moi, Ahmed.

MOUSTACHE. Y a pas toi. Y a que vous. Toi, t'es dans vous. Vous les immigrationnés de toute la terre. Les ceux qui viennent de l'Afrique et de l'oriental. Les ceux qui mangent tout le fric de la Sécu. Les ceux qu'à cause d'eux on n'a plus de boulot, pas même à ramasser l'épluchure. Et qui s'encroient d'un Dieu islamique qu'on dirait une face de carême aux dents longues. Si toi t'étais toi, tu serais peut-être quelqu'un, allez savoir ! Heureusement que ton toi à toi il est dans le vous des autres. Tous en bloc ! Tous au bloc ! Envoyé c'est pesé !

AHMED. Doucement, gros lard ! Donc, je ne suis pas quelqu'un ?

MOUSTACHE. Vous êtes tous des moins que rien.

AHMED. Qu'est-ce que je vous disais ? Moins que rien ! C'est pas rien, ça, être moins que rien ! Parce que moins que rien, c'est forcément quelque chose ! Au-dessus de rien, il y a quelque chose, et en dessous de rien, il y a quelque chose aussi.

MOUSTACHE. Tu cherches encore à m'embobiner, métèque ! Moins que rien, c'est encore plus rien que rien.

AHMED. Et comment veux-tu que le rien puisse être plus ou moins, gros lard ? Dans le rien, il n'y a rien de rien. Plus de rien, c'est du rien. Ça ne peut pas bouger, le rien. C'est comme le zéro, le rien. Au-dessus de zéro, ça chauffe, au-dessous de zéro, ça gèle. Si je suis moins que rien, je gèle. Ça gèle, tiens, ça gèle dur…

Alors, Moustache, tu gèles ? Tu sens comme on est en dessous de zéro ? Tu te congèles à moins trente sous le rien ? On se les caille, à force de moins que rien !

Moustache est frigorifié, il se pétrifie littéralement.

MOUSTACHE. Nom d'un pétard ! Je me fais le sentiment d'un bonhomme de neige.

AHMED. C'est le bonhomme de glace, Moustache ! Dans son intérieur, il m'a l'air d'être bigrement moins que rien !

MOUSTACHE (d'une voix sépulcrale). L'Arabe m'a changé en camion à morues fraîches.

AHMED. Voyons si ça sonne creux.

Ahmed donne un grand coup de bâton sur Moustache, qui tombe en morceaux.

Nom d'un rien ! J'ai cassé ma preuve. Ma chère preuve Moustache que je n'étais rien ! Et même moins que rien ! Je ne sais plus rien. Bof ! Il n'y a que le rien qui ne sait rien. En tout cas, le bâton, ce n'est pas rien. Quand le rien a un bâton, il est quelque chose ! Quand on vous dit que vous n'êtes rien, donnez du bâton à la preuve. Ça la refroidira.

C'est pas tout, ça, il faut que je me réchauffe.

Ahmed improvise sur le réchauffement, il impose la canicule. Moustache se reconstitue, se redresse.

MOUSTACHE. Où suis-je ? Qui suis-je ? Où vais-je ? Qui vais-je ? Où chauffais-je ? Qui chauffage ? Qui ?…

AHMED (lui redonnant un coup de bâton). Qui qu'à rien dit "t'es rien" n'est rien.

Moustache s'effondre à nouveau.

AHMED (s'épongeant). C'est pas rien, d'être quelque chose…

2. L'événement

Ahmed.
Ahmed va et vient sur la scène, très agité.

AHMED. Il va certainement se passer quelque chose. Vous ne sentez pas ? Le monde est en déséquilibre, il n'est pas exactement à sa place. Les gens sont bizarres.

J'ai croisé l'affreux Moustache, et il a oublié de me dire que moi, Ahmed, j'étais de trop à Sarges-les-Corneilles. Que les Arabes devaient rentrer chez eux par le prochain bateau. Il a rien dit, Moustache, je crois même qu'il m'a fait un petit salut ! Un salut de Moustache à Ahmed ! Ça dépasse l'intelligence humaine.

J'ai croisé mon ami Rhubarbe. Il a oublié de me dire qu'il respectait ma différence. Que ma culture n'était pas la sienne, mais que toutes les communautés culturelles, religieuses, sexuelles, raciales, tabagiques et vitupérantes devaient se respecter les unes les autres. Qu'elles devaient tendre la joue droite quand l'autre leur filait un coup de pied sur le sternum gauche. Il a même oublié de me parler des droits de l'homme, Rhubarbe ! Pas un mot sur l'éthique ! Motus sur la démocratie ! Il était bizarre à un point !

J'ai croisé ma copine Fenda, la Noire en boubou bleu ciel et or, qui s'en vint d'Afrique à Sarges-les-Corneilles pour mettre dans la blancheur fade un peu de splendeur droite et de volupté. Elle était bizarre ! Elle a oublié de me dire que nous, les Arabes, question femmes, il faudrait qu'un jour on devienne adultes. Que si on s'imagine avoir la paix et la sécurité en enfermant la beauté dans la maison et en la couvrant d'un voile quand elle sort, ce n'est que la preuve que nous sommes des enfants. Qu'avec un seul œil et trois cheveux éga-rés, toute femme dit son désir à qui elle veut. Et plus radieusement que nue. Non, elle ne m'a rien dit de tel, Fenda. Je crois même qu'elle a murmuré : "Porte-toi bien, Ahmed !" Incroyable !

Moi-même, je suis bizarre. Je me suis levé ce matin, et je n'avais aucune idée géniale. Voler son chapeau à une préposée aux contraventions ? Bof. Saboter les élections à la chambre de commerce en remplissant l'urne d'eau de vaisselle ? Pas la peine. Vider quatre fois le supermarché en faisant croire à des attentats à la bombe ? Ça m'ennuie d'avance. Faire circuler des photos de femmes nues pendant la réunion du conseil municipal ? Déjà fait cent fois. Une campagne d'affiches avec la photo du commissaire de police, et marqué en dessous : *"Wanted"* ? Quelle fatigue ! Non, rien ne me tente, aujourd'hui, je suis heureux, je suis vidé. J'attends.

Il va certainement se passer quelque chose.

Vous-mêmes, là, devant moi, vous êtes bizarres. Qu'est-ce que vous faites, assis, alignés sur des chaises, à me regarder ? Hein ? Vous vous dites : Il va se passer quelque chose. Sinon vous seriez à vos affaires, comme moi. On est là pour attendre ensemble. Attendons.

Improvisation sur l'attente.

Mais où ça va arriver ? C'est ça qui me turlupine. Ça va arriver, j'en mets ma main au feu. Mais où ? En haut ? A droite ? Au fond, tout au fond ? C'est dur de ne pas savoir où. Quand vous savez où ça arrive, vous vous préparez, vous consolidez l'endroit, vous pouvez même faire une estrade, ou une barricade. Ou un piège à cons. Mais si vous ne savez pas du tout où ça arrive, vous êtes nerveux, vous regardez partout, vous prenez de gros risques. Il y a de gros risques. Je vous préviens. Vous avez intérêt à regarder partout, vous aussi. Pendant qu'on attend.

Nouvelle improvisation sur l'attente.

Attention ! A gauche, là-bas ! Préparez-vous ! Protégez-vous les oreilles !…

Non. C'est pas ça, c'est rien. C'est une fausse alerte. Je trouve que la fausse alerte est ce qu'il y a de pire, quand on sait que ça va arriver. Nous sommes tous déjà assez nerveux, on est fatigué d'attendre, et puis il y a cette fausse alerte, sur le côté gauche, qui nous met sur les dents. S'il y a une alerte, qu'elle soit vraie, au moins ! Une fausse alerte est un des grands malheurs de l'existence. Enfin ! Attendons.

Improvisation sur l'attente.

Remarquez, quelquefois, une fausse alerte soulage. Elle soulage de l'attente. Bien sûr, il n'arrive rien, dans la fausse alerte. On croit que ça arrive, mais ça n'arrive pas. Mais au moins, il arrive qu'on croie que ça arrive. C'est toujours ça. Sinon, on ne fait qu'attendre, et l'attente use notre croyance. On finirait par ne plus même croire que ça va arriver. Heureusement qu'on en est sûr. Mais même quelque chose dont on est sûr, si on l'attend trop, on y croit de moins en moins. Et alors une fausse alerte, qui est exaspérante, c'est vrai, soulage un peu. A tort ! Puisqu'il n'est rien arrivé. Mais quelquefois, il faut l'avouer, avoir tort soulage. Quand avoir raison consiste à attendre interminablement, on finit par se demander s'il ne vaut pas mieux avoir tort. Une bonne fausse alerte, une vraie fausse alerte, ça exaspère, mais ça soulage. Au moins un moment. Parce qu'après, quand on a bien vu que la vraie fausse alerte était absolument fausse, qu'il n'est rien arrivé, il faut bien se remettre à attendre que ça arrive. Et sans savoir où ça va arriver, en plus.

Improvisation sur l'attente.

Il y a quelque chose qui ne va pas. Ça aurait dû arriver. Ou bien c'est arrivé ailleurs ? On s'est trompé d'endroit ? Je suis vraiment fatigué, aujourd'hui. Rien ne marche comme prévu. On va juste attendre encore un peu, mais je n'y crois plus.

Attente.

Bon, tant pis. Excusez-moi de vous avoir fait attendre. C'est quand même bizarre… Tant pis. On essaiera de savoir si c'est arrivé ailleurs. Quoique ailleurs, ça soit grand. La vérification ne sera pas facile. Je vous tiendrai au courant. Excusez-moi.

Ahmed sort de scène d'un pas traînant, en regardant fréquemment derrière lui. Finalement, il disparaît. Bref silence. Puis on entend une explosion terrible, qui doit faire sursauter toute la salle. Après l'explosion, une grande plume rouge descend lentement des cintres, en se balançant, comme portée par le vent. La plume finit par se poser sur la scène. Ahmed rentre alors par le fond, regarde partout, puis ramasse la plume, et la montre au public.

Rien à faire, rien à faire. On avait pourtant pris toutes les précautions. On avait inspecté les lieux. Vous êtes témoins. On avait pris tout notre temps. Mais c'est toujours pareil. Ça arrive toujours quand on ne l'attend plus. Quelquefois même, ça arrive quand on ne l'attend pas encore. C'est le pire. Je ne l'ai jamais vu arriver quand on l'attendait, l'événement. Avant l'attente, oui, ça arrive. Après l'attente, ça arrive souvent. Mais pendant, vous pouvez toujours courir ! Au bout du compte, quand on l'attend, l'événement, on perd son temps. Mieux vaut être surpris. C'est toujours un peu dur, la surprise de l'événement, d'accord, mais comme c'est inévitable… N'attendons plus. A partir d'aujourd'hui, nous n'attendrons plus rien. Toujours ça de gagné. Allez, à la prochaine. A la prochaine fois où ça arrive. Par surprise.

3. Le langage

Rhubarbe, Ahmed.
Rhubarbe est sur la scène, l'air anxieux.

RHUBARBE. Dans deux heures, pas une de plus, je dois faire la déclaration. Rhubarbe, dans deux heures, tu dois faire la déclaration. La déclaration officielle. Et tu n'as pas encore le nom.

Ahmed entre, et écoute Rhubarbe sans se faire voir.

C'est important, le nom ! C'est le point de ralliement ! Chacun doit pouvoir dire : Moi, tel que vous me voyez, je suis un membre cotisant, actif, hyperactif, ou sédentaire, de… de… eh bien voilà, je n'ai pas le nom. J'ai la chose entièrement claire dans ma tête, une institution vraiment vraiment au service de la nouvelle citoyenneté, incapable de corruption, éthique et dynamique. Mais je ne trouve pas le nom. Le nom vraiment comme la chose.

AHMED. Est-ce que je peux t'aider, Rhubarbe ?

RHUBARBE *(sursautant)*. Ahmed ! Tu m'as effrayé ! Ce n'est pas un problème pour toi. C'est une question de langage.

AHMED. Justement ! Je suis le maître de la langue française. Vous, les Français, vous l'avez apprise naturellement, la langue, si bien que souvent c'est du charabia, parce que ça n'a rien de naturel, le français. C'est tout dans la précision et la syntaxe. Vous dites : "Ouais, c'est super !" Mais moi, Ahmed, j'ai dû apprendre la langue artificiellement, et pas naturellement. De sorte que je lui suis bien mieux accommodé. Je ne dirai jamais : "Ouais, c'est super." Je dirai : "Voilà un événement des plus considérables." Beaucoup de Français diront : "Késke t'as fait 'vec ta tire, l'aut' soir ?" Moi, je dirai : "A quel usage destinais-tu ton véhicule, quand je te vis sortir à la nuit tombante ?" Tu vois ? C'est comme celles qui disent : "Bouh ! Mon mec s'taille avec une aut' nana." C'est honteux de raconter son désespoir dans de pareils termes ! Si j'étais une femme, qu'Allah le Seigneur tout-puissant m'en garde, je dirais : "Hélas ! Celui que mon cœur avait élu a porté ailleurs sa flamme." Le génie de la litote, c'est ça le français ! Et l'alexandrin par-dessus le marché : "Et l'élu de mon cœur portait ailleurs sa flamme." Quand tout le monde parlera comme ça, dans Sarges-les-Corneilles, la vie y sera délicieuse. Bref. Quel nom te manque, Rhubarbe ? Je connais tous les noms.

RHUBARBE. Je monte une association. Un truc sensass !

AHMED. Oh ! Quel infect jargon ! Dis : "Une stupéfiante nouveauté", ou, si tu préfères, "une création institutionnelle sans précédent ni rivale".

RHUBARBE. Bon, bon, d'accord. Comment tu dis ? Une "stupéfiante institutionnelle sans nouveauté"… Tu m'embrouilles encore plus ! Toujours est-il qu'il s'agit de dynamiser les citoyens, pour que dans le respect de l'éthique, et avec un consensus fort, ils se prennent en main de façon globale, et trouvent de quoi contrebalancer l'économie de marché avec une démarche personnelle à la fois transparente et efficace. Pour le dire plus familièrement, parce que quand même il faut qu'un citoyen s'adresse à toutes les communautés, tout en gardant les racines culturelles de la sienne, et non seulement les racines, mais les semences et les tiges, et même les fleurs si c'est possible, je veux dire les fleurs qui poussent sur les racines culturelles, le but est… Oh ! Tu m'as vraiment embrouillé les pédales. Zut ! Il faut qu'ils arrêtent leurs conneries et qu'ils repartent du bon pied, voilà.

AHMED. Oh ! Rhubarbe ! Ne te laisse pas aller ! Dis : "Qu'ils cessent leur errance, et qu'avec un moral trempé aux sources de la création collective, ils relèvent le défi que leur lance l'âpreté de la vie sur le sol ingrat de Sarges-les-Corneilles." Comme ça, au passage, tu parles aussi des racines. Obtenir la synthèse de la pensée par les moyens de la syntaxe, c'est ça, le français !

RHUBARBE. Bon, bon, *okay*.

AHMED. "Je t'ai bien entendu, et je t'accorde ton objection."

RHUBARBE. Qu'est-ce que tu me chantes ?

AHMED. Je te traduisais en français. Tu as dit *"okay"*, c'est abominable ! J'ai proposé : "Je t'accorde ton objection."

RHUBARBE. Oh ! Assez ! Ce n'est pas le problème ! Mon vieux, je dois déclarer mon association à la préfecture dans une heure, et je ne lui ai pas trouvé un nom satisfaisant.

AHMED. Il s'agit de dynamiser les citoyens ? Appelle-la "Association pour de la dynamite civique". C'est une belle métaphore.

RHUBARBE. Tu crois ? C'est un peu dur, tu oublies le côté consensus.

AHMED. Aucun problème. Tu l'appelles "Association pour de l'harmonieuse dynamite civique". "Consensus", c'est un peu pédant. Le vieux mot "harmonie" est tellement préférable !

RHUBARBE. Tu crois ? Ce n'est pas un peu long ?

AHMED. Tu veux sacrifier la précision à la brièveté ? C'est un mauvais calcul.

RHUBARBE. Mais tu ne tiens pas compte du côté éthique, de la lutte interne totalement démocratique contre la corruption.

AHMED *(après avoir réfléchi)*. Appelle-la "Association transparente et équitable pour de l'harmonieuse dynamite civique".

RHUBARBE. C'est vraiment long. Et en plus, le côté se prendre en main, tu vois, l'aspect prise en charge globale de l'humain, la prise en main de l'humain, on ne le voit pas.

AHMED. Tu fais une association qui a autant de côtés que d'adhérents, ou même plus, et tu te plains de la longueur de son nom ! C'est absurde ! Il faut que le nom saisisse tous les côtés de la chose ! Voyons ça... Le problème, ce sont les mains de l'humain... Il faudrait une métaphore vigoureuse pour dire tout ça... Ou faire un chiasme des adjectifs... Oui oui ! Tu peux l'appeler : "Association de prise en main équitable et de globalisation transparente pour de l'harmonieuse et humaine dynamite civique". C'est vraiment pas mal.

RHUBARBE. Ce qui m'inquiète, c'est qu'on ne voit plus le côté performant, le côté concret. Ça fait un peu idéologie. Or nous sommes tout de même à l'époque de la mort des idéologies. Elles nous ont fait tant de mal, les idéologies !

AHMED. Tu as parfaitement raison ! Cette fois, il faut une image frappante, qui montre sans intermédiaire qu'on va droit à l'action concrète. Je réfléchis... Tiens, que penses-tu de : "Association traversière des ouragans concrets par l'effet immédiat sur la prise en main équitable et l'humaine globalisation transparente d'une harmonieuse dynamite civique" ? Là, tous les côtés y sont.

RHUBARBE. C'est précis et complet. C'est long, mais ça donne tout le programme dans le nom. Le nom n'est pas une tromperie, ce n'est pas un mensonge idéologique. Le nom dit la chose, un point c'est tout. Je suis content ! Qu'est-ce que ça donne en initiales ?

AHMED. "Association traversière des ouragans concrets par l'effet immédiat sur la prise en main équitable et l'humaine globalisation transparente d'une harmonieuse dynamite civique" ? Raisonnablement, en sautant quelques particules de liaison, le sigle sera : A.T.O.C.P.E.I.S.P.M.E.H.G.T.H.D.C. Ça sonne formidablement, atocpeispmehgthdc.

RHUBARBE. C'est vrai que le langage peut tout dire ! Je ne croyais pas qu'on mettrait mon plan si vite et si clair dans ces quelques mots ! Merci, Ahmed. J'aurais bien fini par inventer quelque chose du même genre, mais à deux, on trouve toujours plus rapidement. Bon, je file à la préfecture.

AHMED. N'oublie pas de l'inscrire exactement. C'est une machine délicate, ce nom ! Il ne faut pas perdre un côté !

RHUBARBE. Non, non, je m'en souviens. Salut !

AHMED. Salut ! (*Ahmed reste seul, sourit, chantonne.*) L'employé de la préfecture va avoir besoin d'une rallonge, pour le formulaire !

Rhubarbe revient, tout essoufflé.

RHUBARBE. Comment tu as dit, pour le sigle, déjà ?

AHMED. Atocpeispmehgthdc.

RHUBARBE. Atocmaisméthédécé.

AHMED. A peu près, ça ira comme ça.

RHUBARBE. Atocmamétédécé ! Atomaétédécédé !
J'y suis ! Il y a même un moyen mnémotechnique :
Atome a été décédé !

AHMED. L'atome a été décédé ! C'est une forte
déclaration écologique ! Avec ce sigle, tu as un
côté de plus dans ta chose.

RHUBARBE *(finement)*. Quelquefois, c'est le mot
qui crée la chose. Bon, je file.

On entend, depuis la coulisse, decrescendo, Rhu-
barbe chantonner "l'atome a été décédé", "l'atome
a été décédé"…

AHMED. Entre le mot et la chose, il n'y a rien.
Quand il y a quelque chose, c'est un âne aux
longues oreilles ! L'atome a été décédé ! Il n'y aura
ni le mot ni la chose, je crois bien. Il n'y aura que
l'âne !

4. Le lieu

Fenda, Ahmed.
Ahmed est assis dans le public. Fenda entre brus-
quement.

FENDA. Ahmed, Ahmed ! Où es-tu ?

AHMED *(de sa place).* Ici. Je suis ici.

FENDA. Où ça, ici ?

Dans ce qui suit, le jeu est le suivant : pour Fenda,
l'univers est la scène, et "ici", "ailleurs", ont la
scène (éventuellement la coulisse) comme unique
référent possible. Pour Ahmed en revanche, l'uni-
vers inclut la salle, dans laquelle il se trouve.

AHMED. Ici ! Ici, c'est ici ! Qu'est-ce que tu veux
que je te dise de plus ?

FENDA *(explorant la scène).* Mais il n'y a rien, ici !
Tu te fiches de moi, satané drolatique du désert !

AHMED. Ici, je te dis ! Pas là-bas ! Si tu regardes
là-bas, tu ne me verras pas ici !

FENDA. Tu m'exaspères comme une chenille de l'écorce ! Je ne fais que ça, regarder ici ! Tu es sûrement ailleurs, je te connais, toujours ailleurs qu'ici !

AHMED. C'est toi qui regardes ailleurs ! Je te connais ! Toujours en train de regarder ailleurs, et jamais ici ! Ici, ici, je te dis ! Pas là où tu es ! Ici !

FENDA. Et comment veux-tu, mon petit cochon bleu de l'oasis, que "ici" ça ne soit pas là où je suis ? Si c'est ailleurs, ce n'est pas ici, et si c'est ici, c'est là où c'est ici, et pas là où ça n'est pas ici !

AHMED. Mais réfléchis un peu, ma lumineuse prédestinée du matin des baobabs ! Si je te dis que je suis ici, c'est que je ne suis pas là-bas, là-bas où tu es ! Mon ici est ici, tandis que ton ici est là-bas ! Enfin ! Tous les ici ne sont pas là-bas ! Mon ici à moi est ici !

FENDA. J'ai regardé partout, justement. Ne crois pas que mon œil soit moins clair que celui du faucon des palmiers ! J'ai inspecté tous les ici possibles. Tu es allé te fourrer ailleurs, espèce de traître des lieux !

AHMED *(au public autour de lui)*. Mais enfin, dites-lui, à cette entêtée radieuse ! Dites-lui que je suis ici ! Elle vous croira peut-être !

FENDA. Et tu crois que je vais faire confiance à tes complices, mon Ali Baba aux quarante voleurs ? Ils peuvent bien crier "ici, ici !", ils ne tromperont pas ma persuasion de l'intérieur. La femme voit ce

qu'elle voit, si les soldats racontent leurs farces !
Je vais bien te trouver ailleurs, monsieur-qui-fais-
du-tapage-sur-ici. Monsieur d'Ici ! Monsieur
d'Ici-les-moulins !

Fenda se tourne vers la coulisse, et la scrute.

AHMED. De ce côté ! Pas de l'autre côté ! Tu me
tournes le dos ! Vers ici ! Pas vers là-bas ! Elle est
tarabustée de l'oreille intérieure, ma parole ! Ici, je
te dis !

FENDA. Il n'a pas l'air d'être ailleurs non plus !
Où est-ce qu'il se cache ?

AHMED *(désespéré)*. Ici, je suis ici ! Tout le monde
me voit, sauf toi ! Arrête de regarder partout sauf ici !

FENDA. Et toi, arrête de cliqueter, comme le marabout au bec sale, que tu es ici, alors qu'ici,
comme tout le monde le voit, il n'y a personne, que
moi. Je vais bien finir par te trouver, ici ou ailleurs,
tout près ou très loin là-bas, et tu vas m'entendre !

*Fenda disparaît dans la coulisse, où on entend
tout un vacarme de recherche.*

AHMED. Par Allah ! C'est pire que de parler à un
crocodile qui dort ! J'y vais. Il faut que j'y aille. Si
je reste, elle va rester là-bas, et on sera ailleurs tous
les deux.

*Ahmed quitte sa place, et monte sur la scène. Fenda
revient, fatiguée et poussiéreuse, comme si elle
avait fouillé un grenier.*

FENDA. Ah ! Tu as fini par venir ici ! Quand, tel une gaminerie, tu auras cessé de jouer le gendarme et le voleur, tu me préviendras ! Escogriffe !

AHMED *(montrant la place qu'il vient de quitter)*. Mais j'étais là-bas ! J'ai toujours été là-bas ! Demande à tous ces gens ! J'étais là-bas, je ne bougeais pas !

FENDA. Et si tu étais là-bas, pourquoi tu criais, comme un pécari qu'on égorge, que tu étais ici ? Espèce de menteur !

AHMED *(accablé)*. J'étais là-bas tout à l'heure. C'est maintenant que je suis venu ici, parce que tu me cherchais partout sauf là-bas !

FENDA. Je ne vois pas pourquoi je t'aurais cherché là-bas, alors que tu criais comme un sauvage, avec tous tes complices, que tu étais ici ! Et en plus, crois-moi, je t'ai cherché, là-bas *(Elle montre la coulisse.)*, et plutôt deux fois qu'une ! Je t'ai cherché dans tous les coins crasseux ! J'étais dans ma quête de toi comme une araignée dans le cocon de sa toile ! Ici, là-bas, ailleurs… J'ai tout visité ! Tu me le paieras ! Ce n'est pas drôle !

AHMED. Mais là-bas *(Montrant la salle.)* et là-bas *(Montrant la coulisse.)*…, ce n'est pas le même là-bas ! C'est des directions opposées !

FENDA. Des directions ! On peut mener une femme très loin avec des histoires de direction ! Mais moi, j'ai ma direction à moi, intime, comme le chameau qui connaît les étoiles ! Et je te fais remarquer que là-bas *(Montrant la coulisse.)* et là-bas *(Montrant la salle.)*, aucun des deux n'est ici ! Monsieur-le-menteur-aux-directions !

AHMED. Embrasse-moi ici, alors. Quand tu m'embrasses, je perds la direction !

FENDA. Tu attendras un autre jour, monsieur d'Ici-les-moulins. Un jour où quand tu dis que tu es ici, ce n'est pas que tu es ailleurs.

Fenda sort du côté de la salle, et la traverse tout entière lentement.

AHMED. Fenda ! Fenda ! Tu es là où j'étais ! Tu comprends ? C'est là que j'étais tout à l'heure !

FENDA. Ici ? Tu étais ici ? Et pourquoi tu ne me l'as pas dit ?

AHMED *(interloqué)*. Mais je n'ai fait que te le crier sur tous les tons, ma délicieuse de là-bas !

FENDA. Ce que je vois surtout, c'est que quand je viens ici, tu es là-bas ! J'ai la lassitude que tu ne sois jamais où je suis ! Tu n'es jamais ici ! Quand je suis ici, tu n'es jamais là ! Tant pis pour toi, mon sucré.

Fenda sort.

AHMED *(levant les bras au ciel)*. Femme ! Femme ! Où est la femme ? Jamais ici, jamais là-bas, jamais ailleurs… Femme sans feu, femme sans lieu !

5. La cause et l'effet

Ahmed.
Ahmed est assis en tailleur, dans la position du
conteur oriental.

AHMED. Je vais vous raconter une histoire extrêmement drôle. Il y avait une fois, à Sarges-les-Corneilles, un affreux malabar, une vraie tête à claques,
nommé Moustache. Albert Moustache. Vous imaginez le format ! Il me demandait toujours : "Vous
les Arabes nés natifs d'Algérie, qu'est-ce que vous
faites ici à manger nos tartines ?" A ma copine
Fenda, qui est noire et radieuse, l'affreux Moustache demandait toujours : "Vous les Nègres nés
natifs de Tombouctou, qu'est-ce que vous venez
traîner vos fesses à Sarges-les-Corneilles ?" Le
pourquoi de la chose le démangeait, Moustache.
Parce que lui, il était né à Sarges-les-Corneilles, il
avait été cancre à l'école de Sarges-les-Corneilles,
il avait fait son service militaire chez les pompiers
de Sarges-les-Corneilles, il avait épousé une mégère
née native de Sarges-les-Corneilles, il habitait un F4
dans Sarges-les-Corneilles, il avait un chien-loup,

nommé Pissedur, qui était le fils d'une chienne de
Sarges-les-Corneilles, une nommée Chiedroit, et
d'un chien de Sarges-les-Corneilles, un nommé
Vomimou. Et en plus, il travaillait chez Capitou-
Nuclée, une usine de Sarges-les-Corneilles. Un
Sargeois-Cornélien pur sucre comme Albert Moustache, je doute qu'il y en ait deux sous le soleil. Si
bien que voir venir des gens de l'Afrique, des gens
qui avaient une grande vie mobile sur les mers,
et qui parlaient trois langues, et qui avaient plusieurs femmes, et qui animaient de couleurs et de
beautés le marché de Sarges-les-Corneilles le
samedi matin, Moustache, il n'en revenait pas. Un
jour, je lui dis : "Mon cher Moustache, ce qui vous
tracasse, c'est de ne pas voir la cause et l'effet." Il
n'était pas content, il beuglait : "Qu'est-ce que
c'est encore que ce salamalec islamique ? La cause
et l'effet ! La chose et les fesses, oui !" Mais je
savais comment le prendre, le père Moustache. "Ce
qu'il y a, je reprends, c'est que vous voyez l'effet :
toutes sortes de gens pas comme vous, du moins
d'après vous, car ils ne sont pas plus pas comme
vous que vous. Parce que vous, il y a des jours,
surtout quand vous avez bien picolé, où vous
n'êtes vraiment pas vous. Passons. L'important,
c'est que vous ne voyez pas la cause. Or l'effet
sans la cause, ça a pour effet qu'on est tout chose.
– Et alors, beugle Moustache, tu me la dis, la cause
de ton foutu effet ? – Regardez-moi bien, que je lui
assène. – Je ne te vois que trop, foutu musulman,
qu'il me rassène. – C'est moi l'effet, hein, que je

lui catapulte, moi ici, c'est ça l'effet qui sans cause vous fait tout chose ? – T'as bien une gueule d'effet sans cause, qu'il me jacte. – Alors, que je lui administre, scrutez-moi. Scrutez l'effet, et vous finirez par voir la cause. Car, forcément, la cause est dans l'effet. – Je ne vois que ta face de moricaud, si je t'escrute, qu'il glapit. – Escrutez davantage, que je lui rétorque. Car si la cause n'est pas dans l'effet, c'est un miracle, l'effet a lieu tout seul. – Vous ne voulez tout de même pas que la présence à Sarges-les-Corneilles de tout un tas d'islamistes et de Noires libidineuses soit un miracle du bon Dieu ? – Allez, que je lui insiste au ras des moustaches, escrutez dur !" Et je vois que l'œil de Moustache s'allume. Il me fixe, il bande tous les muscles mous de son intellect, il roule des yeux, il devient rouge comme la crête d'un coq... Ça y est ! Il a trouvé ! "Tu es venu, qu'il prononce, parce que tu as décidé d'aller là où c'était mieux. – Moustache, que je lui rhétorique, vous avez mis le doigt sur la cause. Mais, que je persiste, vous, pourquoi vous restez à Sarges-les-Corneilles ? Il n'existe rien au monde de mieux que Sarges-les-Corneilles ? – Foutu bled de merde, qu'il déclare. – Alors là, je lui susurre, on tombe dans la mélasse. Si la cause pour être là c'est qu'on y est venu pour le mieux ; et si vous vous êtes là pas pour le mieux, mais pour le pire. Alors, il y a une conclusion diabolique : l'effet sans cause, c'est vous ici, Albert Moustache, et non pas moi." Alors, j'ai vu les yeux de Moustache se rétrécir et devenir comme les yeux d'un petit cochon. "Même en m'escrutant, qu'il se met à geindre, on ne voit pas la cause pourquoi je suis à Sarges-les-Corneilles ?" Et moi, le scrutant très dur : "On ne voit rien. Vous y êtes parce que vous y êtes depuis toujours. Mais c'est vraiment pas une cause valable. Il faut vous y faire, Albert Moustache, c'est vous-même, comme effet sans cause, qui vous rendez tout chose." Depuis, il pleure, Albert Moustache. Je vous jure ! Il pleure sans arrêt. Même que Pisse-dur, son chien, se couche près de lui pour essayer de comprendre.

Tout compte fait, c'est une histoire triste. Excusez-moi...

6. La politique

Madame Pompestan, Ahmed.
Madame Pompestan entre à pas de loup, comme si
elle était dans un mauvais lieu. Ahmed est assis sur
le devant de la scène, et fixe le public, indifférent.

MADAME POMPESTAN. Quelle histoire ! Ma
fille, fais gaffe à ton sac à main ! Et dis-toi que le
salut du Parti pour le rassemblement et le redressement de la France exige que tu trempes tes
mains délicates dans le cambouis des banlieues.
(Constatant la présence d'Ahmed.) Est-ce bien le
fameux Ahmed, celui qu'on appelle *(Elle pouffe.)*
le philosophe ? Comment savoir ? *(Regardant
Ahmed sous le nez.)* Il a une drôle de tronche, cet
islamiste. On dirait qu'il est en bois ! *(Elle touche
le masque, Ahmed restant absolument impassible.)*
Ah ! Il est en bois ! Serait-ce rempli d'Arabes en
bois, par ici ?

AHMED *(sortant son bâton comme si c'était un
énorme phallus).* Et ça, madame la député-e, est-
ce que ça vous laisse de bois ?

MADAME POMPESTAN. Dites donc ! Pour un philosophe, vous parlez bien salé ! En voilà, une monture !

AHMED *(bondissant, soudain léger et élégant).* Et quelle affaire me vaut la visite particulière d'une député-e du PRRRF ? Quelle surprise ! Quel transport de bénévolence ! J'en suis bouleversé, ravi, je flotte sur un tapis politique volant !

Improvisation sur la stupéfaction servile de qui reçoit inopinément la visite d'un supérieur.

MADAME POMPESTAN. Bon, bon, ça va. Et ne parlez pas si fort de tapis et de volants. C'est toute la question, mon cher citoyen islamique intégré et républicain, les tapis et les volants. Ou pour parler avec rigueur, car je suis une femme de rigueur, une femme qui ne se paie pas de mots, une femme-femme avec la tête d'un homme, toute la tête d'un homme...

AHMED *(la regardant de près).* C'est un peu vrai, hélas !

MADAME POMPESTAN. Je vous en prie ! *(Avec un petit rire.)* Je n'ai pas de bâton à vous montrer, moi !

AHMED. Mais des tapis et des volants, j'ai bien entendu.

MADAME POMPESTAN. Dites plutôt des trappistes et des couvents ! Mon cher Ahmed, je suis présidente de la Société nationale des femmes d'action. Je vais droit au but, même avec des moyens courbés. On m'accuse d'avoir versé dans les caisses de mon parti, et même dans mes propres caisses, et vous imaginez comme je l'encaisse, tout le bénéfice des œuvres charitables pour la restauration du couvent trappiste de Sarges-les-Corneilles. Avec un pareil tapis volant, ou trappiste couvent, au derrière, je suis cuite, la femme d'action est au tapis.

AHMED. Au tapis volant. Ou voleur. Madame la député-e, deux questions s'agitent dans mes méninges comme des colibris dans leur cage. Premièrement, est-ce que c'est vrai ? Deuxièmement, qu'est-ce que je viens faire, moi, Ahmed, islamique laïcisé et philosophe subtil, dans ces histoires de trappe et de couverture ?

MADAME POMPESTAN. Couverture ! Il l'a dit ! Il a prononcé le mot décisif ! Couverture ! J'ai besoin d'une couverture ! Face aux juges égrotants et à la presse cannibale, la femme politique doit être couverte ! Des pieds à la tête !

AHMED *(regardant les jambes de madame Pompestan).* Il est vrai qu'on voit sur vous quelques appas… Vous voulez que je vous fournisse un foulard islamique, un voile, un tchador ?

Improvisation : Ahmed recouvrant madame Pompestan, qui se défend, d'un tchador. A la fin, madame Pompestan est fort retroussée.

MADAME POMPESTAN *(tirant sur sa jupe).* Mais enfin ! La femme occidentale n'est ni nue ni voilée ! En voilà des façons !

AHMED. Alors, quelle couverture peut recouvrir vos turpitudes trappistes et conventuelles ?

MADAME POMPESTAN. C'est Moustache. Moustache m'a dit : "Madame la député-e, allez voir Ahmed le philosophe, il est arabe et moins que rien, mais il est le roi de la cité. Avec les trappistes, les tapis, les volants et les couvents, y a que lui qui peut démêler." Il me l'a dit à regret, mais ce sont ses mots exacts : y a que vous qui puissiez démêler.

AHMED. Mettez-vous à quatre pattes.

MADAME POMPESTAN. A quatre pattes ? Mais vous êtes fou !

AHMED. C'est moi qui démêle, non ? C'est moi qui pense, non ? C'est moi qui vous couvre et vous recouvre, non ? La pensée couvrante ne me vient que si la politique à couvrir est à quatre pattes. Si elle est à deux pattes, je n'y vois que du feu, je suis sec comme un hareng, je ne couvre rien.

MADAME POMPESTAN. Pour un philosophe, vous êtes bizarre, très bizarre, extrêmement bizarre.

AHMED. La philosophie transforme en humains les animaux humains, n'est-ce pas ? Elle transforme les politiques à quatre pattes en politiques à deux pattes, pas vrai ? Vous avez mangé à quatre

194

pattes tout le couvent des trappistes. C'est ça qu'il faut couvrir ! Après, on verra si votre députation tient debout, sur deux pattes ! Allez, allez !

MADAME POMPESTAN *(se mettant à quatre pattes)*. Par les temps qui courent, que ne faut-il pas faire pour se couvrir ! Saleté de juges !

AHMED *(d'un ton très doctoral, et avec les improvisations qui s'imposent)*. Votre politique vous amène à voler de-ci de-là. Parfait. Vous êtes prise la main dans le sac. La main dans le sac à main. Excellent. Voici le remède du docteur Ahmed : aucune politique ne peut être couverte. Les gens, et même les enfants, découvrent ce qui est couvert. On ne peut pas mettre le couvert sans être découvert. Changez de politique, madame Pompestan ! Il n'y a pas la politique, que diable, il y a des politiques ! La vôtre est ennuyeuse. On ne s'y occupe que de diriger des affaires misérables, de persécuter les plus faibles, à commencer par moi, Ahmed, et Dieu sait si je me défends. On finit par les couvents, les trappistes, les tapis et les volants. Et on est découvert, à quatre pattes devant l'Arabe du coin pour se sortir du trou puant où on s'est mis. Pensez un peu ! Regardez le monde ! Il n'y a pas que l'Etat, le gouvernement, les élections et les prévarications, en ce bas monde ! Il n'y a pas que la police et les notaires ! Il y a les gens qui pensent, il y a quelques vérités qui circulent, il y a la volonté et la liberté des trajets improbables ! Allez où vous n'allez jamais, madame Pompestan,

allez apprendre ce qu'on peut en femme libre
commander à l'Etat de faire, au lieu de vouloir
vous y installer comme dans un fromage pour les
rats ! Et cessez de nous rebattre les oreilles avec
vos nécessités, économiques, sociales, internatio-
nales, monétaires ! Pour à la fin voler trois sous
dans les caisses et voter trois lois déplorables dans
les messes du Parlement ! Voyagez, madame Pompestan, remuez vos jupes sur la surface lisible de la
terre ! Faites la politique de ce qui est réel, et non
celle de ce qui est mort-né ! Alors vous serez couverte, couverte dans l'exercice de votre pensée
vive, autant que s'il s'agissait de probité candide et
de lin blanc. J'ai dit.

Ahmed s'assoit et considère le public. Un silence.

MADAME POMPESTAN *(toujours à quatre pattes)*.
Qu'est-ce que c'est que ce jargon subversif ? On
s'est foutu de moi ! Moustache, tu t'es foutu de
moi !

AHMED. Si vous tenez à rester brouter le plancher,
c'est votre choix. Je vous ai noblement tendu la
vraie couverture, celle qui découvre ce que votre
politique ne fait que couvrir, jusqu'à ce qu'on vous
découvre, vous, et alors il ne vous reste plus que
les yeux pour pleurer.

MADAME POMPESTAN. Tu vas voir si je pleure,
bougre d'Arabe ! Tu vas voir si la député-e se
laisse donner des leçons de politique par un fou de
ton espèce ! Ton compte est bon, tu vas avoir tout

le commissariat sur le dos ! Tu iras à quatre pattes, direction Fleury-Mérogis !

Madame Pompestan fait des efforts désespérés pour se relever, mais elle n'y parvient pas, une sorte de force mystérieuse la contraint à rester à quatre pattes. Improvisation sur cette situation. Ahmed se donne le luxe de l'aider, sans succès.

AHMED. En politique, quand on a vu qu'on était à quatre pattes, c'est presque impossible de remonter sur ses deux pattes.

MADAME POMPESTAN. A l'aide ! A l'assassin !

AHMED. Finalement, des politiques, il n'y en a peut-être que deux : la politique à quatre pattes, et la politique à deux pattes. Tiens ! Je vais expliquer ça à mon ami Rhubarbe. Peut-être qu'il va brouter le plancher, lui aussi ! Entre les Arabes en bois et les politiques à quatre pattes, nous voilà bien !

Ahmed sort. Madame Pompestan, après beaucoup d'efforts et de cris, finit par se résigner : elle sort de scène à quatre pattes.

7. Le multiple

Ahmed.
Ahmed arrive d'un pas traînant, l'air triste.

AHMED. Vous êtes nombreux ! Vous êtes terriblement nombreux ! Et moi, Ahmed, je ne suis qu'un. Je pourrais imaginer que je suis l'aigle solitaire au-dessus d'un troupeau de moutons ! Voyez Ahmed qui plane, et surveille de son œil d'or le plus gras d'entre vous ! Je vais foncer ! L'un va foncer, son bec d'un en avant, sur les nombreux grassouillets !

Improvisation de l'aigle solitaire.

Bah, bah, ça ne va pas. Mes ailes de géant m'empêchent de manger. Si je mange quelques-uns grassouillets des nombreux que vous êtes, je ne ferai que de la viande et de la plume et du bec pour l'un que je suis, toujours un, toujours seul un parmi les nombreux survivants. Pauvre aigle Ahmed ici juché seul, et vous, mangés ou pas, toujours nombreux ! Quel malheur d'être toujours un dans le dédale du multiple nombreux !

A partir d'ici, Ahmed parle de plus en plus vite, tout en freinant à la fin de chaque paragraphe, comme s'il était un oiseau qui s'envole, se pose, s'envole, etc.

Je suis un. Malheur définitif. Mais mais mais. Mais. Mais je suis un quoi ? Un Ahmed ? Ahmed, ce n'est qu'un nom. Un nom que plusieurs ont aussi. Nombreux sont les Ahmed, et Moustache, l'affreux Moustache, dit souvent sur la place en béton armé de Sarges-les-Corneilles, que des Ahmed, il y en a trop en France. S'il y en a trop, ils sont nombreux, et pas un. Moi, Ahmed, je suis nombreux dans mon nom, et pas un ! Juchés ici, c'est le vol des nombreux aigles Ahmed au-dessus des nombreux moutons grassouillets ! Pas de repas solitaire ! Un festin ! Un banquet ! Hourrah pour les nombreux sous le nom de chacun !… Aïe ! Chacun ! Chaque un. Un de chaque. Chaque Ahmed sous le nom Ahmed de plusieurs est un. Nombreux sont les chacuns, mais chaque chacun est un.

Mais mais mais. Mais. Mais un quoi, si le nom Ahmed ne fait pas l'un, puisqu'il est le nom de plusieurs, et même de nombreux ? De nombreux chacuns. Examinons la chose. Examinons l'un. Je m'examine. C'est l'examen. L'exam de l'un. L'exam'un.

Ahmed aux assistants, l'air féroce.

Examinez-vous aussi, bande de nombreux uns ! Vous n'êtes que des chacuns ! Mais sans blague !

On se croit nombreux, et on n'est qu'un tas d'uns, un ramassis de chaque un ! A l'exam'un, mes petits nombreux !

L'un Ahmed a un nez. Ça c'est hors de doute. Est-ce que je suis un nez ? Ahmed-nez ? Pif-Ahmed ? Examinez vos nez, s'il vous plaît ! C'est l'exami-nez. Que voyez-vous par l'examen scientifique du nez ? Parfaitement : le nez a deux trous de nez, et non pas un. Le nez est deux, et non pas un. Est-ce que je suis deux trous ? Ahmed-deux-trous, Ahmed-nez-nez ?… Amenez le deux du nez, s'il vous plaît ! Un tout petit nombreux, le deux, le plus petit des nombreux, me sort de l'un. Il m'enfle la narine.

Deux, franchement, c'est pas si nombreux. C'est deux fois un, deux. C'est à peine plus qu'un. C'est presque un. Si vous étiez deux, est-ce que je dirais que vous êtes nombreux ? Le coup de la narine est pas si fort. Elles me désenflent, les narines.

Mais mais mais. Mais à l'intérieur de chaque narine, qu'est-ce qu'il y a ? Examinez l'intérieur des narines, s'il vous plaît. Avec un petit bâton, avec les doigts c'est sale. Ou même avec un gros bâton bien propre.

Ahmed se cure le nez avec son bâton.

Il y a tout un tas de merveilleuses petits crottes sèches dans la narine droite. Et je suis sûr qu'il y en a autant ou presque dans la narine gauche ! Et tout au fond il y a de la morve ! Une belle morve écumante comme la mer sur le sable ! Et une forêt de petits poils doux comme des brebis au printemps ! Comme il est nombreux, le peuple de chaque narine ! Comme il me tient compagnie ! Comme je ne suis plus ni seul, ni un !

Ahmed se cure le nez avec fureur.

Je suis presque certain que les crottes sèches et la morve écumante et les poils mirifiques sont aussi nombreux dans mon nez d'Ahmed-un que vous dans cette salle. Tenez ! Tenez, encore ! Encore un ! Encore quatre dans la narine gauche ! Si je coupais les poils avec des ciseaux, ce serait une foule ! Une manifestation de rue ! Un défilé gigantesque de poils ! Encore, encore !

Et dans chaque poil, qu'est-ce qu'il y a, hein ? Je voudrais bien le savoir, ce qu'il y a dans chaque poil ! Un tas de cochonneries délicieuses, j'en suis certain ! Un microscope pour étudier chaque poil de la manifestation poilue qui sort de mes narines ! Mon bâton pour un microscope ! Et dans la morve écumante, hein, qu'est-ce qu'il y a ? Examinez la morve, s'il vous plaît ! Dans la mer écumante sur le sable, il y a des langoustes et des soles, des huîtres, des couteaux, des bouteilles en plastique, du goudron, des crevettes, des algues, des puces, des bigorneaux, des moules marinière et des étoiles, des oursins à la crème et des dents pourries de requin ! Il y a tout un monde dans la vague qui vous porte.

J'en suis fatigué rien que d'y penser, à tout ce monde charrié par la moindre vaguelette sur le moindre sable. J'en suis épuisé, tiens.

Mais mais mais. Mais dans la morve du fond de l'une des narines de mon unique nez de l'Ahmed-un que je suis, c'est pire ! C'est une épuisante calamité ! Des bacilles de toutes formes, des petites bêtes poilues, des microbes squelettiques, des globules blancs moribonds, des macrophages gloutons, des virus, les uns inactifs, les autres encore activés ! Une foule colossale ! Un électorat tout entier qui vote dans la morve pour la stabilité d'une seule de mes narines ! Je rends mon tablier, tiens. Dans le moindre recoin de cet un prétendu, c'est le nombreux et le nombreux du nombreux, c'est le milliard de milliards de particules bigarrées. Au secours ! L'un est partout mangé par le nombreux vorace ! Ahmed à lui seul est des milliards de fois plus nombreux que vous ! C'est vous les uns, c'est moi le toujours plus nombreux.

Mais mais. Mais dans chacun des milliers de microbes charriés par l'écumante morve, qu'est-ce qu'il y a ? Des cellules par paquets, et puis encore des molécules, et puis des atomes… Assez, assez ! N'examinons plus, s'il vous plaît. Tous les bâtons hors du nez, je vous prie. C'est un peu dur à la fin d'être si nombreux dans son un. Dans son chaque un. Ça grouille ! Je vais dormir, tiens. Je ne sais pas s'ils s'endorment tous, les nombreux de ma narine, mais moi, Ahmed-un, quand je dors, je dors.

Ahmed parle de façon très ensommeillée.

Mais, mais. Mais quand je dors, je ne suis pas même un. Je ne suis plus rien. Ou rien, ou trop nombreux ! Bof ! C'est comme ça. On n'est jamais un. On est toujours trop. Chacun est trop nombreux. Chaque un est entre zéro et trop. C'est comme ça. C'est comme ça.

Ahmed repart aussi triste qu'au moment de son entrée.

8. Le hasard

Ahmed, Moustache.
Ahmed arrive et regarde en l'air, vers les cintres,
d'un air intéressé.

AHMED. Moustache ! Venez ! La voie est libre.

MOUSTACHE *(de la coulisse)*. On ne peut plus mettre un pied devant l'autre, dans ce foutu Sarges-les-Corneilles, sans tomber sur une poubelle ou sur un Arabe.

AHMED. Heureusement qu'il y a des poubelles qui ne sont pas arabes, des poubelles absolument françaises. Et des Arabes qui ne sont pas des poubelles. Allez, Moustache, venez voir tous ces gens qui brûlent de vous entendre.

Moustache entre en scène et reçoit aussitôt, venu des cintres, un pot de fleurs sur la tête.

MOUSTACHE *(titubant)*. Qu'est-ce que… qu'est-ce que… qu'est-ce que c'est que cette embuscade de voyous ?

AHMED. C'est le hasard, Moustache.

MOUSTACHE. Le hasard ! Je t'en foutrais, du hasard ! On se fait assommer, égorger, piller, voler, extorquationner, droguer, sidéer, chômer, ruiner, empaler, violer, croissantiser, islamiser, judaïser, intellocratiser, interloper, cosmopolito-capitaliser, et c'est la faute au hasard !

AHMED. Pour tous les immenses malheurs français que vous dites, je n'en sais rien. Mais pour la chute du pot de fleurs à l'exact aplomb de votre merveilleux crâne, c'est sûr !

Considérez une première série de faits : je vous appelle, vous prenez vos précautions, puis vous entrez sur cette scène publique au centre de Sarges-les-Corneilles. Considérez une seconde série de faits : une jeune femme noire, désireuse d'orner sa fenêtre d'un souvenir en pot de la luxuriante Afrique, se penche pour arroser ses fleurs, et d'un geste qui trahit son inimitable flamme intérieure, fait par inadvertance chuter l'un des pots. Ces deux séries ont-elles un rapport quelconque ? Certainement aucun. Nous savons scientifiquement que Moustache reste noblement à l'écart de toute femme… dont le teint n'est pas celui d'une Sargeoise-Cornélienne pur sucre. Le pot de fleurs, issu de la deuxième série de faits, descend conformément aux lois de la gravitation universelle. Issu de la première série de faits, Moustache avance, conformément aux lois de la sagesse française. Ces deux mouvements sont indifférents l'un à l'autre. Mais leur rencontre se produit au sommet exact du crâne

de Moustache. Il y a une fracassante intersection.
Tel est, mon cher Moustache, le hasard : la fracassante intersection de deux séries de faits entièrement indépendantes l'une de l'autre.

MOUSTACHE. Je préférerais gagner au Loto, et
ça n'arrive jamais. C'est une intersection pas cas-
sante, le Loto.

AHMED. Tu vas voir : si on recommence, il ne se
passera rien. Ça prouvera que c'est le hasard. Parce
que si c'était une nécessité, ça recommencerait.
Même cause, même effet, c'est ça la nécessité.
Tiens, on fait l'expérience.

*Ahmed et Moustache sortent. La scène reste vide
un moment, puis Ahmed revient.*

AHMED. Moustache ! Moustache ! Reviens ! Le
hasard est parti !

MOUSTACHE *(de la coulisse).* Tu es sûr ?

AHMED. Certain. Le hasard ne peut se répéter,
quand ça se répète, il y a de la nécessité par-derrière.

*Moustache entre prudemment, en regardant fré-
quemment vers les cintres. Il reçoit un deuxième
pot de fleurs sur la tête.*

MOUSTACHE *(presque assommé).* Assassin !
Pétroleuse ! Pot de merde !

AHMED. C'est le hasard !

MOUSTACHE. Le… Le… Je t'étrangle, c'est pas difficile. Je te serre le kiki par hasard. Je te casse le cou en petits morceaux par hasard.

AHMED *(lui massant le crâne)*. Calmez-vous ! Considérez la première série de faits…

MOUSTACHE. Première de vérole de cuite de cochonnerie du diable, oui ! Montre-le-moi, ton hasard ! Qu'il se montre, ce hasard, si c'est un homme !

AHMED *(tout en continuant à masser le crâne de Moustache)*. Ce n'est pas un homme, c'est une intersection. La première série de faits est encore plus indépendante de la seconde série de faits que la dernière fois. On a réfléchi, on a monté une expérience. Et là-haut qu'est-ce qu'elle a fait, notre supposée divine Noire aux fleurs arrosées ? Est-ce qu'elle a suivi notre démonstration ? Est-ce qu'elle a réfléchi ? Bien sûr que non ! Tout à sa joie matinale, elle a encore poussé trop loin et trop étourdiment son bras voluptueux. Et hop ! Le pot descend comme le prévoit Newton, Moustache avance lentement, plus sage et méditatif que tout à l'heure, et hop ! nouvelle hasardeuse intersection fracassante sur le crâne de Moustache, qui n'y est pour rien. Tiens, si on fait une deuxième expérience, il n'y aura rien du tout. Que deux hasards consécutifs, eux-mêmes sans aucun rapport entre eux.

MOUSTACHE. Une deuxième expérience ! Tu me prends pour une poire, foutu islamique de mes deux.

Moustache fait un geste violent vers Ahmed, puis s'arrête, les yeux rétrécis par une intense médita-tion. Improvisation sur "Moustache pense".

Ou alors, ou alors… Tiens, on va faire une expé-rience vraiment nouvelle, hein, mon petit Ahmed ! On va travailler pour la science, toi et moi. Cette fois, je vais entrer d'abord, et puis je t'appelle, et puis tu viens.

AHMED. Formidable ! Moustache retrouve tout seul la science expérimentale ! Il fait varier les conditions, pour bien séparer ce qui est le hasard et ce qui est la nécessité. Moustache, vous aurez le prix Nobel, à ce train-là.

MOUSTACHE. Que l'aile soit noble ou pas, le poulet sera rôti. Voyons un peu le nouveau truc.

Ahmed et Moustache sortent. Puis Moustache ren-tre, avec mille précautions. Rien ne se passe. Il jubile.

Ahmed ! Mon petit Ahmed ! Montre-toi !

AHMED *(de la coulisse)*. Tout va bien ? Le hasard a foutu le camp ? J'arrive.

Juste au moment où Ahmed entre, Moustache reçoit un troisième pot de fleurs sur la tête.

MOUSTACHE *(assis sous le choc)*. On me tue ! On m'extermine ! Police ! Police-secours ! Le Samu ! Les pompiers !

AHMED. Encore et toujours le hasard.

MOUSTACHE *(presque hors d'état de réagir)*. Maudit bougnoul ! Arabe hasardeux ! Tu me la copieras ! Tu vas voir ! Je vais te mettre ton *hard* Zar dans la figure, tiens !

AHMED. Réfléchissez ! C'est vous qui avez mitonné un plan génial : entrer le premier. Comment voulez-vous que la fille vous suive dans des idées aussi scientifiques ? La première série de faits est encore et toujours plus indépendante de la seconde série de faits ! Vous, Moustache, vous pensez de plus en plus, et la Noire, disons Fenda, là-haut, elle est de plus en plus étourdie. Ça s'écarte, ça diverge ! C'est le hasard total !

MOUSTACHE *(qui pense de nouveau, rouge de concentration)*. Tu sais pas ce que tu devrais faire, question science, mon petit Ahmed ? Moi je reste là, et toi, tu sors, puis tu rentres, puis tu sors, puis tu rentres… Ça serait bien, ça ! Peut-être tu verrais le hasard de près, à force ?

AHMED. C'est une idée digne de Newton et d'Einstein, ça ! Une variation totalement expérimentale et scientifique !

Moustache se planque sur le côté de la scène. Ahmed sort et rentre plusieurs fois. Improvisation entre eux deux sur une certitude grandissante : il ne se passe rien. Moustache est évidemment un peu déçu, mais aussi rassuré.

AHMED. C'est concluant ! On a eu trois fois le hasard, et maintenant, on a la nécessité. La nécessité, c'est quand aucune série de faits n'en rencontre une autre, comme ça, par hasard. C'est quand tout se sépare, que moi je vais, je viens, et que l'autre, là-haut, elle ferme sa fenêtre, et que nous sommes tout à fait indifférents l'un à l'autre. Aucune rencontre fracassante.

MOUSTACHE *(revenant au centre de la scène).* Ça commençait à bien faire…

Moustache reçoit un quatrième pot de fleurs sur la tête, et cette fois reste allongé, K.O.

AHMED. C'est vrai que quand le hasard insiste, il finit par ressembler à la nécessité.

Ahmed se promène de long en large, enjambant Moustache plusieurs fois, avec l'air fort satisfait. Soudain, un cinquième pot de fleurs tombe, ratant Ahmed de peu.
Vers les cintres.

Oh ! Oh ! La leçon de physique est terminée !

9. La poésie

Ahmed.
Ahmed est assis, le dos au public, en train de lire un
livre. Il se retourne de temps à autre, considérant le
public d'un air furieux, et lâchant d'un ton à la fois
agressif et morne les répliques qui suivent.

AHMED. Ne m'asticotez pas les bigoudis, hein !

Ne me trébuchez pas la moelle, s'il vous plaît.

Ne me courez pas inopinément sur le haricot ! J'ai
dit.

Et ne me perturbez pas les zygomatiques, une fois
pour toutes !

Et j'insiste : Ne me passez pas le râteau dans le
sens contraire des poils ! Sinon, ça va chauffer.

Je lis de la poésie. Et quand on lit de la poésie, il faut
un silence total ! Un silence tel que le son du poème
soit comme des pattes de mouette sur le sable.

Quand je lis de la poésie, je goûte la langue française dans ma bouche de diseur, comme un vin.

Un grand vin. Le plus vieux et le plus délectable des vins coule du fait de la langue française dans ma bouche. Jusqu'à ce que je sois ivre des mots et des phrases.

Vous me direz : "Toi, Ahmed, le musulman, qu'est-ce que tu connais au vin ? Tu n'en bois pas, du vin ! C'est interdit par ta religion, le vin !" Bande de petits malins ! Ahmed va vous clouer le bec. Premièrement, est-ce que tout un chacun qui s'appelle Ahmed est musulman ? Est-ce que tout un chacun qui s'appelle Dubois est catholique ? La religion n'est pas le nom qu'on porte, encore moins la tête qu'on a, elle est une croyance dans l'intérieur de soi, complètement privée. Et donc, elle ne se voit pas du dehors. Et toc, petits malins. Deuxièmement, est-ce que tout un chacun qui est musulman ignore le vin ? Est-ce que tout un chacun qui est chrétien ignore le plaisir du sexe ? Je vous demande un peu ! La religion, si on a la croyance qui ne se voit pas du dehors, ce n'est pas d'ignorer ce qui est interdit. Si vous ne le connaissez pas, ce qui est interdit, comment vous pouvez comprendre pourquoi c'est interdit ? Et obéir sans savoir pourquoi vous transforme en un âne aux très considérables oreilles. Et toc, petits malins. Et troisièmement, est-ce que tout un chacun qui ne boit pas de vin ignore ce que c'est que le vin ? Est-ce que tout un chacun qui n'est jamais allé en Amérique ignore ce que c'est que l'Amérique ? Si on ne connaissait que ce qu'on voit, on ne connaîtrait

pas grand-chose, vu le côté restreint de notre œil !
Et toc encore, petits malins.

Rien que le mot "vin", tiens, ça dit pas mal de
choses sur le vin. Et quand le mot "vin" entre dans
la poésie, c'est presque comme si on buvait, selon
l'unique force des mots. Ecoutez-moi ça : "Un
soir l'âme du vin chantait dans les bouteilles."

C'est de Charles Baudelaire. Il s'y connaissait
dans la transmission du vin par l'unique force des
mots, Charles Baudelaire. Je ne m'en lasse pas, de
Charles Baudelaire. Alors faites silence, petits
malins. Cessez de me calamistrer l'occiput. Je lis
de la poésie. Je lis le vin, les mots du vin sur la
langue. Définitivement.

*Ahmed va dès lors lire tout haut les deux dernières
strophes du poème "Le vin des chiffonniers". C'est
une improvisation de lecture, avec toutes sortes de
reprises, de variations, de ralentissements, de ponc-
tuations inattendues, etc.*

"C'est ainsi qu'à travers l'Humanité frivole
Le vin roule de l'or, éblouissant Pactole ;
Par le gosier de l'homme il chante ses exploits
Et règne par ses dons ainsi que les vrais rois.

Pour noyer la rancœur et bercer l'indolence
De tous ces vieux maudits qui meurent en silence,
Dieu, touché de remords, avait fait le sommeil ;
L'Homme ajouta le Vin, fils sacré du Soleil !"

L'improvisation terminée, Ahmed prend son bâton, et se tourne vers la salle.

Le premier qui prétend que ça n'est pas beau, gare à lui ! J'en connais, par-ci par-là, qui disent que des goûts et des couleurs, bof, il ne faut pas discuter, chacun son opinion, tout est relatif en ce bas-monde… Halte-là ! Ce qui est beau est beau. On ne discute pas. On goûte. On goûte le vin sur la langue, la langue poétique du vin sur la langue. Compris ?

Ahmed sort. Mais juste avant de disparaître, brandissant son bâton :

Et c'est mon dernier avertissement : Ne me tintinnabulez pas les rotules. Je vous ai à l'œil.

10. Le sujet (1)

Ahmed.
Ahmed entre en scène d'un pas très noble, comme dans une tragédie jouée dans le style odéonien.

AHMED. Je m'avance masqué. Il y a un grand philosophe, un très grand philosophe, un immense philosophe, qui a dit ça trois siècles avant que je le dise, moi, Ahmed. Je m'avance masqué. Il le disait en latin. *Larvatus prodeo.* C'est une parole retentissante, ça sonne pour des oreilles de théâtre comme une sentence tragique. *Larvatus prodeo.*

Improvisation sur larvatus prodeo.

Notez que je vous fais la politesse de ne pas le dire en arabe. Certains petits malins diront qu'étant né à Aulnay-sous-bois, il n'est pas sûr que je saurais dire, en arabe, "je m'avance masqué". Traduire en arabe quelque chose comme *larvatus prodeo*, ce n'est pas à la portée du premier-né natif d'Aulnay-sous-bois. Mais moi, Ahmed, je ne suis pas le premier venu né natif d'Aulnay-sous-bois. Et la meilleure preuve, c'est que je suis parfaitement capable de traduire en arabe "je m'avance masqué". Ça se dit : *Ataquadamu mutanaqirân*. Hein ! Ça vous la coupe !

Ataqadamu mutanaqirân. Larvatus prodeo. C'est que moi, l'Arabe, devant vous je m'avance réellement masqué. Ce n'est pas comme l'immense philosophe qui le disait en latin. Et qui aurait été bien infoutu de le dire en arabe. Il faut dire qu'il n'était pas né natif d'Aulnay-sous-Bois. Il était né natif d'un bled de la Creuse, ce qui est piteux. Question masque, il disait pompeusement, je vous le cite : "Comme les comédiens, au moment de monter sur ce théâtre du monde, je m'avance masqué." "Comme les comédiens", c'est vite dit ! Je serais bien étonné qu'il ait porté un masque, ce grand philosophe. Une perruque, je ne dis pas, ça se faisait, à son époque, ils portaient tous des perruques à la mords-moi-le-nœud, et dessous ils étaient chauves comme des boules de billard ! Il devait être chauve, l'immense philosophe, mais un masque, non, je ne le vois pas avec un masque. C'est une blague, son "je m'avance masqué", c'est une figure de rhétorique. C'est pour ça qu'il le disait en latin, *larvatus prodeo*. Le latin était le masque du français, quand il disait *larvatus prodeo*, il voulait dire : Je mets un masque sur le fait que je m'avance masqué. Ce qui pose une vraie question. Est-ce qu'on peut masquer un masque ? Moi qui suis vraiment masqué, contrairement à cet immense philosophe blagueur, est-ce que je peux, là, devant vous, masquer que je porte un masque ?

Improvisation sur le masque du masque.

C'est concluant ! Pour masquer le masque, le mieux est de l'enlever. Ma figure nue, ce n'est pas ce qu'il y a sous le masque, c'est le masque préalablement masqué. Vous imaginez la complication ! Je m'avance vers vous masqué par ma figure, et quand je mets le masque, en réalité, je me démasque ! Bon, laissons tomber. A la fin, on ne sait plus où sont le masque, le masque du masque, et le démasqué.

Et le philosophe, le blagueur *larvatus*, le plaisantin du *prodeo*, qu'est-ce qu'il y avait sous son faux masque ? Si toutefois nous parvenons à savoir ce que c'est qu'un faux masque. Parce que si le masque est une fausse figure, nous en déduisons qu'un faux masque, étant une fausse fausse figure, est une vraie figure ! C'est trop compliqué, je vous le dis, cette histoire de "je m'avance masqué". Moi, Ahmed, tous les jours sur le théâtre je m'avance masqué, mais quant à dire ce que ça signifie, je vous démontre que j'en suis incapable.

Toujours est-il que sur ces entrefaites, il faudrait savoir ce qu'il y avait sous le masque du philosophe. A la fin des fins. Il y avait lui, vous me direz, mais lui qui ? Il s'appelait Descartes. Pas Desbilles, ni Despions, ni Destapisvert. Descartes. Chauve sous sa perruque à la mords-moi-le-nœud. Descartes, le plus grand philosophe chauve de tous les temps.

Descartes, il faut le reconnaître, a prononcé plusieurs sentences fameuses. Tout en s'avançant masqué, comme moi, il a opiniâtrement fait son chemin dans la parole, comme moi. Il a dit en particulier : "Je pense, donc je suis." Il l'a dit en latin, c'était une vraie manie chez lui de dire les choses en latin. C'était son masque, ou son faux masque, c'était sa vraie figure, quoi. Il était chauve et latin. Il a dit *cogito ergo sum*, "je pense donc je suis".

Ça me rappelle une blague… une blague… pas terrible, mais quand même…

Tout le récit de la blague est pris dans des fous-rires incoercibles d'Ahmed.

C'est un employé d'écurie… encore un chauve… *(Rires.)* Tous les soirs il soigne les chevaux, il les brosse… il leur fait des pansements… *(Rires.)* et il les frotte, il les essuie, il les bouchonne, et quand il a fait les pansements et qu'il a bien essuyé les bêtes, le palefrenier chauve, il dit… il dit… *(Rires.)*, il dit : "Je panse, donc j'essuie !"

Ahmed regarde fixement le public, soudain très grave.

Bon. Est-ce que c'est vrai, ça, "je pense, donc je suis" ? Supposez que là, masqué devant vous, je pense que je ne suis pas. J'ai toutes sortes de raisons de penser que je ne suis pas ! En tout cas que je ne suis pas moi. Je suis masqué, je joue le personnage d'Ahmed, et qu'est-ce que ça devient, dans tout ça, moi, le moi que je suis ? Je ne suis pas qui je suis, et tout aussi bien je suis qui je ne suis pas ! Puisque je joue à être ce que je ne suis pas, j'ai bien le droit de penser que je ne suis pas. Vous me suivez ? Suivre celui qui suis ce qu'il n'est pas, voilà le théâtre.

Alors si je pense que je ne suis pas, comment est-ce que je peux penser que si je pense, je suis ? Imaginez un peu ! Je pense que je ne suis pas, donc je suis ! Quelle embrouille !

Improvisation sur la pensée embrouillée.

Ah ! Une lueur dans l'embrouille. Je crois que j'y vois clair. J'y vois clair et distinct. Quand je joue Ahmed, quand je m'avance masqué devant vous, qui donc pense ? Qui donc suis ? Ahmed, il est. Je fais tout, derrière mon masque, pour qu'il soit, là, devant vous. Mais il ne pense pas ! Comment est-ce qu'il penserait, Ahmed, puisqu'il n'existe pas ? C'est une créature de papier, Ahmed, une imagination de l'auteur, un ectoplasme ! Mais avec moi soigneusement masqué, il est, là, devant vous. Donc, premièrement, Ahmed peut dire : "Je suis, et je ne pense pas."

Et moi, derrière mon masque ? Est-ce que je suis ? Non ! C'est Ahmed qui est là, devant vous, et moi je ne suis pas, je suis Ahmed. Mais pour ce qui est de penser, je n'arrête pas ! Pour que Ahmed soit là devant vous, je dois penser à chaque seconde à faire ceci et cela, à inventer, à me souvenir du diable de texte de l'auteur que je suis en train de vous réciter ! Je pense, je pense, je suis tout en sueur, sous mon masque, à force de penser. Pour que Ahmed soit là, et pour que moi qui pense, je n'y sois pas. Donc, moi, je peux dire : "Je pense et je ne suis pas."

Un qui pense et ne suis pas, pour qu'il y ait devant vous un qui suis et ne pense pas, voilà le théâtre !

Alors, je pense donc je suis, même masqué en latin, *cogito ergo sum*, ça ne marche pas. Il s'est mis dans le sac, Descartes. Ce qui ne m'étonne pas, parce que son masque, le *larvatus*, là, c'était du toc. Pas comme celui-ci, le vrai masque, la fausse figure, la vraie fausse figure, le faux masque vrai !

Improvisation d'amour pour le masque.

Ce qu'il faut dire, si on veut être exact dans la philosophie, c'est ça, notez-le dans vos petits carnets. Ça fera de l'effet au milieu des bavardages. Vous le ressortirez au dessert, toc, tout le monde en sera cloué : "Là où je pense, je ne suis pas. Et là où je suis, je ne pense pas." Voilà une sentence qui a de la gueule !

Malheureusement, elle n'est pas de moi. Ahmed, sois honnête sous ton masque où tu penses et ne suis pas, ça a de la gueule, mais ce n'est pas de toi. C'est un autre *larvatus prodeo* d'aujourd'hui qui a vu le point. Il s'appelle Lacan. Pas Lacoin ou Laoù, ou Lamais ou Lascar. Lacan. Encore un masqué

qu'on démasque ! C'est que le masque, aujour-
d'hui, c'était le sujet. Le sujet de la pièce.

On a fait le tour de la question. Je me retire. Je
vous étire ma révérence. Suer pour penser et ne
pas être, afin que Ahmed soit et ne pense pas, ça
va bien un moment ! On a envie d'être, à la fin !
On a envie de ne pas penser ! Je vais aller là où je
suis et ne pense pas. Dans la coulisse. Vous me ver-
riez dans la coulisse, vous ne me reconnaîtriez pas.
Ni Ahmed, du reste. A force de ne pas penser, dans
la coulisse, j'ai l'air d'un abruti. Mais je suis ! Je
suis un abruti ! Et Ahmed, à force de ne pas être, a
l'air d'une feuille de papier. Mais il pense ! Il ne
fait plus que ça. De la pensée pure, il devient.
Autant dire de la vapeur d'eau.

Je me retire sous le masque. Sous le sujet. Et vous,
pensez un peu ! Soyez un peu ! Tantôt l'un, tantôt
l'autre. Vous êtes démasqués !

11. Le grand et le petit

Rhubarbe, Ahmed.
Rhubarbe arrive en sanglotant. Ahmed entre der-
rière lui sans que Rhubarbe le remarque, et écoute
tout ce qui suit.

RHUBARBE. Ils me l'ont dit. A la réunion, ils me l'ont dit. Ils étaient tous d'accord, les chiens. Ils m'ont dit : "Rhubarbe, permets-nous d'être fami- liers, ici c'est la bonne franquette, c'est convivial, on est entre copains, on fait des bonnes bouffes. On peut te le dire : tu pètes plus haut que ton cul." Même la secrétaire de séance l'a répété en riant : "Rhubarbe, tu pètes plus haut que ton cul." Tel quel.

AHMED. Ça ne fait pas si haut que ça.

RHUBARBE *(sursautant)*. Qui va là !... Ah, c'est toi, Ahmed, tu m'espionnais !

AHMED. Je songeais à ton malheur. Je cherchais le moyen de laver ton honneur. De sécher tes pleurs. De rendre justice à ta fureur. Que tu aies enfin ton heure. Que contre toute la réunion des calomniateurs, contre l'inepte secréteure, tu reviennes bientôt en vainqueur.

RHUBARBE. Quand la secréteure et tous les beurs et même le directeur du C.P.Q.T.Reur de Sarges-les-Corneilles te disent en chœur que tu pètes plus haut que ton cul, ce n'est pas l'heure de garder sa bonne humeur.

AHMED. La mesure.

RHUBARBE. Quoi, la mesure ?

AHMED. Tu leur as expliqué tes plans, n'est-ce pas ? Tu leur as dit qu'il était temps de voir grand, d'implanter à Sarges-les-Corneilles toute une culture multiraciale des communautés qui trouvent leurs racines ? Tu leur as dit qu'il fallait une vision éthique, esthétique et élastique ? Tu leur as dit que les droits de l'homme devaient trouver dans l'action associative, municipale, familiale et coloniale un nouveau souffle frais balayant les miasmes de la bureaucratie sargeoise-cornélienne sous toutes ses coutures ?

RHUBARBE. On dirait que tu étais à la réunion ! C'est exactement ce que j'ai dit, dans un style à la fois coulant et fruité.

AHMED. Ton fameux style camembert ! Et ils ont dit que tu voyais trop grand, que l'éthique était ton tic, vu qu'il n'y avait pas les crédits. Et finalement, que tu pétais plus haut que ton cul. Et tu es sorti en larmes.

RHUBARBE. C'est dur, c'est très dur. Se faire accuser de grandeur, d'excès, c'est dur. Je suis pour la modestie, moi. La démocratie doit être au ras du terrain, tout près des gens, avec des idées très concrètes, des idées toutes petites, rien qui dépasse. L'éthique, c'est ça : ne jamais dépasser la masse, pas même d'un poil. Penser comme le crétin modeste du coin, penser petit, tout petit, encore plus petit. Parce que si tu penses en avant, ou trop loin, ou trop grand, crac ! Tu es totalitaire. Quand ils m'ont dit : "Rhubarbe, tu pètes plus haut que ton cul", je me suis dit, mon vieux, ils te disent que tu es totalitaire. C'est ça qui m'a mis aussi sec la larme à l'œil.

AHMED. Je te le dis : la mesure, la mesure exacte. Tu l'as vu, ce cul dont ils parlent ?

RHUBARBE *(se tortillant)*. C'est pas si facile, de voir son derrière.

AHMED *(prenant son bâton)*. On va mesurer.

Tout un jeu improvisé où Ahmed mesure avec son bâton la hauteur exacte des fesses de Rhubarbe.

C'est bien ce que je pensais. Ce n'est pas très haut au-dessus du niveau de la mer.

RHUBARBE. Ils ont dit : "plus haut ! Tu pètes plus haut que ton cul."

AHMED. D'accord. Mais ce qui est plus grand que ce qui est petit peut rester petit. Non ?

RHUBARBE *(tenté par cette solution)*. Un petit peu plus haut que mon cul, ça reste pas très haut au-dessus du niveau de la mer ? Ça reste modeste, ça reste éthique et démocratique ? Tu crois ?

AHMED. Aucun doute ! Même si tu multiplies par dix mille un corpuscule tout petit, un électron, ou même un atome, ça reste encore petit ! C'est comme si tu divises par dix mille un tas gigantesque, une galaxie, ou même le soleil, ça reste très grand. Le grand petitement divisé reste grand. Et s'il est très grand, même grandement divisé, il reste grand. Et de même le petit petitement multiplié reste petit. Mais s'il est vraiment petit, même grandement multiplié, il reste petit.

RHUBARBE *(encore inquiet)*. Mais est-ce que tu crois que mon cul est suffisamment bas, rapport au niveau de la mer, pour que même si je pète bien plus haut ça soit encore bas ?

AHMED. Je vais reprendre les mesures.

Variations sur l'improvisation précédente.

Il n'y a aucun doute. Aussi haut que tu pètes, même très au-dessus de ton cul, ça n'ira jamais très loin, rapport au niveau de la mer. Le risque de vraie grandeur, mon cher Rhubarbe, est nul.

RHUBARBE. Formidable ! Je les tiens, ces crapules ! Totalitaire, Rhubarbe ? Jamais ! Au ras des pâquerettes ! Tout près de la masse ! L'idée concrète toute petite !

AHMED. Tu pètes quasiment au niveau zéro. Altitude négligeable. Le mont Blanc est grand, mais tout ce que tu racontes est petit. Ils te l'ont prouvé eux-mêmes, avec leur comparaison vulgaire.

RHUBARBE. Tu as raison, il faut tout mesurer, tout, tout, tout !

AHMED. Même les toutous. La mesure, c'est ça qui fait l'éthique, et l'esthétique, et l'élastique.

RHUBARBE. Je retourne à la réunion. Je vais leur péter dans les jambes, tiens !

AHMED. Vas-y carrément.

Rhubarbe sort… Ahmed contemple son bâton.

O toi ! Mètre étalon ! Es-tu grand ? Es-tu petit ? Ni l'un ni l'autre, si c'est toi qui mesures le grand et le petit. Ni l'un ni l'autre, ou tous les deux. Grand le bâton, si c'est un atome qui le mesure. Minuscule le bâton, si c'est le soleil auquel on le compare. Enfin ! Cher Rhubarbe ! Le vrai petit Rhubarbe a séché les larmes du faux grand.

Ahmed mesure avec son bâton la hauteur de ses propres fesses.

C'est encore plus petit ! Mais en fait, le bâton est grand ! Le bâton est très grand ! Le bâton est immense ! Ahmed, tu pètes plus haut que les étoiles.

12. L'infini

Ahmed.
Ahmed est bien campé sur la scène, comme un
professeur. Il s'adresse à la salle d'un ton didac-
tique.

AHMED. Combien vous êtes, là, à regarder ce qui
se passe sur ce plancher ?

Mettons cent. Je n'aime que les chiffres ronds,
moi. J'aime que ça tombe juste dans les calculs, moi.
Un nombre comme mille sept cent quatre-vingt-
sept virgule trois mille neuf cent deux, à quoi ça
ressemble ? A du couscous mal cuit. Un chiffre
rond, c'est beau, c'est net. Ça ressemble à une belle
femme, si vous voyez ce que je veux dire.

Improvisation sur les chiffres ronds et les formes
féminines.

Ce n'est pas pour dire que vous, les cent qui sont là,
vous ressemblez à une belle femme. Il s'en faut de
beaucoup. Mais il faut faire avec. Il n'y a pas que
de belles femmes dans ce bas monde. Au paradis, il
paraît qu'il n'y a que ça. C'est peut-être un peu

trop. Un million de belles femmes, c'est trop pour un seul homme. Si vous voyez ce que je veux dire.

Improvisation : Ahmed en proie à un million de belles femmes.

Bon, assez de paradis. Mettons qu'il entre dans la salle un zéro. C'est pas facile à imaginer, l'entrée d'un zéro dans la salle, mais il faut travailler ! Il faut imaginer l'inimaginable ! Allez ! Concentrez-vous ! Un magnifique zéro entre dans la salle. Un zéro parfaitement rond.

Ahmed représente sur scène l'entrée du zéro.

Et alors, qu'est-ce qui se passe ? Le zéro s'installe tout au bout des cent. Et d'un seul coup, ça fait mille. Un zéro au bout de cent, c'est mille, pas d'erreur. A cause d'un beau zéro, vous êtes mille, maintenant. J'ai le trac ! Jouer devant mille personnes, j'ai un trac épouvantable. Et que vois-je ? Un autre zéro qui entre. Il est un peu plus maigre, ce zéro, mais il n'est pas si mal. Il est encore dodu. Il a mangé pas mal de un, de deux, de trois. Il a même dévoré un soixante-dix-huit. Parce que pour faire zéro, il faut manger tout ce qui n'est pas zéro. C'est pour ça qu'ils sont ronds, les zéros. Ils sont bien nourris, ils bouffent du nombre toute la journée. Rien que pour rester zéro. Ceci dit, je ne vois pas pourquoi ces zéros arrivent en retard. Dites donc, vous, le zéro, ça a commencé depuis un bout de temps ! On est déjà mille ! Mettez-vous tout au fond, et ne bavardez pas avec le cinq !

J'ai un de ces tracs ! Parce que le deuxième zéro tout au bout des mille, ça fait dix mille ! C'est le cirque romain ! C'est un concert du groupe rock Majestuous Brown Egg ! Ce n'est plus du petit théâtre tranquille ! Mais... Attention ! Encore un énorme zéro ! Il a mangé un sept cent quarante-deux, celui-là ! Et encore un ! Et encore un, là, là... Arrêtez-les ! A la garde ! Que fait la police ?

Improvisation de la lutte désespérée contre l'invasion des zéros. A la fin, Ahmed succombe, il reste couché sur la scène, épuisé.

Ils arrivent, ils arrivent, toujours... Millions, milliards, trillions, trilliards, quadrillions, quadrilliards, quintillions, quintilliards... Masses innombrables de zéros s'ajoutant sans relâche au bout des autres... Tous les vivants sont là, et tous les morts, et tous les pas encore nés... Misère ! Public total, totalisé par l'infinie rondeur de tous les zéros qui viennent ! L'humanité entière dans mon théâtre, l'humanité passée, présente, à venir...

Ahmed s'assied et regarde attentivement vers le fond de la salle.

Qu'est-ce que je vois, là-bas ? Il y en a un qui a un drôle d'air... Il est comme un double zéro... Des jumeaux ? Des jumeaux de zéros ? On dirait plutôt des frères siamois... deux zéros collés l'un à l'autre... ça ressemble à un huit, si vous voyez ce que je veux dire, un zéro sur un autre... Mais pas debout, non. Un huit couché. Fainéant de huit ! On ne dort pas, au théâtre ! Lève-toi ! Mais non, ce n'est pas un huit. Qui ça peut bien être ? Nom d'un chien ! C'est l'infini ! C'est l'infini qui est venu après l'infinité des dodus zéros ! Et il n'y a plus de zéros du tout ! Ils ont tous filé ! Zéro pour les zéros, quand il y a l'infini.

C'est ça qui s'est passé. Il est venu tant de zéros, qu'il a fallu aller plus loin, plus loin que tous les quintillions de trilliards de millions ! Là où on est au-delà du nombre, là où on ne peut plus compter. Et l'infini est arrivé, tranquille, à son heure. Il a dit : "Messieurs les zéros, avec moi, vous avez beau vous ajouter, vous enfiler, vous aligner, c'est comme s'il ne se passait rien." Dégoûtés, les zéros sont sortis. Ils sont tombés dans leur propre zéro pointé.

Très honoré, monsieur l'infini. Merci infiniment. Pour boucler la salle, pour expulser les zéros, je ne pouvais compter que sur vous. Je peux commencer ? Merci.

Combien vous êtes, là, à regarder ce qui se passe sur ce plancher ? Vous êtes cent. Cent, plus l'infini, naturellement. Mais cent plus l'infini, c'est l'infini. Car cent, à côté de l'infini, c'est comme qui dirait zéro. Vous êtes donc infiniment nombreux. Je vous remercie, mesdames et messieurs, d'être venus si nombreux. Si nombreux que même si un butor de zéro se faufile, ça n'y changera rien. Absolument rien. Quelle paix ! La paix de l'infini. Silence ! Je vois que l'infini dort, là-bas au fond de la salle. L'infini dort souvent. Attendons qu'il se réveille. Quand l'infini dort, le fini se tait. Chut !

13. Le temps

Fenda, Ahmed.
Ahmed et Fenda entrent en badinant.

AHMED. Non. Non et non. Ma Noire radieuse, mon hyperbole de palmier, ma déhanchée du béton, ma coquine des meubles et immeubles, ma ravageuse des biscoteaux de Sarges-les-Corneilles… L'homme en ces matières a besoin d'un temps de méditation.

FENDA. Et qu'est-ce que c'est que le temps, mon adorable filou d'Arabe passe-lacets ? N'est-ce pas ce qui s'étale comme un puant marais entre deux îles du soleil ? Il y a le présent, et encore le présent, et entre les deux tu peux me dire à quoi ça sert ? La femme comme moi décide du présent, et vous, les mâles, il faut vous loger entre deux décisions comme les locataires du moins que rien.

AHMED *(prenant son bâton)*. Imagine que le bout du bâton soit ton présent, ma flamboyante cocotte. Le reste du bâton, c'est quoi ? Et l'air en avant du bâton, c'est quoi encore ? Et si je touche le bout de ton sein, cet asile rond des voluptés que tu proposes *(Il le fait, soupir de Fenda.)*, n'est-il pas vrai que le bâton est le passé bien dur de mon geste, et que ton sein en est l'avenir ? L'homme circule gravement du passé vers l'avenir, selon un fin calcul qui prend son temps dans le temps.

FENDA. Et il escamote le présent, où se tient proposée la femme solide. Sous prétexte qu'il y a le temps, vous le prenez toujours, le temps. Il y en a qui disent que vous sautez sur les femmes comme des rapaces du désert. Moi, je vous vois plutôt regardant en arrière et en avant et sur les deux côtés, et avançant une jambe quand la nuit est déjà tombée sur le présent disponible. Tout de suite, mon malin de l'entre-deux ! Le long passé-bâton ne fera pas l'ennui d'un avenir plus lent et plus taché que le cou d'une girafe.

Fenda se jette sur Ahmed et l'embrasse et le serre, et le culbute par terre, et se met à califourchon sur lui.

Te voilà bien couché dans le présent, mon lapin du passé…

AHMED. Couché, l'homme reste immobile et mesure le temps. Où vas-tu en venir, cheval du présent pur ?

FENDA. Au matrimonial voluptueux. Ce qu'une femme décide au présent, l'homme ne peut y opposer ni le passé, ni l'avenir.

232

AHMED. Le matrimonial ! Quelle affaire ! N'est-ce pas mon passé qui me fit cet homme que tu renverses et escalades au présent ? Et n'est-ce pas la fidélité conjugale à ce présent que tu veux pour notre avenir ?

Ahmed renverse brutalement Fenda et se relève.

Laisse-moi calculer. Celui qui cède à la tentation du présent abandonne son désir vrai. Ce désir qui vient du passé et réclame l'avenir.

FENDA *(relevée elle aussi).* L'homme gaspille sa vie. Il attend, il suppute, il mouline le temps, et rien ne se passe qui vaille. Tu seras vieux, édenté, marabout déplumé, fiché sur une seule patte sous la pluie, et tu me diras d'une voix de vieille chèvre que tu as besoin de temps.

AHMED. Mais je serai sage et savant ! Je connaîtrai les tours et les détours ! Je me promènerai solitaire et pensif dans toutes les avenues de l'intrigue et du temps ! Je serai en paix avec mon désir, en paix avec l'hostilité ou la volupté de tous les néfastes présents !

FENDA. Tu seras comme une vieille boîte remplie d'air comprimé, tiens ! On fera un trou, et ça sifflera, pssschhhuit… Tout l'entre-deux du temps envolé, reste la rouille pour l'ordure.

Ils se taisent, un peu boudeurs.

Tiens, allons faire un tour du côté du square, il fait beau, on verra le soir venir comme une toile bleue qu'on déplie sur un pré.

AHMED. Bof ! On a le temps !

FENDA *(furieuse)*. Mets-le-toi où je pense, ton temps ! Tempinambour ! Rantemps-temps ! *Mister* Temps-pis ! Espèce de Temps-te !

Fenda sort brusquement.

AHMED. O temps ! suspends ton vol ! J'ai peut-être fait une connerie. Avec les femmes, il faut toujours répondre "présent, madame !". Ça n'empêche pas de cuisiner le passé et de marcher sur les œufs de l'avenir.

Ahmed sort en courant et en criant :

Fenda ! Fenda ! Je suis présent, à présent !

14. La vérité (1)

Ahmed.
Ahmed arrive, se servant de son bâton comme d'une canne, vieilli, endolori.

AHMED. J'ai pris un coup de vieux. Et pourquoi ? Je vous le donne en mille ! A cause de Rhubarbe ! Mon ami Rhubarbe, l'homme de toutes les associations dynamiques et éthiques ! Le défenseur de tous les droits de l'homme, de la femme, du handicapé, du Juif, du Nègre, de l'Arabe, du chien, du perroquet des îles, des minorités sexuelles et adolescentes, des bien-mourants et des mal-vivants, des enfants en bas âge et des mammouths très anciens ! Vous le connaissez, Rhubarbe ?

Improvisation sur Rhubarbe.

Je le croise sur la place de la mairie de Sarges-les-Corneilles, hier, et je constate qu'il avait l'air triste. "Rhubarbe, je dis, tu n'as pas l'air d'avoir ton air aérien d'hier. Ton air d'hier et ton air d'aujourd'hui me font penser que tu erres. Tu as l'air d'un qui erre. – J'erre depuis hier, dit-il explicitement

funèbre, c'est pour ça que j'ai cet air. – Et pourquoi tu erres, Rhubarbe ? je lui murmure tendrement. – J'ai rencontré la vérité", qu'il me répond
tout à trac. Je suis saisi. Vous imaginez ! La vérité !
C'est effrayant ! Rhubarbe et la vérité ! Un choc à
vous jeter au sol ! Le pot de fer contre le pot de
terre ! Rhubarbe pot de terre, depuis je ne comprends que trop qu'il erre avec ce drôle d'air. Je
me dis : Ahmed, il faut être dans la précaution
millimétrique. C'est grave. Du doigté, de la philosophie extrêmement précise. Je commence très
doucement : "Et dans quelles circonstances tu as
rencontré la vérité, mon cher Rhubarbe ?" Il me
regarde d'un air morne, vraiment l'air de celui qui
erre sur la terre, comme un pot, depuis des lustres.
"J'étais président de séance d'une réunion tout à
fait conviviale et démocratique, vivante, concrète,
un débat plein de choses vécues et sincères, qu'il
me dit, l'œil vide et la barbe molle. Devant moi, il
y avait, au fond de la salle, un énorme gaillard, un
moustachu très sombre, un Turc, je crois. Il avait
les bras croisés, et il me fixait. Je parlais, je parlais, j'animais le débat, on en était à l'éthique du
commerce extérieur. Passionnant ! Une dame très
bien, madame Pompestan, expliquait que si on
fixe un salaire minimum pour les ouvriers, on
viole les droits de l'homme, parce qu'on empêche
le patron de proposer librement un contrat de travail au travailleur qui librement l'accepte. C'était
discutable, je ne dis pas, mais c'était intéressant !
C'était toute la question de l'éthique du salaire ! Il

faut bien dire que le salaire n'est complètement éthique que s'il est complètement libre ! Et donc libre d'être bas, très bas, presque au ras du sol. Mais le Turc me fixait toujours, et en plus il se caressait le bout des moustaches avec un air féroce. Je me dis : Rhubarbe, le Turc du fond de la salle n'est pas content. Il ne participe pas, le Turc, il n'est pas en partage du débat. Il avait l'œil droit sur moi de plus en plus sombre, le Turc. Et je commence à bafouiller. Déjà, en général, quand je vois une personne humaine ne pas participer au débat, je suis mal à l'aise. Mais là il me fixait comme si j'étais responsable. Je bafouille, je commence à perdre les pédales. Je fais un début de phrase, quelque chose comme «l'éthique du minimum ne doit pas aboutir à oublier l'éthique du maximum», un truc pas mal, quoi, une vraie symétrie modérée, et puis je ne peux pas continuer. Vraiment, je tombe en panne. Tout le monde me regarde. Il y a un silence mortel, comme quand le débat n'a plus aucun dynamisme démocratique. Et tout d'un coup, le Turc, toujours en me fixant droit dans les yeux, dit très tranquillement comme ça : «Monsieur Rhubarbe, non seulement depuis des années vous ne dites que des conneries, mais en plus vous finirez par dire des conneries funestes.» Tu imagines l'effet ! Tout le monde le regarde, se regarde, me regarde… Et alors, à ce moment précis, une phrase envahit mon cerveau en détresse. Elle s'impose, la phrase ! Elle occupe malgré moi toute la surface de ma cervelle.

C'est la phrase : «Le Turc n'est rien d'autre que la vérité.» Impossible de me la sortir des circonvolutions cérébrales ! «Le Turc n'est rien d'autre que la vérité !» Je rassemble mes dernières forces, je fais semblant d'avoir envie de pisser, et je sors par la porte de derrière. Et depuis j'erre sur la terre avec l'air que tu considères."

Voilà ce qu'il me raconte, Rhubarbe. Je médite. Je lui dis : "Tu confonds ce qui vient après et ce qui vient avant. – Quoi ?, qu'il geint faiblement. – Le Turc est arrivé dans ta vie démocratique, d'accord, que je persiste. Mais lui, le Turc, ce n'est pas la vérité en personne ! Elle n'est pas une personne, la vérité ! La vérité, c'est après, longtemps après, quand tu vas très longtemps faire travailler le Turc ! Quand tu vas dans ta vie penser au Turc ! Quand tu vas tirer les conséquences du Turc ! Quand tu vas vieillir avec le Turc dans ta cervelle ! Quand tu auras tout changé de toi-même à cause du Turc ! Quand ce que le Turc a dit sera entré dans ton action, dans ta pensée, dans ta manière d'être Rhubarbe ! Quand Rhubarbe sera fort comme un Turc ! Tu n'as pas rencontré la vérité, Rhubarbe ! Tu as rencontré ce qui arrive pour qu'il y ait un peu de vérité ! Il t'est arrivé en Turc la chance d'un peu de vérité ! Tu t'es rencontré toi-même, Rhubarbe, capable de faire de la vérité avec ce qui arrive sous la forme d'un Turc ! La vérité vient après le Turc, dans toute ta vie hantée par le Turc ! Tiens ! Vois comment tu vas vieillir avec en toi la marque, la trace, l'impact de ce qu'a dit le Turc, et devenant ainsi, sous le nom de Rhubarbe, un morceau de vérité !" Et je le lui ai fait, le coup de la vérité qui vient dans le temps, le coup de la vérité vieille ! Comme ça, je le lui ai fait.

Improvisation : vieillissement d'Ahmed sous l'effet du devenir en lui de sa propre vérité.

Et au fur et à mesure que je vieillissais, moi, il rajeunissait, Rhubarbe ! Il perdait l'air d'un qui erre sur la terre ! Il avait la barbe printanière, la joue fraîche, le verbe relevé ! Moi j'étais presque un pied dans la tombe, et toujours plus vrai. Et lui, horreur ! il était un jeune homme, et de plus en plus faux ! Au point qu'il finit par me dire : "Ah ! J'ai tout compris ! C'est ce Turc qui ne fait que dire des conneries ! Il ne sait même pas ce que c'est qu'un vrai débat démocratique, ce Turc ! C'est un problème, tous ces analphabètes qui viennent chez nous avec une culture carrément archaïque ! Tiens ! Je vais proposer à mon association des séances pour intégrer les Turcs ! L'intégration ! Il n'y a que ça de vrai ! Et ceux qui ne sont pas intégrables, l'expulsion ! On ne va pas se faire traiter de connards et de funestes par des cultures antidémocratiques ! C'est ça, la vérité ! Salut Ahmed !"

Voilà comment je l'ai guéri, l'ami Rhubarbe ! La leçon de philosophie la plus ratée de toute ma carrière ! Et, en plus, j'ai vieilli de dix ans ! C'est moi qui ai encaissé toute la vérité du Turc, et lui, rien du tout ! Je l'ai purgé ! Je l'ai purgé de son Turc ! Mon vieil Ahmed, tu t'es sacrifié sur l'autel de la vérité des autres. Satané Turc ! On dirait que je le porte sur mon dos.

Ahmed sort péniblement de scène, comme s'il portait sur son dos voûté une énorme charge. Juste avant de sortir :

Que chacun se débrouille avec les vérités qu'il rencontre ! Très peu pour moi !

Si vous voyez un jour votre Turc face à face, ne sortez pas pour pisser ! Et ne venez pas me le refiler. Ne comptez pas me refaire le truc du Turc ! Chacun son truc ! A chacun son Turc ! Et bon courage.

15. La nation

Madame Pompestan, Ahmed.
Madame Pompestan et Ahmed entrent à toute allure.

MADAME POMPESTAN. Jamais de la vie ! Il ne saurait en être question ! Je vous le dis comme député-e de Sarges-les-Corneilles, comme membre du Consortium central et décisionnel du parti pour le rassemblement et le redressement de la France, comme secrétaire-présidente du club parlementaire des femmes performantes, comme épouse et conseillère d'Edouard Pompestan, président-directeur général du groupe Capitou-Nuclée, les deux tiers du marché mondial pour la turbine à filière au carbone chromé, comme citoyenne éclairée, comme simple femme épanouie, bien dans sa peau, et qui n'a pas renoncé à plaire, ni non plus, du reste, à déplaire quand il le faut. Nous ne l'accepterons pas. C'est *niet*, et mettez votre mouchoir dessus.

AHMED. Madame Pompestan ! Si je peux devant vous argumenter de bas en haut, comme Ahmed qui n'est ni ne sera député. Mais qui existe, là, dans sa ressource invisible. Comme Ahmed qui n'est ni ne sera une femme d'action. Encore que…

Improvisation de Ahmed comme femme d'action.

Passons. Comme Ahmed n'est ni ne sera marié au sauveur de la turbine française. Mais plutôt collé au malheur du turbin mondial. Comme Ahmed ver de terre, ou peu s'en faut, amoureux d'une étoile, ou presque. Comme Ahmed intellect sous sa seule peau basanée.

MADAME POMPESTAN. Halte-là ! Dans la question qui nous occupe, mon cher Ahmed, la peau ne fait rien à l'affaire. Il y a des peaux noires qui sont bien de chez nous, des peaux blanches qui sont d'ailleurs, des jaunes mystérieux qu'on surveille, des Peaux-Rouges avec scalp et des gens verdâtres qui ont leurs papiers en règle. Ma femme de ménage vient des Philippines, et c'est une femme très bien, très correcte, qui ne volerait pas un œuf dans le frigidaire.

AHMED. Ni un bœuf dans le lampadaire.

MADAME POMPESTAN *(ahurie)*. Qu'est-ce que vous me chantez avec ce bétail dans les lampes ? Vous perdez le sens commun ! Vous plongez dans votre vieux fond fanatique ! J'ai dit non, non, et non. Point à la ligne.

AHMED. Pour dire "non", il faut savoir de quel "oui" on parle. Pas de "oui", pas de "non" non plus. Dis-moi ton "oui", je te dirai ce que vaut ton "non".

Si j'ouïs ton oui, j'ai le nom de ton non. Si je n'ouïs pas ton oui, ton non est sans nom, je n'ouïs pas non plus le nom du non, le "nom de non" !

Improvisation de Ahmed sur "oui" et "non".

Bref. A quoi, madame la député-e Madame Pompestan, épanouie, turbiniaire, actante, à quoi dites-vous "oui", quant à ce qui nous occupe ? Permettez que je puisse ouïr votre oui.

MADAME POMPESTAN. Je dis "oui" à la loi française. Le peuple, par mon entremise députative, vote la loi souveraine qui dit qui est qui, qui a droit à quoi, qui n'a pas droit à quoi, et qui n'a droit à rien, ou même à moins que rien. La loi qui sépare d'un côté l'officiel et le légal et le travailleur régulier qu'Edouard Pompestan accueille les bras ouverts dans ses ateliers productifs. Et de l'autre côté le clandestin, le sans-papiers, le surnuméraire, le louche, le venu en contrebande d'on ne sait où.

AHMED. Que la police accueille à matraque ouverte dans ses dépôts improductifs. La loi… Votre oui, si je l'ouïs bien, est que celui d'ici n'est d'ici que si la loi d'ici lui dit qu'il est ici ? Mais s'il est ici, la loi ne peut pas dire qu'il n'est pas ici ! Sinon ce que j'ouïs n'est pas un oui, mais un non. Vous dites "oui" au non. Vous dites "oui" à ce que celui d'ici soit dit ne pas être d'ici. Le "non" vient avant le "oui", dans votre "oui" à la loi de l'ici. Puisque cette loi et tous les satanés flics derrière courent comme des diables sur des gens d'ici pour glapir qu'ils ne sont pas d'ici !

MADAME POMPESTAN *(un peu étourdie)*. Il faut bien séparer ceux d'ici et ceux qui, quoique venus ici pour quelque raison louche, ne sont pas d'ici.

AHMED. Mais ils sont ici. Le fait est qu'ils sont ici. Et vous, vous dites "oui" à ce qu'ils ne soient pas ici, sous prétexte qu'ils ne sont pas d'ici. Mais qui est d'ici, alors, si des gens qui sont ici d'après votre oui, tel que je l'ouïs, n'y sont pas ?

MADAME POMPESTAN. Les Français, mon cher Ahmed. Et les Françaises, bien entendu. Les Françaises et les Français sont d'ici, et sont ici.

AHMED. Mais qui est français, à la fin ?

MADAME POMPESTAN. Ceux que la loi dit qu'ils le sont, comme moi et Edouard, Français depuis le Moyen Age, et même avant.

AHMED. Français avant le Moyen Age ? Et par la loi ? Tonnerre ! Les Pompestan ont inventé et la France et la loi ! Mais dites-moi, dites-moi ! Je vois un cercle, là ! Un cercle vicieux !

MADAME POMPESTAN *(légèrement lubrique)*. Edouard dit toujours : "Caressez un cercle, il deviendra vicieux."

AHMED. On a dû le caresser longtemps, celui-là ! Il est d'un vicieux !

Improvisation, dans ce qui suit, sur l'idée de cercle vicieux.

La loi, un jour, vient et dit : "Ceux qui sont ici sont d'ici, ils sont français." Et ensuite la loi dit : "J'en vois qui sont ici, mais qui ne sont pas d'ici. Pas français." Mais "pas français", ça n'a jamais rien voulu dire que "pas ici" ! Ou alors, c'est la peau, la race, l'odeur… Mais vous dites que non, j'ouïs le oui à ce non, de votre bouche suave, à propos de la Philippine qui vole des bœufs dans les dromadaires ! Pas la peau, pas la race, pas l'odeur ! Seulement la loi ! Qui dit qu'ici sont les Français, que les Français sont ici, et que si on est ici on est d'ici, forcément, à un moment quelconque et pour toujours. A la longue, la loi, si usée et gâteuse qu'elle devienne, ne peut quand même, caressée et vicieuse, dire qu'ici n'est pas ici, ou qu'être d'ici n'est pas ici, ou qu'ailleurs est ici venu !

MADAME POMPESTAN *(abrutie).* Mais que proposez-vous, à la fin des fins ?

AHMED. Un "oui" tout simple, dont le "non" n'a pas cours. Celui qui est ici est d'ici. Celui qui vit ici, qu'on lui fiche la paix. Un pays, celui-là ou un autre, se compose des gens qui y vivent. C'est tout.

MADAME POMPESTAN. Jamais ! Jamais ce "oui" ! Non et non ! Avec ce programme, je me fais ratiboiser aux élections ! Vous imaginez ! Tous ceux d'ailleurs qu'on va dire d'ici ! C'est la chienlit ! C'est la fin de la race française !

AHMED. Aïe ! La race ! Vous l'avez dit ! La race !
Je croyais qu'il n'y avait que la loi !

MADAME POMPESTAN. Va te faire cuire un œuf !
Basané de mes deux !

AHMED. Vos deux quoi, si vous me permettez ?

MADAME POMPESTAN *(se jetant sur lui)*. Tu
vas voir ! Saloperie de gens d'ici !

AHMED *(sortant son bâton)*. Ici, mon petit bâton !
Je suis d'ici, moi ! J'y suis, j'y reste ! Ah ! On
caresse la loi ! On la vicie comme un cercle ! Je
vais lui caresser les côtes, moi ! Je vais la redresser, la loi d'ici ! Tiens ! Tiens !

*Madame Pompestan s'enfuit, poursuivie par
Ahmed qui la bastonne.*

AHMED *(revenant essoufflé)*. Victoire du turbin
dans sa lutte épique contre la turbine. C'est vraiment compliqué, la question nationale. Dire que
pour être d'ici, bien d'ici, il faut ça… *(Il montre
son front.)* et ça. *(Il montre son bâton.)* La pensée
et la force. Rien que pour être d'ici, alors qu'on est
ici. Un combat perpétuel, pour être là où on est ! Et
sans savoir si ça vaut le coup, à la fin des fins. Il
faut croire qu'on y tient, nous autres, philosophes
nés natifs d'ailleurs ou d'ici, à rester ici. Et pourquoi on y tient, je vous le demande ! Parce qu'on
est ici. A la force du poignet, on y est. A grand
renfort de pensée subtile et de vie compliquée. Ici,
on y est. Ici. Et on y restera. La loi circulaire et

vicieuse n'y fera rien. La pensée veille. Et aussi le bâton. Le bâton qui pense. Il y a un grand philosophe, Pascal, qui a dit que l'homme était un roseau pensant. Moi, Ahmed, pour être d'ici, et que tous, là, vous y soyez comme moi, je me change en bâton pensant ! Le plus fort de la nature. Allez, gens d'ici ! Restez ici. Restez assis. Je veille.

16. La mort

Ahmed.
Ahmed est dans le public, la scène est dégagée,
mais vide.

AHMED. Vous voyez, la scène reste vide. Personne ne vient. Alors je me dis : Ils sont tous
morts. Derrière, là-bas, dans la coulisse, ils sont
tous morts. On leur a envoyé un gaz mortel, du
sarin japonais, par exemple. Ils bavardaient, ils
étaient maquillés, ils avaient le trac, ils attendaient
le moment de grimper devant vous, et puis voilà
un délétère et sournois gaz piquant qui rampe,
déposé par un Japonais avec un arrosoir en plastique, juste au pied de la scène, derrière, le Japonais sort du côté des chiottes, il passe par le hublot
des susdites chiottes, c'est un petit Japonais
maigre, il a posé gentiment son arrosoir à côté du
pompier de service, il lui a dit, c'est toujours un
peu d'eau pour le cas où il y aurait le feu, le pompier de service a dit, c'est gentil, ça, de penser à
l'eau, mais ça n'ira pas loin, le Japonais a dit,
c'est pour un tout petit feu, un feu de cigare ou de

bengale, l'autre a rigolé, et le Japonais acrobate s'est glissé dans le hublot des chiottes, ni vu ni connu, et il est parti prendre l'avion. Le gaz a rampé, et ils sont tous morts, mes amis les acteurs. C'est pour ça que la scène est vide. Rhubarbe est mort, Moustache est mort, madame Pompestan est morte, Fenda… Non, pas Fenda. On peut se dire des tas de choses bizarres et sinistres, mais Fenda morte, non, on ne peut pas. Fenda était en retard. Elle a vu le Japonais sortir par le hublot des chiottes, et comme elle est rêveuse, Fenda, elle est restée sous un arbre à se demander ce que pouvait bien faire, à cette heure, un Japonais sortant tel un contorsionniste par le hublot des chiottes d'un théâtre. Elle était rêveuse et en joie, ma radieuse Noire Fenda, d'avoir vu, on ne voit ça qu'une fois dans sa vie, si on le voit, un Japonais sortir des chiottes dans la nuit et par la fenêtre. Elle s'est dit que c'était la politesse japonaise : sortir par la porte, c'est grossier, on risque de heurter ceux qui attendent leur tour de chiottes, on se fait voir juste à la sortie d'un besoin très animal, ce n'est pas bien, pour un Japonais, pense Fenda, de pisser, ou pire encore. Discrétion, solitude du pisseur debout ! Le Japonais civilisé sort des chiottes par la fenêtre. Se dit Fenda. Ce qui la sauve, car pendant le temps de son rêve, le gaz sarin massacre tous les autres. Et la scène reste vide.

Ils sont morts. Mais qu'est-ce que ça veut dire ? En dehors de la scène vide ? En dehors de la supposée douleur effrayante que j'éprouve de leur supposée mort ? La mort fait disparaître quelqu'un entre une scène vide et une douleur ? C'est ça ? Et la mort pour le mort, qu'est-ce que c'est ? Il y a des philosophes qui ont dit : avant la mort, on est vivant. Et après la mort, il n'y a rien. Donc, la mort n'est rien. Elle est comme une feuille de papier à cigarette entre la vie et rien. Les stoïciens, on les appelait, ces philosophes. Ce qui est étrange, c'est qu'ils disaient aussi : la philosophie, c'est apprendre à mourir. Apprendre le rien, en somme, apprendre que nous avons peur de ce qui n'est qu'un cheveu invisible entre la vie et rien… Ça ne me dit rien qui vaille, cette idée d'apprendre toute la vie à mourir dans le rien. Car il y a ceci, tout de même : la douleur. Celui qui était là, dans la lumière de la scène, je ne le verrai plus jamais. Plus jamais. Et lui-même ne se verra plus jamais. Il y a ce qu'il y aurait eu sur la scène sans lui. Simplement imaginer Fenda ne plus jamais être dans la lumière de la scène… Non. Entre la douleur et la scène vide, il y a de la place, et non pas rien, pour la mort. Mais je ne peux y penser. Il n'y a rien à penser. Ma douleur pense pour moi. Pour toujours.

Et la mort, pour le mort ? Voyons ça. Expérimentons. Au théâtre, tout s'expérimente.

Ahmed monte sur la scène.

Je meurs. Je meurs.

Improvisation sur la mort.

Non, décidément, il n'y a rien à penser. Que la douleur qui pense seule, qui pense "plus jamais", et ce n'est pas une pensée. C'est la captation de tout par la chose noire et vide qui tord le corps, qui vide l'âme. Etre visité par "plus jamais", et l'âme et le corps tordus.

Ah ! Heureusement qu'ils ne sont pas morts ! Fenda rêve sous son arbre, beauté que coiffe un paradis d'étoiles… Ni sarin, ni Japonais, ni pompier… Même les chiottes n'ont pas de hublot, à vrai dire. Ce sont des chiottes fermées, hermétiques, des chiottes sans fenêtre ni miroir. D'honnêtes chiottes françaises où le papier manque, où la chasse est déréglée ! Honnête et régulière vie des chiottes nationales ! Et tous y viennent ! Rhubarbe ! Moustache ! Madame Pompestan !

Improvisation sur ces trois personnages, bien vivants, allant aux chiottes.

Comme le disait un autre philosophe, pas du tout un stoïcien, celui-là : La philosophie est la méditation de la vie, et non de la mort. Il suffit que la mort nous frappe, qu'il y ait la douleur et l'âme tordue ! Rien à méditer, Dieu merci, dans cette funeste interruption de tout ce qui a sens ! Et le théâtre aussi, le théâtre ! Beaucoup font semblant de mourir, au théâtre, on meurt tous les soirs, on se relève et on salue ! Tant mieux ! Car le théâtre aussi est une méditation de la vie, et non de la mort. La vie de Rhubarbe, la vie de madame Pompestan, la vie de Ahmed ! Pour toujours ! Et votre vie à vous, qui venez voir ici le semblant de la mort ! Votre vie pour toujours ! A bas la mort ! Dites-le avec moi : "A bas la mort !"

17. Le sujet (2)

Moustache, Ahmed.
Ahmed et Moustache entrent en courant, essoufflés.

MOUSTACHE. T'es sûr qu'on l'a semé ?

AHMED *(regardant partout).* Je ne vois plus rien.

MOUSTACHE. J'aurais jamais cru qu'un truc comme ça puisse arriver à Sarges-les-Corneilles. M'arriver à moi, en plus.

AHMED. A toi ? C'est à moi que c'est arrivé !

MOUSTACHE. A toi ? Regarde-toi ! Tu vas pas me dire qu'un machin pareil en voulait à un simple ouvrier ! C'est moi, Moustache, qu'il visait, et plutôt deux fois qu'une ! Quand je l'ai vu, je me suis dit dans le for de mon intérieur : Moustache, il te vise. Et tu as vu la course ! J'ai démarré au quart de tour.

AHMED. Vous avez peut-être commis une fatale erreur d'appréciation, dans… comment vous dites ? Dans le for de votre intérieur ? Parce que quand ça arrive, cette extrême forme du terrible machin, je suis son objectif trois fois sur quatre. Mais dites-moi, c'est quoi exactement, le for de votre intérieur ?

MOUSTACHE *(se trémoussant).* J'ai une envie de pisser qui ne tiendrait pas dans un dé à coudre.

AHMED. Ne pissez pas ! Ne pissez surtout pas ! Le truc reviendrait, et le temps de vous reboutonner, vous seriez chocolat. Renseignez-moi sur votre intérieur. J'aimerais bien savoir ce que c'est, l'intérieur de Moustache.

MOUSTACHE. Ben… Mon intérieur, c'est comme qui dirait moi.

AHMED. Attends voir… Ton extérieur, tes belles moustaches et tout ça, c'est pas toi ?

MOUSTACHE. J'ai une de ces envies de pisser !

AHMED. Si tu pisses, c'est à l'extérieur, donc c'est pas toi. Toi, dans le for de ton intérieur, le vrai toi, celui qui dit "je", celui qui dit "moi, Moustache, le terrible truc qui est arrivé me visait moi, et pas Ahmed", celui-là, en somme, il ne pisse pas.

MOUSTACHE *(se trémoussant de plus en plus).* C'est pourtant bien moi, Moustache, qui a envie de pisser, je ne te dis que ça.

AHMED. Ton vrai moi qui se tient dans le for de ton intérieur, il a envie de pisser. Mais ce qui pisse, c'est extérieur, c'est pas ton vrai moi. Tu peux dire "moi, Moustache, j'ai envie de pisser", ça oui, c'est bien toi, dans ton intérieur mental intime. Mais si tu pisses, comme n'importe qui en vient à pisser, ce n'est plus toi, c'est la fonction physiologique de l'animal que tu es. Ce n'est plus le vrai sujet Moustache pris dans son intérieur.

MOUSTACHE. Je peux dire "je pisse", tout de même ! Et en plus qu'en ce moment, je préférerais le faire que le dire !

AHMED. Surtout pas ! Ça risque d'arriver encore à tout instant, ce truc ! Et alors il profitera de ton extérieur pissant pour te cravater l'intérieur ! Si c'est bien toi qu'il vise, et pas moi. Mais "toi", "moi", ce n'est pas si clair, après tout !…

L'histoire qui est arrivée, tout à l'heure, comment elle a reconnu que c'était toi, ton toi intérieur vrai, si elle venait te viser ? Toi et moi, vus de l'extérieur, on n'est pas vraiment toi et moi, si toi et moi c'est à l'intérieur ! Je me demande comment il nous a distingués, tout à l'heure, le machin qui nous a fait courir.

MOUSTACHE. Toujours est-il qu'à l'heure qu'il est, il n'a qu'à prendre celui qui a envie de pisser. C'est clair et net !

AHMED. Mais comment il peut savoir que tu as envie de pisser, et pas moi ?

MOUSTACHE. Tu vois pas ! Tu vois pas la gymnastique pour me retenir ! Tu as pas les yeux en face des trous !

AHMED. Mon cher Moustache, votre gymnastique est tout à fait extérieure. Comment le truc qui arrive peut savoir que ça renvoie, dans le for de ton intérieur, à l'envie de pisser ? Surtout que ce foutu machin n'a pas d'yeux, ni de trous, ni d'yeux en face des trous ! A tous les coups il va te confondre avec moi !... Attention, je crois qu'il nous arrive dessus !

Ahmed va voir du côté de la coulisse, et brandit son bâton.

MOUSTACHE. Nom d'un chien ! Arrête, le temps que je pisse ! Si on doit courir, je lâche tout dans mon froc !

Ahmed fait des moulinets de combat avec son bâton.

AHMED *(tout en ferraillant).* Tu n'as qu'à pisser ! Il te prendra pour un animal tout à fait extérieur ! C'est ton envie de pisser qui est ton intérieur ! S'il voit pas ton intérieur, il ne te reconnaît plus, toi, le vrai toi ! Fous-moi en l'air cette envie ! Pisse, pisse, tout de suite !

Moustache pisse à grand bruit. Ahmed cesse brusquement de combattre, l'air surpris.

Il est parti ! Ça alors ! C'est bien à toi qu'il en voulait ! Dès que tu t'es mis à pisser, il a plus rien vu dans le for de ton intérieur, et il a disparu. C'est bien ton envie qui l'avait guidé par ici ! Ton vrai toi intérieur !

MOUSTACHE *(se reboutonne avec un air impor-tant).* Je te l'avais dit ! Un truc pareil, ça n'arrive qu'à des gens comme moi.

AHMED. Je me demande comment il te reconnaît. Comment il reconnaît ton intérieur.

MOUSTACHE. Est-ce que ça ne serait pas qu'un gars comme moi, l'intérieur se voit à l'extérieur ?

AHMED. Eh, eh ! C'est bien possible ! Sauf quand tu pisses, on dirait.

MOUSTACHE. On a trouvé la parade : dès qu'il arrive, je pisse ! Je lui pisse à la gueule, et ni vu ni connu, il ne sait plus où je suis !

AHMED. Parce qu'à ce moment-là, ton envie intérieure coule à l'extérieur, si bien que ton vrai toi n'est plus nulle part.

MOUSTACHE. Bon, c'est pas tout, ça, mais là il vaudrait mieux se mettre à l'abri.

AHMED. Et pourquoi, diable ? Il est parti, il ne te reconnaissait même pas !

MOUSTACHE. Et s'il revenait, là, brusquement ? On aurait l'air malins !

AHMED. Bof, tu l'as dit : on a trouvé la parade ! Tu lui pisses sur les baskets.

MOUSTACHE. Tu oublies quelque chose, mon petit Ahmed.

AHMED. Et quoi donc ?

MOUSTACHE. Que je n'ai plus envie de pisser. Mais alors, plus du tout !

AHMED. Catastrophe ! Foutons le camp en vitesse ! S'il voit une absence d'envie de pisser, il te reconnaît dans ton intérieur ! Et une absence d'envie de pisser, tu ne risques pas de la faire couler à l'extérieur. Il te tombe dessus aussi sec.

MOUSTACHE *(riant grassement)*. Aussi sec ! C'est le cas de le dire ! J'en n'ai plus une goutte !

AHMED. Il arrive ! Il arrive ! Il a repéré l'absence de toute envie de pisser dans ton intérieur, dans ton vrai toi du dedans !

MOUSTACHE. Nom d'un pétard en bois ! Alerte ! Rendez-vous au *Cerf Bicolore* ! Je boirais bien une petite bière !

AHMED. C'est sûr ! Avec ce machin qui arrive partout, il vaut mieux que tu aies envie de pisser ! Il reconnaît ton envie dans le for de ton intérieur, il te reconnaît toi, mais tu as la parade ! Tu l'as dans ta vessie, sacré Moustache !

Ahmed et Moustache sortent en courant.

18. La morale

Rhubarbe, Ahmed.
Ahmed et Rhubarbe sont assis sur deux chaises.
Ils restent d'abord silencieux.

RHUBARBE. Tu diras ce que tu veux, ce n'est pas moral. Je suis là, assis sur une chaise, à jouer un rôle devant tous ces gens, tous ces enfants. Et pendant ce temps, hein ? Qu'est-ce qui se passe dans le monde ? La famine, les dictatures, la montée de l'intégrisme, les femmes voilées de force, les guerres civiles, les massacres ethniques, la couche d'ozone, la disparition des baleines bleues, le Rwanda, la Bosnie, Tchernobyl, l'Algérie, l'exclusion, les sans-domicile-fixe, le chômage des jeunes, le chômage des cadres, le chômage des femmes, les insecticides, les pesticides, l'effet de serre, l'excision, l'infibulation, la polygamie, la prostitution des enfants, les Tchétchènes, le Sida, les énergies non renouvelables, la société à deux vitesses, le refus par les réactionnaires du Vatican du mariage homosexuel des prêtres, la drogue, les banlieues, le refus par les arriérés de Washington de l'accès au grade de colonel des gays et des lesbiennes, la putréfaction de la Méditerranée par une algue visqueuse, la pollution de l'Arctique et de l'Antarctique, les marées noires, les Khmers rouges, les sentiers lumineux, aucune convivialité nulle part… Et moi, le cul sur une chaise, je palabre pour faire rire des gamins ! Où est la morale, je te le demande ! Où est l'éthique ?

AHMED. Voilà la bonne question ! L'éthique, la morale, on peut à la rigueur savoir ce que c'est. Mais où elle est, où elle se cache, c'est un vrai casse-tête. Tu as très bien dit tout ce qui ne va pas. Ta liste était poignante. Mon cœur se serrait, l'angoisse, plus tu avançais dans les calamités, étreignait mon plexus solaire. L'énergie solaire, du reste, on peut l'ajouter. Que font les puissants de ce monde pour l'énergie solaire ? La réponse est terrible : rien. Et la morale pendant ce temps vagabonde, errante, insaisissable…

Ahmed improvise sur le vagabondage de la morale, si possible sans se lever de sa chaise.

Mais de là à dire que tu es immoral, là, sur ta chaise, non ! Non, Rhubarbe, tu es là pour proclamer le règne du Mal sur la terre, sur notre village planétaire, comme tu dis si bien, et tu le fais admirablement ! Tu es la voix de la conscience publique ! Sans toi, tous ces gens dormiraient ! Tu les éveilles, Rhubarbe, tu leur dis : "Entendez, voyez, lisez, comprenez." Aucune convivialité nulle part, c'est à faire peur. Grâce à toi, ils ont peur ! Eux aussi, regarde-les : ils sont sur des chaises. Mais maintenant, ils ont peur de tout ce qui se passe. Ils étaient venus courageux, ils vont partir la peur au ventre. C'est un progrès énorme ! Ils savent que tout va mal, et qu'ils ne font rien.

RHUBARBE. C'est le problème.

AHMED. Quel problème ?

RHUBARBE. C'est que moi non plus je ne fais rien. Je cherche une proposition démocratique et conviviale contre tout ça, une vraie morale pour notre village planétaire, une éthique fortement civilisée, mais je ne sais pas où trouver. J'ai peur, Ahmed.

AHMED. Allons ! Rhubarbe ! Edmond Rhubarbe ! Pas de découragement ! On va trouver où elle est, cette morale ! Tu as peur : c'est un bon début pour la morale, la peur. Un effort ! Ne lâche pas la rampe ! Tiens, on va reprendre ta formidable liste, et on va trouver le principe moral efficace et consensuel point par point. Commençons par le commencement. Les baleines bleues, voyons, l'éthique des baleines, c'est comment ?

RHUBARBE. Un comité international pour la survie des baleines, un truc médiatique, avec des diapositives. J'ai un slogan terrible : "Pour les cétacés, c'est assez !"

AHMED. Eh bien, tu vois ! Ça démarre ! On la débusque, cette morale ! Les sans domicile fixe, maintenant. Vas-y carrément !

RHUBARBE. Une émission à la télé, à une heure de grande écoute, où l'évêque de Sarges-les-Corneilles s'entretient familièrement avec deux clochards. Non, avec un clochard et une clocharde. Attention aux quotas de femmes, partout, toujours, où que ce soit, et même ailleurs.

AHMED. Grandiose ! Tu traites d'un seul coup la morale des SDF et l'éthique de la différence sexuelle. On avance, Rhubarbe, on avance. Maintenant, les massacres et la famine en Afrique ? Que faire ?

RHUBARBE. Demander à chaque Français et à chaque Française de placer sous emballage en cellophane tous les restes inutilisés de médicaments. Ça fait des tonnes, à la longue ! Tu récupères de tout, de l'aspirine, cachet par cachet, des fonds de bouteilles de sirop pour la toux, des tablettes de vitamine C, des tubes de vaseline, même ceux qui sont déjà tout pressés et tout enroulés, il en reste au fond ! Et hop ! Le comité *ad hoc* le distribue dans les populations démunies.

AHMED. Là, tu m'en bouches un coin. Tu as même prévu la cellophane. Ah ! On est loin de l'éthique planante ! On est dans la morale la plus concrète. Et pour les guerres civiles ethniques, raciales et religieuses, où on la trouve, la morale ?

RHUBARBE *(grave).* Là, c'est dur, c'est difficile. Il faut se responsabiliser à fond. Il faut faire un comité de la conscience universelle, lequel fait une pétition mondiale, soutenue par des sponsors, lesquels sponsors paient des clips télé où c'est que l'on voit toutes les horreurs, et avec ces clips on met les gouvernements devant leurs responsabilités, lesquels gouvernements de la communauté internationale, avec l'ONU dans le coup, font, sur les belligérants coupables de crimes, des frappes aériennes entièrement chirurgicales, dirigées par laser et infrarouge, frappes qui frappent un par un les ceux qui ont commis les atrocités qu'on a vues dans les clips, si bien qu'ils sont avertis que la conscience universelle ne tolère pas un accroc aux droits de l'homme sans réagir. Et là, avec cette détermination calme, et la technologie communicationnelle qui va avec, le problème est résolu.

AHMED. C'est clair. C'est net. C'est frappant. C'est de la morale frappante. Est-ce que tu sais pourquoi on ne l'a pas fait jusqu'à aujourd'hui ?

RHUBARBE. A mon avis, le maillon faible, c'est les sponsors pour les clips. Il faut responsabiliser les sponsors potentiels. C'est une question d'engagement social.

AHMED. Tu t'en charges. L'affaire est dans le sac. La morale est dans le sac. Tu vois ! Là, sur nos chaises, on éclaircit à fond où c'est que c'est qu'elle est, la morale. Une dernière expérience. La couche d'ozone, l'inadmissible réchauffement de l'atmosphère de notre village planétaire par les industries polluantes non contrôlées. C'est grave, ça. Que diront nos enfants s'il fait, dans dix mille ans, quarante-trois degrés sous la tour Eiffel ? Ta morale de pollution et de trou d'ozone, tu la vois où ?

RHUBARBE. La bicyclette. Le sac à dos. Le savon à barbe dans des tubes en aluminium biodégradable, et non dans des aérosols. La bonne vieille moustiquaire, et non les insecticides astringents et délétères. Le fromage de chèvre naturel, plutôt que la dégoûtante chantilly qui sort en spirale de toutes sortes de bombes polluantes. La bouse de vache dans les prés, plutôt que des engrais homicides. Il faut un comité responsable planétaire, avec quota de femmes et de paysans du terroir, le comité contre le trou. Tu imagines ! Une gigantesque manifestation multiculturelle avec une grande banderole : "Unis, nous boucherons le trou !" C'est la plus forte image morale que je connaisse.

AHMED. C'est tout le trou de la morale que tu as bouché. Tu veux que je te dise ce que tu viens d'inventer, le nom que ça porte, cette trouvaille de ce soir ?

RHUBARBE. Oui, comment c'est, quand on a dépassé les principes abstraits, quand on est dans le concret, quand on a trouvé où elle est, la morale, en chacun qui c'est que totalement responsabilisé il sait ce qu'il doit faire, et qu'on a fait ça dans la discussion conviviale, sur sa chaise, sans violenter ni bureaucratiser, avec une pensée douce, une pensée très douce, comme la médecine des plantes, quel nom ça a, une morale de la convivialité planétaire face à l'orgie technologique du Mal ?

AHMED. Cela a un beau nom, Edmond Rhubarbe, et tu l'as toi-même prononcé. Cela s'appelle : la morale bouche-trou.

RHUBARBE *(méditatif)*. La morale bouche-trou… La morale bouche-trou… C'est vrai que ça sonne bien !

AHMED. Et ça résume la solution. Nous avions la morale, mais nous ne savions pas où elle était, où elle vivait. Nous le savons.

RHUBARBE. Où donc elle est ? Où donc es-tu, morale ?

AHMED. Il suffit de trouver le trou. Là où est le trou, là est la morale. Puisqu'elle est bouche-trou.

RHUBARBE. Si bien que de nos chaises, il suffit de regarder au loin, tout au fond de la salle, peut-être, de percevoir le trou. Là est l'occasion morale.

AHMED. Mieux encore ! Si nos chaises ont des trous… si ce sont des chaises percées… alors… alors, Rhubarbe…

RHUBARBE. Alors, c'est notre cul qui est moral.

AHMED. Parce qu'il bouche le trou.

RHUBARBE. Comme c'est simple ! Comme c'est calme !

AHMED. Et comme on a plaisir, un vrai plaisir moral, à boucher tous les trous !

Ahmed et Rhubarbe se renversent sur leurs chaises et jouissent en silence.

19. La société

Madame Pompestan, Ahmed.
Madame Pompestan est assise derrière son bureau
de député-e, avec un énorme téléphone qui sonne
très fréquemment. Ahmed entre, tenant une sorte
de formulaire interminable, un rouleau comme les
actes notariés dans les comédies classiques. Il a
l'air extrêmement sérieux. Madame Pompestan
est justement en train de téléphoner.

MADAME POMPESTAN *(téléphone).* Eh bien,
vous n'avez qu'à lui dire qu'il se fasse cuire un
œuf dans une lessiveuse… Quoi ? Il n'a pas de lessiveuse ?… Ah ah ! elle est bien bonne. Quoi ?…
Je n'aime pas les gens qui sont lessivés ? Dites-lui
que le Parti républicain pour le rassemblement et
le redressement de la France lui lavera ses chaussettes quand elles seront tricolores. C'est marre, à
la fin. *(Elle raccroche.)* Ahmed, Ahmed le philosophe ! Encore vous !

AHMED *(retroussant son pantalon).* J'ai mis pour
cet entretien mes plus belles chaussettes tricolores.

MADAME POMPESTAN. C'est bien, mon ami, c'est très bien. Venez au fait.

AHMED. L'association des Algériens nés en France depuis quarante-sept ans révolus m'a chargé d'une enquête de société auprès des élites de la nation. Aussi, très naturellement…

Le téléphone sonne.

MADAME POMPESTAN *(décroche)*. Excusez-moi. Allô ? … Quoi, le bonus fiscal ? Mais vous me tamponnez les bigoudis ! Voyez ça avec Edouard… Quoi ? Il n'y comprend rien ? Mais expliquez-lui, mon vieux. Mon mari comprend vite, si on lui explique longtemps. Je m'occupe de la société, en ce moment même, alors le bonus fiscal… Trente millions ! Alors là, mon petit Robert, s'ils vont dans la caisse du crocodile, je vous lamine. Démerdez-vous. Salut. *(Elle raccroche.)* Le bonus fiscal ! C'est obscène, cette expression.

AHMED. C'est vrai qu'on croirait entendre "le bon anus fécal".

MADAME POMPESTAN. Dites donc ! C'est ça votre enquête de société ?

AHMED. Pardonnez-moi. Non, j'ai là un questionnaire fait pour notre association par les meilleurs sociologues. Les sociologues qui regardent la société droit dans les yeux des sondages. Il y a cent quatorze questions.

MADAME POMPESTAN. Cent quatorze ? Vous croyez que je ne m'occupe que des Algériens nés natifs de la France, ma parole ! Il y en a d'autres, des électeurs ! Si tous les lobbys me posent cent quatorze questions, il n'y a plus qu'à tirer l'échelle ! *(Téléphone.)* Allô ? … Je vous avais dit de me faire porter pâle pour cette connerie !… Non, mais serrer la paluche à soixante-dix joueurs de pétanque, et se taper leur pastis dégoûtant, très peu pour Mathilde…

Pendant tous les coups de téléphone de madame Pompestan, l'improvisation de Ahmed est une inspection minutieuse des lieux, comme une perquisition policière.

… Je vous l'ai déjà dit : la subvention pour les urinoirs à chiens doit être triplée dans toute la circonscription. C'est un point politique crucial… Non et non. Pour tout ce qui concerne les entorses budgétaires et les magouilles avec Casimir, passez par Robert. Et n'écrivez rien… Comment ça ? Mais vous êtes une andouille ! Les juges ramassent même les mégots, pour voir si on ne trafique pas avec Cuba, alors vous irez voir Casimir dans la voiture de Robert. A la prochaine. *(Elle raccroche.)* Choisissez vos questions. Prenez les deux ou trois plus importantes. J'ai une conception productive du métier, moi, je comprime le temps perdu.

AHMED. Je pose quand même la première. *(Lisant son immense rouleau.)* Voilà. Question un de la première sous-section du domaine grand A du pré-ambule au questionnaire de l'élite sur le regard jeté sur la complexité sociale des macro ensembles post-industriels. Question : "Si trois personnes compétentes, mettons Bernard, Lucie et Ibrahim, se rencontrent, forment-elles un triangle ?"

MADAME POMPESTAN. J'en ai essuyé, des inter-viouves, mais une question aussi débile je n'en ai pas souvent vu. Evidemment, qu'elles forment un triangle !

AHMED. Je vous coche dans le négatif.

MADAME POMPESTAN. Ça alors ! Le négatif ! Et pourquoi, monsieur le sociologue intérimaire ?

AHMED. Parce que Bernard, Lucie et Ibrahim ne forment pas un triangle s'ils sont alignés, par exemple s'ils font la queue exactement l'un der-rière l'autre pour un entretien confidentiel en vue d'obtenir un emploi de cadre.

Le Téléphone sonne.

MADAME POMPESTAN. Allô ? … Mais c'est à chier ! Mais c'est à dégueuler !… Où ça ?… Alors là, mon petit Robert, c'est à vous de trouver la cou-verture… Quoi ? Casimir a craché le morceau ? Mais quel morceau du morceau, exactement ?… C'est un gros morceau, dites donc… Si on enlève ce morceau au morceau que vous savez, le mor-ceau qui reste est une miette… Lui laisser les miettes ?… Un morceau de miette, ça ne fait pas lerche… Rappelez-moi plus tard, je travaille sur l'immigration légale. A tout à l'heure. *(Elle raccroche.)* Pour en revenir à votre questionnaire débile, je dois vous dire, monsieur Ahmed, que ce n'est pas avec de la géométrie qu'on sélectionne les élites politiques de ce pays.

AHMED. Pas sûr, pas sûr ! Le philosophe grec Platon disait que pour former les rois de la cité, les bons rois, il fallait qu'ils fassent des années de géométrie. Et même de géométrie dans l'espace. C'est vous dire. Enfin, je vous coche dans le négatif, et je prends, je prends… la question quatre-vingt-quinze, tiens. Question de la sous-section dix-huit de la partie quatre dans le segment intitulé "Analyse factorielle des distinctions et suprématies culturelles dans les zones médianes". La question est :

Le Téléphone sonne.

MADAME POMPESTAN *(nerveuse).* Allô ?… Mais bien sûr, mon cher… et comment donc… le scanner stéréoscopique est budgétisé, je vous le confirme… Dans votre villa ? Mais avec plaisir, un plaisir infini… Sans Edouard, naturellement, il ne serait pas à son aise… Bien sûr, bien sûr, notre style de conversation si délicat, si fragile… N'oubliez pas la notice dans le mensuel des chirurgiens libéraux… Tout le plaisir est pour moi.

Elle raccroche.

AHMED. La question est la suivante *(Il lit comme avec difficulté.)* : "Si vous voyez dans la rue un chien se faire écraser, pensez-vous que vous préféreriez qu'il s'agisse d'un chat ?" C'est une question difficile, à mon avis.

MADAME POMPESTAN. Et c'est ça les questions pour les élites ! Qu'est-ce que ça serait si on faisait la sociologie des basses classes ! Mon cher Ahmed, si je vois un chien se faire écraser, je ne pense pas aux chats ou aux perroquets. Je pense à l'électeur qui est propriétaire du chien, et qui va m'écrire que les rues de Sarges-les-Corneilles sont remplies d'insécurité, de dangerosité, et que c'est de ma faute. Voilà à quoi on pense quand un chien passe sous l'autobus, si on est une député-e qui connaît le terrain.

AHMED. Je vous coche dans le négatif.

MADAME POMPESTAN. Mais c'est une manie ! Je ne vaux pas un clou sociologique, alors ! Les triangles, les chiens, rien ne marche avec votre salade !

AHMED. Quelqu'un qui est dans la vraie distinction culturelle préfère les chats, spécialement les siamois ou les angoras, aux chiens-loups comme Pissedur, le chien de mon ami Moustache, qui est des basses classes, comme vous dites. Peut-être votre métier politique a-t-il affaibli votre distinction culturelle initiale ? Bon, je note…

Le Téléphone sonne.

MADAME POMPESTAN. Allô… *(Très affectée.)* Lui aussi ? C'est Casimir qui a mangé tout le morceau ?… Imaginer Robert en tôle, c'est incroyable… Quoi ? Redites… Alors il a mangé le morceau lui aussi, c'est clair… Comme vous dites : il n'y a plus aucun morceau à manger… Coupez tous les ponts, faites sauter à la dynamite s'il le faut… Le juge Balthasar Comprené, alors on est chocolats… Comprené ci, Comprené ça, si Robert a mangé les dernières miettes du morceau, c'est Comprené tout… Bon bon, pas de dynamite, d'accord, mais les ponts… Il n'y a plus de ponts ? Mais par où on passe, alors ?… Vous me mettez les nerfs en pelote… Casimir a chargé Robert ? Nom d'un bonhomme en bois ! Ça sent le roussi…

AHMED. Ou le roussin. Je peux quand même vous poser l'ultime question ? Je prends la question cent quarante…

MADAME POMPESTAN *(toujours au téléphone)*. Vous me sciez le haricot !… Mais non, Stéphane-Louis, ce n'est pas pour vous, je réponds à un questionnaire sur l'immigration et l'insécurité… Quoi ? Que "vous me sciez le haricot" est une drôle de réponse ? Mais… Oui, oui, on n'est pas non plus en sécurité. Joignez maître Pézard du Tertre. Je vous rappelle. *(Elle raccroche.)* Bon, finissons-en. Ils ne m'auront pas comme ça. Je vais monter en ligne, moi, je vais leur faire manger leur râtelier.

AHMED. Question cent quarante, fin de la partie cinq du protocole additionnel concernant les situations extrêmes, voyons. Question. C'est une longue question : "Vous êtes chez vous, au rez-de-chaussée, fenêtre ouverte sur la nuit d'été. C'est le 14 Juillet. Soudain, un gamin passe en courant devant le carré lumineux que vos croisées découpent dans la nuit. Il lance à la volée un pétard, qui vous explose dans les jambes. Est-ce que vous pensez qu'il est normal de fêter la République ? Ou est-ce que vous sautez par la fenêtre en invectivant l'auteur de l'attentat ?" C'est vraiment une question psycho-sociologique calée.

MADAME POMPESTAN *(la tête ailleurs, elle tambourine sur son bureau).* La République… les lois de la République… Je me dévoue, je suis dans l'abnégation républicaine. Je ne connais pas ces messieurs Casimir et Robert… Le pétard me laisse de glace, monsieur, je ne pense nuit et jour qu'à la République. Si j'ai agi comme…

AHMED. Je vous coche dans le négatif.

MADAME POMPESTAN *(plus abattue que furieuse).* Encore… Tout ce dévouement pour être encochée négative… La République m'appelle… qu'est-ce que j'ai fait, encore ?

AHMED. C'est écrit, là : une personne qui appartient à l'élite doit penser au respect qu'on lui doit avant de se vautrer – ils disent "vautrer" – dans une idée abstraite. Et ils précisent bien : "République" est une idée abstraite.

MADAME POMPESTAN. C'est du joli, vos sociologues… Mais dites-moi, comme ça, puisque j'en ai l'occasion : on dit des choses, dans la cité, sur messieurs Casimir Pertineuf et Robert Mochardon ?

Des coups violents sont frappés à la porte, des cris "la police, la police !"

Mon Dieu ! Qu'est-ce que c'est ?

AHMED. C'est une perquisition de la brigade financière. Je les ai vus venir de loin, tout à l'heure.

MADAME POMPESTAN. Et vous ne pouviez pas m'avertir, bougre d'âne de musulman philosophe, au lieu de me bassiner avec les chiens et les pétards ?

AHMED. Allons ! Il faut bien s'amuser, quand on est des basses classes ! Vous savez, la sociologie, je m'assieds dessus ! Ça ne sert qu'à justifier ce qui est ! Très peu pour moi !

MADAME POMPESTAN. Mais votre questionnaire, là…

AHMED. Ça ? C'est une liste complète des grands crus français de vin et de fromage. Je l'ai volée dans le restaurant de Casimir Pertineuf, justement, et pas plus tard qu'avant-hier ! Avant qu'il soit à l'ombre, l'ami Casimir. A mon avis, vous êtes refaite. J'ai inspecté le bureau, en douce. Il y a de quoi nourrir un dossier énorme, chez le juge Balthazar Comprené.

Le vacarme redouble, le téléphone sonne, madame Pompestan n'ose pas décrocher.

MADAME POMPESTAN. Les canailles ! Ils ne m'auront pas ! La main du fiscal et du bonus ne s'abattra pas sur mes épaules féminines de député-e du PRRRF. Que faire, nom d'un chien, que faire ?… Avec ces lâches qui ont tous mangé le morceau…

AHMED. La fenêtre.

MADAME POMPESTAN. Parfaitement, la fenêtre ! Je fuirai dans les Amériques, s'il le faut. Je suis une femme libre et libérée, moi.

AHMED. Ahmed est neutre, dans cette affaire. A moi seul, je suis neutre comme la Suisse, dans cette société carnivore. Mais si vous choisissez la fenêtre, c'est tout de suite.

MADAME POMPESTAN *(s'engageant difficile-ment dans la fenêtre, et s'apprêtant à sauter).* Dire que c'est vous le dernier civilisé que j'aurai vu dans ce bled de merde !

Le vacarme redouble, la porte va s'ouvrir.

AHMED *(prenant un accent maghrébin à couper au couteau).* Il est parti, l'mère Pompestin ! Y s'éti fait la mall' ! Y a qu'moi dans c'burrô ! Taillé voir s'elle n'é pas ché Casimir ! *(Courant à la fenêtre et se penchant.)* Madame Pompestan ! Madame Pom-pestan ! Je vous coche positif pour la dernière question ! Il y a eu du pétard, et vous avez choisi la fenêtre ! Pas la République ! La fenêtre ! Positif !

20. Dieu

Ahmed.

AHMED. Dimanche dernier, pour le plaisir des cloches et des orgues, pour voir l'encens fumer et les petits enfants de chœur vietnamiens se prendre les pieds dans leur jupe blanche, je me dirige vers la cathédrale de Sarges-les-Corneilles. Parfaitement ! Il y a une cathédrale, à Sarges-les-Corneilles ! Une petite cathédrale. Très petite. On dirait un HLM avec un toit pointu. Mais une cathédrale. Madame Pompestan l'a inaugurée en personne. C'est la cathédrale Sainte-Marie-Madeleine-Pompestan. Notre député-e s'appelle Mathilde Pompestan, femme d'Edouard Pompestan. Mais la cathédrale, c'est Marie-Madeleine-Pompestan. C'est comme ça que notre député-e, du Parti républicain pour le rassemblement et le redressement de la France, le PRRRF, montre sa nature pécheresse. Quant à savoir si elle lave les pieds d'Edouard Pompestan, à genoux devant lui, et si ensuite elle les lui essuie, les pieds, avec ses longs cheveux de pécheresse, notre député-e, je ne peux vous le dire, bien que je le sache. Je n'ai pas l'intention de vous dire tout ce que je sais. Ahmed sait tant de choses que s'il les disait toutes, le monde social et planétaire tendrait à son explosion définitive.

Improvisation sur le thème de l'omniscience d'Ahmed et ses effets dévastateurs.

Toujours est-il que je m'immisce dans la cathédrale de Sarges-les-Corneilles par le boyau qui lui sert de porche. Je prends de l'eau bénite, et j'en bois un bon coup. Ahmed aime tout ce qui est béni, l'eau des cathédrales, les chandeliers à sept branches des synagogues, la barbe des mollahs, des imams et des ayatollahs, les bibles lustrées des pasteurs... Tout ce qui est béni me fait un bien fou. J'en bois, j'en mange, j'en mets dans ma tabatière... Je suis de toutes parts béni, oui, oui, je suis béni sur tranche. Ça battait son plein, dans la cathédrale, les enfants de chœur couraient, le curé tonnait, les orgues plombaient, les fidèles s'agenouillaient, les infidèles comme moi s'immisçaient... S'il existe, me dis-je, Dieu est content. Et s'il n'existe pas, Ahmed est content, ce qui n'est déjà pas si mal. C'est même mieux. Pace que Dieu, s'il existe, est toujours content, vu qu'il est parfait, solennel, plein de lui-même, et jouissant de sa toute-puissance toute son éternelle et sainte journée. Une fête de plus ou de moins, un fidèle agenouillé par-ci par-là, un infidèle qui s'immisce dans le boyau de la cathédrale, Dieu n'en sera ni plus ni moins content. Imaginez un peu Dieu mécontent !

278

A quoi ça peut bien ressembler ! La toute-puissance toute parfaite toute bonté infinie prise de mécontentement comme un vulgaire mari cocu par l'infidèle ! Même au théâtre, jouer Dieu mécontent est un rôle impossible.

Ahmed tente une improvisation sur Dieu mécontent.

Non, on a l'air d'un solennel mari cocu. On dirait Edouard Pompestan quand notre député-e ne veut pas lui laver les pieds. Zut ! Silence là-dessus.

Donc, j'écoutais l'orgue roucouler pour que Ahmed l'infidèle soit content, quand je vois Mathilde Pompestan, toutes voilettes dehors, filer vers le boyau de la sortie. Ayant bu une forte rasade d'eau bénite, je me sentais immortel et sacré de l'intérieur de l'estomac. Tout est possible quand vous avez l'estomac bien béni, oui oui. Aussi j'aborde Mathilde, comme ça, et je l'attaque directement sur Dieu. "Madame Pompestan, je lui dis, vous avez fait une belle cathédrale, mais croyez-vous en Dieu ?" Elle n'en croit pas ses oreilles. Elle m'échappe, elle sort, je lui cours après, toujours sous l'effet incongru de l'eau bénite. "Si vous ne me répondez pas, je lui assène, je vais dire partout que vous êtes une hypocrite et une mécréante." Comme ça. "Mon cher Ahmed", dit-elle, soudain préoccupée par l'effet d'élection de mon traquenard, "je crois en une Providence supérieure. – Avec tout ce qui se passe dans le monde, vous croyez à une Providence ? Mais c'est de la folie !

je lui rétorque. Ce Dieu est, ou bien fou, ou bien indifférent, ou bien féroce. Et d'abord, que je lui murmure – c'était devenu ma marotte sous l'effet du bénitier stomacal – est-ce que Dieu est parfois mécontent de ce qui se passe ? – Comment voulez-vous que je le sache", qu'elle me dit, furibonde, parce que des interviouves comme ça, elle avait pas l'habitude. "Je ne suis pas dans ses petits papiers ! Et d'abord – là, je vois qu'elle reprend du poil de la bête – d'abord, les desseins de Dieu sont impénétrables. – Mais, insistai-je, dans la circonstance, si ses desseins sont impénétrables, son existence est impénétrée. Comment voulez-vous pénétrer son existence et impénétrer tous ses desseins ? Ou bien Dieu est pénétré par quelque fenêtre de son existence infinie, et alors vous entrevoyez ses desseins. Ou bien rien de ses desseins, qui semblent du reste absurdes, ne vous est pénétrable, et alors c'est que Dieu est à tout jamais impénétré, y compris dans son existence." Alors, la madame Pompestan me fixe de ses yeux noirs pénétrants. J'en suis tout chaviré dans ma bénédiction stomacale. Elle en profite. Elle me martèle ceci : "Mon cher et stupide Ahmed, croyez-vous qu'une députée du PRRRF puisse se déclarer incroyante ? Le noyau dur de mon électorat est catholique. Puisque ceux qui votent pour moi votent pour Dieu, je vote pour Dieu pour qu'ils votent pour moi. Donc, Dieu existe." "Et toc", que je me dis mentalement. Et comme je suis béni de l'intérieur, je me sens prêt à une concession. "C'est la preuve de l'existence de

Dieu par les urnes, que je lui accorde. Elle n'est pas si mauvaise ! Elle est aussi bonne que la preuve ontologique, que la preuve téléologique, que la preuve morale, que la preuve stomacale… Mais vous m'accorderez que Dieu n'est jamais ni mécontent, ni négatif, ni contradictoire, ni pénétré, et que ses désirs sont aussi violents et éternels qu'inconnus. – Bon, bon, dit madame Pompestan, je suis pressée, moi, Dieu c'est bien joli, mais Edouard m'attend pour la visite annuelle de l'hospice des mal-voyants. Où voulez-vous en venir ? – Irez-vous voir ceux qui ne voient pas les cheveux dénoués, avec Edouard, que je lui insinue ? – Par exemple ! qu'elle rougit, et quel rapport ma chevelure entretient avec Dieu ? – Marie-Madeleine Pompestan, que je lui glapis, au comble de l'ivresse qu'induit dans mes intérieurs l'eau bénite, ce Dieu dont le désir est si obscur, ce Dieu, et bien voilà : ce Dieu est inconscient." Alors là, elle s'enfuit. Elle s'enfuit littéralement. Toutes voilettes dehors. Sacrée Mathilde ! Elle a Dieu dans le corps. Sainte Marie-Madeleine Pompestan ! Corps de garde du Dieu inconscient !

21. La vérité (2)

Fenda, Ahmed.

FENDA. Mon coquelet qu'un rien désabuse, si ce n'est qu'aucun ciel gaulois ne te tombe sur la tête : une fois pour toutes, dis-moi la vérité.

AHMED. La vérité ! Ai-je mérité la vérité ? L'ai-je héritée ? Imagines-tu la sévérité de la vérité ? Est-ce que tu sais, vérité, de quel ver, de quel rite, de quel thé, se façonne ce qu'ici me demande la radieuse et sévère beauté dont mon âme tout empénétrée de mon corps s'entiche ? La vérité ! Qu'est-ce que la vérité ? Est-ce dans ton âme, capsule d'or dont ton œil noir fait l'éclat de ses larmes ? Est-ce dans ton corps, étoffe et soudain bouclier, devant quoi sous le ciel vain je dois rendre les armes ? Ou est-ce, comme dit le poète Rimbaud, dans une âme et dans un corps, la vérité toute, toute toi, Fenda miraculée qui m'en demande le compte et le détour ?

FENDA. Ah ! Ils ne sont jamais à court de mots, les hommes, quand dans son exactitude une femme pose sur eux la patte d'autruche des questions ! Et les voici qui poussent devant eux, comme qui dirait d'un soir de sable, de très redoutables et très vaticineuses fumées du côté de la rhétorique ! La vérité n'est pas dans la course très rusée de tes mots, mon petit Ahmed. Elle n'est pas un renard. La vérité d'abord arrive, et puis il faut suivre sa trace, comme ça.

Improvisation de Fenda : Ahmed y est convoqué comme apparition d'une vérité, et Fenda le manipule comme qui fait durer cette vérité.

AHMED *(tout étourdi).* Oh là là ! Une minute de grâce ! On n'y arrivera pas comme ça ! C'est trop ! Trop de vérité d'un seul coup ! Par petites doses, la vérité ! Par petits flacons ! Tiens, on va jouer au jeu de la vérité. On va faire le théâtre de la vérité.

FENDA. Oh ! Sale fennec de la nuit sous les pierres ! Le théâtre ! Est-ce que ça peut être du théâtre, la vérité ? C'est dans le puits du cœur, la vérité, ce n'est pas dans le mensonge du masque ! Tu fabriques toujours en parabole quelque chose qui se montre et dont nul ne peut dire si c'est la vérité, ou le masque de sorcellerie qui la rebute ! La vérité qui fait la roue est un oiseau coupé du cœur !

AHMED. Mais n'est-ce pas dans mille erreurs, mille mensonges, que de siècle en siècle s'avance la vérité ? Et mon jeu résume ces siècles de fiction ! C'est très simple ! Je te joue quelque chose en très grand silence, et toi tu me dis ce que c'est. Ainsi tu perces à jour dans les mots ce que mon corps masqué montre et dissimule.

FENDA *(un peu boudeuse).* Le jour bleu où tu dirais droit ce qui vient n'est pas marqué dans le calendrier de ton âme.

AHMED. Mais il l'est dans le bois de mon masque. Tiens, ça par exemple.

Improvisation de Ahmed, commandée par les hypothèses subséquentes de Fenda.

FENDA. Tu proclames que l'amour est très difficile.

AHMED. N'est-ce pas une vérité ? Et ça, maintenant.

Improvisation, idem.

FENDA. J'ai l'impression que tu dis, effroyable tête de lard, que si un homme aime une femme il doit s'arranger pour que ce soit elle qui se déclare la première, sinon il sera cuit dans la marmite amoureuse comme du salsifis.

AHMED. Du sale qui lui suffit, ou du salé si frit qui vous ratiboise ! N'est-ce pas une vérité excellente ? Et ça.

Improvisation, idem.

FENDA. Oh ! Horrible singe des palmiers ! Caissier filou des hypermarchés de l'amour ! Tu dis que si le désir chaleureux d'un corps de belle femme

284

se mêle d'amour, c'est si définitif qu'il vaut mieux la précaution d'une autre femme pour garder la distance ! Cochon maléfique ! Zèbre polygame !

AHMED. Ah ! Ma splendide judiciaire sexuée ! L'écrivain Tolstoï, roi de prose de toutes les Russies, disait que la vérité de son idée des femmes, il ne l'écrirait que juste avant de fermer le couvercle. Le dernier couvercle. Tu vois ?

Improvisation sur "fermer le couvercle".

Moi, Ahmed, je suis plus courageux que Tolstoï. Devant la plus torride des féminines judiciaires, je proclame mon idée. La vérité crue, nue, sue.

FENDA. Crunussu ! C'est tout crunussu, ta vérité. Surtout nue, à ce que je crois entrevoir bien ailleurs qu'en nuée ! Et qui c'est, cette autre nue qui te fait garder la distance ? Irais-tu sous les jupes de la Pompestan ? L'homme peureux de tout amour se réfugie dans les castelets les plus en incongruité ! La Pompestan t'irait bien, roublard peureux, fuyard licencieux, pour protection de ta divine ici procureur de tes vérités sans lumière !

AHMED. Et ça encore.

Improvisation, idem.

FENDA. Eh bien, c'est le bouquet de la vérité ! L'artifice supérieur du masculin piteux ! Tu dis que ton amour de moi te rend muet pour tout ce qui serait de la vie vivante de cet amour même ? C'est ça ? Plus c'est haut et vif comme un arbre qui monte aux étoiles, plus c'est ce qu'il faut fermer du sceau d'une vie mystérieuse ?

Ahmed improvise encore.

Et tu insistes, délicieux acrobate de la lâcheté d'amour ! Tu dis que la force de l'amour doit être dans les actes et les mots doublée de fuite et de manquement ! Qui a vu qu'on ose de telles vilenies sous le masque ? Elle est belle comme le museau poilu d'un phacochère, ta vérité, mon mignon !

AHMED. Qui a dit que la vérité, en plus, devait être belle ? Ou bonne ? Quelques philosophes classiques, qui n'avaient certainement pas aimé une Noire radieuse et judiciaire ! Qui n'avaient pas comparu ! Alors, de loin, comme ça, ils disaient que le Vrai est aussi le Beau et le Bien ! Mais devant toi, mon soir d'été étincelant ! Qu'est-ce qu'ils auraient dit, ces optimistes planqués ?

FENDA. Ils auraient dit ça.

Fenda improvise, au même régime que Ahmed précédemment. Ahmed regarde avec une inquiétude grandissante.

AHMED. Diable ! Qu'une femme est toujours celle pour qui l'amour engendre la vérité ?

FENDA. Ce n'est pas exactement ce que je dis.

Fenda improvise à nouveau.

AHMED. Bigre ! Que si une femme aime en vérité, elle fera de la vérité avec l'homme sans vérité ?

FENDA. Tu n'y es pas tout à fait, mon Ahmed, quand l'idée de ruse est chez toi plus forte que l'intellect vrai.

Fenda improvise encore.

AHMED. Tonnerre de bonhomme en bois ! Que quoi que fasse l'homme, et si rusées sa fuite et sa défiance, une femme en amour est gardienne de sa vérité ? De la vérité de l'homme ? Tu crois pouvoir démontrer ce point horrifique ? Ma vérité d'homme si mise par moi jour après jour dans l'obscur, c'est toi qui la garde ?

FENDA. Tu n'es pas très loin, mais ce n'est pas encore la source où boire.

Fenda improvise une dernière fois.

AHMED *(mettant un genou en terre devant Fenda).* Alors là ! Chapeau ! Je dépose les armes ! Il me faut venir à Canossa ! Nu, en chemise, la corde au cou.

FENDA. Brrou ! En chemise ! C'est tellement la disgrâce, l'homme en chemise ! Nu si tu veux ! La corde, à la rigueur, on verra ce qu'on en fait ! Mais tu as compris la vérité, cette fois ? Tu vois où elle continue son œuvre, comme le labour des rues où hommes et femmes se croisent et se nouent ?

AHMED. Comment as-tu trouvé ce que j'avais de si intime, et que j'employais le plus dur de mon temps à tenir aussi loin de toi que possible ?

FENDA *(l'embrassant).* Ce n'est pas pour rien qu'on l'a dit plusieurs fois. Et même des vauriens philosophes de ton espèce, des malins du séduire par le charme des mots, s'en sont doutés.

AHMED. Ils se sont doutés de quoi ?

FENDA. La vérité est une femme.

AHMED. Oui oui ! La vérité est une femme nue qui sort du puits !

FENDA. Je veux bien y retourner.

AHMED. Retourner où ?

FENDA. Retourner nue dans le puits. Avec toi.

AHMED. Avec toi nue dans le lit ! Certainement, radieuse judiciaire sous la vérité gisante ! Nue dans le puits du lit !

FENDA. Mais souviens-toi ! Si serrée que tu la tiennes, une vérité grandit et s'étale, comme un lac sous la longue douceur des pluies !

Fenda sort avec coquetterie. Ahmed, avant de la rejoindre, faisant au public un clin d'œil :

AHMED. Elle a beau faire, elle a beau dire, elle a beau vaincre. Même vaincu, même à genoux, et tout de même, et quoi qu'il en soit. Sur cette affaire de la vérité vraie, j'attendrai pour la dire le moment de fermer le couvercle !

Il sort.

22. La philosophie

Ahmed, Fenda, Moustache, madame Pompestan,
Rhubarbe.
La scène est comme une salle de classe, dont
Ahmed est le professeur – il arpente l'estrade avec
son bâton –, et dont les quatre élèves sont Mous-
tache, Rhubarbe, madame Pompestan et Fenda.

AHMED. Avec tout ce que je vous ai dit, avec
tout ce que je ne vous ai pas dit, et qui est au
moins aussi important, avec tout ce que vous vous
êtes dit, dans votre lit, la nuit dernière, après la
prière du soir à Allah le Dieu des chameaux et des
égorgeurs ; ou à Bouddha qui ne boit pas l'eau,
même en temps de famine, rapport aux grenouilles
sacrées qui pourraient vivre dedans ; ou à Jahvé qui
possède son peuple à lui, l'avantage étant que les
autres peuples ne sont pas à lui ; ou à Jésus qui
tend sa joue gauche quand on lui botte le derrière,
et qui allume quelques bûchers pour griller ceux
qui ont tendu la joue droite ; ou pas de prière du
tout, ici on est laïques et obligatoires ; avec tout ça
et pas mal d'autres choses, vous allez me faire une

interrogation orale et récapitulative qui comptera pour le huitième de la note intermédiaire de l'examen de passage dans la classe supérieure. Pour le respect du principe fondamental du républicanisme à l'école, le principe de l'égalité dans les examens, ce sera la même question pour tout le monde. Pour le respect du principe fondamental de la pédagogie démocratique et participative, le principe "si c'est moi qui le dis c'est plus vivant que si c'est un autre", chacun pourra parler quand un autre aura répondu. L'heure est grave. Il faut donner le meilleur de vous-mêmes, et faire jaillir de vos cerveaux l'étincelle créatrice forgée par deux trimestres de dévouement à l'éveil discipliné de votre esprit critique. La question est : "Qu'est-ce que la philosophie ?" Elève Rhubarbe, je vous écoute.

RHUBARBE. La philosophie est l'amour de la sagesse. La sagesse est d'être humain dans tous les rapports humains. Les rapports humains c'est de respecter la différence de l'autre. La différence de l'autre c'est qu'il n'est pas comme moi. Et moi, c'est ce qui existe à la base. Donc la philosophie est l'amour de ce qui est différent de ce qui existe à la base.

AHMED *(d'un air menaçant).* Est-ce que l'un d'entre vous veut intervenir avant que je dise tout le mal que je pense de cette réponse rhubarbissime ?

MOUSTACHE *(crachant par terre).* Et si j'l'aime pas, ce qui est différent de ma base ? Si je lui chie sur la gueule ? Qu'est-ce qu'il va dire, le philosophe ?

FENDA. Toi, le mieux est de t'embrocher comme une pintade, et de philosophiquement t'écraser les vilaines mandibules.

AHMED. Silence dans les rangs ! Rhubarbe, trois sur vingt. Vous avez appris la philosophie dans les journaux, ma parole ! Elève Pompestan, qu'est-ce que la philosophie ?

MADAME POMPESTAN. Edouard dit toujours : "La philosophie, c'est l'art d'accommoder les restes." Et j'ai coutume de lui répondre : "Vous avez de beaux restes, Edouard, je me ferai un plaisir de les accommoder."

Elle rit, les autres la regardent en ricanant.

RHUBARBE. Les restes de quoi ? Vous pouvez me dire des restes de quoi la philosophie s'accommode ? Les déchets nucléaires ? Les restes au rang du cœur ? Je vous coince, là !

MADAME POMPESTAN. Espèce de demeuré ! La culture, c'est ce qui reste quand on a tout oublié. Donc, la philosophie, c'est ce qui accommode les restes de la culture, les restes de ce qui reste quand on a tout oublié. Et toc !

MOUSTACHE *(crachant par terre)*. Et si je l'emmerde, la culture ? Si je lui siffle au cul ? Avec tous ces intellectuels qui c'est qui sont des Arabes ou des pédales, et même des pédales arabes, chose qu'on ne croit même pas que ça puisse exister à

Sarges-les-Corneilles ? Elle est belle, tiens, la philosophie des Français !

FENDA. Si on ne le fait pas taire, ce gros cochon idiot, je lui arrache la tête ! De toute façon, il n'y a rien dedans.

AHMED. Du calme, s'il vous plaît. Madame Pompestan, trois sur vingt. Le mot "culture" est le plus creux et le plus néfaste des temps modernes. Dites "l'art", dites "la science", dites "la politique", dites "l'amour", dites même "le désir" si vous y tenez, et visiblement vous y tenez, dites "la pensée", dites tout ce que vous voulez, mais j'interdis qu'on se serve à la va-comme-je-te-pousse du mot "culture". C'est déjà un reste prédigéré, ce mot, alors le reste de ce reste, vous imaginez ! Et vous, Fenda, puisque vous avez la langue bien pendue, dites-nous ce qu'est la philosophie.

FENDA. La philosophie est une subtile invention des hommes délicats, destinée tout d'abord à plaire aux femmes, en équivalence de ce fait avec le roucoulement du ramier ou la roue du paon. Et deuxièmement, pour ce qui n'en est pas cet usage, un exercice souple pour que penser ressemble à une étoffe dorée plutôt qu'à un morceau de cuir de vache.

MADAME POMPESTAN *(venimeuse)*. J'en connais une qui, faute d'éducation, court dès que le ramier philosophe la siffle. La femme moderne et battante a éventé le piège depuis longtemps !

FENDA. Oui oui ! Remue ta jupe de député-e devant les jeunes cadres de chez ton Edouard, madame Pompestan ! Le philosophe ne te chantera pas sa mélodie de concepts dorés !

MOUSTACHE. Et si je m'en torche, de faire le ramier pour des cocottes ! Ah ah ! Je leur montrerai plutôt mes cacahuètes, tiens ! Mesdames ! Vous voulez que je vous montre mes cacahuètes ?

RHUBARBE. Monsieur Ahmed ! Arrêtez ce flot ignominieux de misogynie ! Menons le débat dans le respect de l'autre et la compréhension de toutes les cultures qui sont toutes nécessaires à la convivialité de notre village planétaire.

FENDA. Y compris la culture des cacahuètes ?

Elle donne un coup de pied dans les testicules de Moustache, qui se plie de douleur.

AHMED. Le débat progresse. Les arguments s'affinent. Elève Fenda ! D'un côté, votre réponse était empruntée au réel. Elle ne manquait pas de grâce et de saveur. Elle aurait, selon ces seuls critères, valu un bon seize sur vingt. Mais d'un autre côté, elle était animée d'un esprit antiphilosophique détestable, auquel j'aurais eu le désir spontané d'opposer la barrière d'un pur et simple zéro. Je vous déclare ajournée pour une autre session.

FENDA. Tu m'ajournes le jour plus facilement que tu ne m'annuites la nuit.

AHMED. Ne sors pas du sujet. Elève Moustache, qu'est-ce que la philosophie ?

MOUSTACHE. C'est quand il y a un bon boulot de chef, de la sécurité, la France aux Français, les sidaïques dans les sidatoriums, comme avant du temps qu'on était pas dans la décadence les sanatoriés ils étaient dans les sanatoriums. C'est quand c'est qu'on se faisait pas taper au foot par des énergumènes métèques du Moyen-Orient et du Moyen Age. La philosophie de avant qu'on décline, il y avait pas de drogue, ni de pédés, ni d'Arabes, ni de rock-roll, ni de chinetoques, ni de complications, ni d'avortements, ni de zintellectuels, ni de rien, quoi. C'est quand c'est qu'il n'y avait rien, la vraie philosophie. Que des Français, et l'armée française.

FENDA. Tout le monde dans un bocal de cornichons ! La philosophie du cornichon qui ne connaît que le cornichon !

RHUBARBE. Madame Fenda, je ne suis pas d'accord avec toute cette violence que je vous vois dans le débat ! Il faut écouter ce que dit monsieur Moustache, comprendre toute l'angoisse qu'il y a derrière ! L'angoisse d'un monde sans racines !

MADAME POMPESTAN (se curant les ongles en sifflotant). Laissez tomber, Rhubarbe, noir c'est noir. On appelle ça le principe d'identité, n'est-ce pas, monsieur Ahmed ? A est identique à A.

FENDA. C'est sûr, comme l'est la venue du soleil au-dessus du dos chamelé des collines, qu'une conne est identique à une conne !

AHMED *(l'air abattu)*. Messieurs ! Mesdames ! Nous sommes loin, très loin, de la philosophie… Elève Moustache, vous aurez zéro. Votre tentative de philosophie nihiliste de bistrot a totalement échoué. Elle a sombré dans ce que je nommerai du caca existentiel. Si vous voyez ce que je veux dire.

MOUSTACHE. Non, je ne vois pas du tout.

MADAME POMPESTAN. Il a dit que vous étiez de la crotte de bique.

RHUBARBE. Professeur ! Vous ne suivez pas la ligne des droits de l'humain à s'exprimer !

FENDA. Ahmed ! Tu ne vas pas discuter jusqu'à la venue du soir avec ces spécimens que nous dirions en matière plastique ?

AHMED. La philosophie, chers élèves, est exactement ceci : une pensée dont tout le contenu réel est la pensée elle-même. Ou plutôt les pensées. Car il y a des pensées très différentes les unes des autres. Il y a de la pensée dans les mathématiques, il y en a dans la poésie, il y en a dans l'amour, il y en a dans la politique quand elle existe, ce qui n'est pas très fréquent. Et la philosophie, c'est quand la pensée accepte de faire face à toutes ces pensées différentes. La pensée faisant face aux diverses pensées. Voilà la philosophie. Et elle voit que dans la pensée, il y a ce qui arrive soudain, il y a ce qui dure, il y a ce qu'il faut travailler. Il y a les différents moments finis d'une sorte de construction infinie. Et dans la pensée il y a de la joie, il y a de l'enthousiasme, il y a du bonheur, il y a du plaisir. Si bien que la philosophie, c'est aussi de faire face et place à la joie de penser. Vous n'avez pas été très bons dans cet examen oral et récapitulatif. Et la raison principale me semble être la suivante : pas assez de joie. Pas assez de confiance dans la joie de penser. Trop de chicanes, trop d'amertume, trop de ressentiment, trop de rivalité. Si détestable soit le monde, et il l'est, il y a toujours un point, en vous-mêmes, un point obscur et personnel, inattendu, presque pour vous-mêmes stupéfiant, qui est le point de départ pour penser ce qu'il y a. Tenir ce point ! Le trouver et le tenir ! La philosophie n'a pas d'autre but ! Que chacun trouve son point et le tienne ! Le point d'où vient en vous la ressource de la pensée et de sa joie. Le point qui est le point de vue, le point qui fait que chacun peut inventer, et non pas répéter. Car répéter est le chemin de l'imposture et de la douleur. Ne plus répéter, ne plus cuire dans son jus. Etre irremplaçable, non parce qu'on est soi-même, mais parce qu'on a trouvé, en soi-même, le point actif, celui qui nous sépare de notre fatigue et de notre monotonie intime.

FENDA. Alors, Ahmed, c'est comme quand un soleil fend les nuages, ou comme quand après l'hiver il y a le cri du premier oiseau.

AHMED. Tu l'as dit, ma radieuse ! La philosophie est ce qui nous aide à interrompre la répétition. Séparez-vous ! Séparez-vous de vous-mêmes. Alors, avec ce réel en vous qui vous fend, il y a la pensée et la joie. Debout, les morts !

AHMED SE FÂCHE

Comédie en quatre mouvements

AHMED SE FÂCHE
d'Alain Badiou
a été créée le 3 octobre 1995
à la Comédie de Reims

Mise en scène : Christian Schiaretti
Assistante à la mise en
scène : Dimitra Panopoulos
Scénographie : Renaud de Fontainieu
Costumes : Annika Nilsson
Masque : Erhard Stiefel
Maquillages : Nathalie Charbaut
Lumières : Mafoud Abkhonkh
Musique : Jacques Luley
Peinture du décor : Christian Boulicaut

Décor conçu et réalisé
par les Ateliers de la Comédie de Reims

Distribution

Ahmed : Didier Galas
La doublure d'Ahmed : Julien Muller
Camille : Gisèle Tortérolo
Le Critique : Camille Grandville
Le Pompier : Jean-Michel Guérin
L'Homme-araignée : Patrice Thibaud
Le Tueur : Jean-Michel Guérin
Athéna : Camille Grandville

Production :
La Comédie de Reims
et le Théâtre de Saint-Quentin-en-Yvelines

PREMIER MOUVEMENT

Camille, la doublure de Ahmed, Ahmed, le Specta-
teur, Pierre Bétilarion, un autre spectateur, la
Spectatrice, le pompier.
Le rideau se lève sur le décor de Ahmed le Subtil.
La doublure de Ahmed, masquée, est en scène, avec
une valise qui fait tic tac. Camille arrive doucement.

CAMILLE. Ahmed ! Dis-moi ! C'est la valise
d'Alexandre ! Qu'est-ce qu'il y a dedans ?

LA DOUBLURE DE AHMED. Le temps, petite Camille. Le temps qui passe.

Ahmed sort avec la valise. Camille hésite, le suit,
puis reste immobile au milieu de la scène. Noir. Ton-
nerre d'applaudissements (enregistrés). La doublure
de Ahmed, et Camille viennent saluer. Applaudis-
sements, retour des acteurs pour le salut etc. Dans
la salle, Ahmed se dresse, même costume et même
masque que sa doublure.

AHMED *(cherchant à dominer les applaudissements).*
Arrêtez ! Arrêtez ! C'est de la folie ! Taisez-vous !

Faites silence ! Que le silence de la tombe enseve-lisse ce cadavre théâtral !

LE SPECTATEUR. Qu'est-ce que c'est que cet énergumène ?

LA DOUBLURE *(depuis la scène)*. Saloperie de titulaire ! C'est le titulaire ! Le titulaire du rôle ! Le Ahmed titulaire. Il n'a jamais supporté que je reprenne le rôle.

AHMED. C'est toi que je ne supporte pas, dou-blure ! Qu'as-tu fait du masque, du jeu, de la ri-gueur du jeu ? Tu n'as pas repris le rôle de Ahmed, tu l'as détruit.

LA DOUBLURE. Et voilà ! Quand on n'imite pas exactement le jeu de monsieur, quand on invente, quand on met du pathétique, le titulaire sclérosé en avale sa chique ! Mon vieux, il n'y a pas qu'un seul Ahmed au monde ! Le poète écrit pour une infinité successive d'acteurs, et non pour toi per-sonnellement !

AHMED. Doublure scélérate ! Tu n'as rien com-pris au masque.

PIERRE BÉTILARION *(depuis la salle)*. N'exagé-rons pas l'importance du masque. N'exagérons l'importance de rien. Ne faisons pas les importants.

UN AUTRE SPECTATEUR. Allons, bon ! Qui est-ce, celui-là ?

LE SPECTATEUR. Il vient de vous le dire : un énergumène sans importance.

AHMED. Le masque est de la plus extrême importance. Le masque change tout. Il situe l'acteur entre l'énigme de l'homme et l'opacité de l'animal.

LA DOUBLURE. Enigme ! Opacité ! Comme il y va, le titulaire ! Tout ça parce qu'il a vu mon succès, mon triomphe ! Comme le dit monsieur, là-bas, on fait l'important, on joue au penseur masqué. Mais on est un simple cabotin envieux !

AHMED. Tu as saboté le rôle de Ahmed. La souveraine autorité du masque sur les circonstances, tu en as fait des fariboles. Je te méprise, vile doublure.

LA DOUBLURE. Et moi je te pisse au cul, titulaire ! On n'est plus dans l'Italie des masques, mon vieux ! Les acteurs gâteux propriétaires de leur rôle, c'est fini !

PIERRE BÉTILARION. De toutes façons, doublure ou titulaire, le spectacle de ce soir n'est pas moderne. Il y a quelque chose de ringard. Le texte, le masque, une valise qui fait tic tac, un Ahmed de pacotille… Non et non. Le théâtre, c'est d'abord des corps mortels. C'est la cérémonie des corps échangeant une dernière fois leur trouble et leur douleur.

LE SPECTATEUR. Bravo ! Je l'ai dit à ma femme dès que ça a commencé : "Ma chérie, cette pièce a été écrite par un énergumène pour des énergumènes, et elle est jouée par des énergumènes."

AHMED. Elle est jouée par une doublure misérable ! Il a massacré la pièce. Doublure ! Tu crois que l'acteur est irresponsable ? Tu crois que massacrer un poème est un péché véniel ?

LA DOUBLURE. Je crois surtout que quand tu me vois, moi, ton double glorieux, tu vois comme dans un miroir ce dont tu es incapable ! Tu vois que la doublure est le vrai titulaire ! Tu vois que tu n'es que la doublure de ta doublure !

AHMED. En la personne du rôle, tu as offensé tous les Ahmed réels de ce monde ! C'est grave, c'est très grave. A l'époque de Le Pen, ou des lois Pasqua, offenser sur scène tous les Ahmed réels est un crime théâtral politique ! Ou alors, le théâtre n'est qu'une plaisanterie.

LA DOUBLURE. Laisse Le Pen et Pasqua où ils sont, titulaire démagogue ! Le triomphe de mon art pathétique fait de Ahmed une victime douloureuse. Avec toi, on avait une sorte de Scapin vulgaire. Qui est le plus réel ? Je te le demande.

PIERRE BÉTILARION. Le grand théâtre est absent, doublure et titulaire n'y peuvent rien. Pour célébrer les victimes, il faut jouer à vif et à nu la compassion qui s'incline vers l'autorité de la mort. Il faut que les corps et les voix tremblent dans une scénographie frappante, dans le grand jeu nocturne des lumières. Ce soir, nous n'avons vu qu'un artisanat laborieux.

LE SPECTATEUR. Quelqu'un peut-il me dire qui est cet énergumène bavard ?

PIERRE BÉTILARION. Je suis journaliste, monsieur. Je suis Pierre Bétilarion. Je communique, monsieur. Je fais communiquer le théâtre et l'opinion. Je communique tous les jours.

LA SPECTATRICE. Tu vois, Edouard ! Monsieur Bétilarion nous communique tous les jours que cette pièce est très mauvaise.

AHMED. Mais l'acteur n'est pas quelqu'un qui communique, monsieur Bétilarion ! Le théâtre n'est pas de la communication.

LA DOUBLURE. Parle pour toi, titulaire ! Avec ton jeu sec et bêtement dirigé droit sur le public, tu ne communiques rien ! Moi, je connais la ruse, je connais la communication oblique de la victime souffrante.

AHMED. Au lieu de frapper le public, tu l'endors dans la satisfaction de la pitié. Tu es le renégat de ta responsabilité. Tu communiques, ça oui ! Tu es un mauvais acteur, doublure.

UN AUTRE SPECTATEUR. S'il fallait fusiller tous les mauvais acteurs, on ne pourrait plus jouer que des pièces dans le genre *le Mystère de la chambre vide*, ou *Mon nom est personne*.

AHMED. Cher monsieur, le public lui aussi est responsable. Vous avez applaudi le jeu communiquant de cette doublure. Vous avez admiré qu'il

305

insulte sur scène tous les Ahmed réels du monde, qu'il en fasse de piteuses victimes. Est-ce que les spectateurs se cramponnent toujours à leur bassesse native ? Est-ce qu'ils ne la laissent jamais au vestiaire ?

LA DOUBLURE. C'est ça ! Insulte les spectateurs, maintenant ! Crache dans la soupe ! Oui, ils ont assuré mon triomphe ! Tant pis pour toi !

UN AUTRE SPECTATEUR. Non seulement ce Ahmed titulaire veut fusiller les autres acteurs, mais aussi les mauvais spectateurs ! C'est un maniaque de l'épuration, ma parole !

LE SPECTATEUR. Je dis toujours à ma femme : si on laisse les énergumènes communiquer librement, dans les trois jours il n'y a plus ni Parlement, ni lois, ni droits de l'homme, ni liberté d'expression, ni cours de la Bourse. Pas vrai, chérie ?

LA SPECTATRICE. Tu me l'as toujours dit, Edouard. Mais j'aimerais bien que monsieur Bétilarion nous communique en détail son avis sur ce spectacle.

PIERRE BÉTILARION. J'ai pris quelques notes, comme ça. Je prends toujours des notes, pour communiquer. J'essaie de piquer au vol le mouvement, le frémissement corporel, et puis je ferme les yeux, je n'écoute plus, je m'abandonne à une sorte de bougé intérieur… Mon travail de critique est de sentir, comme ça, à l'intuition, le passage de l'ange du théâtre.

UN AUTRE SPECTATEUR. Mais on s'en tape de l'ange qui vous visite l'estomac, monsieur le journaliste ! Mais on s'en torche ! Donnez-nous votre avis, et gardez pour vous votre vie.

LA SPECTATRICE. Monsieur Bétilarion dit une chose que je ressens dans mon psychisme. Il y a une vie des avis, une délicieuse et amère vie des avis, y compris des avis sur la vie.

AHMED. Le théâtre ! Le théâtre est un avis sur la vie. Pas un avis sur la mort. Sur la vie. C'est pourquoi cette affreuse doublure, qui a fait de Ahmed une victime mortelle, a offensé le théâtre.

LA DOUBLURE. Pas tant que toi, qui faisais autrefois de Ahmed, quand tu te croyais propriétaire du rôle, une sorte de maître des situations ! Comme c'est vraisemblable ! L'opprimé douloureux dominant la matière et le temps ! Ridicule ! Monsieur Bétilarion l'a bien vu : au théâtre, il faut faire sentir la fin de toutes choses, l'achèvement, la précarité, le pathétique de notre être-pour-la-mort ! Tu fais du théâtre en béton armé !

PIERRE BÉTILARION. Pas faux ! Disons que l'auteur, le metteur en scène, et sans doute le Ahmed titulaire font un théâtre du désir et de l'idée. Alors qu'il nous faut un théâtre du corps sacré et de la compassion.

AHMED. Monsieur Bétilarion ! Vous avez parlé de théâtre absent, de mort, de victimes, de sacré, de corps tremblants… Expliquez-vous publiquement. Je ne suis pas d'humeur, ce soir, à laisser dire sur le théâtre n'importe quelle insanité.

LA DOUBLURE. Et allons-y ! Le titulaire va esquinter les critiques, maintenant ! Mon triomphe le rend mauvais ! Méfiez-vous, il a le masque barbare, quand sa doublure fait l'unanimité !

AHMED. Ta gueule ! Ta gueule, ou je te transperce.

CAMILLE. Franchement, vous devriez arrêter vos conneries. Voir des mecs se flinguer comme ça au théâtre, ça m'afflige. C'est super-affligeant.

AHMED. Mais c'est aussi pour toi, ô ma tendre rebelle, que j'essaie de redresser la situation.

CAMILLE. Pour ce que j'en vois, elle coule à pic, la situation. On n'arrive même pas à commencer.

AHMED. On ne commencera pas sur des bases pourries. Monsieur Bétilarion, je vous écoute ! Et prenez garde !

LA DOUBLURE. Qu'est-ce que je vous disais ! Gare à vos os ! Le titulaire se fâche !

UN AUTRE SPECTATEUR. Cet Ahmed est un terroriste du théâtre ! Il extermine les spectateurs, il fusille les acteurs, il guillotine les critiques… Le théâtre est simplifié, ma parole ! Ramené à l'essentiel ! Limpide !

LE SPECTATEUR. Dans les théâtres publics, où on dépense l'argent du contribuable, ce sont tous des énergumènes. Vivement la privatisation intégrale. Le bon et solide théâtre privé, il n'y a que ça de valable. Pas vrai, ma poule ?

CAMILLE. Dites-donc ! "Ma poule" ! C'est comme ça que vous me parlez ? Je vais vous les écraser, moi, vos roubignoles de chassieux !

LE SPECTATEUR. Mille pardons, mademoiselle, je parlais à ma femme.

CAMILLE. Vous avez une femme ? Vous ? A quoi elle ressemble, cette dinde, pour se flanquer d'un minable pareil ?

LA SPECTATRICE. Edouard ! Tu vois ce qu'elle me dit ? Tu entends ce qu'elle me fait ? Où as-tu emmené ton épouse ?

LE SPECTATEUR. Allez, allez ! Ne pleure pas, ma chérie, on sort. On va aller dans un bon théâtre privé. Jacques m'a dit qu'il y avait une très bonne pièce, très solide, très drôle, ça s'appelle *la Cafetière et les deux crétins*. On y va.

Le spectateur et sa femme sanglotante dérangent tout le monde pour sortir. Ahmed brandit son bâton. Le spectateur et son épouse se rassoient terrorisés.

AHMED. Personne ne sort ! L'explication n'est pas finie ! Et la pièce est à peine commencée. La vraie pièce. Celle qui est après la pièce. La pièce qui fait pièce à la pièce. Monsieur Bétilarion, je vous écoute.

BÉTILARION *(sortant de sa poche un papier).* J'ai juste quelques notes. Le plus dur, c'est le titre. Nous, critiques, on est avant tout des journalistes. Le titre doit accrocher. Souvent, le titre du papier, je le trouve de chic, en fermant les yeux, dans le noir. Pour la grosse merde de ce soir, ça m'est venu dès que je suis entré dans la salle.

LA SPECTATRICE *(se mouchant).* Monsieur Bétilarion, je vous respecte comme critique, mais je trouve un peu bizarre que vous ayez votre article dans la poche, alors que la pièce vient à peine de commencer.

AHMED. Le critique ne juge pas un spectacle, il juge l'idée que depuis toujours il s'en fait.

LA DOUBLURE. Le titulaire est pire. Il juge la doublure comme si elle devait être son double, son jumeau ! Il a une idée toute faite et immuable du rôle de Ahmed. L'originalité pathétique de la doublure, ça le met dans tous ses états !

AHMED. Ta gueule, ou je te nettoie au lance-flammes. Alors Bétilarion, ce titre ?

PIERRE BÉTILARION. *"Ahmed se fâche,* ou quand le vide fait le plein." C'est du vrai journalisme, un titre comme ça. Ça en jette. "Quand le vide fait le plein." Le vide complet et total sur la scène fait le plein dans la salle.

LE SPECTATEUR. Vous voulez dire qu'on est ici un plein de crétins ? Un ramassis d'énergumènes ? C'est ça ?

LA DOUBLURE *(servile)*. Laissez parler monsieur Bétilarion. Il a peut-être senti que sur ce *Ahmed se fâche* allait encore rôder l'influence ringarde du titulaire. Que malgré mon pathétique, mon corps de victime, ma voix transie par la mort, je ne pourrais pas tout sauver. Parlez, monsieur Bétilarion. Je vous assure que…

AHMED. Ta gueule, où je te plante une flèche d'arbalète dans le cul.

PIERRE BÉTILARION. C'est juste quelques notes… spectacle qu'on dirait du Brecht réchauffé… Didactique, volontariste, raide… Ahmed en héros, on attend la victime, la souffrance, la rage, le cri… Rien. Insupportablement vivant. Idée stupide : qu'il y a de la joie dans ce Ahmed, de la pensée. Et même de l'affirmation. Un comble ! Théâtre artisanal, théâtre traditionnel… Gros effets simples… Les femmes absentes. En dehors d'une louloute à vomir. Pas par hasard. La femme toujours plus proche du corps désirant, du doute, de ce qui est mortel. Tout ce que cette pièce rate. Banlieue invraisemblable. Nous fait croire qu'il y là de la ressource, de la force, du désir maîtrisé. Alors qu'on espère l'impasse, la haine, le cul-de-sac de l'existence. Spectacle à fuir. Trouver pour l'article une chute féroce. La formule qui tue.

Dans le genre : "Un Ahmed plus fâcheux que fâché." Bon, ce n'est qu'un abstract. Vous voyez la couleur. On peut partir tout de suite. Pas la peine de s'user le pantalon.

Quelques spectateurs applaudissent et font mine de se lever pour partir.

AHMED *(brandissant son bâton).* Personne ne sort ! Voulez-vous dire, monsieur Bétilarion, que tout l'office du théâtre est de soutenir la puissance de la mort ? De pleurer vainement sur les victimes ? De ne voir nulle part la ressource du désir qui pense ? De faire descendre sur un public hypnotisé les anges de la déréliction ? De se garder de toute violence affirmative ?

LE SPECTATEUR. Il veut dire que vous avez fait dans la grosse polémique. La complexité de notre siècle finissant exige un théâtre consensuel, monsieur le masqué. Les banlieues sont un problème, tout le monde le sait. Il est indécent de faire croire que c'est là qu'on trouve, sous le nom de je ne sais quel Ahmed, une solution ! Le devoir de l'artiste est de nous émouvoir avec le cri des banlieues, ce problème sans solution.

LA DOUBLURE *(descendant de la scène, et allant serrer la main du spectateur et de Bétilarion).* Bravo, messieurs. Vous avez perçu la finesse de mon art, dans une pièce spécialement destinée à la grossièreté du titulaire. Vous lui avez rivé son clou, au titulaire. Bravo et merci !

AHMED. Ta gueule, ou je te fusille !

CAMILLE *(seule sur la scène).* J'suis complètement paumée, dans ce cirque ! Quel rôle je joue,
là ? Est-ce que quelqu'un peut me le dire ?

LE SPECTATEUR. Le rôle d'une énergumène.

AHMED. Ne te mêle pas de ça, ma biche. C'est à
toi que je dédie tous ces événements fameux !
Bétilarion ! Il m'a semblé que, comme mon exécrable doublure, vous offensiez en la personne de
mon rôle tous les Ahmed du monde ! Que vous
souteniez sur la scène le consentement mortifère.
A mes yeux, c'est tout comme si vous vantiez les
expulsions et le théâtre de pacotille, les lois scélé-
rates contre les étrangers et le théâtre vendu à la
télévision, les obsédés criminels du sécuritaire et
l'infâme boulevard privé ! C'est beaucoup pour un
seul homme ! Méfiez-vous ! Ahmed se fâche !

PIERRE BÉTILARION. Fâchez-vous, fâchez-vous !
C'est fâcheux pour vous de vous fâcher. Et puis
vous m'emmerdez, à la fin ! J'ai pour moi le droit
de l'opinion. J'ai dit que ce spectacle était théâtralement archaïque et politiquement dangereux. Si
un Ahmed masqué comme vous peut discuter mes
arguments, faites-le ! Il faudrait peut-être vous
réveiller, et comprendre que nous arrivons en
l'an 2000. En l'an 2000, à l'époque de la communication de masse, vous vous cramponnez à Brecht,
à Vilar, à Vitez ! C'est du passéisme ! Au théâtre

313

révolutionnaire il est grand temps que succède le théâtre humanitaire !

AHMED. Ahmed n'est pas de la révolution. Ahmed n'est pas humanitaire. Ahmed est le masque, et le bâton. Il y a des moments où pour le masque la discussion n'est pas de mise. Il y a des sujets sur lesquels Ahmed, qui se fâche, n'est pas d'humeur à en passer par la liberté humanitaire des opinions.

Ahmed sort un énorme revolver et le braque sur Bétilarion.

Bétilarion ! Excusez-vous devant moi, dont le masque éternel enjoue sur la scène tous les Ahmed du monde !

Il doit y avoir ici un émoi général, des gens qui tentent d'arrêter Ahmed, d'autres qui courent, d'autres qui crient etc. Improvisation collective. Injures politiques.

LA SPECTATRICE. Maman ! On est chez les terroristes !

BÉTILARION *(qui se croit au théâtre, bombant le torse, les bras en croix).* Le critique, ce garant de la liberté d'opinion, du caprice d'opinion, s'expose à la vengeance de tous les communistes ratés.

AHMED. Lesquels ont bien tort de supporter l'injure. Théâtre ! Tu n'es que la forme extrême du vrai !

Ahmed tire sur Bétilarion, qui s'effondre dans les bras de la doublure de Ahmed. Le tumulte est à son comble. Camille descend de scène, assez calme, et ausculte Bétilarion.

CAMILLE. Il est mort. Ahmed, tu as encore fait une sacrée connerie.

Un silence funèbre pèse sur la salle.

AHMED. Ah mais non ! Regardez la scène ! Elle est vide, la scène. Elle est déserte. Rien ne s'y est encore passé. Ou tout ce qui s'est passé n'est que la doublure de ce qui se passe ! Il y a eu erreur ! Une erreur d'aiguillage ! C'est lui *(Montrant la doublure.)*, c'est lui qui a privé le masque de toute autorité théâtrale sur les circonstances !

LA DOUBLURE. Et voilà ! Je vous prends à témoin ! Le titulaire est un meurtrier, et en plus il nous fait la morale !

AHMED. Ta gueule, ou je te fends le crâne avec un tomahawk. Viens, Camille, viens ! Recommençons ! J'avais tort de ne pas avouer plus tôt que j'étais le maître du théâtre. Recommençons ! Lumières, décor, musique ! On reprend.

Tout se rétablit comme au début. Ahmed est avec la valise. Le jeu devra être très visiblement différent de la première interprétation.

CAMILLE. Ahmed, dis-moi, c'est la valise d'Alexandre. Qu'est-ce qu'il y a dedans ?

AHMED. Le temps, petite Camille. Le temps qui passe.

Applaudissements enregistrés, saluts des acteurs, etc.

BÉTILARION *(ressuscité mais couvert de sang).* C'est pire. C'est pire qu'avant. Je vais muscler mon papier. Si c'est ce genre de théâtre qui doit sévir, j'offrirai ma vie de plume pour y faire barrage.

AHMED. Offre, Bétilarion, offre.

Ahmed tire à nouveau, depuis la scène, sur Bétilarion. Mais cette fois, il le manque : Bétilarion, poussé par la doublure, s'aplatit derrière un fauteuil.

LA DOUBLURE *(sortant le même revolver).* Fini de rire, titulaire ! Une ordalie va décider qui de nous est le Ahmed véritable ! Entre le Ahmed pathétique et le Ahmed subtil, Dieu va choisir.

La doublure fait feu sur Ahmed, qui s'abrite et riposte. Fusillade nourrie entre la scène et la salle. Camille tente de désarmer Ahmed.

CAMILLE. Ahmed, Ahmed ! Et toi aussi, Ahmed ! Arrêtez vos conneries ! On ne joue pas "Titus Andronicus" ! Vous allez foutre le feu, avec vos pétoires !

LE POMPIER *(d'abord comme une voix sépulcrale venue du fond de la salle).* Le feu est déjà là, mademoiselle.

Pendant tout ce qui suit, la fusillade continue. On voit les deux Ahmed se déplacer sur la scène et dans la salle, chercher des angles de tir, etc. Le pompier devra de temps en temps éviter les balles par des entrechats divers, comme s'il était importuné par des mouches, mais sans jamais donner l'impression qu'il prend la mesure de ce qui se passe dans la salle.

LE SPECTATEUR. Le feu ? Qu'est-ce que nous raconte ce nouvel énergumène ?

LA SPECTATRICE. Mon Dieu, Edouard ! Nous allons être calcinés !

UN AUTRE SPECTATEUR. Le théâtre réduit à une poignée de cendres ! C'est l'épuration finale, nous étions tout, soyons rien !

LE POMPIER *(en uniforme, et avec un porte-voix qui en fait une sorte de prophète).* Mesdames et messieurs ! Le feu vient de se déclarer dans les toilettes pour dames. A l'heure qu'il est, la brigade d'intervention tire la chasse de façon répétée pour venir à bout du sinistre. Le sinistre est pour l'instant circonscrit à la cuvette de gauche. Aucune panique ne serait justifiée. Nous demandons aux dames et aux demoiselles saisies d'un pressant besoin d'utiliser les toilettes pour hommes. Nous demandons aux hommes de s'abstenir de tout besoin pressant, jusqu'à extinction complète du sinistre. J'apprends à l'instant que le feu semble se communiquer au chiotte de droite. Pour que… Aïe ! Aïe aïe aïe…

317

Le pompier s'affale, manifestement touché par une balle. Camille et Ahmed descendent de scène précipitamment. Au passage, Ahmed abat la doublure et Bétilarion.

BÉTILARION *(dans un dernier râle)*. Ah ! Droits de l'homme bafoués ! Le théâtre populaire assassine le théâtre humanitaire !

LA DOUBLURE *(idem)*. Ah ! Titulaire acrimonieux ! Seule la mort te permet de doubler ta doublure !

AHMED. Ce n'est pas trop tôt ! On va peut-être pouvoir commencer !

CAMILLE. Quand tu t'en mêles, ça ne commence jamais ! Ton théâtre est trop compliqué. Tu imagines le boulot, maintenant !

AHMED. Et toi, belle rétive ! N'es-tu pas la complication féminine ?

CAMILLE. Ouais, tire-le par les pieds.

Ahmed et Camille portent le pompier inanimé au centre de la scène. Ils le veillent. Magnifique éclairage nocturne. La salle est enfin plongée dans le noir ; on entend juste, murmuré :

LE SPECTATEUR. Ils sont partis, tous les énergumènes ?

Long silence, musique.

LE POMPIER *(se redressant du coude, comme Sieg-fried mourant).* Ah ! Ah ! Vie qui ne fut qu'un brasier ! Je vous quitte, incendies sur le ciel comme des effondrements d'étoiles ! Et toi, échelle du pompier dionysiaque ! Comme un ver ténébreux s'arrache à la glaise et allonge vers l'herbe succulente ses anneaux reptiliens, tu t'élevais du camion couleur tomate mûre et solennellement grimpait vers la fenêtre, très haut, où vierge et presque nue t'attendait l'Epouvante enfumée ! Et sous mon casque achilléen, tenant d'une main ferme le tuyau salvateur, je te chevauchais, échelle ! Ah ! Ah ! Vie d'audace dans les flammes et les lances, tu me fuis par tous les pores ! Mon casque, amis, qu'on me donne mon casque !

AHMED. File-lui son couvre-chef !

CAMILLE. Ouais ouais, plus facile à dire qu'à faire. Où c'qu'il est, son galure ?

AHMED. N'importe quoi fera l'affaire.

Camille sort en coulisse, et revient avec un chapeau de mousquetaire.

CAMILLE. Y a que ce machin.

AHMED. Ça ira, il faut se grouiller, il n'en a pas pour longtemps.

Camille met délicatement le chapeau sur la tête du pompier mourant.

LE POMPIER *(il se met debout, titubant, dans un effort gigantesque).* Debout ! Je t'affronterai debout, scélérate mort accidentelle du pompier dans l'exercice de ses fonctions ! Et toi ! Pompière qui dans mon cœur allumait d'autres flammes ! Jalouse tendrement de nos équipées klaxonnantes ! Car sur l'échelle je montais, nouveau Persée, vers l'Andromède hurlante des étages, afin délicatement de la saisir. Mais au moment où me fauche une traîtresse balle de théâtre, je te le jure, pompière : toujours chaste j'ai combattu la flamme dévorante. Quand je saisissais la femme délicatement pour la soustraire aux fumées homicides, certes je la serrais contre mon dur blouson, mais je détournais mon regard du nichon laiteux qu'évanouie sa chemise exposait jusqu'à son bout turgescent. Je pense à toi, pompière ! Sur l'horizon bigarré des sinistres, je te salue aux lisières de la mort, repos moelleux du pompier ! Ah !

Il retombe sur le sol, et reste étendu sur le dos.

Conservez ma mémoire, spectateurs de l'Achille abattu par le sort adverse ! Une balle de théâtre… une balle en carton… O ironie des vies héroïques fauchées par l'unique piqûre d'une mouche à merde ! Ah ! Je te soutiens, merdeuse mort, le solennel pompier te considère face à face, telle qu'en toi-même tu poses sur la vie tes pattes d'asphodèle…

Le pompier agite son chapeau, et meurt.

CAMILLE. Tu crois que les asphodèles ont des pattes ?

AHMED. De toute façon, il a complètement changé le texte. Il a fait des fioritures, je me demandais s'il allait mourir avant la fin de la pièce ! Oh ! Gérard ! Gérard ! Tu enchaînes, oui ou merde ?

Ahmed donne des coups de pied au cadavre. Le pompier se relève, hausse les épaules, et part en coulisse. Il en ramène une table ronde de bistrot, deux chaises, les installe, ressort, dispose sur la table deux petits déjeuners, et disparaît. La lumière est maintenant celle du matin.

DEUXIÈME MOUVEMENT

Ahmed, Camille, l'homme-araignée, la doublure
de Ahmed.
Ahmed et Camille sont attablés, et prennent leur
petit déjeuner. Camille a l'air assez endormie. Un
transistor diffuse doucement la musique du groupe
rock Majestuous Brown Egg.

AHMED. Le théâtre pense.

CAMILLE *(mangeant un croissant)*. Ouais.

AHMED. "Ouais, ouais" ! Pas "ouais" du tout !
Le critique, tout à l'heure, Pierre Bétilarion, il ne
pensait pas que le théâtre pense ! Il est pour le
corps et la mort, il est contre l'idée.

CAMILLE. C'était pas une raison valable pour le
flinguer.

AHMED. Peut-être que je l'ai flingué uniquement
parce qu'il regardait tes cuisses ?

CAMILLE. Ouais. C'est pas forcément valable
non plus. T'es pas plus propriétaire de mes cuisses
que du rôle de Ahmed.

322

AHMED. Tu ne vas pas te mettre à parler comme cette crapule de doublure ?

CAMILLE. Il est pas mal foutu, la doublure.

AHMED. Camille ! Camille ! Je voudrais te convaincre. Je voudrais, Ahmed masqué, te séduire par mon seul intellect. Pensons, là, tous les deux, au petit matin. Admettons que le théâtre produise des idées. Nous le pouvons ! Nous avons liquidé Pierre Bétilarion, partisan du sensible mortel contre l'intellect immortel. Le partisan du corps mortel est mort. C'est logique. Désormais la voie est libre pour que le théâtre produise des idées. Quelles idées ? Telle est la question. Tu peux me dire quelles idées produit le théâtre ?

CAMILLE. Ouais.

AHMED. "Ouais" quoi ? Tu me lasses avec tes "ouais, ouais". On dirait que tu es, dans cette banlieue, une corne de brume.

CAMILLE. C'est toujours moins ringard que d'être une conne de brune.

AHMED. Bravo Camille ! Déesse de l'allitération ! Imagine :

"A l'aube des banlieues ce n'est pas pour des prunes
Que conne sévit la corne des brumes brunes."

Bon. Ton "ouais", ta corne brune, là, c'était quoi ?

CAMILLE. L'idée qu'il fait, le théâtre, c'est une idée de théâtre. Une qu'on ne peut pas faire ailleurs. Si on peut la faire ailleurs, c'est marre.

AHMED *(l'embrassant)*. Formidable ! Droit au but, petite Camille.

CAMILLE *(s'essuyant la bouche)*. N'en profite pas pour me peloter. Et en plus tu me fais suer avec tes "petite Camille". Tu cours les pucelles, ou quoi ?

AHMED *(désarçonné)*. Satané hérisson !

CAMILLE. Ouais ouais. Pas une petite Camille, un grand hérisson.

AHMED. Un hérisson qui pense. Idée d'un côté… Théâtre de l'autre… Je colle les deux avec un trait d'union… J'ai une idée-théâtre. Comme elle arrive, cette idée-théâtre, comment elle se dirige vers eux *(Il montre les spectateurs.)*, comment elle les frappe, les saisit ? Si bien qu'ils ne sortent pas gras et divertis, ils sortent songeurs, fatigués, parce que penser, être frappé par une idée inconnue, ça fatigue.

CAMILLE. Ouais. Ça éreinte. Bof ! Elle vient comme ça, l'idée, quand ça lui chante, avec tout le bazar du théâtre.

AHMED. Exactement ! Tout le bazar en fer-blanc du théâtre !

*Il fait un mouvement pour embrasser Camille,
mais devant son air féroce, il se ravise.*

Le faux du théâtre. Le tout-faux. L'idée-théâtre
vient toute vraie dans le tout-faux. Tiens tiens !
Par quoi ça commence ? Par un plancher. Des
rues, des villes, des forêts, des palais ? Un plancher ! Montrez le plancher, s'il vous plaît !
Lumières sur le plancher !

*Chaque commandement théâtral de Ahmed doit être
exécuté par des moyens simples et visibles, une énu-
mération des artifices, des artisanats, des trucs. Il y a
aussi une improvisation de Ahmed sur chaque élément
mentionné. Cette improvisation utilise à la fois la
matière concernée (par exemple, il tape sur le plancher avec son bâton, il court dessus, etc.), le mot
(variations sur "planche", "est", "le plan", etc.), et
l'usage de la chose au théâtre (poses théâtrales prises
à l'avant-scène, tout au fond, etc.).*

Et devant ou derrière ce plancher, il y des rideaux,
bouts de toile dans le vent de l'esprit. Mesdames,
messieurs ! Rideau !

Commandement et improvisation.

Et le rideau se lève sur des corps. Deux fois des
corps. Car il y a le décor, fiction peinte au plafond
suspendue, et des corps d'acteurs répandus au
décor comme les habitants de la toile et du bois.
Montrez à ces messieurs-dames le décor…

Commandement et improvisation.

Et maintenant, des corps ! Camille ! Montre-toi comme corps dans le décor !

CAMILLE *(traînante et immobile sur sa chaise)*. J'y suis, dans ton discours de titulaire. J'y suis en corps, plantée là à t'écouter faire le beau, comme toujours.

AHMED. Mais tu joues, là, tu es Camille la louloute féroce à mon désir. Montre-toi comme corps, et comme transfigurée ! Montre le corps réel, sous la défroque !

CAMILLE. C'est ça ! Tu voudrais peut-être que je me foute à poil !

AHMED. Et pourquoi pas ? Un peu d'effet de corps dans la toile et le rien ! Attention ! Naissance de Vénus sur les flots du plancher ! Fausse Vénus sur la houle du bois !

CAMILLE. Méfie-toi ! Tu l'auras voulu. Ce n'est pas une chambre, ici, et me voir à poil, ici, c'est tout faux pour ton œil qui se rince. Tu ne verras rien. Il n'y a rien qu'eux *(Elle montre les spectateurs.)* qui croiront voir quelque chose.

AHMED. Tant pis ! Tant pis ! Démonstration du corps à l'envers du rôle, démonstration des corps hors de tout décor ! Nue, l'actrice ! Que le nu soit le costume de son corps sans décor !

Camille se lève, toujours traînante, et se déshabille entièrement. Il faudra trouver pour ce moment

quelque chose qui ne soit ni un strip-tease clas-
sique, ni un déshabillage "domestique" , quelque
chose qui soit à la lisière du théâtre et du non-
théâtre. Quand Camille est nue, elle se rassied et
continue son petit déjeuner.

Alors ? Qu'en pensez-vous ? Déception, hein ? Ou
pas tout à fait ? Est-ce une femme nue, Camille ?
Est-ce le corps sous le corps du décor ? Ou est-ce
cette actrice appelée professionnellement à endos-
ser ce costume parmi d'autres qu'est le nu de son
corps, en sorte que sous ce nu le vrai corps est
encore à venir, encore soustrait à votre concupis-
cence ? Déception ! Toute nue se dissout en lumière
fallacieuse... Lumières, il y aussi les lumières !
Commandement divin du visible ! *Fiat lux !*

Commandements sur les lumières. Il ne se passe rien.

Qu'est-ce à dire ? Rébellion des ingrédients songeurs ? *Fiat lux !*

Tout s'éteint.

J'ai demandé la variation des lumières, non la fin
du monde ! Qu'est-ce qui se passe dans cette galé-
rienne bulle ?

On entend divers bruits techniques et des protes-
tations de Ahmed. Soudain, pleins feux. Ahmed
est penché vers la rampe, le masque relevé. La
brusque illumination le déconcerte.

Ah ! Pas ça non plus.

Il remet son masque, un peu péniblement.

Lumière de création du monde, j'ai dit !

Tout s'éteint de nouveau. Ahmed parle dans le noir.

Mais elle se fout de moi, cette gerbe de l'onde artificielle ! Création du monde, pas nuit d'avant ! Pas le phosphore brûlé du chaos !

CAMILLE *(dans le noir).* T'as l'air d'avoir du mal à te faire obéir ! La lumière se fout de ta loi, mon chéri masqué !

AHMED. Figure rase de ce qui vient à l'aube.

Rien ne se passe.

Merde alors ! Etienne ! Tu mets le disque quatre en option sur 12/18 déclinant.

Bruits techniques, alternance de pleins feux et de coupures.

Il est complètement naze, ton appareil ! L'option, le bouton vert tout à fait à droite !

Une très belle lumière de printemps sur la mer au matin. On voit Ahmed remettre discrètement son masque après s'être épongé.

Voilà, *fiat lux* !

CAMILLE. T'as pas la technique de Dieu, on dirait.

AHMED. Quand l'artifice est laborieux, l'angoisse saisit le maître masqué ! Tout doit être aisance et

328

promptitude ! Mais voici la victoire : sur le plancher, dans le décor, issus de la lumière, viennent de faux corps pour qui le nu même est costume. Et ils parlent ! Camille nue, déception du corps caché par le corps, parle ! Use la parole sur le plancher de l'idée !

CAMILLE. Qu'est-ce que tu veux qu'on cause, à poil ? On ne cause pas, à poil !

AHMED. C'est vrai, tout au plus on murmure. Murmure, Camille, murmure l'intime faux du faux nu dans la lumière !

CAMILLE *(très doucement)*. C'est pas facile d'aimer, aujourd'hui. Quand rien n'est plus gratuit, c'est une vacherie d'aimer. Vous le savez, vous autres : aimer est si gratuit que dans le supermarché de partout on ne trouve pas ce qu'il faut. C'est super génial d'aimer, c'est à l'œil dans le supermarché de partout, ainsi ça demeure en prime, mais où ? Qui par-derrière paie la prime de l'aimer gratuit ? On encaisse, on encaisse, mais rien ne vient, ou si peu. Comme des morceaux incommodes du gratuit vient la vacherie d'aimer...

AHMED *(très ému, et pour le dissimuler)*. Ne charge pas ton rôle, petite Camille !

CAMILLE. Tu me fais braire, avec tes "petite Camille" ! Et puis j'en ai complètement marre d'être à poil devant tous ces cons.

Camille se rhabille. Ahmed s'assied, elle aussi, ils reprennent le ton de la conversation devant le petit déjeuner.

AHMED. De faux corps costumés parlent dans le décor, courent sur le plancher et s'accrochent aux lumières. Mais de quoi parlent-ils ?

Ahmed se lève, et recommence à improviser.

Voici, sous sa couronne, un roi. Ou un président. Ou un secrétaire général. C'est du pareil au même. Un puissant, quoi. Disons une reine, ainsi c'est toi, Camille, qu'en moi je couronne.

CAMILLE. La reine des pommes. La reine des connes.

AHMED. Camille deux, reine de Bythinie-les-Corneilles. Autour du trône, des comploteurs, des assassins, des empoisonneurs. Devant le trône, un fringant jeune homme avec lequel la reine désire furieusement coucher. Moi, par exemple.

CAMILLE. Tu m'étonnes !

AHMED. Oui je t'étonne ! Car moi, c'est avec une autre que je veux coucher, et cette autre avec un autre, qui lui veut coucher avec Camille.

CAMILLE. Ta doublure, par exemple. Ta doublure veut te doubler dans mon lit. Et comme elle est pas mal foutue, ta doublure, la reine se laissera tenter…

AHMED. Horreur ! On irait au vaudeville ! Non ! Camille deux utilise un comploteur pour assassiner celle que je désire ; moi, j'entre dans un autre complot pour empoisonner celui qui te désire, si c'est la doublure, tant mieux. Camille deux se suicide de dépit, un ministre s'empare de la couronne, je le fais massacrer, je monte sur le trône, un ultime complot me troue le gilet d'un poignard effilé, tout le monde est mort, on appelle ça la tragédie.

CAMILLE. Ce n'est que la vacherie d'aimer. Et pourquoi ça serait la tragédie seulement chez les rois ? Chez les paumés et les invisibles du social, c'est comique, la vacherie d'aimer ? Ça te fait tordre ?

AHMED. On y vient, ma Camille qui toujours proteste. Imagine un très subtil prolétaire de Sarges-les-Corneilles. Moi par exemple, Ahmed.

CAMILLE. Tu m'étonnes !

AHMED. Si je compte sur toi pour faire mon éloge, tintin ! Il faut bien que je me serve moi-même. Autour de ce Ahmed, le monde ! Des jeunes qui veulent coucher ensemble, de vieux cornichons, un député véreux, une assistante sociale, un lepéniste avec son chien nommé Pissedur, un animateur culturel, des flics ignobles, une Africaine sexy… Et Ahmed le Subtil fait tourner le monde ! Intrigues et violences, mensonges et vengeances ! Cruauté du rire, extrême intelligence de la force ! Pas de pitié. Le subtil n'hésitera pas à voler la tartine d'un aussi misérable que lui. Et cependant, le monde est affirmé, ensoleillé. Et cependant, on appelle ça la comédie.

CAMILLE. Dans le supermarché de l'existence, aujourd'hui, le rire tourne toujours au vinaigre rance. Histoires de cul télévisées, piquouses sur fond de poubelles… Ni tragédie, ni comédie. Il l'a bien dit, le journaliste que tu as flingué, Bétilarion. Il n'y a plus que soupirs de fin du monde, au théâtre. Des mecs et des nanas qui marinent dans leur jus. Ni tragique, ni comique, le jus. Ce monde pourri a le théâtre qu'il mérite. Le théâtre luxueux et cadavérique de feu Bétilarion.

Depuis le début de ce mouvement, les spectateurs attentifs ont pu voir, roulé dans une couverture crasseuse au fond de la scène, l'homme-araignée. Il a peut-être même ronflé quelquefois, mais ni Camille ni Ahmed n'en soupçonnent l'existence.

AHMED. Mais non ! Le théâtre n'est pas sous la loi du monde ! Le théâtre est ce qui fait douter du monde ! Le simulacre montre la possibilité enfouie sous la pourriture apparente ! Il est même capable de montrer que tu m'aimes, Camille, sous l'apparent dégoût que théâtralement je t'inspire.

CAMILLE. Eh ben ! On peut dire que tu reviens toujours à tes moutons !

AHMED. Tu vas voir ! Tu vas voir que dans ce monde désenchanté il y a toujours la tragédie et la comédie, aussi vivaces que du temps des Grecs.

Ahmed va vers le fond de la scène, et trébuche sur l'homme-araignée.

L'HOMME-ARAIGNÉE. Pourriez pas contourner mon lit, quand vous traversez le squat ?

AHMED. Un squat ? Qu'est-ce que vous me chantez avec votre squat ? Un squat ? Sur la scène du théâtre ? Mais qu'est-ce que vous foutez ici, cher squatter ?

L'HOMME-ARAIGNÉE. Dites donc ! Elle est salée, cette farce ! Vous traversez mon squat en diagonale, comme un suspect, et vous me demandez ce que j'y fais ? Ah ! Je vous entends depuis un moment, là, vous déblatérez, vous vaticinez ! Dormir est une performance avec un pistolet comme vous dans les parages ! Je ne suis pas chien, je veux bien partager le gîte, mais tenez-vous convenablement, au moins.

CAMILLE. Qui c'est, ce zigomar ? L'auteur l'a rajouté à la pièce, ou quoi ?

L'HOMME-ARAIGNÉE. L'auteur, maintenant ! Il n'y a plus que des cinglés, dans ce squat !

AHMED. Mais vous faites quoi, exactement, dans la pièce, euh, dans le squat ?

L'HOMME-ARAIGNÉE *(se levant et montrant son costume, celui de Spiderman, mais assez dépenaillé, assez taché et couturé)*. Voyez vous-même.

AHMED. C'est une drôle de vêture… J'ai rarement vu un carnaval de ce genre à Sarges-les-Corneilles !

L'HOMME-ARAIGNÉE *(déçu)*. Alors, ça ne vous dit rien ?

CAMILLE. Il est déguisé en homme-araignée, en Spiderman, quoi, un super héros avec plein de pouvoirs.

L'HOMME-ARAIGNÉE. Déguisé, alors là, vous y allez fort ! Déguisé ! Ça me colle à la peau, oui ! Depuis qu'il est en panne, mon uniforme de héros, je ne peux même pas l'enlever.

AHMED *(un peu perdu)*. Votre costume, en panne ? Il y a des pannes de costume, maintenant ?

L'HOMME-ARAIGNÉE. C'est ma toile. Ma toile d'araignée magique. Elle est déchirée, et je n'arrive pas à la recoudre. Voyez un peu le travail.

L'homme-araignée va chercher dans un recoin une énorme bobine de fil et une longue aiguille, et déplie, sous ses bras, une toile d'araignée déchirée. Il fait mine de recoudre, mais visiblement ça ne marche pas.

Tant que je l'aurai pas recousue, cette foutue toile, le costume me collera à la peau, mais c'est le drame, le drame ! Mes pouvoirs magiques sont annulés, de sorte que je ne peux intervenir dans aucun combat supergalactique contre les méchants qui pullulent. Et d'un autre côté, je ne peux pas me montrer au boulot dans cette tenue…

AHMED. Le boulot ? Quel boulot ?

L'HOMME-ARAIGNÉE. Je suis informaticien de deuxième classe. Mais avec ce costume de héros qui me colle, c'est ni boulot, ni héros. Je suis chômeur, quoi. Heureusement que j'ai trouvé cet endroit.

Il montre la scène, le décor…

C'est assez sympa.

CAMILLE. Il est complètement naze, le citoyen. Tu crois que c'est un rôle de fumiste, qu'on a mis là histoire de nous emmerder ?

AHMED. Je perds un peu les pédales. Dites-moi, mon héros, mon araignée décousue, rien ne vous gêne, ici ?

L'HOMME-ARAIGNÉE. Bah ! Dans cette société déboussolée, avec mes pouvoirs qui foutent le camp, il y a souvent de drôles de pistolets comme vous qui viennent dans mon squat, des gars qui ont plus rien, des sans-domicile-fixe, quoi ! Des gars dans votre genre, des baratineurs de squat. Je peux quand même pas les foutre à la porte ! Moi, un héros galactique du Bien ! Mais ils sont un peu jetés, c'est normal ! Ils vont, ils viennent, ils racontent des salades… L'autre jour, il y en a un, il parlait tout seul, de façon vachement pompeuse. Et vous savez ce qu'il a dit, tout d'un coup ? Il a dit : "Je suis maître de moi comme de l'univers." Vous vous rendez compte ? Il avait même une sorte de couronne en carton. Voir un gars au bout du rouleau dire comme ça à la cantonade, au milieu d'un squat : "Je suis maître de moi comme de l'univers", c'est un renseignement sur l'humanité, c'est sûr.

CAMILLE *(écroulée de rire)*. C'était le vieux Lafourcade… ce connard de Lafourcade… en train de jouer "Cinna"… Tu te souviens ? Un four à crever ! Les gens sortaient par rangées entières. Il avait Spiderman derrière son trône, Lafourcade… C'était vraiment un Auguste de foire !

AHMED. Mais vous êtes toujours là ? Vous ne sortez jamais de scène, je veux dire, du squat ?

L'HOMME-ARAIGNÉE. Tant que ma toile est pas réparée, je n'ose pas sortir. J'ai peur des manifestants.

AHMED. Les manifestants ? Quels manifestants ?

L'HOMME-ARAIGNÉE. C'est surtout le soir, vers onze heures ou minuit. Il y a des masses de gens, par là *(Il montre le public.)*, devant le squat, sous les fenêtres, qui tapent dans leurs mains, qui sifflent, qui font un chahut du diable. Comme je ne veux pas me montrer dans cet état, je ne vais pas voir, en plus il fait nuit. Mais je pense que c'est des gens qui savent que je suis là, et ils me supplient de redevenir le héros, parce que les méchants grouillent partout. C'est pour ça qu'ils applaudissent. Et qu'est-ce que je peux faire ? L'homme-araignée sans toile d'araignée, hein, qu'est-ce qu'ils vont dire ? C'est miteux… Remarquez, les sans-domicile-fixe qui rôdent par là, ils ont compris le truc. Ils voient que je suis gêné. Alors ils s'alignent là, devant, ils font des courbettes, les manifestants applaudissent encore plus fort, croyant que je vais apparaître au balcon, les sans-domicile-fixe sortent, reviennent s'il y a trop de bruit, font encore des courbettes… Ça distrait les manifestants, ils se lassent, ils finissent par se disperser. C'est aussi pour ça que je les laisse raconter leurs conneries, se déguiser, parler très fort. Je sais qu'à la fin, à l'heure des manifestations, ils vont me protéger, ils vont masquer mon imprésentable misère.

AHMED. Homme-araignée ! Héros détrôné ! Chômeur des combats stellaires du Bien contre le Mal ! Comme tu décris le public avec exactitude ! Il est manifestant, le public. Public de toutes parts venu, rassemblé au hasard, représentant fragmentaire de l'humanité dissemblable ! Tu es fait des manifestants de la vérité que notre mensonge manifeste !

L'HOMME-ARAIGNÉE. Il recommence ses vaticinations ! Il a dû recevoir de sales coups dans l'existence. Il a peut-être, sous son masque, une blessure d'épouvante, une chair calcinée ! Dites-moi quel méchant vous a jeté dans la poubelle du squat ! Si déchirée que soit ma toile, j'irai, j'irai le combattre loyalement dans la quatrième dimension de ce monde assailli !

CAMILLE. Quatrième dimension ! T'imagines pas, pouilleux déguisé, que trois dimensions c'est bien assez pour le miteux supermarché de l'existence ? S'il n'y en avait que deux, ou même une, on serait déjà mieux. On serait comme des petits points dorés sur une ligne…

AHMED. La tragédie, justement ! La tragédie est ce qui fixe dans la lumière et sur les planches la dimension de l'existence ! Je désirais te convaincre, Camille qui toujours s'ensevelit dans sa tristesse. Avec monsieur le squatter, j'ai en plus un public ! Nous passons du privé au public ! Allez, on y va. Ceci est la scène.

Ahmed isole sur la scène une aire de jeu.

Ceci est la lumière.

Ahmed monte une sorte de rampe pour éclairer l'aire de jeu.

Et vous êtes le public.

Ahmed installe les deux chaises devant l'aire de jeu.

L'HOMME-ARAIGNÉE. C'est vraiment sympa. C'est le premier sans-domicile-fixe qui se soucie de nous faire un spectacle dans ce squat de merde.

CAMILLE. T'en verras d'autres, araignée de mon cœur !

Camille et l'homme-araignée s'installent. Dans tout ce qui suit, Ahmed est tantôt dans la figure du metteur en scène, à l'extérieur de l'aire de jeu, un peu dans l'ombre, tantôt dans la figure de l'acteur tragique, sur l'aire de jeu et dans la lumière.

AHMED *(metteur en scène).* Saisis bien la situation. Tu parles pour convaincre. Mais justement, tu n'as pas besoin de te convaincre, toi. Ton corps est un argument. Il n'est pas l'enveloppe d'une certitude intérieure. Spécialement dans la tragédie, tout est dehors, rien dedans ! Tu n'as pas besoin de comprendre ce que tu dis, il suffit de le produire. Vas-y.

Acteur.

"Nous, gens de l'ombre et du renversement des places, nous ne sommes pas de l'espèce ordinaire. Nous ne désirons plus le bonheur. Nous en appelons en chacun à une prédiction cachée : celle qui le porte, dans le vide statutaire, à la croix du tout et du rien.

Certes, chez beaucoup, que domine l'anxiété des places assises, il n'y a qu'une température de reptile. Mais en d'autres, dont le nombre est soudain suffisant, comme la femme arrachée à tout par la vindicte et l'errance d'un amour, se fait le geste du parieur redoutable."

L'HOMME-ARAIGNÉE *(applaudissant à tout rompre).* Fameux ! Digne d'un héros ! Moi aussi, quand je lançais ma toile sur la façade d'un gratte-ciel, et que je me hissais en quelques secondes à la hauteur des étoiles, j'avais l'extase d'un redoutable pari ! Félicitations, monsieur… monsieur comment, en fait ?

CAMILLE. Ahmed ! Il s'appelle Ahmed.

L'HOMME-ARAIGNÉE. C'est pas très original !
Dans les squats, quand ils s'appellent pas Ahmed,
ils s'appellent Mamadou. Remarquez, j'en ai connu un qui s'appelait Désiré Tudieu Lafortune.
C'est un nom grandiose, pour le locataire d'un
squat ! Mais l'infortuné Tudieu Lafortune venait
de la désolation de Haïti. Il était plus profondément que quiconque dans la merde insulaire.
Enfin ! Mamadou, Ahmed ou Désiré Tudieu, ou
Spiderman, c'est le squat qui fait l'homme. Bravo
Ahmed !

AHMED *(metteur en scène)*. Non, franchement,
moi, je ne le trouve pas fameux, Ahmed. Tu as
pris le ton de l'orateur. Ce n'est pas ça ! Dans la
tragédie, il doit y avoir un grand vide entre le
poème et la voix, la voix doit être au bord de ce
vide, toujours. Ton bonhomme, là, il parle du vide
justement, il parle de la tragédie, du moment où
on décide. C'est toujours tragique, de décider…
Tiens, voilà comme on pourrait faire.

Metteur en scène faisant l'acteur.

"Certes, chez beaucoup, que domine l'anxiété des
places assises, il n'y a qu'une température de reptile. Mais en d'autres, dont le nombre est soudain
suffisant, comme la femme arrachée à tout par la
vindicte et l'errance d'un amour, se fait le geste du
parieur redoutable."

340

L'HOMME-ARAIGNÉE. C'est un peu sec. C'est un peu loin. Je ne sens pas la vibration enivrante de ma toile.

CAMILLE. Ta toile ! Elle est en miettes, n'oublie pas, héros surnuméraire au chômage. Moi je trouve qu'il vaut mieux expédier tout ça bien sec. Décider, décider… Tout est toujours déjà décidé, au théâtre. Faire croire qu'on décide ce qui est déjà décidé, c'est d'un chiant, à la longue !

AHMED *(metteur en scène)*. Spectatrice ! Ne démoralisez pas les acteurs !

Vers l'aire de jeu.

Essaie de reprendre, sans t'y croire, comme s'il y avait un souffleur derrière toi qui te dit le texte au fur et à mesure.

Acteur.

"Certes, chez beaucoup, que domine l'anxiété des places assises, il n'y a qu'une température de reptile. Mais en d'autres, dont le nombre est soudain suffisant, comme la femme arrachée à tout par la vindicte et l'errance d'un amour, se fait le geste du parieur redoutable."

Metteur en scène.

Presque. Je dis, presque. Tu es presque au bord du vide.

L'HOMME-ARAIGNÉE. Ça me flanque le bourdon. Ça me rappelle trop quand d'un seul coup de poing j'abattais les Goliath galactiques de la méchanceté. Ça me file les boules. Je vais récupérer un peu, tiens.

CAMILLE. Tu ne veux pas que j'essaie de la recoudre, ta foutue toile ?

L'HOMME-ARAIGNÉE. Avec plaisir, mademoiselle. Ils sont sympas, aujourd'hui, les paumés du squat, c'est pas croyable !

Camille et l'homme-araignée s'installent dans un coin, et Camille essaie de recoudre la toile, sous le bras de l'homme-araignée, avec l'énorme bobine de fil et l'aiguille géante.

AHMED *(furieux)*. Et la comédie ? On a à peine vu la tragédie, et on se casse. On est fatigués ! C'est comme ça qu'on fait les manifestants du public ? Théâtre ! As-tu jamais eu le public que ton simulacre sacré exige ? Bande de navets ! Déserteurs de la lumière !

CAMILLE. Fais-la tout seul, ta farce !

L'HOMME-ARAIGNÉE. Pardonnez-moi, sympathique défenseur de la tragédie et de la comédie. La vie de squatter use la disponibilité des héros.

AHMED. Parfaitement ! Tout seul ! Tout seul je manifesterai que le théâtre est d'essence supérieure ! Couturiers du réel, je vous maudis !

Au moment où Ahmed se dirige vers l'aire de jeu qu'il a dessinée sur la scène, la doublure surgit, par une trappe, au centre de cette aire.

LA DOUBLURE. Coucou ! Tout seul, c'est vite dit ! Le titulaire s'imagine pouvoir reprendre le rôle comme ça, sans négocier avec la doublure ? Après le triomphe que m'a fait le public ? Plus de comédie sans la doublure ! C'est le nouveau contrat, mon vieux.

AHMED. Nom d'un chien, cette doublure est immortelle ! Tiens, prends ça !

Ahmed tue la doublure. Dans tout ce qui suit, et qui va de fait être la comédie annoncée, Ahmed tue de façon répétée la doublure, généralement au milieu d'une phrase, puis la doublure ressuscite, etc. Large part d'improvisation.

LA DOUBLURE *(ressuscitant)*. Tu n'as pas entendu ce qu'a dit Camille ? Que j'étais bien foutu. La prochaine fois…

AHMED. Il n'y aura pas de prochaine fois. Et toc !

Ahmed tue la doublure.

Mais c'est que c'est un cochon lubrique, en plus ! Il irait fourrer son groin dans les jupes de mon immortelle !

LA DOUBLURE *(ressuscitant)*. On se croit titulaire du poste d'amoureux ! Mais c'est la doublure que la femme déclare superbe, splendide, mâle vigueur sur les planches ! Tu vas être détitularisé, mon petit bonhomme. Je vais te faire…

AHMED *(le tuant)*. Cette fois, tu te tais pour l'éternité, doublure maléfique. Moi, Ahmed, je reste seul sous la garde de mon nom.

On peut improviser autour de ce thème pendant quelques répliques. Il faut seulement retomber sur :

LA DOUBLURE *(ressuscitant, et quittant l'aire de jeu)*. La comédie est finie. On commence la troisième partie de *Ahmed se fâche*. Tu es en retard, titulaire ! C'est ça, la morgue des titulaires. Toujours en retard de plusieurs répliques.

CAMILLE *(du fond de la scène, toujours occupée à recoudre la toile d'araignée)*. J'ai l'impression que ta doublure te cherche, Ahmed le Subtil !

AHMED. Il va me trouver ! Tu vas voir le combat pour tes yeux de pervenche !

LA DOUBLURE. C'est moi qui te tiens. Ça va barder ! Parce que je te pose tout de suite la première question. Tu t'appelles Ahmed, mais en dehors de ça, qu'est-ce que tu as fait de ton identité arabe, hein ? Où elle est, ton identité arabe ? Je suis peut-être la doublure, mais je suis arabe, moi. Je suis arabe titulaire. Tandis que toi, tu m'as bien l'air d'avoir doublé ton nom de Ahmed d'une sacrée couche d'Occident théâtral pourri ! Et toc.

CAMILLE. Avantage pour la doublure !

AHMED. C'est avec ma réplique qu'on passe au troisième mouvement de *Ahmed se fâche*. Et je vais me fâcher ! Tu vas voir le discours que je vais lui faire tomber sur la tête ! Assommé, il va être, rétamé.

LA DOUBLURE. Alors ? Tu es arabe, ou renégat ?

TROISIÈME MOUVEMENT

Ahmed, la doublure de Ahmed, Camille, l'homme-araignée, un tueur, un spectateur, Athéna.

AHMED. Arabe ! Arabe ! Suppose que devant moi, là, se tient un lepéniste bistrotier. Il s'imagine dilater ses couilles tricolores en me disant : "Sale Arabe ! sale bougnoul !" Deux solutions. La plus courte, la meilleure : un coup de bâton sur sa face de rat, et on n'en parle plus. Comme ça !

Ahmed assomme la doublure, qui ressuscite aussitôt.

LA DOUBLURE. Tu me le paieras ! C'est de l'imposture théâtrale !

CAMILLE. Laisse-le dire l'autre solution.

AHMED. Si au lieu du bâton, et pour te plaire, Camille, j'utilise l'éloquence, mon discours écrase d'un seul coup le lepéniste franchouillard. J'aurai plaisir alors, dans ma glotte rhétorique, à lui rappeler qu'aux temps où ses ancêtres grattaient sous le brouillard des clairières mal défrichées, et s'amusaient dans leurs châteaux sinistres à planter des lances sur des poutres pourries, nous, Arabes, élevions, visible depuis la ciselure dorée des palais, le murmure et la complication des fontaines ! Et aussi bien je lui dirai, au petit blanc sicaire du lepénisme bistrotier, qu'il y a peu, nous, Arabes prolétaires ici venus pour construire votre fortune, nous menions, usines ou foyers, les plus admirables grèves et combats défilants, pendant que trop de fatigués blanchâtres, l'attaché-case sous le bras, annonçaient déjà leur pente à la soumission et à la morne jouissance du gagne-petit peureux. Oui, je sais changer le mot "arabe" en tribunal de ma gloire !

CAMILLE. Avantage au titulaire.

LA DOUBLURE. Rien du tout. Il n'a pas répondu à ma question. L'identité arabe, le fait d'être arabe est supérieur à tout, voilà ce qui compte !

AHMED. Alors là, tout change ! Si un connard de ton espèce vient me dire qu'il est obligatoire d'être arabe, et se déclare titulaire, au seul nom de son nom, Ahmed, de cette identité, je me tourne vers lui, le bâton levé, et je lui dis : "Arabe ? Qu'est-ce que cette foutaise ?"

LA DOUBLURE. Il appelle foutaise notre identité intime la plus sainte ! Respecte ton Dieu, titulaire plus dégradé que ta quinzième doublure !

AHMED. Dieu ! Qu'est-ce qu'il vient faire dans cette histoire, Dieu ? Il a bon dos, comme toujours,

Dieu ! Dieu, la race, l'ethnie, l'identité et même la culture, composent aujourd'hui la horde des bonnes à tout faire du crime !

LA DOUBLURE. Confesse que tout Arabe est d'abord musulman, venu à sa propre subsistance, contre l'Occident en déconfiture, par l'aveu de ce qu'Allah est le seul Dieu, que Mahomet est son prophète, et que la Loi imprescriptible et inaltérée réside dans le Livre !

AHMED. Je peux suivre les indications de douceur et de justice que çà et là prodiguent les prophètes. Mais quel rapport, dis-moi, entre la justice et le fait que des bandes de tueurs politiques, sans autre dessein que de s'emparer des profits de l'Etat, soigneusement abrités derrière leur Dieu de circonstance, égorgent des femmes et font sauter des écoles ou des autobus, changeant mon pays en une charogne desséchée ! Et tu voudrais, doublure scélérate, que derrière leur barbe d'assassins je reconnaisse une merveilleuse et arabe piété ?

LA DOUBLURE. Titulaire infâme des positions établies ! Tu défendras donc l'Etat des colonels algériens, ses tortionnaires et ses bombardements au napalm sur les villages déclarés suspects ?

AHMED. Certainement pas ! Tout aussi funestes et ignominieux sont les installés militaires ! Ceux qui veulent, comme ils disent, éradiquer les bandes politiques intégristes sont depuis très longtemps corrompus et illégitimes. Crime contre crime, voilà l'intervalle dévasté où mon peuple tente de vivre. Mais je te prie, doublure, de ne pas mêler à ces circonstances ténébreuses, le mot "arabe", qui n'est pour penser ce destin d'aucun usage acceptable.

UN SPECTATEUR. Bravo ! Bravo ! Excellent !

AHMED. Excellent quoi ! Bravo quoi ? Qu'est-ce que vous avez compris, au juste ?

LA DOUBLURE. Ne vous mêlez pas d'une discussion entre Arabes, monsieur l'Occidental.

CAMILLE. Vas-y Ahmed ! Crève-le celui-là aussi.

SPECTATEUR. Je voulais simplement vous dire, vous, là, celui de droite, le Ahmed de droite – je m'y perds dans ces histoires de jumeaux – que vous avez bien parlé. Ce qu'il faut, c'est que tous les étrangers, et en particulier ceux qui viennent du Maghreb, avec une autre culture, d'autres coutumes, s'intègrent à notre pays. L'intégration de la communauté musulmane, voilà mon souhait !

AHMED. La communauté ? Qu'est-ce que c'est que ça la communauté ? J'ai l'air d'une communauté ? Je suis moi, Ahmed, monsieur le spectateur, je ne suis pas une communauté. Vous êtes une communauté, vous ? Vous êtes un spectateur communautaire ? Montrez-vous un peu, qu'on voit votre mine de communauté !

LA DOUBLURE. Regarde-nous, titulaire. Regarde-moi, bien comme il faut. Et regarde-toi. Est-ce qu'on n'a pas un air de famille ? Un bon petit air de communauté arabe ?

AHMED. Mais c'est un simulacre de théâtre ! Le vieux coup des doubles, venu du fin fond de l'histoire des tréteaux ! Toute communauté apparente n'est qu'une mise en scène pour faire rire ! Quand on fait de la politique avec les trucs du théâtre, ça se termine dans le sang !

LA DOUBLURE. Le sang des martyrs est le lait et le vin du grandissement arabe ! De toute façon, titulaire renégat, laisse tomber ce spectateur occidental. C'est un raciste.

AHMED. Raciste ! Encore une ineptie, encore une foutaise pour ne rien penser, "raciste" ! Celui qui traite un autre de raciste, il croit déjà aux races ! Comme son ennemi le raciste, l'antiraciste est tout entiché des différences, des cultures exotiques, des étranges étrangers. Il croit seulement qu'il faut être bon pour les races, pour les autres, pour les bizarres qui ne sont pas d'ici. Et il reproche au raciste d'être méchant, d'être intolérant. Misère ! Nous avons affaire à des politiques, et on nous file des races ! Mais il n'y a pas de race ! Néant, la race ! Zéro, l'antirace, la différence, l'amour tolérant de l'étrange étranger ! Parler de race, en politique, même négativement, est sombrer dans la bêtise où l'ennemi vous entraîne ! L'antiraciste est certes moins dégoûtant, mais il est encore plus bête que le raciste, parce que le raciste, lui, se sert du mot "race" pour faire avancer sa politique nauséabonde, tandis que l'antiraciste le suit dans son traquenard comme un petit toutou protestataire.

SPECTATEUR. Vous n'allez tout de même pas nier que l'intégration républicaine des cultures différentes est un idéal qu'on peut opposer au racisme ?

AHMED. Intégration à quoi, monsieur ? Franchement ! vous croyez que votre France est si magnifique, qu'on veuille à tout prix s'y intégrer ? De quoi parlez-vous ? De Pétain ? Des centaines de milliers d'Algériens torturés et abattus par vos soudards coloniaux dans le silence quasi général ? Des lois Pasqua spécialement destinées à persécuter et à jeter dehors des gens comme moi ? De l'exploit sensationnel des plus hautes autorités gouvernementales : fréter un charter pour rafler et déporter dans un pays de torture et de famine des enfants qui n'ont jamais vu ce pays ? Admirez-vous le prétexte de ces déportations : que ces enfants, du Zaïre, de Roumanie, ou de n'importe quel lieu où vivent des hommes, n'ont pas tous les papiers réglementaires du petit Français blanc bien légal ? Voulez-vous parler, monsieur le spectateur, du seul pays d'Europe où un parti fascisant comme le Front national s'installe et prospère, pendant que tous les autres partis scrutent avec tendresse les états d'âme, les émois identitaires de la clientèle électorale de ces gangsters cravatés ? Qu'avez-vous fait, monsieur le spectateur, durant ces longues années, pour interdire qu'on en vienne à de pareils abaissements ? Si vous voulez qu'un Arabe souhaite s'intégrer, il faudrait peut-être cesser de vous désintégrer !

LA DOUBLURE. Que les Français restent français, que les Arabes redeviennent arabes, et…

AHMED. … nous aurons des bandits dans le genre Le Pen des deux côtés de la mer, les uns tenant le couteau au nom d'Allah, les autres au nom du sacré cœur de Jésus raflant Juifs et Arabes, enfin réconciliés, pour les fourrer dans des camps au Larzac. Ça pourrait le repeupler, tiens, le Larzac. On pourrait peut-être y faire une Palestine intérieure, avec des barbelés intégristes catholico-musulmans.

SPECTATEUR. Mais, monsieur Ahmed, si vous ne voulez être ni arabe, ni français, que faites-vous ici ?

AHMED. Et vous, monsieur, qu'est-ce que vous y faites, ici ? Pas grand-chose, si j'en juge par l'état moral de ce pays.

SPECTATEUR. Moi, monsieur, je suis né ici.

AHMED. Ah là là ! Elle est bien bonne ! Vous y êtes né ! Et vous croyez que c'est une triomphale raison pour y être ? Vous croyez que ça vous justifie de vous intégrer à tout ce qui passe à votre portée en fait d'ignoble consentement ?

LA DOUBLURE. Il n'a pas tort, le spectateur. Que les Arabes refassent le destin sacré de la patrie arabe, sous le signe de Dieu. Et que les Français se démerdent.

AHMED. Il n'y a pas de Français ! Il n'y a pas d'Arabes ! Il n'y a que des gens qui vivent et pensent où ils sont. Monsieur, vous êtes né ici, et moi, j'y suis venu. C'est une différence insignifiante ! Nous voici, animaux humains cherchant leur subsistance, dans le même pays, où ne se distinguent que ceux qui tentent d'être libres, et ceux qui aspirent à la servitude.

SPECTATEUR. J'ai eu l'esprit suffisamment libre pour venir voir cette pièce, monsieur.

AHMED. Et moi pour la jouer, monsieur.

LA DOUBLURE. Avec les privilèges, que Dieu condamne, attachés au statut de titulaire, nuance. Allah, le Seigneur tout-puissant n'admettra dans son paradis que les doublures pathétiques. Il proscrira les titulaires intellectuels.

CAMILLE *(abandonnant son travail de couturière s'avance vers les deux Ahmed).* Allez allez, ça suffit. Match nul. Vous nous pompez l'air, à la fin. A quoi ça rime, ces discussions de café du commerce ? Vous croyez que tous les gus et toutes les gugusses qui vous écoutent vont voter pour le titulaire ou pour la doublure ? Y a partout des gens de partout, des Touaregs et des Tamouls et des Tadjiks et des Turcs et des Tanzaniens et des Tchétchènes et des Tibétains… C'est la même confiture.

LA DOUBLURE *(brusquement excitée comme Groucho Marx quand il voit passer une fille)*. Pétard ! La belle poule ! Elle est devenue sexy, la petite Camille ! Viens ici, ma cocotte, que je te montre ce que je sais faire !

AHMED. Si tu la touches, si tu l'effleures, doublure, je te crève. C'est simple, je te transforme en saucisson berbère !

CAMILLE *(s'enfuyant, poursuivie par la doublure)*. Araignée ! Araignée ! Ils sont fous ! Mets tes pouvoirs en branle !

L'HOMME-ARAIGNÉE. Quand ça tourne aux histoires de femmes, dans les squats, c'est plus électrogène qu'entre mes collègues Batman et Catwoman. Bon, il faut faire le boulot héroïque. Par ici, mademoiselle !

LA DOUBLURE. La femme doit y passer pour que l'homme soit un islamiste valable ! Viens par ici, que je te montre un vrai tchador !

AHMED. Doublure dégoûtante ! Je vais te tuer une fois de plus !

L'homme-araignée et Camille courent dans le décor, poursuivis par la doublure, elle-même poursuivie par Ahmed. L'homme-araignée parvient à installer Camille sur le toit, pendant que les deux autres essaient de grimper, mais s'entravent l'un l'autre.

L'HOMME-ARAIGNÉE. Dans les squats, on peut faire toute une philosophie de la bestialité humaine.

Etre un héros, comme moi, paraît alors précaire et contingent.

CAMILLE. Regarde-les ! On dirait deux insectes dans un bocal ! Ils sont d'un grotesque !

SPECTATEUR. Ne méprisez pas ce que le désir de votre quasi-nudité provoque, mademoiselle ! Aucun humain en aucune circonstance ne doit être considéré comme un insecte.

CAMILLE. T'as pourtant bien la mine d'un coléoptère graisseux, monsieur l'intégré. Tu dois être de la communauté des cloportes, toi.

SPECTATEUR. Je n'ai pas payé ma place pour me faire insulter !

CAMILLE. Et moi je touche pas mon salaire pour jouer devant des cloportes. Fais-toi rembourser, tu diras à la caisse que c'était un spectacle pour bovidés, et pas pour coléoptères. Tu vas émouvoir la caissière, tiens, elle élève des grillons et des carpes ! Non mais qu'est-ce qu'il faut se farcir, aujourd'hui !

L'HOMME-ARAIGNÉE. La vie dans les squats expose aux intempéries existentielles. Quand j'affrontais le hideux Gulk, avec ses quarante pouvoirs, dont la capacité à lancer par les oreilles des ultra-ondes réfrigérantes, je me disais : Spiderman, tu as tout vu. Eh bien, non ! Ici on voit des excitations paradoxales, des frémissements incongrus. Pourquoi ils se disputent, ces deux jumeaux

paumés ? Uniquement pour conquérir vos faveurs ?
Tiens ! On dirait que le plus maigre est au tapis !

AHMED. Et tiens ! Tu ne t'y recolleras plus, à
Camille, doublure islamique !

LA DOUBLURE *(au sol et gémissante)*. A moi !
Compagnons et martyrs, à moi ! Liquidez Ahmed !
Liquidez le titulaire mécréant !

LE TUEUR *(du fond de la salle)*. Reçu cinq sur
cinq. Commando-ninja paré à l'attaque.

*Le tueur doit être comme un terrifiant commando
à lui tout seul. Il doit faire peur à la salle. Même
les épisodes comiques qui suivent ne doivent pas
détruire complètement le malaise.*

Personne ne bouge. Ventre à terre. Que le Ahmed
sorte du squat les bras en l'air.

AHMED *(montrant la doublure)*. C'est lui, Ahmed.

LA DOUBLURE *(montrant Ahmed)*. Vous voyez
bien que c'est lui.

L'HOMME-ARAIGNÉE. Sacré tonnerre ! C'est le
plombier !

CAMILLE. Le plombier ? T'as vu le type ? Il va
t'arroser, le plombier !

L'HOMME-ARAIGNÉE. Justement ! Il tient un
tuyau ! Les plombiers dans les squats, ils viennent, avec des outils et des tuyaux, et ils coupent

la flotte. Il faut que j'intervienne héroïquement, sinon, on va crever de soif.

CAMILLE. Planque-toi, oui ! C'est un tueur !

L'HOMME-ARAIGNÉE. Viens voir par là. J'ai toute une stratégie d'araignée contre les plombiers de squats.

Camille et l'homme-araignée disparaissent. Ahmed et la doublure ont continué leur jeu de dénonciation réciproque.

LE TUEUR. C'est rudement vrai qu'ils sont deux. Lequel de ces Ahmed il faut tuer ? Problème. Choisissez, vous autres ! Mon chef veut un Ahmed refroidi. Pas deux. Tirez à la courte paille, exécution !

LA DOUBLURE. C'est lui ! Je ne suis que la doublure. Ahmed titulaire, c'est lui !

AHMED. C'est lui qui vous a doublés ! Il avoue, il n'est qu'une duplice doublure. Moi, je suis titulaire, je suis parfaitement loyal.

SPECTATEUR. Monsieur le policier, monsieur le policier !

LE TUEUR. Pardon ? Les bras en l'air ! Pas de conneries dans la salle, ou j'arrose !

SPECTATEUR *(les bras en l'air)*. Le vrai Ahmed, le titulaire, c'est celui de gauche.

357

LE TUEUR. Renseignement reçu cinq sur cinq. A gauche. Comme dit mon chef, à main gauche. Et la main gauche, c'est celle où le pouce est à droite. On peut pas se tromper. Ahmed, mettez-vous au centre de ce squat d'infidèles, les mains sur la tête.

AHMED. Erreur ! Erreur judiciaire ! Je vous assure que c'est l'autre ! Le dénonciateur n'a que des tuyaux crevés.

LE TUEUR. Mon chef dit toujours : tant qu'un renseignement n'est pas faux, c'est qu'il est vrai. Allez, Ahmed, là, les mains bien plates sur ta tête de frisé à refroidir.

Vers le spectateur.

A propos : merci de tout cœur, monsieur l'indic. Mon chef a dit : pas de témoins. Le meilleur renseignement, c'est le renseignement mort. Excusez-moi, et bon voyage.

Le tueur abat le spectateur d'une rafale. Il vise ensuite Ahmed, qui tremble de tous ses membres au centre de la scène. L'homme-araignée apparaît à une fenêtre, en haut.

L'HOMME-ARAIGNÉE. J'ai rarement vu un plombier aussi malpoli. Il va couper la flotte sans la moindre tendresse dans son âme artisanale. Araignée ! C'est le moment de retrouver tes pouvoirs ! A nous l'élan magnifique ! A nous la résille de soie !

L'homme-araignée lance une sorte de filet sur le tueur qui gigote dedans. Puis il saute, mais le pouvoir magique ne fonctionne pas, et il s'écrase lourdement sur la doublure, qui observait prudemment la scène au pied du mur. Ahmed saisit son bâton et assomme le tueur empêtré dans le filet. La doublure est KO. L'homme-araignée se relève péniblement.

L'HOMME-ARAIGNÉE. C'est pas encore au point.

AHMED. C'est déjà pas si mal !

CAMILLE *(de la fenêtre).* Belle journée, les mecs ! Deux d'un coup ! La vie est peut-être moins merdique que je ne le cogitais dans mes songes amers.

AHMED. C'est pas toi dont on a failli couper l'eau définitivement !

L'homme-araignée et Ahmed tirent la doublure et le tueur au centre de la scène. Camille les rejoint. Ainsi se compose un groupe, un peu haletant et silencieux, quand Athéna entre, costume reconnaissable de la déesse, casque, lance, etc. Elle se croit en train de jouer les Euménides *d'Eschyle.*

ATHÉNA. "J'ai de très loin perçu une voix qui me hèle. Sur les rives du Scamandre, je disais ma puissance sur la terre que les rois et guerriers de la Grèce me lèguent comme part du pillage belliqueux. Ce sol désormais est mon lot, accordé pour toujours aux enfants de Thésée."

L'HOMME-ARAIGNÉE. Une comme ça, j'en ai jamais vu dans le squat, parole !

CAMILLE. Qu'est-ce que c'est encore que cette greluche ? T'as vu son chapeau ?

ATHÉNA. "J'ai porté jusqu'ici mes pas infatigables, laissant au long des vents frémir le magique attelage des cavales sacrées. Mais à vous voir ainsi, troupe que ce pays d'ordinaire ignore, si mon cœur reste impavide, mon regard néanmoins s'étonne. Qui donc êtes-vous ?"

AHMED. Et qui donc es-tu, toi par qui ce squat repasse du côté pompeux de la tragédie ?

A Camille.

Tu reconnais pas ? C'est Elizabeth Chaminade. Elle récite Eschyle. Elle s'est gourée de pièce.

CAMILLE. Quel carnaval ! Qu'est-ce qu'il fout, aujourd'hui, le régisseur ? Il pouvait pas barrer la route à ce fantôme ?

AHMED. On va enchaîner, mine de rien.

ATHÉNA. "Je m'adresse à tous également, sans injustice. A ces étrangers *(Elle montre les corps du tueur et de la doublure.)* qui de toute évidence implorent le secours des dieux. Mais à vous aussi *(Elle montre l'homme-araignée.)* qui ne ressemblez à aucune créature. N'avez-vous pas, envers ceux-ci qui gisent dans la poussière, commis la dure injustice ?"

L'HOMME-ARAIGNÉE. C'est le plombier, madame ; il voulait couper l'eau de notre misère. Il a fallu l'estourbir héroïquement.

AHMED *(repoussant l'homme-araignée).* Enchaînons, enchaînons ! Sinon on va à la catastrophe !

Vers Athéna.

Tu sauras tout en peu de mots, fille de Zeus.

*Donnant des coups de pied au tueur et à la dou-
blure.*

Gérard ! Michel ! On passe à *l'Orestie* ! Formez le
chœur, nom d'un chien ! On a Elizabeth sur le dos
en Athéna ! Allez !

ATHÉNA *(d'une voix soudain rauque et vulgaire).*
Franchement, cette mise en scène est d'un ringard !
Vous enchaînez, jeune homme, ou je dois me
branler avec ma lance ?

AHMED. Il y a eu un trou. Mais ça repart.

*L'homme-araignée s'est assis sur une chaise, en
spectateur. Ahmed, la doublure, le tueur et Camille
forment un chœur de tragédie antique.
A la doublure.*

Vas-y ! Tu es le coryphée !

LA DOUBLURE. On a besoin de la doublure,
hein, titulaire, quand c'est elle qui sait le rôle !

Vers Athéna.

Il est allé jusqu'à mitrailler le public.

ATHÉNA. Y était-il forcé ? Ou par crainte d'une
vengeance ?

LA DOUBLURE. C'est Camille qui doit maintenant enchaîner.

ATHÉNA. Qu'est-ce que tu me chantes, triste enfant de la nuit ?

CAMILLE. Qui donc justifierait l'atroce publicide ?

ATHÉNA. Il y a deux parties, mais je n'ouïs qu'une voix.

LA DOUBLURE. Ni de nous, ni pour lui, on n'admet de serment.

ATHÉNA. Tu veux passer pour juste plus que l'être en effet.

AHMED. Comment donc ? Instruis-moi, toi, prodigue en sagesse.

ATHÉNA. Les serments ne font pas triompher la justice.

CAMILLE. Fais alors ton enquête et juge adroitement. Et puis ça me fait chier et je jette l'éponge.

Elle quitte le chœur et rejoint l'homme-araignée.

ATHÉNA. Votre choriste parle comme une harengère.

AHMED. Déesse, excusez-la, elle n'est que débutante.

LE TUEUR. Dans cette affaire c'est moi dont on instruit le cas. De ma conduite meurtrière Apollon

362

seul est responsable. Ses oracles, aiguillons de mon âme, ne m'annonçaient que douleur si je n'exécutais contre les vils coupables la sentence ordonnée par mon chef transcendant. Je suis en ta puissance, j'accepte ton arrêt.

ATHÉNA. Puisque la chose à ce terme est venue, je vais faire ici choix de juges du sang versé. Un serment les obligera, et le tribunal qu'ainsi je fonderai subsistera pour l'éternité. De tous les droits de l'homme il assurera la garde, les enserrant dans les mailles d'airain du jugement qui se confie à la loi. Vous, convoquez les témoignages, et les indices, auxiliaires assermentés du droit. Je reviendrai avec les meilleurs de la ville, pour qu'ils jugent en toute franchise sans jamais transgresser leur serment ni se complaire en une âme oublieuse de l'équité.

Athéna sort noblement. L'homme-araignée applaudit sans enthousiasme.

L'HOMME-ARAIGNÉE. Il y a eu pas mal de théâtre dans ce squat, aujourd'hui, mais cette antiquité n'a pas touché mon âme de héros. C'est un peu spéculatif, cette histoire. Vue d'un squat, la question de la justice est bien plus tordue. On ne s'en sortira pas avec un prétendu tribunal des droits de l'homme.

LA DOUBLURE. J'espère qu'elle ne va pas revenir !

LE TUEUR. Tu parles ! Elizabeth, c'est un pot de colle ! On va se farcir *l'Orestie* jusqu'au bout !

CAMILLE. Si elle se repointe, je lui file une tarte, et j'enchaîne sur *le Cid*. "O rage, ô désespoir !" Avec les fantômes d'Elizabeth Chaminade et de Julien Lafourcade, on n'est jamais tranquilles, dans ce théâtre. Ils jouent n'importe quoi n'importe quand.

AHMED *(d'une voix tonnante)*. On va revenir à ma pièce, et tout de suite ! C'est moi qui me fâche ! Laissez-moi seul ! Laissez-moi seul ! A moi, triomphale solitude !

L'HOMME-ARAIGNÉE. Je me disais bien que derrière son masque, il y avait l'incurable souffrance d'exister.

L'homme-araignée se roule dans sa couverture au fond de la scène. Camille monte et apparaît, rêveuse, sur le toit. Le tueur et la doublure sortent en bavardant.

QUATRIÈME MOUVEMENT

Ahmed, Camille, l'homme-araignée, le pompier,
Athéna, la doublure de Ahmed, un spectateur.

AHMED. Ainsi solitaire, sur la scène du monde, je m'avance masqué. Je vous regarde. Car sans vous, je suis incomplet. Et vous aussi, sans moi, sans Ahmed, sans tout ce qui pour vous est Ahmed, sans ce qui sous ce nom vous arrive de réel et de vrai, et dont souvent vous esquivez la venue, oui, sans Ahmed, sans votre Ahmed intérieur, vous êtes incomplets, mutilés, écartés de votre propre et libre puissance. Heureusement, il existe pour chacun une circonstance de la vie où il peut découvrir, déclarer son Ahmed intérieur. Chacun, s'il accueille la circonstance déracinante, peut laisser venir au jour l'Arabe clandestin qu'il est, sous la carapace de la convenance. Car l'Arabe intérieur de chacun est la possibilité inaltérable qu'il détient de devenir, un jour, soudain, le nomade conquérant de son propre désert. Et ainsi il vous est plus facile de me rencontrer en vous-mêmes, et de soudain vous compléter par une libre insurrection de l'âme, qu'il n'est aisé à moi, Ahmed dont tout l'espoir vivace est dans le masque, de vous rencontrer, vous qui me regardez vous voir fixement.

La journée s'achèvera-t-elle dans la mélancolie ? Il y en a trop que je n'ai pas su convaincre, moi qui ne suis que le corps par où passe, fictive, l'obligation d'un ralliement, d'un applaudissement. Et d'abord, elle, là-haut.

Il montre Camille sur le toit.

Rebelle délicieuse ! Tu es comme l'ornement d'une déception incurable. Sur toi mes mots, trop assurés de séduire, glissent comme l'eau et le sel sur un galet. Ne veux-tu pas descendre ?

CAMILLE. Tu criais à la cantonade que tu allais enfin te fâcher tout seul. Ahmed ! Fâche-toi ! Je suis bien, je suis dans le moment de la nuit. Monte si tu le peux ! Je ne descendrai pas. Non, je ne ferai pas cette connerie. Camille n'est pas celle qui descend.

AHMED. Ah, Juliette féroce ! Il me faudrait l'échelle de Roméo ! Alors je monterais vers ta nuit ! Tu verrais, tu verrais ! Quelle bascule, quel tourment aphrodisiaque !

CAMILLE. Ne te vante pas ! L'homme est une promesse rarement tenue !

AHMED. Assez de sarcasmes, femme ! Je monte te saisir ! Je ne laisserai pas ce jour finir dans l'échec et l'amertume !

CAMILLE. C'est ça ! Fâche-toi ! Fâche-toi, Ahmed !
Je suis la récompense de ta fureur ! Vas-y ! Hardi,
le rat des murailles !

Ahmed tente de grimper vers le toit, mais il est visiblement fatigué, il retombe lourdement plusieurs fois.

CAMILLE *(inquiète, mais ne voulant rien montrer).* Aïe ! Tu vas te fâcher les vertèbres !

AHMED. Tu en vaux la peine, prix d'excellence de la dérobade !

Plusieurs autres tentatives vaines.

CAMILLE. Ton âme est trop lourde, masqué !
Elle plombe ton corps.

AHMED. Et toi, ton âme est trop légère ! Descends, fille exécrable, descends le long du mur comme une plume de mésange !

CAMILLE. Jamais ! Jamais ! Tu ne m'as pas encore méritée.

L'homme-araignée, qui s'est réveillé pour entendre Ahmed, arrive tout doucement le long du mur, sans être vu de Camille.

L'HOMME-ARAIGNÉE *(à Ahmed).* Eh ! Oh ! Venez voir par ici ! Chut !

Ahmed se rapproche de l'homme-araignée. Il n'est plus visible pour Camille.

L'HOMME-ARAIGNÉE *(dépliant sa toile sous les bras).* Mon costume est réparé.

AHMED. Et alors, qu'est-ce que vous voulez que ça me fasse ?

L'HOMME-ARAIGNÉE. Je vais vous faire une échelle de soie d'araignée jusque là-haut. J'ai toujours favorisé les amours tumultueuses. J'ai marié Antaï et Galacta.

AHMED. Qui c'est encore, ces deux-là ?

L'HOMME-ARAIGNÉE. Antaï est l'épouvantable homme-citron. Et Galacta est la femme au nez palmé. Antaï jette de l'acide par le nez, et Galacta nage du nez dans les hyper-fosses océaniques. Quand je les ai mariés, mes confrères héroïques riaient. Superman se tordait. Il disait : "Voilà un couple nasal !" Mais j'avais ma conscience avec moi. Car ils s'aimaient sauvagement. Comme Camille et vous.

CAMILLE *(se penchant pour essayer de voir).* Qu'est-ce que tu complotes, ô rat masqué qui pèses dix tonnes ?

AHMED. C'est son cœur qui est triste et palmé, et c'est l'acide qui me ronge. Ça s'est bien terminé, les amours des deux héros au nez acide et au nez palmé ?

L'HOMME-ARAIGNÉE. Euh ! Au début pas mal, pas mal. Mais il y a eu de la colère. Antaï a mouché un gros paquet d'acide sur son épouse. Il lui a esquinté les palmes du nez. Elle ne peut plus nager dans les hyper-fosses océaniques. Elle peut tout juste aller dans les piscines, et encore, dans le petit bain, celui où on barbote.

AHMED. Ce n'est pas très encourageant, votre histoire ! Enfin ! Tentons le coup.

L'homme-araignée jette sa toile le long du mur, jusqu'au toit, cela fait comme une échelle de soie. Ahmed entreprend de monter, avec beaucoup de précautions. Camille le voit.

CAMILLE. Attention, chéri ! Gare à la panne de costume !

AHMED *(tout en montant)*. Elle parle ! Oh ! parle encore, diable magnifique ! Car tu brilles dans la nuit, au-dessus de ma tête, comme le messager ailé du ciel, quand aux yeux chavirés des mortels qui se plient pour le contempler, il va loin devant les nuages paresseux et vogue dans l'intime de l'air !

CAMILLE. Quel homme es-tu, toi qui dissimulé par la nuit, montant sur l'araignée magique, viens te heurter à mon secret ?

AHMED. Si mon nom, Ahmed, est pour toi un nom ennemi, alors il m'est odieux à moi-même. Appelle-moi seulement une fois encore "chéri", ou "mon amour", et je reçois un nouveau baptême : désormais je ne suis plus Ahmed.

L'HOMME-ARAIGNÉE. Ascension mélodieuse ! On dirait du Shakespeare.

CAMILLE. Quelle puissance te guide jusqu'à mon perchoir mélancolique ?

AHMED. L'amour, sans doute, s'il faut pour te toucher prononcer enfin ce mot périlleux, m'a proposé de monter vers ton ciel. Il m'a prêté son esprit, et je lui ai prêté mes yeux et mon corps habile. Certes, Ahmed le terrestre n'est pas fait pour le commerce de la houle et du sel. Mais quand tu serais à la même distance que la plage baignée par la mer la plus lointaine, je risquerais la traversée pour une marchandise telle que toi.

CAMILLE. Tu sais pourtant que le masque de la nuit est sur mon visage.

AHMED. Je jure par cette lune sacrée qui argente les cimes chargées de fruits que…

CAMILLE. Ne jure pas, Ahmed ! Tu as trop l'habitude du mensonge.

AHMED. Il y aura ce soir le serment…

Il fait un grand geste, l'échelle se casse et il tombe lourdement, puis reste immobile, comme mort.

L'HOMME-ARAIGNÉE *(se précipitant vers lui, l'examinant)*. Il est mort ! Horrible toile ! Je ne me le pardonnerai jamais ! Il est mort !

CAMILLE. Ce n'est pas vrai ! Ahmed, mort ? Tu m'arraches le lambeau d'existence qui me restait !

Elle descend.

L'HOMME-ARAIGNÉE. C'était toi, Ahmed, le héros véritable. Je resterai ici, je te veillerai, je pourrirai dans ce squat avec toi.

CAMILLE *(penchée sur le corps de Ahmed)*. Pourquoi as-tu fait cette connerie ? Vacherie ! Mortelle vacherie ! Je serais descendue, à la longue ! Ahmed ! Ce n'est pas vrai ! Tu n'es pas mort pour une minable comme moi !

L'HOMME-ARAIGNÉE. Il faut lui rendre les honneurs, là, au centre du squat.

CAMILLE. Tu as raison. C'est ce qu'il faut.

Camille va vers la coulisse et appelle.

Oh ! Tous ! Venez ! Venez ! Il y a eu un accident sur la scène ! Ahmed est tombé ! Venez !

Le pompier arrive en premier, en uniforme, avec du matériel de secours. Il examine Ahmed, tente de le ranimer, etc.

LE POMPIER. Hors de doute que la chute a entraîné la mort sans intention de la donner. Plusieurs petits os des vertèbres ont dû se sectionner longitudinalement, cependant que les métacarpes et le bassin se sont fissurés latéralement. La pompe cardiaque a cessé d'envoyer vers leur destination normale les jets salvateurs d'hémoglobine, et sur le coup...

CAMILLE. Ta gueule ! Ta gueule !

Camille pleure. Entrent en désordre la doublure de Ahmed, le Spectateur et Athéna. Ils se rangent autour du corps de Ahmed.

ATHÉNA. Hélas ! Quelle mort peut venir, aisée et sans souffrance, sans la durée intolérable de l'agonie, pour léguer à nos cœurs le sommeil que rien n'achève ? Puisqu'il est dans les ténèbres, celui dont la subtilité veillait sur nous, celui qui souffrit tant pour une femme ingrate, et pour cette femme maintenant perd la vie !

LA DOUBLURE. Titulaire ! Titulaire ! Toi qui m'as si souvent tué ! Mais ce n'était que pour éprouver mon obstination à renaître ! Que sera la doublure sans l'acrimonie du titulaire ? Me voici l'ombre d'une ombre.

LE SPECTATEUR. Il se fâchait contre moi, Ahmed. Mais le destin à son tour se fâche. Acteur toujours soucieux d'éduquer son public indocile ! Je n'irai plus au théâtre qu'avec la noire cravate de ton deuil.

CAMILLE. C'est à moi, à moi seule, que revient l'éloge de son âme. Ahmed ! Tu te voulais le prince réel de cette existence en guenilles. Méritais-tu ce titre ? Il a toujours fallu que tu restes masqué. Tu prétendais que ton mensonge faisait le vrai des jours. Que ta rhétorique fuyante faisait les certitudes. Mais à qui règne, non sans mal, sur l'artifice et le décor, est-il donné de régner sur le monde ? J'ai toujours su que le sans-gêne et le sans-égards de tes embrouilles faisaient une grande douceur. Mais à qui destinée ? Tu étais coureur, polygame, tu entretenais avec ton désir une sorte de négociation armée. Mais étais-tu fidèle à autre chose qu'à la précarité des trêves ? Violent, armé du long bâton et du revolver fulminant, tu œuvrais, disais-tu, pour le proche et la paix. Mais la scène connaît-elle d'autre paix que celle, toujours fatale, du dénouement ? Bavard, tu proclamais les vertus du silence, acteur, celles de la sincérité, duplice, de la droiture. Mais n'était-ce pas le plus invariable de tes rôles ? Homme du faux-semblant, une part de toi-même enseignait l'authentique. Mais en quelle proportion ? Homme des costumes, tu désignais la nudité. Mais nul n'a jamais pu voir, dans la lumière et dans l'action, ton visage vraiment nu. Homme de l'esquive, tu étais aussi le plus présent. Mais qui se tenait là ? Je n'ai jamais pu le savoir. Je n'ai jamais pu, te concernant, en venir à une franche décision. Et cependant, par toi, parfois, je savais qu'en ce monde, où rien ne vaut, il est toujours possible d'affirmer, de confirmer. Je me tenais à distance. Car j'ai toujours protégé contre toi la rébellion de la tristesse. Sur ce théâtre, quand vient la fin, à quoi sert l'hésitation ? Je t'ai aimé, Ahmed !

AHMED *(se redressant d'un bond).* Enfin ! Il vaut mieux entendre ça qu'être mort !

Tout le monde s'exclame, vient toucher Ahmed, etc.

LE POMPIER. Je fais le constat d'une mort de théâtre présentant tous les signes physiologiques d'une mort réelle. Pourtant le métacarpe ne trompe pas, ni l'affaissement du muscle zygomatique. C'est un cas pour la faculté.

CAMILLE *(éclatant de rire).* Un cas ! Un cas ! Sacré bandit ! Fourbe jusque dans la mort !

AHMED *(l'embrassant).* Ce qui a été dit ne sera pas dédit !

CAMILLE. Quand on s'est fait posséder, il faut être bonne joueuse. Eternel menteur !

LA DOUBLURE. Titulaire ! Tu as fait dans le réalisme grossier ! C'est bien toi, cet art tout d'une pièce ! Pas distancé pour deux sous… Pas capable de faire le mort autrement qu'en mourant !

AHMED. J'étais mort, en effet. Mais Camille l'a bien dit : je suis éternel !

LE SPECTATEUR. Pourtant, quoi de moins éternel qu'une représentation de théâtre ? J'ai toujours du mal à simplement m'en souvenir. Ça ne laisse que des traces inexactes, ou imperceptibles.

AHMED. Qui suis-je ? Xanthias ou Scapin ? Sganarelle et Arlequin ? Figaro ? Je suis Ahmed. Et vous croyez que je vais mourir ? Jamais ici, en tout cas… Car je suis, ici, le corps immortel des vérités successives. Ahmed, seul en ce monde, est du bois *(Il montre son masque.)* dont se font les mensonges de la vérité. Ahmed est monté sur la scène, il n'en redescendra plus ! Le théâtre, avec Ahmed, éternellement aura lieu. Si ce n'est pas dans les palais, dans les caves. Si ce n'est pas dans les caves, dans les camps. Si ce n'est pas dans les camps, dans les champs. Et si ce n'est pas dans les champs, aux Enfers ! Eternité en Ahmed de Xanthias… et de Scapin… et d'Arlequin… *(Tout ceci avec des improvisations sur les figures canoniques de la comédie.)* Eternité de Ahmed, actif descendant de tous les masques, de tous les corps sacrés. Je suis là ! Comme Ahmed dans les villes, définitivement je suis là ! Aucune tyrannie, aucun désert, aucune obsession des équilibres monétaires ne viendront à bout de Ahmed ! Eternité de la présence ! Eternité du jeu ! Vive le théâtre !

TOUS. Vive le théâtre !

ATHÉNA. J'applaudis au langage de vos vœux, et je vais vous conduire, à la clarté des torches éclatantes, jusqu'aux lieux qui s'ouvrent en bas, sous la scène. Votre place est là. C'est l'œil même de tout le pays du semblant que j'invite à sortir, noble troupe de comédiennes et de comédiens. Allons, venez, suivez mes pas, honorez le théâtre éternel jusque dans sa coulisse obscure.

AHMED. Allons ! Quand la déesse de l'intelligence, la reine de la pensée, nous indique sur scène la voie, nous, acteurs et actrices, titulaires ou doublures, n'avons plus qu'à la suivre !

Ils sortent en cortège derrière Athéna.

LES CITROUILLES

© ACTES SUD, 1996

LES CITROUILLES
d'Alain Badiou
a été créée le 19 mars 1996 à la Comédie de Reims

Mise en scène : Christian Schiaretti
Décors : Renaud de Fontainieu
Masques : Ehrard Stiefel
Costumes : Annika Nilsson
Maquillages : Nathalie Charbaut
Assistante : Dimitra Panopoulos
Régie générale : Christian Gras

avec les comédiens de la Comédie de Reims :

Ahmed : Didier Galas
Madame Pompestan : Loïc Brabant
La doublure d'Ahmed : Arnaud Décarsin
Rhubarbe : Jean-Michel Guérin
Le chœur des ouvriers
du théâtre : Patrice Thibaut
Sarah Bernhardt : Hélène Halbin
Le démon d'Ahmed : Didier Galas
La Soubrette : Camille Grandville
Le Coryphée du chœur
des géants : Gisèle Tortérolo
Bertold Brecht : Julien Muller
Paul Claudel : Jean-Michel Guérin

Le chœur des Citrouilles et le chœur des géants de la montagne : tous les comédiens et David Bouvret, Emmanuelle Dezy, et Salem Guermat

Coproduction : La Comédie de Reims
et le Théâtre de Saint-Quentin-en-Yvelines

PERSONNAGES

Ahmed, ouvrier algérien d'une trentaine d'années.
Madame Pompestan, ministre de la Culture.
La doublure d'Ahmed.
Rhubarbe, animateur culturel
et portier de l'Enfer du théâtre.
Le chœur des ouvriers du théâtre.
Sarah Bernhardt, guide de l'Enfer.
Le chœur des Citrouilles de la Culture
(au minimum trois actrices).
Le haut-parleur
Le démon d'Ahmed.
La Soubrette.
Le chœur des géant(e)s de la montagne (un nombre
pair d'interprètes, dont au moins trois actrices).
Le Coryphée du chœur des géant(e)s. Actrice.
Bertolt Brecht.
Paul Claudel.

ACTE I

scène 1

*Ahmed, la doublure d'Ahmed, madame Pompestan.
On est sur la place d'une cité de banlieue, à Sarges-
les-Corneilles. Entrent en scène la doublure
d'Ahmed, portant Ahmed sur son dos, et madame
Pompestan, qui regarde à droite et à gauche, visiblement déroutée et inquiète.*

AHMED. On arrive ! Voyez, considérez le sublime
but de notre pérégrination. Sarges-les-Corneilles !
Débouché banlieusard du boyau des Enfers…

MADAME POMPESTAN. Mon cher Ahmed, c'est
interminable. J'aurais dû dire à mon chauffeur de
venir nous attendre.

AHMED. Impossible, madame Pompestan, impossible. L'Enfer est une cité écologique et piéton-
nière.

LA DOUBLURE. J'en connais qui n'y sont pas, sur
leurs pieds. J'en connais qui se servent des pieds

des autres, Enfer ou Paradis, ils ne s'y font ni cors ni corne, à leurs pieds.

AHMED. Tais-toi, doublure. Ne nous détourne pas de notre mission artistique par de sombres et puantes histoires de pieds.

LA DOUBLURE. Et voilà. On m'avait embauché pour de grands rôles, moi. Et je les méritais ! Mais il faut faire ses preuves. J'ai accepté, avec toute la noblesse du théâtre, de remplacer le citoyen ci-dessus dans le rôle d'Ahmed, dont il se croit titulaire. Au début, il avait des rhumes, des grippes, des eczémas, des herpès purulents, et même une allergie faciale au masque. Une bonne affaire pour moi, cette allergie ! Ça le prenait au moins une fois par semestre. Et alors, je brillais ! Je montais au firmament du triomphe. Et puis, petit à petit, c'est comme s'il n'était plus en chair et en os, cet Ahmed titulaire du diable. Il est devenu infatigable, incorruptible, éternel sous le bois de son masque. Une suspecte santé de fer. Il ne manque aucune représentation. Alors moi, sa pauvre doublure, je n'ai plus rien à faire. Je suis déchu des lumières du théâtre. Inscrit au chômage, à la fin, parce qu'une doublure qui ne double rien, c'est un fardeau budgétaire, même pour la Comédie de Reims. Pour survivre, j'ai dû devenir le domestique du titulaire. Domestique d'un Ahmed ! Quel destin ! Il n'y a rien de plus bas. Et le voilà qui nous entraîne dans une expédition extrêmement douteuse. *(Au public, comme en secret.)* Il prétend qu'il descend aux Enfers pour le salut du théâtre français. Plaisanterie ! Vantardise ! Son seul but est de rencontrer Scapin. Son vrai maître, son idole ! Scapin ! Ahmed veut voir Scapin face à face. Tout ça va finir par une pyramide humaine : moi, la doublure, portant Ahmed sur mon dos, et Ahmed portant le spectre de Scapin. *(Aux autres.)* Quel voyage ! Quelle fatigue ! J'ai le ventre noué comme un élastique d'avion modèle réduit.

MADAME POMPESTAN. Moi-même, je suis lasse. Mon mari, ce cher Edouard, dit souvent : l'Enfer est à votre porte. Il se trompe, Edouard, il se trompe.

LA DOUBLURE. Est-ce que je peux posément et explicitement chier sur la scène ?

MADAME POMPESTAN *(horrifiée)*. Oh ! Monsieur Ahmed ! Dites à votre monture de se tenir convenablement. Je suis ministre du gouvernement de la France. Ministre de la Culture, par-dessus le marché. La Culture est ce qui met les citoyennes et les citoyens à l'abri des excréments. Et puis, qu'est-ce que c'est que cet endroit sinistre ? Je ne vois rien.

AHMED. Je vous l'ai dit, nous sommes arrivés à Sarges-les-Corneilles, madame la ministresse. C'est là que s'ouvre, sombre orifice, le tunnel qui mène à l'Enfer du théâtre. Tu as bien compris, doublure ? Madame Pompestan, notre ministresse, ne veut pas que tu chies sur la culture.

LA DOUBLURE. Dans toutes les bonnes farces d'autrefois, le pauvre bougre dans mon genre avait au moins la satisfaction de conchier les autorités.

MADAME POMPESTAN. Si c'est ce genre de théâtre dégoûtant que vous m'emmenez chercher aux Enfers, monsieur Ahmed, nous pouvons plier bagage ! Mon ministère ne subventionnera jamais la scatologie. Il y a une crise du théâtre, c'est entendu. Mais je ne laisserai personne dire que madame Pompestan a tiré le théâtre de la crise en arrosant de ses crédits un vulgaire tas de merde.

AHMED. Oh ! Madame Pompestan ! Nous allons consulter aux Enfers, afin qu'ils nous enseignent les chemins du théâtre moderne, Paul Claudel et Bertolt Brecht. Ça n'est pas de la merde, Paul Claudel et Bertolt Brecht !

MADAME POMPESTAN. Je l'espère bien ! La chose est sérieuse, monsieur Ahmed. Il s'agit du budget de l'Etat. Il s'agit de la réduction des déficits publics. Il s'agit de la solidité de notre monnaie. Les marchés financiers nous guettent. Les marchés financiers sont les gendarmes de notre vertu budgétaire. Les acteurs, les pièces de théâtre, les petites sorties culturelles le samedi soir, c'est bien joli. Mais qu'est-ce que ça pèse, la vie des gens le samedi soir, devant les humeurs de la Bourse, et les marchés financiers subtils qui font soudain filer notre monnaie comme un collant griffé par le chat de la confiance perdue ? Le théâtre doit comprendre que dans l'économie mondialisée, tout a un prix, et que le laxisme se paie au prix fort.

AHMED. Madame le ministre ! Vous m'avez nommé conseiller secret, moi l'Arabe masqué, parce que je connais depuis le fond des âges le théâtre immortel. Et depuis le fond des âges, nous voyons que le théâtre est lié à l'idée que l'Etat se fait de lui-même. Les crédits doivent dépendre de l'idée, et non l'idée des crédits. Nous allons demander à Brecht et à Claudel des idées sur ce que le théâtre doit à son public. Il s'agit du théâtre comme de ce lieu, au centre des villes, où l'Etat admet que la foule vienne applaudir ou siffler le songe éphémère de sa propre grandeur. Nous n'allons pas demander à Brecht et à Claudel d'écrire un poème sur les flux financiers et la baisse des taux d'intérêt. Pas commode à écrire, du reste, ce genre de poème !

MADAME POMPESTAN. N'oubliez pas que vous êtes un conseiller secret. J'insiste sur "secret". Pas de vagues ! Pas de déclarations tonitruantes ! Je ne comprends pas bien moi-même pourquoi je vous ai écouté. Et n'allez pas me brouiller avec la logique monétaire ! Vos histoires de songe et de grandeur publique, ça ne fera pas mal dans mes discours, et je vous remercie de me donner du grain à moudre pour la télé. Mais quand il faut passer à la caisse, c'est une autre chanson.

LA DOUBLURE. Est-ce que je peux au moins pisser sur le premier rang de spectateurs ?

MADAME POMPESTAN. Monsieur Ahmed ! Faites taire votre baudet, ou je retourne au ministère. Je n'hésiterai pas à prendre le métro ! Je cours déjà des risques inouïs en venant avec vous, sans gardes du corps, dans ce coupe-gorge banlieusard. Je ne supporterai pas les avanies d'une doublure.

AHMED. Tu entends ? La ministresse ne veut pas non plus que tu pisses.

LA DOUBLURE. Bon sang de bonsoir ! Quel est pour moi le gain, d'avoir à porter sur mon dos l'Ahmed titulaire, si je ne peux même pas faire rire les gens à l'ancienne, par le soulagement bénéfique de mes sphincters ?

AHMED. L'heure est grave, doublure. Le nouveau gouvernement de la France a décrété la mobilisation générale contre la misère culturelle. Ahmed, Algérien volontaire, s'est porté au premier rang, juste derrière notre ministresse, pour cette noble cause. Tes sphincters passent désormais très loin derrière nos soucis artistiques. Que diront Paul Claudel et Bertolt Brecht, si tu ne fais que péter et pisser partout ?

MADAME POMPESTAN. Surtout Paul Claudel. C'était un homme distingué, je crois, Paul Claudel. Je me suis laissé dire qu'il allait à la messe.

AHMED. Plutôt deux fois qu'une ! Il a même
écrit :
"L'action de grâce descelle la pierre de mon cœur.
Que je grandisse mélangé avec le fils de Dieu,
        comme la vigne et l'olivier[1] !"

MADAME POMPESTAN. Eh bien, mon coquin !
Il ne se mouchait pas du pied, votre Claudel !

LA DOUBLURE. Le Brecht, lui, il était pas si
bégueule. Il comprenait les vieilles blagues des
doublures et des opprimés comme moi, le Brecht.
Madame Pompestan ! Vous la connaissez, la *Ballade
de la chasteté* ? C'est rudement bien foutu, cette
mélodie. Il en avait, le Brecht. Ecoutez-moi ça :
*(La doublure chante, un peu comme un braiement
d'âne.)*
"Lui alla chez une putain
Qui lui apprit comment gicler
Et comment l'robinet s'éteint.
Elle trouva un gars musclé
'vec qui sa pudeur part en couilles
Tout un quart d'heure il la dérouille
Bien retroussée dans l'escalier[2]."

MADAME POMPESTAN. On me l'avait dit ! On
m'avait averti ! Brecht, c'est le marxisme, c'est le
passé. C'est avant la chute du mur de Berlin. C'est
avant l'effondrement de la sanguinaire utopie

1. Toutes les citations sont numérotées. Pour les références,
se reporter à l'annexe en page 531.

communiste. Si en plus ce sont des cochonneries, je ne souhaite pas rencontrer ce monsieur.

AHMED. Doublure ! Pourquoi as-tu changé le texte ? Il a changé le texte de Brecht, madame Pompestan. Brecht était un homme responsable, sérieux, distancié et didactique. Il a même écrit une vie de Confucius. C'est vous dire !

MADAME POMPESTAN. Marx est déjà depuis longtemps hors d'usage, mon cher Ahmed. Alors Confucius… Vous parlez d'un progrès !

LA DOUBLURE *(faisant tomber Ahmed)*. Je n'y tiens plus. Mon dos est comme une fesse sous un cataplasme.

AHMED *(se relevant et bastonnant la doublure)*. Cochon ! Espèce d'Arabe ! Je vais t'apprendre à bien te tenir devant une ministresse de la Culture ! Bougre d'âne ! Cercopithèque ! Coléoptère véreux !

LA DOUBLURE *(à terre et gémissant)*.
"Voyez comme je descends ! Je suis
Massacré. Rien dans les mains, rien !
Maintenant vidé, sans mains, tiens !
Ecoutez-moi chanter l'ennui.
Qui vient m'sauver avant la nuit[3] ?"

MADAME POMPESTAN. Mais qu'est-ce qu'il nous chante ?

AHMED. Bertolt Brecht, *Rien à tirer de rien*, chant final.

MADAME POMPESTAN. Rien à tirer de rien ! C'est encourageant pour mon ministère ! Mon temps est précieux, Ahmed. Ne me faites pas regretter de vous avoir suivi dans ce séjour atroce…

AHMED. Vous avez raison ! Vous nous rappelez au devoir culturel et républicain. En avant ! Sauvons le théâtre ! "Je marcherai ! Je combattrai ! J'écraserai l'obstacle sous mes pieds ! Je briserai la résistance frivole comme un bois mort[4] !"

MADAME POMPESTAN. Oh, oh ! Tout ça ici ? Dans cette cité minable ? Vous m'avez l'air bien excité !

LA DOUBLURE. C'est un coup à Paul Claudel. *Tête d'or*, deuxième version. J'aurais dû me spécialiser dans Claudel, tiens. On se tient bien droit, et il vous sort de la bouche un ronflement vocal énorme ! On ne risque pas de voir un citoyen masqué vous donner du bâton.

AHMED *(bastonnant la doublure)*. On n'est pas dans Claudel, ici. A l'action.

MADAME POMPESTAN. A l'action, à l'action… L'action est souvent bien dangereuse, pour un ministre. J'ai du tempérament, j'ai de la volonté, j'ai de l'énergie ministérielle à revendre. Mais faut-il investir tout cela dans l'action ? Soyons subtils, monsieur Ahmed.

LA DOUBLURE *(se frottant le dos)*. Subtil comme un coup de trique ! Subtil comme un manche de pioche ! Subtil comme un parapluie de campagne qui a perdu ses baleines !

AHMED *(menaçant la doublure).* Silence, Ahmed de sous-préfecture ! La ministresse développe une théorie supra-dialectique de l'action.

MADAME POMPESTAN. N'est-il pas plus habile d'utiliser toute ma vigueur de femme moderne dans une majestueuse inaction ? Agir est un piège. Au cours de ma déjà longue quoique foudroyante carrière dans la politique, j'ai remarqué une chose très importante. Ceux qui sont mécontents d'une action sont plus nombreux que ceux qui en sont contents. Et ceux qui sont satisfaits de l'inaction sont en général majoritaires. Parler toujours des réformes et n'en faire aucune, voilà qui vous pose son homme.

AHMED. Ou sa femme, ou sa femme ! Il y a eu un très considérable président du Conseil, autrefois, qui a prononcé une phrase magnifique, tout à fait dans votre sens. Il a dit : "L'immobilisme est en marche, rien ne pourra l'arrêter."

MADAME POMPESTAN *(extasiée).* "L'immobilisme est en marche, rien ne pourra l'arrêter." Je la resservirai, celle-là ! J'en ferai mes affiches électorales ! Un immobilisme énergique, vigoureux, plein d'allant et de réformes ! Merci, monsieur Ahmed.

AHMED. De rien, madame Pompestan, de rien. Mais n'oubliez pas que vous devez parler des difficultés du théâtre, des réformes du théâtre.

MADAME POMPESTAN. C'est bien vrai, hélas. S'il y a une crise, il faut que je propose un immense plan de réformes. Pourriez-vous, là, au pied du mur, me rappeler en quoi elle consiste, cette crise ?

AHMED *(venant sur le devant de la scène comme pour un grand air d'opéra. Tout ce qui suit est dessiné dans l'espace par un Ahmed très mobile. Il doit lui-même figurer la colline, les arbres… Son corps doit devenir le corps du théâtre.)* Imaginez une grande colline dans le soleil couchant, une colline douce et laineuse comme la bosse d'un dromadaire. Sur le flanc de cette colline, exactement alignés, du bas vers le sommet, il y a cinq arbres. Leur alignement et leur taille sont si bien calculés que l'observateur situé dans la plaine à l'aplomb des arbres n'en voit qu'un, le premier. Les quatre autres, de plus en plus petits, sont masqués par l'éclatant feuillage du très grand arbre pluricentenaire situé presque au pied du dromadaire. Cet arbre est celui des poèmes du théâtre, les grands poèmes qui composent un siècle, ou un moment, ceux qui ont su porter leur temps, par les ressources de leur écriture et de leurs personnages, à la hauteur de l'éternité. Derrière ce premier arbre, il y a, encore très ruisselant de feuilles, l'arbre du public, l'arbre de tous ces gens qui, venus de partout, allant au théâtre, ou même n'y allant pas, sont à la fois la source vivante et la destination rassemblée des poèmes dramatiques. Encore derrière, il y a l'arbre des artistes de théâtre ; ceux qui, parfois

391

nommés "metteurs en scène", savent changer les signes noirs du poème en cette chose qui s'éteint presque aussitôt qu'allumée, cette chose artisanale et fragile qu'on appelle une représentation ; les gens, aussi, du décor, des lumières, des costumes ; les ouvriers de la scène, de son bois, de ses toiles, et de sa vaste administration ; et bien entendu les acteurs, par qui, comme fait une étoile filante dans la nuit d'été, parviennent au public l'instant et la déchirure d'une idée saisie par un corps. Encore derrière, beaucoup plus petit, mais avec un gros tronc noir tordu et des racines qui vont très loin sous la colline, l'arbre des financiers et bailleurs de fonds du théâtre, les bureaux de l'Etat, les fonctionnaires de la culture, les producteurs, les directeurs, les agents et les commissaires aux comptes, les sourcilleux du budget et les rapaces de l'investissement rentable. Et tout au bout, faisant crisser ses petites feuilles longues d'un vert qu'on dirait passé à la cire, il y a l'arbre de la critique, indispensable et chétif, malingre et brillant, impavide et versatile. Vous voyez, madame ?

MADAME POMPESTAN. Je vois. Mais où nous mène cette botanique ?

AHMED. Normalement, l'observateur situé au pied de la colline, dans l'alignement exact des cinq arbres, ne perçoit durablement que l'arbre des poèmes, immense, ramifié, et au travers duquel il reconnaît le bruit de sa propre époque. Mais imaginons que cet arbre soit malade, ou même abattu.

Imaginons que les quatre autres, derrière, l'aient asphyxié par une ombre trop dense. Imaginons en somme que les poèmes du théâtre ne soient pas à la mesure de ce que l'époque exige. Alors, l'observateur ne voit plus que le second des arbres, celui du public. Il est étonné, l'observateur ! Il trouve que l'arbre n'est pas aussi grand qu'il devrait l'être ! Il se met alors à compter les branches et les feuilles, il fait la statistique du public, et il conclut que ça n'est pas grand-chose, le théâtre, qu'il faudrait le muscler et le nourrir, lui donner de bons gros engrais pas trop raffinés, le faire ressembler au cinéma, drainer des foules par l'effet de quelques productions spectaculaires et humanitaires, quelques déplorations bien senties sur l'état du monde, quelques décors et apparitions qui en bouchent un coin aux spectateurs payants. Seulement, dès qu'on le dénombre, qu'on le compte, qu'on en méprise l'attention vigilante et le corps exercé, l'arbre du public, au lieu de se fortifier, se sclérose et dépérit. Le public de théâtre est rebelle à la statistique. Et voici que l'observateur ne voit plus que le troisième arbre, celui des artistes de théâtre. Et il se dit : Voilà ! Prenons des acteurs éclatants et notoires, un vieux texte éprouvé, un metteur en scène établi, mélangeons le tout, secouons un instant, et nous avons de quoi rivaliser avec les professionnels les plus cotés du spectacle universel. Mais, chose étrange, les artistes du théâtre, s'ils ne sont pas longuement réunis dans le service d'une pensée commune, s'ils ne sont rassemblés que pour la montre, s'ils ne traversent pas l'invention des poèmes de leur propre époque, déclinent sûrement. Ils deviennent une sorte d'imitation racornie d'eux-mêmes. L'arbre semble un instant scintiller, mais c'est l'argent d'une moisissure, le vert-de-gris d'un pur semblant. L'arbre des artistes meurt à l'intérieur de son éclat superficiel. Et l'observateur ne voit plus que le bois noir de l'arbre financier. Il se dit alors : Confions cet arbre aux vertus de l'économie de marché. Régénérons ce tronc épais par la mobile finance des investisseurs intéressés. Ne le laissons pas aux mains des bureaucrates ! A nous, mécènes et profiteurs ! Malheureusement, le théâtre n'a aucune espèce de vertu, pour ce qui est de la circulation des capitaux. Le théâtre véritable est une opération matérielle de la pensée, et cette opération reste sans prix fixe, sans gains suffisants ; pour tout dire, elle est gratuite. Et comment confier aux exigences du profit libéral ce qui est, dans son essence, gratuit, qui est la coûteuse production d'un effet gratuit ? Voici qu'en dépit de son tronc noir noueux, l'arbre des finances et des institutions se couche, s'arrache, racines mises à l'air, au sol sec de la colline. L'observateur ne voit plus que le tout dernier arbre, celui, maigre et malin, de la critique. Et de toutes ses petites feuilles quotidiennes et hebdomadaires, l'arbre de la critique, constatant avec lucidité le désastre, murmure ceci : le théâtre se meurt, le théâtre est mort. Donc, tout théâtre véritable doit nous montrer la mort du théâtre. A bas la représentation !

A bas l'énergie du siècle ! Le théâtre doit une fois pour toutes brûler son bois mort. Vous me suivez, madame Pompestan ?

MADAME POMPESTAN. Vous n'exagérez pas un peu ? Notre budget n'est pas si misérable ! Et je le défendrai bec et ongles !

LA DOUBLURE. En tout cas le bois de son bâton n'est pas du bois mort, c'est moi qui vous le dis.

AHMED. Il faut replanter l'arbre des poèmes, régénérer l'arbre du public, discipliner celui des artistes de théâtre ! Travail herculéen ! Et c'est pourquoi nous allons voir ceux dont l'écriture a dominé le siècle théâtral, Bertolt Brecht et Paul Claudel. Certes, nous aurions pu dire Luigi Pirandello et Samuel Beckett. Peut-être même Sean O'Casey et Jean Genet. Mais le gros tambour-Brecht de la révolution marxiste avec la trompette-Claudel de la réaction catholique, cela vous fait une fanfare du siècle à réveiller les morts. Enveloppés des cris perçants de la fanfare brechto-claudé-lienne, comme dans les plis du drapeau du siècle, nous reviendrons mener à son terme notre action commençante de planteurs et d'équarisseurs ! Je le redis : A l'action ! Rhubarbe ! Rhubarbe ! Montre-toi ! Montre-toi, merveilleux Rhubarbe à la barbe fleurie !

scène 2

Les mêmes, plus Rhubarbe.

RHUBARBE *(apparaissant à une fenêtre).* Mon cher Ahmed ! Tu cries comme un démagogue populiste ! Tu m'as réveillé. Je rêvais…

AHMED. Tu rêvais, Rhubarbe ? Dis-moi tes songes ! Je ferai sûrement mon profit des songes de Rhubarbe.

MADAME POMPESTAN. Qui est ce sympathique barbu ?

LA DOUBLURE. Rhubarbe ! Oh, oh ! C'est Rhubarbe !

RHUBARBE. Je retourne songer.

Il disparaît.

LA DOUBLURE ET AHMED *(duo distribué* ad libitum*).*
Rhubarbe ! Oh, oh, oh ! Rhubarbe !

Son opinion n'est pas, n'est pas, n'est-ce pas,
N'est pas d'ce pas
Qu'on refuse les droits à ceux qui n'en ont pas.
Qu'on jette en prison, en avion,
Les étrangers qui n'en ont pas, n'est-ce pas
Des papiers et des droits.

Rhubarbe ! Oh, oh, oh ! Rhubarbe !

S'il avait cette opinion, il voudrait nous l'exprimer
Très librement.
La liberté de l'opinion qu'il n'a pas
Il nous l'exprimerait,
L'opinion qu'il ne partage pas, qu'il ne partage
Avec personne.
L'opinion de Rhubarbe librement exprimée
C'est que, c'est que, c'est que, n'est-ce pas,
C'est que c'est très complexe et compliqué.

Rhubarbe ! Oh, oh, oh ! Rhubarbe !

Ce n'est pas des gens qu'il s'agit
Ni des papiers ni des prisons ni des avions
Ni d'étrangers persécutés
Ni de gens pourchassés.

Rhubarbe ! Oh, oh, oh ! Rhubarbe !

Plus importante que les gens,
Que les prisons, que les avions,
Est la liberté des opinions
Sur les gens, sur les avions, sur les prisons.
Il ne s'occupe pas de la liberté des gens,
Rhubarbe !
Il s'occupe de la liberté des opinions
Rhubarbe !
La liberté des opinions
Très diverses, très complexes,
Les opinions qu'on a très librement
Sur la liberté

Ou la non-liberté
Des gens.

Rhubarbe ! Oh, oh, oh ! Rhubarbe !

"Quand l'opinion va librement, tout va[5]."

MADAME POMPESTAN. Le brave homme ! Notre
gouvernement garantit inflexiblement la liberté
des opinions sur la liberté. C'est la condition du
maintien de l'ordre.

LA DOUBLURE. Bertolt Brecht, *Turandot*, section 5.

AHMED. Ou à peu près. Rhubarbe ! Rhubarbe !
Dis-nous ton rêve !

RHUBARBE *(réapparaissant à la fenêtre).* Arrête
de hurler comme un orateur totalitaire ! Je songeais à la victoire définitive des droits de l'homme
sur notre village planétaire enfin réconcilié avec
les équilibres naturels, et en plus les femmes qui
c'est qui seraient égales des hommes dans la différence respectée, et les races mélangées dans le
multiculturel des musiques festives. J'y retourne.

Il disparaît.

LA DOUBLURE. Un cauchemar ! Le cauchemar
de Rhubarbe ! Dans le monde qu'il rêve, on ne
pourrait même plus pisser contre un arbre ! Je
pisse contre un peuplier. Hop ! La gendarmesse
avec son revolver me braque. Première contravention : dégradation acide du patrimoine forestier.

Deuxième contravention : risque de pollution des sources, ruisseaux, rivières et fleuves par mes germes et bactéries tant urinaires que génitaux. Troisième contravention : oppression sexuelle mâle. Car pisser debout est un privilège masculin aboli par la loi. Quatrième contravention : toute activité privée faite en public est une atteinte à la vie privée du public. Au trou, la doublure !

MADAME POMPESTAN. Monsieur Ahmed ! Le temps ministériel est précieux. Limitez les tirades de votre véhicule !

AHMED. A vos ordres ! "Théâtre, je suis à toi ! Tu vois que j'ai rompu ce lien si dur ! Théâtre je suis à toi ! Théâtre je vais à toi[6] !"

MADAME POMPESTAN. Ma parole ! Il se met lui aussi à vaticiner !

LA DOUBLURE. Claudel ! Encore Claudel ! Toujours Claudel ! *Le Soulier de satin*, première journée, scène 12. Mon maître et titulaire claudélise à qui mieux mieux.

AHMED. Rhubarbe ! Rhubarbe ! J'ai besoin de toi ! Pour les droits humanitaires à la Culture ! Pour le séculiculturel du théâtre !

RHUBARBE *(réapparaissant à la fenêtre)*. C'est intéressant, ça ! Que veux-tu, au juste ?

AHMED. Tu sais que nous avons un nouveau ministre de la Culture.

RHUBARBE. Une ministresse, Ahmed, une ministresse ! Madame Pompestan ! Elle est de droite, et je suis de gauche. Mais la Culture est toujours la partie gauche de la droite. Dès lors, si madame Pompestan est adroite, elle fera que la droite fasse une politique culturelle de gauche. Car on a vu souvent la gauche, par gaucherie, faire une maladroite politique de droite.

AHMED. Je te suis, Rhubarbe, je te suis. Il vaut mieux une adroite droite qu'une gauche trop gauche.

RHUBARBE. Quand la gauche est maladroite, il vient aux élections une droite pas trop gauche.

AHMED. Je te suis, Rhubarbe, je te suis ! Il vaut mieux une droite qui est bien à gauche, qu'une gauche trop maladroite.

RHUBARBE. C'est ce que je dis toujours à mes amis de gauche. Si vous êtes maladroits, vous serez mal, à gauche. Et si la droite n'est pas maladroite, elle risque d'être adroite à gauche. Fichtre ! Il faut que je note ce dialogue politique.

Il disparaît.

MADAME POMPESTAN. Ils me donnent le tournis. Vive Dieu ! Je m'évapore.

Elle a une faiblesse.

LA DOUBLURE *(retenant madame Pompestan dans ses bras).* Voici un abri sûr, chère madame, un édifice humain bien bâti, et plein de prévenance. "Pas dans l'état inachevé où Dieu a laissé le béton de Sarges-les-Corneilles. Il n'avait que six jours, Dieu, si bien qu'il a dû créer une masse d'esclaves comme moi pour amortir le choc sur le béton de dames comme vous[7]."

MADAME POMPESTAN *(s'éloignant)*. Ne profitez pas de la situation, jeune homme !

AHMED. Il vous enveloppe encore avec du Brecht, ce petit sucré ! Il vous parle comme le valet Matti à son maître Puntila, scène 11 ! Tiens-toi à ta place, doublure !

MADAME POMPESTAN. Et vous, réglez notre problème ! O Culture ! A quoi pour toi je m'expose ! Quelle odyssée, ce ministère !

AHMED. Rhubarbe ! Rhubarbe ! Reviens !

RHUBARBE *(réapparaissant)*. Arrête de bramer comme un islamiste ! Qu'est-ce que tu veux, à la fin ?

AHMED. La ministresse de la Culture est là, là !

Il montre madame Pompestan.

RHUBARBE. La ministresse ! Ici ! Sous mes fenêtres ! Rhubarbe est exquisement comblé ! Mes respects, madame la ministresse.

MADAME POMPESTAN *(boudant dans un coin avec la doublure)*. Autant pour vous. Et que ça saute !

AHMED. Rhubarbe, il faut que tu me dises où est l'entrée de l'Enfer du théâtre. Je sais que tu es le portier.

RHUBARBE. Premièrement, je ne suis pas le portier de l'Enfer du théâtre. Deuxièmement, en tant que portier, je sais que l'Enfer du théâtre est un secret que je ne dois trahir en aucun cas. Troisièmement, je ne trahis ce secret que pour des raisons extrêmement valables. Et quatrièmement, comment tu sais tout ça ?

AHMED. Premièrement, Ahmed sait toutes choses, parce que sous son masque il voit sans être vu. Deuxièmement, j'ai une raison plus que valable : madame Pompestan veut interroger aux Enfers Paul Claudel et Bertolt Brecht, pour trouver un remède de cheval à la crise du théâtre. Troisièmement, c'est justement parce que l'Enfer du théâtre est un secret que je te pose la question. Et quatrièmement, avec la gueule que tu as, tu es forcément le portier des étages souterrains du théâtre.

RHUBARBE. Ah bon. Tu crois ? Eh bien, tu entres là-dessous. Tu tournes à main gauche, puis deux fois à main droite. Tu vois des crottes de pigeon disposées en cercle. Tu creuses au centre du cercle avec une bêche. Tu trouves un anneau de fer. Tu tires. Ça s'ouvre sur un boyau noir qui sent la poudre, le plâtre, la lavande et le rouge à lèvres. Tu te laisses tomber sur le cul. Tu glisses. Ça dure le temps d'une tragédie classique en cinq actes mise en scène par Claude Régy. Et tu y es.

LA DOUBLURE *(à madame Pompestan).* Ils nous laissent carrément en carafe.

MADAME POMPESTAN. Je n'espère plus rien. Je ne désire plus rien. J'aurais préféré le ministère de l'Intégration sociale. Mon collègue m'a dit que c'était de tout repos.

AHMED. Dis-moi, Rhubarbe, comment on procède quand on est en bas ?

RHUBARBE. C'est un drôle de bric-à-brac. Il y a des accessoires usagés partout, et des tas de gens qui glandent, tous les morts des métiers du théâtre, une vraie foule. Là où les choses deviennent sérieuses, c'est quand tu vois un grand champ de citrouilles. Méfie-toi, elles sont très bavardes.

AHMED. Des citrouilles ? Quelles citrouilles ?

RHUBARBE. Les citrouilles de la Culture. Les potirons du théâtre, celui qui est comme de la soupe.

AHMED. Je vois ! Et quand je suis dans les citrouilles ?

RHUBARBE. Il faut appeler Sarah Bernhardt. Méfie-toi, elle a très mauvais caractère. Elle te crache à la figure une tirade d'Edmond Rostand pour un oui pour un non.

AHMED. On ne peut pas l'éviter, Sarah Bernhardt ?

RHUBARBE. Rien à faire ! C'est elle qui conduit le tracteur pour traverser le champ de citrouilles. Tu la paies avec des compliments. Dithyrambiques !

S'ils ne sont pas dithyrambiques, elle te balance aux citrouilles de la Culture, et tu finis dans la soupe.

AHMED. Moi, Ahmed, dans le potage théâtral ? Tu me glaces les os. Et ensuite ?

RHUBARBE. Ensuite, tu verras voler partout, comme de sombres mouches, des nuages de tirades purulentes, des alexandrins foireux, des répliques aplaties, des expositions interminables, des péripéties mortelles, quelques didascalies prétentieuses, et pas mal de dénouements à la Croix de ma mère. Méfie-toi, tous ces ratés volants sont de sales bêtes. Ils piquent !

AHMED. "Tant qu'il y aura des Français comme moi, venus d'ailleurs et pérégrins, vous ne leur ôterez pas le vieil enthousiasme, vous ne leur ôterez pas le vieil esprit risque-tout d'aventure et d'invention[8] !"

LA DOUBLURE *(à madame Pompestan)*. Il claudélise ! Il claudélise encore ! Je crois bien que ça vient de *l'Otage*.

MADAME POMPESTAN. C'est moi, le ministre, qui suis l'otage de cet Arabe fou. Fuyons, mon ami, fuyons ! Je sens que cette aventure va me coûter mon portefeuille.

LA DOUBLURE.
"Rien que pour garder son portefeuille vide
Il faut la dureté qu'on met à fonder un Empire.
Personne n'aide un malheureux
Sans en piétiner une douzaine[9]."

AHMED *(à madame Pompestan).* Bertolt Brecht. *La Bonne Ame de Se-Tchouan.* Intermède devant le rideau. *(A Rhubarbe.)* Et après, doux Rhubarbe, qu'est-ce qui se passe ?

RHUBARBE. Après, tu as de bonnes chances de tomber sur les frères Vi-Vi. Méfie-toi ! Ils rivalisent d'ironie. Ils sont secs et savants.

AHMED. Les frères Vi-Vi ? Qui sont ces funambules ?

RHUBARBE. Jean Vilar et Antoine Vitez.

AHMED. Ah ! Ces deux-là je saurai m'arranger avec eux. Et ensuite ?

RHUBARBE. Méfie-toi d'Eschyle et d'Euripide. Ils jouent pour l'éternité *les Grenouilles* d'Aristophane. Ils se disputent éternellement la couronne de l'Enfer. Ils te décochent des hexamètres dactyliques à bout portant ! Et si tu ne dis pas dans la seconde lequel est le meilleur, ils te font avaler quatre ou cinq tragédies avec un entonnoir bien enfoncé dans le gosier.

AHMED. Pas possible ! Ça t'est arrivé ?

RHUBARBE. Je veux ! J'ai dû avaler coup sur coup, d'Euripide, *Sténébée*, *Médée* et *Andromède*, puis d'Eschyle, *les Myrmidons* et *Prométhée*. Une colique ! Une de ces chiasses de chœurs, de stasimons et de parabases, je ne te dis que ça !

AHMED. Gare à mon estomac ! Un Ahmed comme moi n'aime la tragédie qu'à petites doses. Et ensuite ? Comment je trouve Bertolt Brecht et Paul Claudel ?

RHUBARBE. Tu verras bien ! Tu m'as fatigué, Ahmed, tu m'as forcé à penser au théâtre. Mais je ne suis que le portier de son Enfer, moi ! Je m'en fiche, du théâtre ! Je n'y pense jamais ! Je vais plutôt songer encore au règne planétaire et écologique du Droit.

AHMED. Une dernière question, une question intime. *(Doucement, pour ne pas être entendu des deux autres.)* Est-ce que tu sais où est Scapin, dans ces Enfers ?

RHUBARBE. Scapin ? Qu'est-ce que j'en ai à faire, de Scapin ? Tu crois que c'est avec les fourberies d'un Scapin qu'on va combiner pour le bonheur de chaque individu la richesse de l'économie de marché et l'humanitaire qui c'est qui assure les droits de circulation et sexuels de toutes les communautés ?

AHMED. Pour le bonheur, je ne sais pas. Mais pour la liberté, il faut bien Ahmed, et donc aussi Scapin.

RHUBARBE. La liberté ! C'est très complexe, ça, la liberté ! Bien trop pour un Ahmed dans ton genre. Tiens donc ! Je vais y songer sérieusement, moi, à la liberté.

Il ferme sa fenêtre.

406

MADAME POMPESTAN. Alors, vous les avez, vos tuyaux ? On crève, ici !

AHMED. En route, à cheval ! Ici, doublure ! *(La doublure s'avance, l'air fatigué, et Ahmed lui monte sur le dos.)*
A nous, madame, "le spacieux pays du soir, donné aux hommes à l'heure de la représentation !
Il faut que nous allions plus loin, plus bas, et que nous quittions cette rive de fièvre
Et de béton, entre les tristes grilles du commerce et les hospices désuets.
En bas ! En bas !
L'Enfer nous ouvre sa théâtrale roseraie[10] !"

LA DOUBLURE.
"Ne comptez pas trop sur moi, patron : l'affaire est louche.
Votre proposition sent le poisson pourri.
        L'Enfer du théâtre
N'est pas une mangeoire, où chacun peut venir
S'empiffrer comme il faut[11]."

MADAME POMPESTAN. Mais qu'est-ce que vous jargonnez encore ?

AHMED. Claudel et Brecht nous gonflent le gosier, madame. Précédez-nous !

Il montre le chemin à madame Pompestan, qui disparaît sous l'immeuble de Rhubarbe.

LA DOUBLURE. Il faudrait quand même, avant de descendre dans ce trou du cul déplorable, saluer le public comme il faut.

Ahmed, juché sur sa monture, vient sur le devant de la scène.

AHMED. Tu as raison.
"Evénements étranges !
Les lois de l'usage brisées, la faiblesse humaine
    surmontée, l'obstacle des choses
Dissipé[12] !"

LA DOUBLURE. Ouais ! Tu devrais leur dire la suite. Elle est moins roborative :
"Mais notre effort, arrivé à une limite vaine,
Se défait lui-même comme un pli[13]."

AHMED. Tout échec est une apparence, doublure. "Il m'arrive de penser que je me laisserais enfermer à vingt mètres sous la terre, dans un cachot inaccessible à la lumière, si j'apprenais à ce prix-là les usages poétiques complets d'un projecteur de théâtre[14]."

LA DOUBLURE. En fait de trou noir, tu vas être servi !

AHMED. "Le pire est que tout ce que je sais, il faut que je vous le dise. *(Il montre le public.)* Comme un amoureux, comme un ivrogne, comme un traître[15]."

LA DOUBLURE. Comme un comédien, tout simplement !

MADAME POMPESTAN *(ressort du sous-sol, déjà un peu déshabillée et crasseuse)*. Vous venez, ou vous enculez des mouches ? Cet entresol est d'un répugnant !

AHMED *(piquant des deux la doublure)*. En avant !

Ils disparaissent tous.

ACTE II

scène 1

Ahmed, la doublure d'Ahmed, madame Pompes-
tan, le chœur des ouvriers du théâtre.
L'Enfer : plateau nu se perdant dans l'obscur. Un
grand désordre d'accessoires de théâtre. Des gens
vont et viennent, bricolant, poussant des chariots,
essayant des lumières, etc. Entrent Ahmed, tenant
la doublure par la bride, comme un cheval, et ma-
dame Pompestan.

MADAME POMPESTAN. Ce n'est pas très bien
entretenu, ici. Ils auraient besoin de crédits pour le
retaper, leur Enfer. Mais je le dis tout de suite : ça
sera pris sur le budget des Grands Travaux. Pas un
fifrelin de mon ministère ! Je me demande aussi si
tous ces gens sont vraiment utiles à la production.
Il ne faudrait pas dégraisser les effectifs, chez les
morts ? Licencier quelques cadavres ? On pourrait
s'en sortir avec un bon plan social.

AHMED. Un plan social pour l'Enfer du théâtre
est très au-dessus des moyens d'un seul pays,

madame Pompestan. Pensez donc ! Avec tout ce qui s'entasse ici depuis la mort d'Eschyle ! Quant à licencier les morts, c'est une idée intéressante. Qu'est-ce que c'est qu'un mort au chômage ? Un vivant, forcément. Vous voulez renvoyer en haut tous ces ouvriers du théâtre ?

MADAME POMPESTAN. Horreur ! Il y a déjà trop d'immigrés ! S'il faut se taper en plus les morts-vivants !

AHMED. Le théâtre, madame, est aussi et même surtout une affaire matérielle. Pour que l'acteur vienne briller dans la lumière, il faut toute une activité ouvrière organique, qui travaille par la pensée le bois et le fer, la lumière et le bruit, la peinture et la machinerie. Voyez autour de vous tous ces morts prolétaires ! Par eux de leur vivant la scène existait, belle et dure, sous la cabriole des officiants visibles. Et n'est-elle pas aussi néces-saire à la démonstration publique, celle qui dans le noir, et vêtue de noir, comme l'ombre avisée de l'ombre, dirige le retardataire vers son fauteuil préservé ? Qui permet au public de se rassembler réellement, pour recevoir l'injonction des corps transis par la langue, sinon la connivence trop dis-crète de l'ouvreuse et de l'ouvrier ? Adressé à la foule, le théâtre déjà résulte d'une foule indus-trieuse. Le soin que l'Etat doit prendre du théâtre concerne le rapport, créateur d'idées, entre les ouvriers de l'art et les émotions multiples de nos villes.

MADAME POMPESTAN. J'aviserai, monsieur Ahmed. Pas question avec des histoires d'ouvriers et d'excitation intellectuelle du public de nous couper de notre électorat.

AHMED. Ecoutez-les, cependant ! Malheur aux gouvernementaux, si ce que leur enjoint la foule, ils s'imaginent dispensés de l'entendre !

LE CHŒUR DES OUVRIERS DU THÉÂTRE. Nous sommes les ombres de ce qui toujours au théâtre, quand nous vivions là-haut
restait dans l'ombre.
Pour nous pas de saluts, de gloire,
et d'applaudissements.
Un labeur ordonné, nocturne,
une forme ouvrière raffinée,
une construction manuelle,
et donc intellectuelle,
de l'espace et du temps.
Ajustement du visible et du glorieux
par l'invisible main ouvrière,
afin qu'un soir,
nous silencieux et retirés
après des jours de labeur vif,
viennent devant vous le simulacre et la beauté.
Qu'on nous cite parmi les morts nécessaires !
Qu'on nous célèbre,
invisibilité manœuvrière de la création du visible !
Menuisiers des parquets,
monteurs des décors,
artificiers des lumières,

régisseurs des accessoires,
hommes de la peinture,
femmes de la couture,
spécialistes des bruits et des musiques.
Et nous aussi gens des bureaux,
de la réception et du pilotage des égarés,
de la prospection et du contrôle des billets.
Foule concentrée,
œuvre éparse
et vigilante.
Afin que sur l'édification manuelle de sa présence
éphémère
vienne pour tous l'idée,
la visitation de l'idée.
Nous ! Socle prolétaire du théâtre !
A lui consubstantiel !
Nous ! Morts au champ d'honneur du théâtre,
Qu'on nous cite vivants !

AHMED. Et voilà ! Ce n'est pas à la simple figure
d'un divertissement anonyme que vous avez à
faire, madame.

MADAME POMPESTAN. Je suis responsable de
tous ces gens ? Mais c'est terrible ! La discussion
budgétaire va être une foire d'empoigne ! Vous ne
les connaissez pas, mes collègues des Finances !

AHMED. Le théâtre ne doit-il pas être, pour l'Etat,
une école de courage ?

LA DOUBLURE. Je les entends de mes deux
vastes oreilles, les gens du turbin théâtral. "Nous

autres, des bas-fonds du théâtre, nous avons besoin d'un courage énorme. Pourquoi ? Parce qu'à la différence des stars télévisuelles, nous ne pouvons savoir où nous en sommes. Dans notre situation, il faut du courage rien que parce qu'on se lève le matin. Nous risquons à chaque instant d'être les rivaux et les bourreaux les uns des autres, et de nous entre-égorger. Et du coup, si nous voulons nous regarder droit dans les yeux, il nous faut encore du courage[16]."

AHMED. Arrête tes citations. Va me chercher le guide. Il faut qu'on avance.

LA DOUBLURE. Le guide, le guide… Il paraît que c'est Sarah Bernhardt. C'est une star du siècle dernier, le guide. Si elle me voit, moi, pauvre doublure, elle va me cracher des tirades empoisonnées dans la gueule et me faire chier à qui mieux mieux.

MADAME POMPESTAN. Courage, mon ami, courage ! Vous venez de nous vanter votre courage.

LA DOUBLURE. Le courage ordinaire, madame ! Le courage théâtral ordinaire ! Mais je n'ai aucun courage extraordinaire.

AHMED *(levant son bâton)*. Allez, et plus vite que ça !

scène 2

La doublure disparaît dans le noir. Peu après on entend, au fond de la scène, sans voir les protagonistes :

LA DOUBLURE. Madame ! Mon maître, le titulaire du rôle d'Ahmed, a besoin du chariot.

SARAH BERNHARDT *(dans un style emphatique déroutant).*
"O parole comme un coup à mon flanc ! O main
 de l'amour !
O déplacement de notre cœur !
O ineffable iniquité ! Ah, viens donc, et mange-
 moi comme une mangue[17]."

LA DOUBLURE *(sortant de l'ombre, hérissée et terrorisée).* Alerte ! Le monstre a craché ! A l'aide ! Sauvez-moi !

La doublure se blottit dans les bras de madame Pompestan.

MADAME POMPESTAN *(lui tapotant la tête).* Allons, allons ! Ce n'est pas si terrible, quand même ! Une simple actrice !

LA DOUBLURE. Allez-y donc voir ! Elle vous souffle le Claudel comme un dragon qui se serait trompé de pyjama !

MADAME POMPESTAN. Je vais le dompter, moi, ce fantôme ! Je suis ministre de la Culture, tout de même ! Cette actrice est ma subordonnée. En

415

voilà des histoires ! *(Madame Pompestan disparaît dans le noir.)* Mon Dieu ! Quelle tenue ! Chère madame, je viens du ministère. Je vous prie de…

SARAH BERNHARDT *(toujours invisible, et d'une voix sensiblement plus grave, comme si, travestie, elle jouait un homme).* "Et toutes voiles dissipées, moi-même, la forte flamme fulminante, le grand mâle dans la gloire de Dieu[18] !"

MADAME POMPESTAN *(sortant de l'ombre en courant, un peu débraillée).* Oh ! Quelle garce épouvantable ! Je vais lui coller un rapport aux fesses, moi ! Je vais couper les crédits de tous les foutus théâtres où elle a joué ! Je remonterai jusqu'en 1850, s'il le faut.

LA DOUBLURE. Si on remontait plutôt à la surface ? Non ?

AHMED. Il ne sera pas dit qu'une tragédienne du XIXe siècle a fait capituler Ahmed, le comédien masqué du XXe siècle finissant. J'y vais ! En garde, Sarah Bernhardt ! *(Ahmed disparaît dans le noir. On entend :)* Sarah ! Sarah ! Tout est fini.

SARAH BERNHARDT. "Viens ! Viens, et ne demeure pas séparé de moi plus longtemps[19]."

Un long silence.

MADAME POMPESTAN. Mais qu'est-ce qu'ils font, tous les deux, dans cet infernal trou ?

LA DOUBLURE. Ils baisent, madame. Ils baisent.

MADAME POMPESTAN. C'est du joli ! Avec ce cadavre ! De la nécrophilie, maintenant ! J'aurai tout vu, aujourd'hui !

Au fil des répliques qui suivent, Ahmed et Sarah Bernhardt sortent lentement de l'ombre, enlacés. Sarah Bernhardt a une jambe en bois, et elle claudique.

AHMED. "Il n'y a plus personne au monde."

SARAH BERNHARDT. "Personne que toi et moi. Regarde ce lieu amer !"

AHMED. "Ne sois point triste."

SARAH BERNHARDT. "Regarde ce jardin de maudites citrouilles."

AHMED. "Ne sois point triste, ma femme, et va me chercher le tracteur."

SARAH BERNHARDT. "Et elle, la jeune fille, la voici qui entre chez l'époux, suivie d'un fourgon à quatre chevaux bondé, du linge, des meubles pour toute la vie ! Je reviens, ami, je reviens[20]."

Sarah Bernhardt sort. Pendant ce qui suit, on entend des bruits de démarrage de tracteur, et quelques jurons de Sarah Bernhardt.

AHMED. Eh bien ! Je l'ai eue.

MADAME POMPESTAN. Vous l'avez eue ? On ne saurait mieux dire ! Quelle santé, mon cher Ahmed ! Une ruine pareille !

AHMED. Dans le vrai théâtre, madame, toute ruine est un monument.

LA DOUBLURE. Garez-vous ! Voilà le chariot !

Un tracteur brinquebalant entre en scène, conduit par Sarah Bernhardt.

SARAH BERNHARDT. Montez, mortels ! Et tâchez de me passer comme il faut la brosse à reluire, sinon je vous donne à bouffer aux citrouilles.

MADAME POMPESTAN *(montant sur le tracteur)*. C'est mon collègue de l'Agriculture qui serait content.

Ahmed et la doublure montent, le tracteur part en pétaradant.

scène 3

Les mêmes, plus le chœur des Citrouilles.
Un autre endroit de l'Enfer. Des citrouilles partout. Le chœur des Citrouilles est composé d'un nombre pair d'interprètes, avec une dominante féminine. Le tracteur entre avec ses quatre occupants. Le chœur des Citrouilles reste figé.

AHMED *(regardant les citrouilles)*. On ne peut pas dire qu'elles sont ravissantes. Elles parlent vraiment ?

SARAH BERNHARDT. Uniquement si je donne le signal.

AHMED. J'aimerais bien les entendre.

SARAH BERNHARDT. Vous l'aurez voulu, jeune homme. Couli couli ! Poti poti ! Trouille trouille et ron ron ! Brachytrouille et potiron !

LES CITROUILLES. Théâtrotrouille et mollasson.
Pothéâtron qui malencouille.
Dramouillassons et comédouilles.

MADAME POMPESTAN. C'est tout ce qu'elles ont à dire à leur ministre, les citrouilles de la Culture ? Autant leur envoyer un sous-fifre, dites donc !

SARAH BERNHARDT. Citrouilles ! Faites le chant de la revendication !

LES CITROUILLES. Théâtrotrouille et mollasson.
Pothéâtron qui malencouille.
Dramouillassons et comédouilles.
Quêtons quêtons de la ministre
Pour boulevard des sous sinistres !
Pour vaudeville et rires gras
Pour castagnette et bla-bla-bla !

AHMED. Elles sont vraiment horribles.

MADAME POMPESTAN. Mais laissez-les parler, enfin ! Il faut être à l'écoute de la base ! Un ministre doit aller sur le terrain !

LES CITROUILLES. Théâtrotrouille et mollasson.
Pothéâtron qui malencouille.
Dramouillassons et comédouilles.
Acteurs fourchus le pied devant
Actric' mam'lues pétaradant
Décors croulants de formica
Cocus banquiers et gigolettes
Employés chauves et nymphettes
Théâtre pour télé caca.

MADAME POMPESTAN. Il y a du bon sens dans
ce que disent ces légumineuses. N'est-ce pas, monsieur Ahmed ? Il faut aller au-devant du public, pas
devant, mais au-devant…

LES CITROUILLES *(excitées et se rapprochant du
tracteur).*
Sous sous pour les sous du boul'vard
Sous sous pour les sous du gros lard !
A bas le fisc du théâtre fécal !
Pour le privé dégrèvement fiscal !

AHMED *(leur donnant du bâton).* Oh ! Oh ! Au
large, potirons abjects ! *(Vers madame Pompestan.)* Si vous écoutez ces citrouilles, si vous donnez un seul centime à la télé caca, je vous livre à
Sarah Bernhardt ! Toute crue !

MADAME POMPESTAN. Grand Dieu ! Je me sens
partir !

Elle s'affaisse dans les bras de la doublure.

LA DOUBLURE *(lui tapotant la tête)*. Quel monstre, cet Ahmed titulaire ! En attendant, j'ai rudement mal au croupion, sur ce tape-cul agricole !

LES CITROUILLES. Pothéâtron qui malencouille. Dramouillassons et comédouilles.

LA DOUBLURE. Bande de potirontrouilles ! Plutôt que de glapir, vous feriez mieux de me badigeonner les fesses.

LES CITROUILLES. Théâtrotrouille et mollasson. Pothéâtron qui malencouille.

LA DOUBLURE. Puissiez-vous crever avec votre malencouille ! C'est mal au cul, qu'il faut dire.

LES CITROUILLES. Dramouillasson et comédouille,
On attend tout de Pompestan.
L'théâtre elle brad' aux bell' citrouilles
L'art et l'idée elle rentr' dedans !
Pothéâtron qui malencouille.

AHMED. Tel un Ulysse à l'envers, je me bouche les oreilles, non que le chant de ces bacs à soupe soit délicieux, mais parce qu'il est si déprimant pour ma fine ouïe théâtrale, que je crains pour la santé de mes oreilles. O tintamarre infernal moderne du néant.

LES CITROUILLES. Grosses productions et bell' pépettes
On aura tout par Pompestan !

On va palper des sall' de fêtes
Et r'faire partout du french cancan.
Au théâtr' on f'ra les andouilles
Dramouillassons et comédouilles.

MADAME POMPESTAN. J'ai bien écouté vos revendications, mes braves citrouilles de la Culture. L'audiovisuel et le théâtre doivent marcher la main dans la main. Je rendrai bientôt mes arbitrages.

LES CITROUILLES *(très excitées)*.
Sous sous pour les sous du boul'vard
Sous sous pour les sous du gros lard !
Pompestan la belle ne fera grand cas
Que de c'que tolère la télé caca.

AHMED. Gare à vous, ministresse, si vous écoutez ces soupières ! Vous recevrez une rafale de Claudel en pleine poire !

MADAME POMPESTAN. Monsieur Ahmed ! Le ministre du Théâtre ne saurait avoir peur du théâtre ! Je suis une femme libre et théâtralement ouverte !

LES CITROUILLES *(hurlant)*. Théâtrotrouille et mollasson.
Pothéâtron qui malencouille.
Dramouillassons et comédouilles.

LA DOUBLURE. Vous allez voir ! Je vais vous péter à la gueule de belle façon ! Nom d'un chien ! Quelle traversée ! J'ai l'arrière-train comme un fusil à barillet !

SARAH BERNHARDT *(bloquant net le tracteur, et se dressant, très tragédienne)*. Nous sommes arrivés, mortels ! Voici le terme de vos tribulations rurales ! Et soyez inspirés, pour le pourboire de votre Automédon !

AHMED *(à la doublure)*. Allez, mon vieux. Fais-lui un compliment.

LA DOUBLURE. A ce monstre qui bêle ? Dans l'état où sont mes amortisseurs arrière ?

AHMED. Rassemble bien tes ressources vocales. Sois carrément dithyrambique.

LA DOUBLURE. Je ne suis pas comme toi, moi, je ne me vois pas tirant la bique.

AHMED. Allez ! Invente un éloge bien gras !

LA DOUBLURE. A moi, Bertolt Brecht ! Au secours !

Il médite quelques instants.

SARAH BERNHARDT. Ça vient, cette brosse à reluire ?

LA DOUBLURE. "Le destin, madame Sarah Bernhardt, a voulu que vous deveniez mon chauffeur agricole, sans que j'aie le plaisir douteux de vous avoir vue antérieurement sur scène dans quelque drame glapissant. Les circonstances dans lesquelles je vous rencontre pour la première fois sont absolument lugubres. Madame Sarah Bernhardt, autrefois vous aviez des gants de chevreau glacé blancs, une ombrelle à manche d'ivoire et une jambe en bois précieux. Vous fréquentiez les princes, les banquiers et les présidents. Vous avez certes encore la jambe de bois : c'est tout ce qui vous reste, et encore faut-il ajouter que le bois de cette jambe commence à pourrir. Vous ne fréquentez plus que des champs de citrouilles et des vols vrombissants de grosses mouches ratées. J'espère que dans un proche avenir vous ne fréquenterez plus rien du tout[21]."

SARAH BERNHARDT *(furieuse)*. Cochon ! Envieux ! Doublure minable ! Aux citrouilles ! Aux citrouilles !

Elle donne à la doublure un violent coup de canne. La doublure tombe du tracteur, et les citrouilles se précipitent sur lui.

LES CITROUILLES. Miam miam ! Miam miam !
Elle nous donne un acteur brechtien !
On va l'changer en bon chrétien
Et puis ensuite en bon crétin
Pour le théâtre des citrouilles !
Pied devant et fleur à la bouche
Tout ronronnant si on y touche ;
Pothéâtron qui malencouille
Miam miam ! Miam miam !

AHMED *(penché sur le bord du tracteur)*. Miséricorde ! Mon cheval est changé en soupe !

MADAME POMPESTAN *(livide)*. Mais qu'est-ce qu'il faut lui dire, à cette furie ?

424

AHMED. Ne levez pas le petit doigt ! Ne prononcez pas un seul mot ! Votre culture théâtrale est trop mince pour tromper cette gigantesque actrice.

MADAME POMPESTAN *(vexée)*. Je suis tout de même ministre du Théâtre !

AHMED. Qui exerce le ministère, hélas, n'a pas toujours la foi. Laissez-moi faire.

SARAH BERNHARDT. Dites donc, ça vient, ce pourboire ? Ou vous voulez tous cuire dans le potiron ?

AHMED. "Chère et sublime madame ! C'est vous qui avez toujours eu tout à créer, les paroles et la musique. Vous lisiez d'avance vos répliques dans les yeux de votre partenaire. Vous commenciez par une espèce de récitatif, votre vie, en somme, un long tissu d'anecdotes pathétiques, récitées de la voix la plus musicale.
Et puis, peu à peu, tous les grands mouvements de l'éloquence et de la passion, les accents d'une reine éplorée aux pieds d'un brutal bandit, et de temps en temps une interrogation, un mot, une touchante petite question. Par-ci par-là, un rien, une fusée, claire, tendre, touchante !
Et par-derrière toujours, naturellement, le secret féminin, quelque chose de réservé et de sous-entendu[22]."

SARAH BERNHARDT. Pas mal, jeune homme, pas mal. C'est presque ça. Je vous tiens quittes tous les deux. En allant droit vers l'ouest, vous rencontrerez forcément le démon.

MADAME POMPESTAN (*faisant le signe de la croix*). Le démon ! Il ne manquait plus que lui ! Et moi qui ne me suis même pas confessée avant de descendre !

SARAH BERNHARDT. Ne vous en faites pas, ma cocotte ! Ce sera le démon personnel de ce jeune homme. C'est le démon de tous les rôles un peu subversifs. Il se métamorphose, ce gaillard ! Il est le démon de Xanthias et de Sosie, le démon de Scapin ! Le démon d'Arlequin et de Trivelin ! Je l'ai même vu faire le démon de Figaro. Et pire encore : le démon du soldat Schweyk ! Quand il va voir le masque de ce jeune homme… tu t'appelles comment, mon chéri ?

AHMED. Ahmed. Avec un H. On peut même dire Achmet, si on veut.

SARAH BERNHARDT. Eh bien tu vas voir le démon d'Achmet !

AHMED. Chère et sublime tragédienne, ne pourriez-vous pas me donner quelques indications sur le plan des Enfers ? Je ne voudrais pas égarer mon ministre, dont le temps est précieux. Je vois bien que partout répandus, foule essentielle, il y a les ouvriers et les anonymes du théâtre, ceux sans qui il n'aurait aucune réalité. Comment, pour tout le reste, trouver la bonne direction ?

SARAH BERNHARDT. Il faudra te démerder, mon loulou. La grande Sarah peut juste te donner un coup de main. En gros, il y a quatre cercles. L'extérieur, tu y es. C'est le cercle des citrouilles de la Culture, le cercle du théâtre qui n'est pas du théâtre. Ensuite, il y a le cercle des doubles, des mimes, des imitations et des simulacres. C'est là que chacun risque de rencontrer son démon. C'est là qu'aiment venir rôder les spectres de mes confrères, les grands acteurs. Il y a aussi quelques prétendues grandes actrices, mais si tu veux mon avis, ce sont toutes des pétasses.

AHMED. Certainement, certainement… Nulle actrice ne saurait surpasser votre tragique obstination. Et après le cercle des simulacres ?

SARAH BERNHARDT. Tu entres dans le cercle du public. Tous ceux qui sont venus m'applaudir sont là. Ça fait du monde !

AHMED. La terre entière, madame, l'univers rassemblé dans le claquement de ses grandes mains. Et le quatrième cercle ?

SARAH BERNHARDT. Dans ce troisième cercle, on trouve aussi les metteurs en scène. Ils n'existent pas depuis longtemps, ceux-là, à peine depuis le XXe siècle. L'administration des Enfers est incroyablement conservatrice. Les choses n'ont guère bougé depuis Périclès. Pour les metteurs en scène, on n'avait rien prévu de spécial. On les a fourrés avec le public, ni vu ni connu. Stanislavski, Meyerhold, Jacques Copeau, Louis Jouvet, Jean Vilar,

Antoine Vitez, tous ces gars-là, ils sont dans le cercle du public.

AHMED. Ce n'est que justice. Qu'est-ce qu'un metteur en scène, sinon un regard instruit qui fait public avant le public, pour le devenir du spectacle ? Et le quatrième cercle ?

SARAH BERNHARDT. Ce sont les auteurs, les poètes. J'y vais de temps à autre, pour siffler un cognac avec Edmond Rostand.

AHMED. Et c'est là que nous trouverons Bertolt Brecht et Paul Claudel. Mais dites-moi, très chère. *(A voix basse.)* Est-ce que vous savez dans quel cercle je pourrais trouver Scapin ?

SARAH BERNHARDT. Le Scapin de Molière ? Aucune idée. Je n'ai jamais entendu signaler ce type-là nulle part. Vous aurez peut-être des indications avec le haut-parleur.

AHMED. Le haut-parleur ?

SARAH BERNHARDT. Il diffuse les messages de l'administration dans les quatre cercles de l'Enfer. Matériellement, il est tenu par des régisseurs expérimentés, surtout des Allemands et des Japonais, ils sont les plus réguliers. Mais à la tête du service du haut-parleur, il y a Corneille. Avant, c'était Victor Hugo. Les messages étaient si longs et si enflés que personne n'écoutait jusqu'à la fin. On l'a dégommé. Les Américains, qui n'ont presque aucun poste, ont présenté Eugène O'Neill. Les Allemands ont dit : On va avoir des messages psychanaly-tiques, familialistes et alcooliques. Pas question. Pour faire chuter O'Neill, ils ont présenté une très grosse pointure, Goethe soi-même. Pourtant Goethe avait dit partout qu'il n'accepterait pas ce job. "Moi, Goethe, un haut-parleur ? C'est une ineptie." Il était furieux, papa Goethe. Finalement, nous avons bien manœuvré, nous les Français. On s'est faufilé entre les Yankees et les Boches, et Corneille est passé. Il était très content, le contraire de Goethe. Il adore le haut-parleur, Corneille. Il l'adore d'autant plus que jusqu'à la dernière minute du scrutin, Racine lui a glissé des peaux de banane. Racine est un de mes amis, notez bien. Il est très chou avec moi, il me dit : "Sarah ! Vous êtes ma plus belle Phèdre !" Mais avec Corneille, il est d'un vache ! Il se promenait dans les quatre cercles de l'Enfer en susurrant : "Corneille n'est pas un haut-parleur, c'est un parle-hauteur…" La situation était tendue, parce que Victor Hugo, qui est lui aussi très chou avec moi, notez bien, nous avait un peu mis tout le monde à dos. Finalement, ce sont les Russes et les Australiens qui ont fait la différence pour Cor-neille, et personne n'a compris pourquoi. Ceci dit, même avec Corneille, j'aime autant vous dire que les messages sont parfois bougrement bizarres. C'est pas tout, ça, il faut que je retourne à l'entrée. Bon courage, mes loulous. Faites gaffe au démon !

Sarah Bernhardt fait demi-tour et part en pétara-dant.

MADAME POMPESTAN *(saluant les citrouilles)*. Soyez tranquilles ! Je ne vous oublierai pas dans le budget.

LES CITROUILLES *(ravies)*. Théâtrotrouille et mollasson.
Pothéâtron qui malencouille.
Dramouillassons et comédouilles.

AHMED. Fermez-la ! Nous venons voir Bertolt Brecht et Paul Claudel, et vous nous bassinez avec vos comédons et vos dramatouilles ! Silence, citrouilles et potirons de la Culture ! Sicaires de la télé caca ! Boursicoteurs du spectacle ! Je vais vous montrer ce qu'est Ahmed. *(Ahmed charge les citrouilles avec son bâton. Elles s'enfuient. Toutes les citrouilles du décor disparaissent. Plateau nu, de nouveau.)* Quelle racaille ! Je vous préviens, ministresse : si vous les faites revenir, je vous plante là et je remonte tout seul vers Sarges-les-Corneilles !

MADAME POMPESTAN *(humble)*. Monsieur Ahmed ! J'ai pleine conscience de la dignité culturelle du théâtre !

scène 4

Ahmed, madame Pompestan, le haut-parleur, le démon d'Ahmed.

Ahmed et madame Pompestan marchent un moment.
Le décor change, il s'assombrit. Peut-être des miroirs
partout.

LE HAUT-PARLEUR. Mortels écoutez-moi, retenez ma parole.
Des terribles démons voici le Capitole.
Pendant que vous marchez, votre main pour signal
Vous doit au lieu d'encens, donner un coup fatal ;
Votre propre moitié contre vous qui s'emporte
Fait que l'autre moitié doit vous prêter main-forte.

MADAME POMPESTAN. Qu'est-ce que c'est que ce jargon administratif ?

AHMED. Le vieux Corneille nous avertit que nous entrons dans le cercle des doubles et des démons.

MADAME POMPESTAN. Si c'est votre démon, vous vous en chargez. Un ministre n'a pas à se faire malmener par le démon de n'importe quel citoyen plus ou moins en règle.

AHMED. Au contraire, madame, au contraire ! C'est de la part démoniaque de chaque administré que l'État s'occupe jour après jour. Attention ! Écoutez-moi ça !

Si le démon d'Ahmed est joué par le même acteur
qu'Ahmed, toutes les répliques dites off, *alors que*
l'acteur est en scène, devront être enregistrées.

LE DÉMON *(dans l'ombre).* Arrgh ! Brrr ! Raparah ! Sniff ! Brouk de brouk ! J'ai la haine !

AHMED. Allons, bon. Lui, c'est moi. C'est moi, Ahmed, en beur bourré !

MADAME POMPESTAN. Il est d'un réaliste…

LE DÉMON *(même jeu).* Arrgh ! Raparah ! J'ai la rage ! J'ai la haine et j'ai la rage !

AHMED. Ce n'est que mon moi intérieur libéré de tout travail de l'intellect.

LE DÉMON *(même jeu).* Faites gaffe, bourges des dehors de l'Enfer ! J'ai la haine ! J'ai la rage !

MADAME POMPESTAN. Et moi j'ai la trouille.

AHMED *(vers le démon).* Mon petit Ahmed ! Tu as la haine ? Tu as la rage ? Et où as-tu mis la cervelle de ta fameuse haine ? Où as-tu mis la parole efficace de ta glorieuse rage ?

LE DÉMON *(même jeu).* Meufs et keufs du centre ! J'ai l'enfer en moi. J'ai galéré, dis donc ! Poussez vos coquilles encrassées pour mon cri tribal. Arrgh ! J'ai la haine ! J'ai la rage !

MADAME POMPESTAN. Il a vraiment l'air féroce.

AHMED. Il se répète, il doit être shooté. Quand je ne pense plus, le monde affreux me capture, et tout l'en-dessous de moi est shooté au céleri de cervelle. Mon petit Ahmed des sombres étages ! Remonte vers la puissance articulée ! Aiguise ta rage et ta haine sur la meule subtile !

LE DÉMON *(même jeu).* La haine ! La haine ! La haine !

MADAME POMPESTAN. Le gouvernement de la France n'a peut-être pas assez pris en compte le cri qui monte des lointaines banlieues.

AHMED. Le cri, chère madame, le cri ! Ce n'est que le plus misérable moment de la révolte. Passer du cri à la phrase, de la phrase au texte, du texte à la théorie, sans jamais lâcher le bâton ou le revolver, c'est ça qui vous fait tomber les murailles de Jéricho. Son cri ! Vous parlez ! On méprise son père, ouvrier, seigneur de l'usine. On traîne ses baskets dans quelques sacs d'embrouilles, on lance quelques boulons sur des flics en goguette, on fait circuler quelques doses, sous la protection de maquereaux stylés, on pique un veston de cuir au mec d'à côté, et on se croit le feu de Dieu dans des cités à l'abandon ! On croit faire peur au blanc bourgeois démocrate ! On croit ébranler le mur en glapissant : "La haine ! La rage !" Mon petit primate intime du cri ! On en fera de jolis films, de ta haine. Prends ta seringue, et injecte dans ta rage quelques décigrammes d'obstination ! Où te caches-tu ?

Ahmed sort chercher le démon. Un temps de recherche. Le démon apparaît. Il ressemble beaucoup à Ahmed, mais il est un peu plus large, un peu plus grand, et porte un autre masque. Madame Pompestan se cache, mais reste visible pour le public.

433

LE DÉMON. Exclu ! Je suis l'exclu qui hurle !
Tout le noir de la ville !
Casquette sur le cou
La fumette à la poche
J'suis un mec qu'est dans l'coup
Ma meuf est la moins moche.
Le recel dans les caves
Et la fauche au marché
C'est pas dans la bett'rave
Qu'on fait le beur branché.
Mon père dans l'usine
S'est fait tondre la laine
Moi jamais je turbine
J'ai la rage, la haine !

Casses, drogues et cris
Voitures bien flambées
Ecoles où j'écris
Nique ta mère, bébé !
Baskets blousons du rap
Dealers et maffieux
Rodéos où on s'tape
Couteaux et flics chassieux
Barbus et cheffaillons
Dragues et jours qui traînent
La parole en haillons
J'ai la rage, la haine !

J'fais la loi des cités
L'béton est mon royaume
Si tu te fais taper
C'est qu'ton nunchaku chôme.

434

Ma mère et ma frangine
Cuisent le couscous pour moi.
Faudrait voir leur bobine
Si j'faisais quoi qu'ce soit.
Quand l'barbu de l'islam
Veut que ça pète en chaîne
C'est au gaz qu'j'fous la flamme
J'ai la rage, la haine !

Le démon disparaît.

MADAME POMPESTAN. Vous entendez ça, Ahmed ?
C'est toute la fracture sociale… C'est la jonction
terrifiante du désespoir des banlieues et du terrorisme intégriste.

Ahmed réapparaît.

AHMED. Calembredaines ! Folklore ! Ils cuiront
dans leur jus sous la surveillance des chiens et des
banques. Ce démon est bien le mien. Il ne fait que
crier ce que je rêve quand je dors. Ah ! Foutre en
l'air tout ce qu'il y a, sans s'être donné la peine de
savoir vraiment ce qu'il y a ! Rêverie primitive
délicieuse ! La vie puissante sans idée ! Le grand
soir analphabète ! Quelle épiphanie ! Mais quand je
me réveille, je me dis : "Mon petit Ahmed, mon
petit barbare du dedans de la nuit ! Jeunesse intérieure du démon calamiteux ! Il est bien vrai qu'il
faut tracer dans ce monde une diagonale de fureur !
Mais la pensée et la langue doivent seller et sou-
mettre le cheval noir de l'émeute. Il faut, mon cher
démon, que je te fasse une piqûre de politique."

Eh bien, c'est une excellente idée. Je vais lui filer un deal de pensée jouisseuse ouvrière, à cet infernal gorille.

Ahmed disparaît. Madame Pompestan reste seule, claquant des dents.

MADAME POMPESTAN. Mon Dieu, mon Dieu, mon Dieu… Que le cabinet ministériel au grand complet vienne me sauver. Que le très grand Chirac, le menton en avant, lâche sur le monstre toute une tripotée d'essais nucléaires. Ne faites pas la culture ! Faites la guerre ! Oh !

LE DÉMON *(réapparaît en se frottant les fesses).* On m'a piqué le cul dans le noir. Je me sens tout drôle. *(S'adressant à des aides invisibles.)* Ça ne fait rien. Garrottez-moi en vitesse ce ministre répugnant.

MADAME POMPESTAN. Ce n'est pas moi le ministre. Vous voyez bien ! Je ne suis qu'une faible femme. Une femme distinguée perdue dans le noir de l'Enfer.

LE DÉMON. "Faible femme ! Qui a jamais vu une faible femme ? Moi je suis un tout petit démon, ah ah ! Non mais ! Je suis prêt à vous prendre à la gorge pour que vous recrachiez toutes les vilenies que vous avez dans le ventre. Vous m'avez, en haut, dans la ville, humilié et traqué, vous le savez. Les temps sont terribles, et nous sommes en Enfer. Mais les gens comme vous grimpent avec leurs griffes en haut du mur lisse[23] !"

*Le démon agrippe madame Pompestan qui, reprise
par la morgue de classe, se dégage.*

MADAME POMPESTAN. En voilà des façons ! Et
vous puez, en plus. Vous ne mangez que de la
soupe à l'ail, dans ce trou ?

LE DÉMON *(à part).* Je me sens vraiment tourne-
boulé. *(A madame Pompestan, avec une intensité
un peu délirante.)* Nous mangeons du ministre.
Exclusivement. Si ça pue, plaignez-vous aux
ministères. Quoi de plus dodu qu'un ministre ?
Les ministres socialistes ne sont pas mauvais,
mais il faut les faire cuire longtemps. Comme ils
sont eux-mêmes très étonnés d'être ministres,
ils en rajoutent ! Ils se démènent, ils pondent
toutes sortes de décrets infects à la va-vite. A la
fin, ils sont aussi peu appétissants que de vieux
corbeaux. Les ministres du Front national seraient
les meilleurs. Quel plaisir de les embrocher, de les
griller, de les couper en petits cubes rissolés à l'oi-
gnon ! Ne laisser d'un ministre du Front national
que les oreilles poilues et les ongles des doigts de
pied est sûrement un plaisir des dieux. Mais il n'y
en a pas, de ministres du Front national. Pas encore. Vous me direz : Tant mieux ! Qu'ils crèvent
tous avant de devenir ministre, ou même avant de
devenir conseiller municipal de Sarges-les-Corneilles. C'est vrai. Mais pour la ratatouille, c'est
une perte. A la fin, il faut se contenter des ministres
du RPR. Ils sont un peu nerveux, un peu graisseux,
mais on s'y adapte. Ils ont pris tout un paquet de

437

mesures infâmes contre les Ahmed démoniaques comme moi. Allez ! A la poêle !

Il se saisit de madame Pompestan, qui se débat comme une furie et lui échappe encore.

MADAME POMPESTAN. Et que faites-vous de l'amour ? Je vous le dis comme femme et comme croyante sincère, nous devons nous aimer les uns les autres. Et non pas nous manger les uns les autres ! Non mais, quelle dégoûtation ! Espèce d'anthropophage !

LE DÉMON. Aïe aïe aïe ! L'amour ! "Le malheur rattrape l'un de nous : il aime. Cela suffit, il est perdu. Une faiblesse et on n'existe plus. Comment se libérer de toutes les faiblesses, et d'abord de la plus meurtrière, l'amour ? C'est absolument impossible ! L'amour est bien trop cher ! Il faut vivre toujours sur ses gardes ! En Enfer, les caresses se changent en gestes d'étrangleur ; le soupir d'amour devient cri d'angoisse. Pourquoi les vautours tournoient-ils, là-bas ? Parce qu'une femme énamourée va à son rendez-vous[24]." Mieux vaut être mangée qu'aimée, espèce de hareng saur ! Allez, allez ! A la poêle !

Il la saisit, elle s'échappe encore.

MADAME POMPESTAN. Quelle honte ! Je ne suis pas ministre, pas même sénateur, pas même conseillère générale. En plus je n'ai que la peau sur les os. Un hareng saur, vous l'avez dit. Même au court-bouillon je ne vaux rien. Je suis la sténo-dactylo du ministre, tiens ! Il s'est caché là-bas, avec un masque, le ministre. C'est un petit homme râblé, un peu comme vous. *(Regardant de près le démon.)* Il vous ressemble même beaucoup.

LE DÉMON. Caché ? Masqué ? Il va voir ! *(Le démon part dans l'ombre. On l'entend parler sans le voir.)* Ah ! Je te trouve ! Ministre sous le masque… Enlève ta visière, citoyen gaullâtre des palais… Par Allah, le Seigneur tout-puissant ! C'est moi ! C'est Ahmed ! Mon moi penseur de la grande et solaire surface ! Avorton ouvrier des banlieues et des intrigues, je vais t'anéantir.

MADAME POMPESTAN. Pendant qu'ils s'expliquent entre eux, ces Arabes, le mieux est de filer. Où donc est la sortie ?

AHMED *(sortant brusquement de l'ombre)*. "Comme le cœur de l'Ahmed terrestre frémit quand cette vie furieuse qui le hante, vie de la mort indistincte, l'Ahmed infernal, tournant vers lui sa face décomposée, avoue par l'orifice de son corps pourri[25] !" Madame Pompestan, c'est bien mon propre démon qui nous pourchasse. Je lui ai fait une piqûre dans les fesses, il est un peu bizarre. Il est approximativement situé entre mon moi-moi et mon moi-lui. Il reste dangereux.

MADAME POMPESTAN. Ecoutez, réglez vos affaires de moi-moi avec vous-même, et pas avec moi. Je sors de ce trou. C'est fi-ni.

AHMED. Allez-vous laisser la culture française à l'abandon ?

MADAME POMPESTAN. J'emploierai les méthodes ordinaires des bureaux. Vous m'avez embarquée dans une histoire à dormir debout. Bertolt Brecht ! Paul Claudel ! Cinq arbres plantés sur un dromadaire ! La crise ! La botanique, la critique, la dialectique, et quoi encore ? Vous m'en avez mis plein la vue. Mais au bout du compte, il n'y a que des citrouilles, une tragédienne unijambiste mal élevée, et des Arabes vociférants. Assez ! Assez ! Assez !

AHMED. Attention ! Il revient.

Ahmed s'enfuit. Bruits divers en coulisse.

MADAME POMPESTAN. Seigneur ! L'anthropophage ! Le cuisinier des ministres ! Ma fille, prononce tes dernières volontés. Vive la France ! Vive de Gaulle ! *(Comme un discours au public.)* Françaises, Français. Le ministre de la Culture, madame Mathilde Pompestan, est allée aussi loin que ses forces d'élue de la nation et de femme moderne le lui permettaient, pour sauver notre théâtre de la perdition où l'avaient conduit quinze ans de dictature socialiste, élitiste et démagogique. Soutenue par la confiance inébranlable et intermittente de Jacques Chirac, elle a affronté, avec un courage de tous les instants, l'avarice du ministre des Finances, un larbin bien connu de Balladur et de Giscard d'Estaing. Elle est allée consulter aux

archives des documents confidentiels signés autrefois par ses éminents confrères Paul Claudel et
Bertolt Brecht. *(Le démon, réapparu, l'écoute
depuis un moment.)* C'est durant cette mission
périlleuse qu'elle a rencontré, sur le front noir des
idées... des idéaux... non. Des idéologies...
des idéogrammes... Enfin bref, c'est là que l'a re-
jointe une mort devant laquelle son clair regard de
femme et de ministre n'a pas frémi.

LE DÉMON. Et devant laquelle Ahmed l'infernal
se lèche les babines. Ah ah ! On n'était pas
ministre, hein ! A la poêle !

Il s'empare de madame Pompestan.

MADAME POMPESTAN. Ahmed ! Ahmed ! A l'aide !
Les terroristes m'enlèvent ! Ahmed !

AHMED *(depuis l'ombre).*
"Fille de France ne crains rien
Qui te combat perdra demain
Cette main qui t'aura forcée
Tombera bientôt desséchée[26]."

LE DÉMON *(lâchant un instant madame Pompestan, qui disparaît en courant dans l'ombre).* Où
est-il encore ? Oh ! Mon moi intellectuel ! Mon
terrestre sans désir nihiliste ! Où es-tu mon politique au petit pied ? Mon ouvrier positif, mon penseur en bois privé de haine et de rage ? Viens, mon
mignon supérieur, que je te remplace une fois pour
toutes.

AHMED *(depuis l'ombre).*
"Qu'importe ce qu'on me fera
Où est Ahmed là est l'esprit
Et bientôt mon démon sera
Tout accablé par mon mépris[27]."

LE DÉMON *(tout en cherchant Ahmed).* Jamais !
Jamais ton démon intime, enfin sorti des derniers
lambeaux de la loi, ne tolérera, ici, aux Enfers,
l'Ahmed des combinaisons de la pensée et du désir
qui sait où il va. Que l'intrigue et la langue cèdent
toute la place au nihilisme glouton ! Crois-tu,
esclave masqué de ta propre intelligence, que je
suis une ombre ? Ah ! "Mon pantalon râpe mes
cuisses nues. Mon crâne est gonflé par le vent, dans
les poils de mon aisselle s'est accrochée l'odeur des
présidents bouillis, des ministres rôtis ! L'air tremble, comme ivre d'eau-de-vie[28] !" A moi, Ahmed,
imposteur terrestre de son enfer intérieur !

*Le démon disparaît dans l'ombre. Madame Pom-
pestan revient.*

MADAME POMPESTAN. Où suis-je ? J'ai l'impression de tourner en rond. Ils pourraient mettre
des panneaux de signalisation, tout de même !
C'est l'incurie municipale, dans cet Enfer.

AHMED *(sortant de l'ombre à reculons).* "Qui
reçoit par les yeux à l'intérieur de son âme la figure
de cette espèce d'engin inépuisable qui n'est que
mouvement et désir,
Adopte une puissance en lui désormais incompa-
tible avec toutes les murailles[29] !"

Ahmed disparaît dans l'ombre. Le démon sort, visiblement très affaibli.

LE DÉMON. Ah ! La mitraille des versets ! "Sur ma nuque il a battu le briquet, mes mains gèlent dans mes gants, mes doigts de pied gèlent dans mes chaussettes[30]."

Le démon disparaît.

MADAME POMPESTAN. Zut ! Je me suis encore fourrée dans le micmac des deux Arabes !

AHMED *(sortant à nouveau de l'ombre à reculons).*
"Que le panaris dévore la main qui me tient !
C'est la parole de l'esclave contre son maître ; que la gangrène noire
Lui fonde le bras jusqu'à l'épaule !
Je ne suis pas la dent d'une roue. Je ne suis pas fait
Pour être manié comme une pelle.
Je me rendrai libre, j'ai juré[31]."

MADAME POMPESTAN. Mon cher Ahmed, vous avez l'air d'une tarentule qui barrit comme un éléphant.

AHMED. Chut, madame ! Mon démon est au bout du rouleau, mais il peut encore avoir de fatales réactions. J'y vais.

Ahmed disparaît. Le démon sort de l'ombre en titubant.

LE DÉMON. Sans moi dans tes souterrains, Ahmed, que vaudra ton habileté ? Sans mon cannibalisme,

que vaudra ton appétit ? Sans le démon qui n'a nulle pitié, que vaut l'esprit qui légifère ?
"Ou bien les deux, prince et démon,
Ou bien personne sur le pont.
Sans le fusil, toujours les chaînes.
Le prince a le démon pour reine[32]."

Le démon s'évanouit dans l'ombre. Ahmed ressort.

AHMED. Il n'a pas tort, l'ami. C'est pourquoi il vaut mieux l'achever. Attention, je tire. *(D'une voix violente, tourné vers l'ombre.)* "Regardez l'Enfer du théâtre ! Ils bâtissent des lieux fortunés avec des loges et des balcons, des velours, des escaliers à double envol ! Mais l'ouvrier qui les bâtit n'en a ni l'usage, ni l'idée. En sorte qu'il alimente sa solitude avec des cris qu'aucune langue ne reconnaît. J'ai connu un démon prospère, un Ahmed rempli de néant qui se vantait de sa fureur. Il a construit le théâtre de sa vengeance à l'abri de sa propre pensée. Il criait : «La haine ! La rage !» Mais le soir, s'étant retiré, il creva dans les lieux d'aisance[33]." Nous mourrons tous, et la mort n'a pas de nom démoniaque. Moi, Ahmed le Subtil, terrassant le démon sans langage, je nommerai la mort, et je l'établirai en gloire comme simple parcelle de la vie ! Amen.

LE DÉMON *(comme un dragon qui meurt)*. Arrgh ! Boubou ! Merdier fatal ! La haine, la rage… Beurk…

Bruit de chute, et long silence.

MADAME POMPESTAN. Mon cher Ahmed, je n'ai rien compris à votre histoire d'escaliers et de lieux d'aisance. Mais on dirait que vous l'avez eu, ce monstre.

AHMED *(un temps de défaillance)*. Je me suis opéré le ventre, couic ! Je ne suis plus qu'un œil sous le bois. Enfin, il le fallait. Je vais récupérer sa défroque. Ça peut toujours servir, un costume de démon.

Ahmed sort.

MADAME POMPESTAN *(au public)*. Vous ne sauriez pas, braves gens, où est la sortie ?

Ahmed revient, portant la tunique et le masque du démon.

AHMED. Allons ! En route vers Bertolt Brecht et Paul Claudel !

MADAME POMPESTAN *(résignée)*. Je boirai jusqu'à la lie la coupe de mes obligations ministérielles. Par où sortir de ce cauchemar politique ?

scène 5

La doublure d'Ahmed, Ahmed, madame Pompestan, le haut-parleur.

LA DOUBLURE *(voix dans l'ombre)*. "Tu as compris que nous sommes camarades d'une action métaphysique. Nos relations personnelles ont été

brèves, un temps durant elles ont été prépondé-
rantes, ce temps s'est vite envolé[34]."

AHMED. Un suppôt de l'Enfer ! Il va pouvoir
nous renseigner.

MADAME POMPESTAN. Il a la voix de votre
monture que les citrouilles ont dévorée.

LA DOUBLURE *(entrant)*. "Les étapes de la vie
ne sont pas celles de la mémoire. La fin n'est pas
le but, le dernier épisode n'est pas plus important
que n'importe quel autre[35]."

AHMED *(stupéfait)*. C'est bien ma doublure ! Il a
l'air un peu égaré. D'où viens-tu, animal ? Je te
croyais changé en potage culturel.

LA DOUBLURE *(soudain très méfiant, change
physiquement, prend l'air pointu et atrabilaire. Au
moins en apparence, il ne reconnaîtra jamais les
deux autres)*. On ne sait jamais tout.

MADAME POMPESTAN. Quand êtes-vous par-
venu à vous soustraire à ces potirons, mon cher ?

LA DOUBLURE. A la sortie.

AHMED. Mais par quel artifice, doublure, as-tu
trompé les citrouilles commerciales ?

LA DOUBLURE. On ne sait comment.

MADAME POMPESTAN. Il n'est pas bavard, votre
coreligionnaire. Dites-moi, vous allez bien ? Vous

êtes en pleine forme ? Où en est votre équilibre psychique, après toutes ces aventures ?

LA DOUBLURE. Comme avant, mieux qu'avant.

AHMED *(prenant à part madame Pompestan).* Je crois pouvoir affiner mon diagnostic. Ma doublure se prend pour Pirandello.

MADAME POMPESTAN. Pirandello ? Je le connais, Pirandello ! Enfin un que je connais dans ce trou sombre. En classe de seconde, avec mon prof de français, j'ai vu *Six personnages en quête d'auteur.*

LA DOUBLURE *(qui a entendu).* Ne quêtez plus, nobles visiteurs du spectacle. L'auteur, c'est moi. Venez ! Venez ! *(Enlaçant madame Pompestan.)* Confessez, madame, que vous êtes ou d'un seul, ou d'aucun.

MADAME POMPESTAN *(se dégageant).* Bas les pattes, monsieur le double ! Ils sont tous terriblement lubriques, dans cet Enfer du théâtre.

AHMED. Le théâtre, madame Pompestan, est une machination sans pudeur. Je vais faire subir un test théâtral à ce rescapé des légumes culturels. O doublure, dont je soupçonne qu'en Pirandello tu te titularises, dis-moi. Quel est ton devoir ?

LA DOUBLURE. Le devoir du médecin.

AHMED. Quel est ton roi préféré ?

LA DOUBLURE. Henri IV.

AHMED. Quelle est l'histoire que tel un enfant tu te racontes, le soir, pour dormir à l'abri des songes mauvais ?

LA DOUBLURE. La fable du fils substitué.

AHMED. Et quel est le dénouement qui t'apaise ?

LA DOUBLURE. Quand tout finit comme il faut.

AHMED. Quelle bonne action, quel geste moral, réconforte ton âme tourmentée ?

LA DOUBLURE. Vêtir ceux qui sont nus.

AHMED. Et quelle est ta plante favorite ?

LA DOUBLURE. La fleur à la bouche.

AHMED. Quel est le plaisir qui te transfigure ?

LA DOUBLURE. La volupté de l'honneur.

AHMED *(à madame Pompestan)*. Le test est décisif. Aucun doute, ma doublure, désormais, double Pirandello. Si bien que moi, Ahmed, doublement doublé, je deviens le Pirandello titulaire !

MADAME POMPESTAN. Mais où donc est l'authentique monsieur Pirandello dans tout ça ? Il ne sera pas très content de se savoir doublé et titularisé par des Arabes.

AHMED. Bah ! Il était sicilien ! Les Siciliens sont grecs, carthaginois, romains, byzantins, arabes, espagnols, italiens… Les Siciliens sont le monde entier ; c'est pourquoi le théâtre leur doit tant. Et puis y a-t-il jamais eu un Pirandello authentique ? Que pourrait bien être, je vous le demande, un vrai Pirandello ? C'est un homme, il l'a écrit, à qui il ne coûtait rien de se vouloir tel que les autres le voulaient.

LA DOUBLURE. Oui et non. Quand on est quelqu'un, ce n'est pas la raison des autres ; et pourtant, je suis comme vous, monsieur. Nul ne nous verra masques nus.

MADAME POMPESTAN. Il est un peu fatigant, votre doublure doublée. Tirez-lui le renseignement sur l'appartement infernal de monsieur Claudel, et ensuite, tirons-nous.

AHMED. Ça ne va pas être facile. Voyons… Dites-lui : "Je suis madame Morli."

MADAME POMPESTAN. Madame Morli ? C'est d'un vulgaire. Et puis pourquoi madame Morli ?

AHMED. Allez-y ! Allez-y ! Il faut que nous entrions vivants dans ses pièces, sinon nous n'en tirerons rien. Pirandello n'est qu'une apparence, il est le double de toute doublure, le double fond de toute fondation. Hors le théâtre, pas de salut ! Répétez : "Je suis madame Morli."

MADAME POMPESTAN. Je suis madame Morli.

LA DOUBLURE. Mais lequel de ses deux visages ?

AHMED *(à madame Pompestan)*. Répondez : "Comme tu me veux."

MADAME POMPESTAN. Vous croyez que je peux tutoyer ce fou ?

AHMED. Pressons, pressons ! Il va se dissoudre dans les cintres ! "Comme tu me veux."

MADAME POMPESTAN. Comme tu me veux.

LA DOUBLURE. Ah ! C'est bien la vie que je t'ai donnée. *(Vers Ahmed, taquin.)* Gare à toi, Giacomino !

AHMED. Mais c'est pour rire.

LA DOUBLURE. Encore faut-il se trouver.

MADAME POMPESTAN. Et Paul Claudel, dans tout ça ?

LA DOUBLURE. Paul Claudel ? Le coquin ! Le coquin ! C'est l'ami de leurs femmes !

AHMED. Tenez bon le jeu des rôles.

MADAME POMPESTAN. Franchement, je rêve.

LA DOUBLURE. Mais peut-être que non.

AHMED *(passant une brochure à madame Pompestan).* Vite ! Vite ! Lisez les répliques marquées "L'Inconnue".

MADAME POMPESTAN. Comment ça, inconnue ! Tout le monde me connaît, moi ! Je ne suis pas du tout inconnue du grand public ! Je fais un tabac à l'audimat, mon petit monsieur.

AHMED. Pour Pirandello, l'inconnue seule peut être connue. Connaître n'est que faire venir à être ce qui ne se connaît pas. Allez ! Allez ! *(Vers la doublure.)* Ce soir, on improvise.

LA DOUBLURE. Quoi ? La jarre ? La greffe ? Le diplôme ?

MADAME POMPESTAN. L'imbécile !

LA DOUBLURE. *L'Imbécile* n'est pas ma meilleure pièce. L'étau cependant se resserre sur le pâle Luigi. Allons-y pour le jeu des rôles, ici, dans cet Enfer qui n'est qu'une nouvelle colonie.

AHMED *(à madame Pompestan).* Lisez bien, avec énergie, avec autorité. Page 29. Je démarre juste avant vous.

MADAME POMPESTAN. Monsieur Ahmed ! On ne fait pas monter une ministresse sur les planches ! Vous imaginez le scandale, si mon collègue de l'Aménagement du territoire me voyait gigoter sur des tréteaux !

AHMED. Il faut mettre la main à la pâte, quand on prétend régenter les spectacles.

LA DOUBLURE. Chacun sa vérité, après tout.

AHMED *(à madame Pompestan, théâtralement).* "Vous êtes en train de jouer[36]."

MADAME POMPESTAN. Je m'y refuse, là ! Je ne suis pas une saltimbanque, là !

LA DOUBLURE *(furieux)*. Actrice déplorable !
Vous ne savez même pas le rôle ! Vous ne dites
que des âneries ! Je vais vous montrer, moi ! Il y a
en moi la vertu, mais aussi l'homme, et la bête !

Il lève la main sur madame Pompestan.

MADAME POMPESTAN *(effrayée)*. Oh ! Qu'on
lui mette le bonnet de fou !

LA DOUBLURE *(flattée)*. Vous connaissez *le
Bonnet de fou* ? C'est une pièce très peu jouée,
vous êtes une spectatrice avertie.

AHMED. *Bellavista* ! *Lazare* ! *Liolà* ! *Cecé* ! Oui,
nous sommes de fins connaisseurs.

LA DOUBLURE. Et *Diane et Tuda*, et *les Cédrats
de Sicile* ?

AHMED. Tout, vous dis-je.

LA DOUBLURE. Merveilleux ! Admirable ! C'est
vous, c'est bien vous, l'autre fils.

MADAME POMPESTAN. Mais qu'est-ce que
vous me chantez là ? On dirait des gamins qui
s'envoient des charades !

AHMED *(à madame Pompestan)*. Je reprends et
tâchez d'enchaîner, sinon c'est lui qui se déchaîne.
Page 29.*(Dans tout ce qui suit, au début, Ahmed
dirige madame Pompestan comme une marionnette,
brise ses révoltes, lui souffle le rôle, la protège des
mouvements d'impatience de la doublure-Piran-
dello, etc. Peu à peu, madame Pompestan prend*

de l'assurance, affirme son jeu et son plaisir, et finit par cabotiner.) "Vous êtes en train de jouer."

MADAME POMPESTAN *(lisant la brochure).* "Jouer ?… Attendez ! Je dis : revenir à sa vie d'autrefois, par exemple… oh, mon Dieu !… avec Paul Claudel, serrée contre lui, ne voulant plus le lâcher… non parce que je l'aime, Paul Claudel, mais avec les mots qu'elle prononçait en pleurant… elle qui était aussi ingénue que moi : «Tu sais ? On dit que, maintenant, il doit te voir toute nue»"…

LA DOUBLURE *(étreignant madame Pompestan).* "Mathilde ! Mathilde !"

MADAME POMPESTAN *(se dégageant).* "Non !… Attends ! Attends !"

AHMED. "Ça au moins, ce n'est pas moi qui te l'ai dit."

MADAME POMPESTAN. "Oh, mon Dieu ! J'ai cru que cet Ahmed…" *(Elle le montre.)* "… cherchait un Paul Claudel qui ne pouvait plus exister, ni là-haut, ni ici. Un Paul Claudel qu'il comprenait ne pouvoir trouver vivant qu'en lui…"*(Elle montre la doublure.)* "… en lui, Pirandello, pour se le recréer. Le recréer non tel que Claudel se voulait, car il avait cessé de se vouloir lui-même, mais tel que lui, Ahmed, voulait que Pirandello le veuille. Quelle imposture !"

LA DOUBLURE. "Mais, Mathilde, que dis-tu ?"

MADAME POMPESTAN. "En vérité, je ne sais pas où est Claudel ! Je ne suis jamais venue ici ! Toute cette histoire de Claudel, c'est lui…" *(Montrant Ahmed.)* "… qui m'a soufflé de te la jouer…" *(Montrant la doublure.)* "… parce que tu avais décidé que je verrais en toi cet autre Pirandello capable, lui, de me destiner à Claudel."

LA DOUBLURE. "Mathilde ! Tu sais bien que ce n'est pas vrai !"

MADAME POMPESTAN *(avec une assurance grandissante).* "Cela me ferait plaisir que vous continuiez de me croire ; mais c'est fini ! Mathilde, la Mathilde que vous avez voulue aux côtés d'un Claudel sous lequel agissait Pirandello, et que commanditait Ahmed par l'entremise de sa doublure, cette Mathilde n'existe plus ! Elle retourne danser !"

LA DOUBLURE. "Comment ? Que veux-tu dire ?"

MADAME POMPESTAN *(montrant Ahmed).* "Je pars avec lui. Je retourne là-haut, à Sarges-les-Corneilles, pour danser toute la nuit."

AHMED. "Très bien ! Puisque Claudel n'est pas là, que Pirandello ne sait rien sur Claudel, partons, ma chère. Là-haut ! Là-haut !"

LA DOUBLURE. "Mais tu sais bien que Paul Claudel est là ! Tu sais bien que tu l'as serré dans tes bras ! Toute nue tu grelottais sur le seuil de sa bénédiction[37] !"

AHMED. Et où donc se passait cette scène édifiante ? Où ?

LA DOUBLURE. Mathilde le sait… C'était à l'ouest de l'Enfer, là-bas. Juste derrière les géants de la montagne. A la lisière du quatrième cercle. Il suffit de faire semblant de marcher sur place, comme les chœurs militaires à l'Opéra, un pas en avant, deux pas en arrière, trois pas en avant, un pas en arrière. Mathilde faisait tout cela comme une dame sur un parquet ciré.

AHMED *(cessant de jouer).* Enfin ! Le renseignement !

MADAME POMPESTAN *(emportée par l'extase du jeu).* "Un soir, au théâtre, on voit la Pompestan… la folie s'illumine… on ne voit plus de raison de se dépouiller des voiles bariolés de la folie… on peut même sortir, aller par les rues avec ces voiles… et dans les bars, après trois heures du matin, parmi les bouffons en frac[38]…"

AHMED *(la secouant).* Oh, oh ! On a le tuyau. Arrêtez de vous prendre pour Sarah Bernhardt.

MADAME POMPESTAN. Vous avez vu ça ? J'aurais fait une de ces carrières…

AHMED. Claudel est à l'Ouest. Partons. Il nous suffira de trouver les géants de la montagne en patinant sur le plancher.

LA DOUBLURE *(s'accrochant à eux).* Ne partez pas ! "Ce ne sont que des truquages, mes amis,

455

des coups montés ! Ne nous laissons pas éblouir comme des nigauds, nous qui sommes du métier[39] !"

AHMED *(penché vers lui).* Dis-moi alors où est Scapin. Scapin, mon ancêtre, mon maître ! Où est Scapin ?

LA DOUBLURE. "Comment voulez-vous que je le sache ? Moi qui suis ici depuis soixante ans, vous comprenez ? Figé dans l'éternité de ce masque ! Veux-tu dire, avec ton histoire de Scapin, cet autre masque éternel, que le moment est venu pour moi aussi de me débarrasser de ce déguisement ? Afin de m'en aller avec vous, n'est-ce pas[40] ?"

AHMED. Assez, doublure ! Pirandello m'a toujours énervé. Assez !

Ahmed assomme la doublure d'un coup de bâton, et entraîne madame Pompestan.

LA DOUBLURE *(à terre).* "J'ai moi aussi ma pauvre chair qui crie ! Moi aussi j'ai du sang dans mes veines ! Un sang noir, amer de tout le poison des souvenirs[41]."

LE HAUT-PARLEUR. Nous quittons des miroirs la trouble volupté
Ce cercle de l'Enfer par Ahmed visité.
Désormais prenons part aux victoires publiques ;
Pleurons dans nos maisons nos malheurs domestiques.
Du théâtre naîtra des biens communs à tous,
Et l'oubli de ces maux qui ne sont que pour nous.

Messages personnels. On demande Eschyle au réfectoire. Je répète. On demande Eschyle au réfectoire. La délégation des géants de la montagne est priée de se diriger vers la frontière du deuxième cercle dès que possible. Je répète. Dès que possible. Les discussions de Vilar et de Vitez empêchent Jouvet de dormir. Je répète. De dormir. Un peu de silence, s'il vous plaît. Et comme d'habitude : Shakespeare, s'il est là, doit se présenter d'urgence à la loge.

Et maintenant, la citation du jour :
Permettez, ô grand Roi, que de ce bras vainqueur
Je m'immole à ma gloire, et non pas à ma sœur.
Et que cet hypocrite de Racine pourrisse dans son jus. Mon humble considération à tous les infernaux.

scène 6

Le chœur des ouvriers du théâtre, Ahmed.
Ahmed revient sur scène comme s'il cherchait quelque chose. Il y règne une grande activité, montage de praticables, projecteurs, etc. En fait, ce peut être la mise en place du dispositif pour le troisième acte.

AHMED. Dites-moi, camarades, vous n'auriez pas vu Scapin, par hasard ?

LE CHŒUR DES OUVRIERS *(tout en continuant le travail).* Scapin ? Scapin ?

Qui se soucie de Scapin ?
Mon cher masqué,
tu te trompes de pièce,
on ne joue pas Molière aujourd'hui,
on ne joue pas *les Fourberies*.
Le public infernal que tu vois là,
derrière toi,
ou devant toi,
tourne-toi comme il faut pour le voir,
le grand public des morts qui vont au théâtre ce
soir,
ce public d'ombres bien réelles,
le public le plus difficile qui soit,
le public des Grecs morts,
et des gens de la ville de Reims,
la ville du sacre des rois,
ne vient pas dans ce cercle de l'Enfer
écouter les calembredaines de ton Scapin.
Laisse-nous travailler, l'heure avance,
la grande heure immobile de l'Enfer,
la grande fabrication immobile du temps des
Enfers,
la grande suspension théâtrale du temps.
Laisse les ouvriers et les ouvreuses et les employés et les costumiers
préparer l'infernale représentation de ce soir.
Ne nous bassine pas avec ton Scapin.
Pour les ombres derrière toi
ou devant toi,
du public mort des Grecs et des chers Rémois
morts,

le héros de la pièce de ce soir n'est pas ton Scapin, il s'appelle Ahmed.

AHMED. Ahmed ? Il s'appelle Ahmed ? Mais quelle pièce jouez-vous, ce soir ?

LE CHŒUR DES OUVRIERS. Ah l'ignorant ! Ah l'analphabète !
Il ne connaît même pas le programme de l'Enfer du théâtre !
Le programme éternel !
Le programme fixé depuis avant sa propre existence !
Le programme de notre planning ouvrier
il n'en a pas la moindre idée,
le paresseux, le vivant sans mémoire !
Il n'a même pas lu *l'Enféroscope* !

AHMED. Pardonnez-moi, ombres vigilantes ! Je viens de si haut ! Quel est donc le programme du jour ?

LE CHŒUR DES OUVRIERS. Du jour ! Ah ah ! Il croit qu'il y a des jours dans l'Enfer du théâtre !
Le benêt !
C'est à se tordre !
Il n'y a que des soirées, ici.
Et exceptionnellement quelques matinées.
Des matinées pour les enfants morts.
Des matinées tristes.
Il vaut mieux les soirées, c'est ce qu'on se dit souvent.
Il est hilarant ce masqué,

459

Avec ses jours et son Scapin.
On prépare la matière d'une soirée,
et tout le monde sauf toi le sait :
On joue *les Citrouilles*.

AHMED. *Les Citrouilles* ? Mais c'est ma pièce, *les Citrouilles* ! C'est là-haut, *les Citrouilles* ! L'auteur Alain Badiou n'est pas mort ! Le metteur en scène Christian Schiaretti n'est pas mort ! Et moi, qui joue ici *les Citrouilles*, je ne suis pas mort non plus ! Et ces gens, là, qui regardent, ils sont bien vivants !

LE CHŒUR DES OUVRIERS. Il est drôle !
Il est pendable ! Il est impayable !
Si tu joues ici, aux Enfers,
tu ne risques pas d'être vivant !
Et ceux qui regardent les Enfers en face,
la représentation des *Citrouilles* aux Enfers,
comment pourraient-ils être vivants ?
Ici c'est l'égalité, mon ami.
L'égalité des morts.
Citrouille ou potiron, tout ce qui joue aux Enfers,
tout ce qui comme nous travaille aux Enfers,
tout ce qui comme eux regarde aux Enfers,
est mort,
jeu mort excellent,
main travailleuse morte expérimentée,
regard de poisson mort !
Laisse-nous travailler, le temps presse.
Le troisième acte des *Citrouilles* est pour bientôt.
Le public est rassemblé,

l'œil mort brillant braqué sur les préparatifs.
Débarrasse le plancher !
N'encombre pas les belles *Citrouilles*
avec ta nostalgie de Scapin.
Place aux *Citrouilles*, place à Ahmed !

AHMED. Mais Ahmed, c'est moi !

LE CHŒUR DES OUVRIERS. Alors que fais-tu là,
acteur posthume ?
Va te maquiller !
Va ruminer ton rôle !
Ne te montre pas trop tôt devant les spectres
publics !
Il y a un temps pour les ouvriers,
et un temps pour les acteurs.
Ne mélange pas tout, tu as un rude boulot,
tout à l'heure, face à eux, dans l'ombre de l'Enfer.
Dans la lumière de l'Enfer.
Tâche de te faire applaudir,
au lieu de nous encombrer.
Car c'est peut-être ce soir l'unique représentation
infernale des *Citrouilles*.
Révise ! Travaille ! Fais-toi bercer par ton auteur,
par ton metteur.
Et ne cherche plus Scapin.

AHMED *(au public)*. Vivement la suite ! Je ne sais
plus dans quelles *Citrouilles* nous nous sommes
fourrés, vous, voyants visibles, et moi, plus immortel que vivant.

ACTE III

scène 1

Le chœur des géant(e)s de la montagne.
Un lieu de l'Enfer plus plaisant, plus éclairé. Le
chœur (sans compter le Coryphée) est comme tou-
jours composé d'un nombre pair d'interprètes, avec
une dominante féminine, et le Coryphée est obliga-
toirement une femme. Les choristes sont habillés
comme tout le monde. Il ne serait pas inutile qu'il
y ait parmi eux un(e) Noir(e) et un(e) Asiatique.
La découpe du texte indique des possibilités de
changement de voix, ou d'interprète.

LE CHŒUR. Nous, venus de partout, gens qui
allons au théâtre,
ou qui n'y allons pas,
nous en sommes les gardiens.
On nous appelle les géants, car nos rires, nos cris
et nos larmes,
nos idées et nos repentirs,
nos convictions,
le théâtre les multiplie, les amplifie.

Il est à la fin,

le théâtre,

comme un petit carré de lumière face à l'ombre multipliée du géant public.

Si maigre soit-il, parfois, si égaré dans l'alignement des velours, le public est augmenté à l'infini par ce qu'il entend et voit.

Et le théâtre est une petite échancrure de la pensée en plein air,

étant aussi face à l'ombre de l'ombre, au géant endormi du géant éveillé,

celui dont le corps est de tous ceux qui ne vont pas au théâtre,

qui devraient y aller,

qui pourraient y aller,

si le monde était le jardin des idées de tous ceux qui l'habitent. Comme il ne l'est pas, et comme il le sera, un jour, car l'humanité ne veut pas être pour toujours semblable aux fourmis ou aux limaces.

Le monde sera-t-il ce jardin côté cour grâce au théâtre ?

Non ! Il le sera grâce aux géants de la montagne.

Mais grâce au théâtre, aussi.

Et on dit en effet que nous sommes les géants de la montagne, parce que de toutes parts nous descendons au théâtre, des ruelles et des cités, des usines et des cafés, des dortoirs et des hôtels de passe, comme si le théâtre était dans la vallée des villes.

Et comme si son peuple à lui, le peuple de ceux qui vont au théâtre, et de ceux qui n'y vont pas, était

la montagne pesante et ravinée dont descendent
soir après soir,
vers le lieu sibyllin,
quelques détachements éclairés, ou éclaireurs.

LE CORYPHÉE. Il est juste que les géants de la
montagne donnent des conseils utiles au théâtre de
la cité. Ceux qui le connaissent, parce qu'ils le
connaissent, et ceux qui ne le connaissent pas, parce
qu'ils ne le connaissent pas.
Le monde nous désole. Il est désertique et monétaire. On nous enseigne la soumission et la vie
minuscule. Tout est fade et sans vérité.
Le théâtre ne devrait-il pas être une école de courage ? Une proposition magnifique ? Une certitude d'agrandissement ? Est-il juste qu'il soit le
reflet déconfit, le morose miroir, de ce que déjà
nous savons et expérimentons dans nos vies incer-
taines ?
Nous sommes les géants de la montagne, l'ombre
vive, ceux qui vont vers la scène, comme tous
ceux qui n'y vont pas.

LE CHŒUR. Est-il juste que souvent le théâtre
nous traite, nous, les géants de la montagne, comme
si nous étions des nains ?
Le théâtre attristé, replié, aussi désolé que le monde.
Le théâtre solennel, rempli de vaines images, aussi
marchandé que le monde.
Le théâtre musée, décorant son histoire, croque-
mort de sa gloire, marchant, comme le monde, à
reculons.

LE CORYPHÉE. Circulent parmi nous trop de fausses monnaies. Il faut dire le monde, et passer outre. Dire joyeusement la vilenie générale du monde, et allumer, avec la rampe, le piquetis des lumières qui veillent.

LE CHŒUR. Mettre le cap sur ces loyautés, ces inventions qui de-ci de-là, existent.
Existent des choses nouvelles par-ci par-là,
parce que la pensée est rebelle, et que toujours il y a des insatisfaits
qui nient, qui crient et gardent la distance,
qui affirment,
qui confirment,
qui faufilent dans le tissu gris une couture de lumière.
Et le théâtre s'adresse à la pensée des gens, non comme à des nains qui consomment des friandises, ou ne veulent que gérer leur similitude à tout autre,
mais comme à des géants que l'artifice et l'artisanat du théâtre dilatent et excèdent,
les géants de la montagne,
ceux qui vont au théâtre,
et ceux qui n'y vont pas.

LE CORYPHÉE. Changeons nos façons d'agir ! Ne soyons pas au théâtre comme dans l'arrière-cour d'une ville dévastée ! Méditons dans le rire, suscitons dans la tristesse, levons-nous dans le sérieux de la farce…

LE CHŒUR. … la bouffonnerie du tragique,
le désastre du comique.

LE CORYPHÉE. Toutes choses vues à l'envers
d'elles-mêmes dans la pauvre pureté du semblant !
Que le théâtre parle aux gens vivants d'ici, sans
distinction, sans restriction. Qu'il parle aux géants
de la montagne…

LE CHŒUR. … ceux qui vont au théâtre,
et ceux qui n'y vont pas.

Le chœur se retire. Ahmed et la Soubrette entrent cha-
cun d'un côté de la scène, et se heurtent dans le noir.

scène 2

Ahmed, la Soubrette.

AHMED. Tonnerre ! Quelle jolie fille ! Qui croirait qu'un spectre puisse conserver de tels appâts ?
Es-tu bien de chair douce, dans ton uniforme de
servante ?

LA SOUBRETTE. Ne te fatigue pas, valet masqué.
Mon charme n'est que l'infernale éternité de mon
rôle. Par en dessous, il y a le travail de la mort. Je
suis ici la survivante morte des chambrières de vaudeville comme des confidentes et des soubrettes.
Presque une esclave, mais qui doit toujours rire !
Cependant je me venge, crois-moi.

AHMED. Mais dis-moi, tu dois bien connaître le répertoire et les incarnations des esclaves, valets, garçons d'étage, garçons de café, prostituées et bonnes à tout faire ?

LA SOUBRETTE. Je ne connais que ça ! Nous passons notre temps, dans les cuisines de l'Enfer, à comploter contre les cadavres des maîtresses, marquises, patriciens, grands seigneurs, patrons de bistrot, maquereaux et bourgeoises.

AHMED. Mais alors, tu dois pouvoir me dire où est Scapin ?

LA SOUBRETTE. Le Scapin des Italiens et de Molière ? Non, je ne l'ai jamais vu dans les cuisines.

AHMED *(déçu)*. Ah bon. Je me demande où il se cache, ce subtil immortel mort. Mais toi, qu'est-ce que tu fais ici, de façon permanente ?

LA SOUBRETTE. J'ai un bon job. Je suis la soubrette attitrée de Claudel.

AHMED. De Claudel ? Formidable ! Et à quoi peux-tu lui servir, adorable morte ?…

LA SOUBRETTE. Je lui apporte ses pantoufles. Je lui sélectionne des grands crus bourguignons. Je lui parle du bon vieux temps, quand on créait ses pièces, là-haut, et qu'il pouvait ronchonner à loisir, ou faire des plaisanteries graveleuses avant d'aller à confesse.

AHMED. Tu habites chez Claudel, nous somme sauvés ! Je viens en éclaireur. J'accompagne la ministre de la Culture du gouvernement français, madame Pompestan. Nous voulons rencontrer Brecht et Claudel. La ministre est épuisée, laminée, passée à la herse et au tamis. Ce voyage d'enfer l'a plongée dans la déchéance. Elle a le collant déchiré, le talon aiguille fracassé, la jupe pendouillante, le chemisier crasseux, le fond de teint blafard, la perruque de travers… C'est une ministresse à faire peur.

LA SOUBRETTE. Eh eh ! Elle a dû lire les derniers sondages sur le gouvernement français. J'ai lu ça par-dessus l'épaule de Claudel. C'est le plongeon, cher camarade masqué ! Le double saut périlleux arrière, et tu te prends un plat dans la mare, plouf ! Il n'y a plus qu'à se noyer pour sauver l'honneur.

AHMED. Magnifique Soubrette ! Tu ne vas pas accorder d'importance à ces comptes d'apothicaire que les journalistes accrochent à nos gouvernants comme des casseroles numérotées ! La cause de l'esprit public peut-elle être sondée ? Et qui va sonder le sondeur ? Le sondeur avec son sondage est plus mal sondé que ceux qu'il sonde. Non, madame Pompestan supporte mal le plafond de l'Enfer. Elle est claustrophobe. Elle m'a dit : "Si vous ne trouvez pas dans les trois heures Paul Claudel et Bertolt Brecht, je me laisse mourir de faim au cœur de la pénombre." Tu imagines le scandale. Une ministresse du RPR victime aux Enfers de la famine, comme un vulgaire paysan guatémaltèque. Empêchons ça, Soubrette. L'islam blanc masqué et la subtilité domestique vont sauver le prestige de la France. Où est-il, ton Claudel ?

LA SOUBRETTE. Tu n'entends pas ?

Bruit de voix querelleuses mêlées, surimposant l'allemand au français.

AHMED. Qu'est-ce que c'est que ce patois furibond ?

LA SOUBRETTE. Claudel et Brecht en train de discuter.

AHMED. Les deux ? Epatant !

LA SOUBRETTE. C'est une affaire déchaînée chez les morts, une émeute cadavérique des plus épouvantables.

AHMED. Ma radieuse ! Ne te fais pas tirer les vers du nez. Eclaircis l'intellect de ton terrestre amant.

A partir d'ici, Ahmed et la Soubrette se promènent sur tout le plateau, parlant sur le ton de la conversation galante dans un parc.

LA SOUBRETTE. Chaque siècle, ici, a un trône. Sur ce trône vient trôner l'auteur mort qui a été démocratiquement élu meilleur dramaturge du susdit siècle.

AHMED. Elu par qui ?

LA SOUBRETTE. Par les géants de la montagne.

AHMED. Les géants de la dernière pièce de Pirandello ? Qui sont ces colossaux cadavres ?

LA SOUBRETTE. Il y en avait quelques-uns ici même, tout à l'heure. Ce sont les ombres éternelles du public, et du non-public. Aux Enfers, elles ont le pouvoir législatif.

AHMED. Mais comment ça fonctionne, cette histoire de trône ?

LA SOUBRETTE. Celui qui a été élu a droit à du vin français, à des cigares cubains, et à des pantoufles dorées chinoises. Il a un abonnement gratuit et éternel à tous les journaux du monde vivant. Il peut ainsi savoir si on joue encore ses pièces, là-haut, et si les critiques sont bonnes. J'ai encore vu Goldoni, l'autre jour… Il sautait en l'air, il faisait des cabrioles, et pourquoi ? Il venait de lire un article incroyable sur son *Arlequin serviteur de deux maîtres*, dans la mise en scène de Giorgio Strehler. En plus, chaque année, les grands acteurs morts jouent devant le trône une pièce de l'heureux élu. Pas plus tard qu'il y a un instant, j'ai vu l'*Antigone* de Sophocle jouée par Talma, Sarah Bernhardt, Mounet-Sully, Louis Jouvet, Madeleine Renaud et Jean Vilar. Et tout ça mis en scène par Stanislavski ! Tu aurais vu le spectre de Sophocle ! Il buvait du petit lait.

AHMED. C'est Sophocle, alors, qui a eu le titre pour le Ve siècle avant notre ère ? Dommage pour Eschyle.

LA SOUBRETTE. L'extrême droite et l'extrême gauche ont voté pour Eschyle, mais le centre droit et le centre gauche ont voté en masse pour Sophocle.

AHMED. Euripide n'a pas dû être content, tel que je le connais.

LA SOUBRETTE. Aujourd'hui encore, il conteste le vote. Il faut dire qu'Aristophane lui a joué un tour de cochon. Il s'est glissé dans l'urne…

AHMED. Quoi ? Il est assez maigre pour entrer dans l'urne, Aristophane ? Ça m'étonne ! Je l'imaginais gras comme un moine.

LA SOUBRETTE. Les ombres des morts comiques sont compressibles. Alors il s'est fourré en embuscade dans l'urne, et il a changé tous les bulletins "Euripide" en bulletins pour lui, Aristophane.

AHMED. Quelle canaille ! Mais il n'a quand même pas été élu.

LA SOUBRETTE. Il voulait seulement ridiculiser Euripide. Il s'en foutait, lui ! Il a été élu pour le IVe siècle.

AHMED. Quel bandit ! Et comment a-t-il fait ?

LA SOUBRETTE. Il prétend qu'il n'est mort qu'en 386, mais personne n'a jamais pu vérifier. Toujours est-il qu'il vient juste avant Plaute, qui a eu le fauteuil pour le IIIe siècle. Il est répugnant, ce Plaute, tu le verrais… Il picole toute la journée, il brame des obscénités en latin de cuisine, il se fait lécher les doigts de pied par un esclave… Si tu lui poses une question sur son théâtre, il répond, mais alors, invariablement : "Térence – tu sais Térence, l'autre grand comique latin – Térence est une merde. *Merda est Terentius.*" Il faut dire que Térence a eu le trône pour le IIe siècle, mais avec un sacré paquet d'abstentions.

AHMED. C'est qu'il est passablement ennuyeux. Il est moralement correct, Térence. Bon, on ne va pas inspecter tous les trônes, coupons, coupons. Qui a eu le XVIe siècle ?

LA SOUBRETTE. Shakespeare. Une élection de maréchal. Calderon n'a pas fait le poids. Ceci dit, personne ne l'a jamais vu, Shakespeare, depuis le vote. Ni avant, du reste.

AHMED. Comment ça, personne ?

LA SOUBRETTE. Comme je te le dis. Le trône est vide. Personne n'a jamais vu Shakespeare mort. Il est peut-être encore vivant, à l'heure où je te parle !

AHMED. Après quatre siècles ? Ça m'étonnerait. Il puerait ferme. Du reste, personne ne le voit non plus vivant, là-haut.

LA SOUBRETTE. Il doit être plus immortel que les autres. C'est comme Molière. On ne le voit pas souvent sur le trône, Molière.

AHMED. Il a eu le XVIIe siècle, c'est la moindre des choses.

LA SOUBRETTE. Pas si facilement que ça. Un scrutin serré. Il y avait des tenants irréductibles de Racine. En plus, les votants orientaux, les géants de la montagne asiatiques, ont tous voté pour Chikamatsu. Ce sont les Africains qui ont fait pencher la balance. Ils avaient vu *les Fourberies de Scapin* en peul, en ouolof, en arabe, en sarakolé… Ceci dit, pour voir le macchabée de Molière en personne, il faut faire le guet devant le trône, il faut être l'empereur patient des trous de serrure. Il n'a pas l'air d'aimer les cigares et les pantoufles, Molière.

AHMED. Le vote pour le XIXᵉ siècle a dû être une sacrée foire d'empoigne. Ce n'est pas très clair, quant au théâtre, le XIXᵉ siècle.

LA SOUBRETTE. Ne m'en parle pas ! Il y a eu dix-sept tours de scrutin. Finalement, Tchekhov a battu Ibsen de deux voix. C'est la clique des irréductibles de Musset qui ont reporté leurs voix au dix-septième tour sur Tchekhov, histoire de barrer la route à Strindberg. Ils étaient enragés. Tu ne peux pas savoir la haine que vouent à Strindberg, à *Mademoiselle Julie*, au *Pélican*, à tout ça, ceux qui trouvent leur jouissance dans *On ne badine pas avec l'amour*. L'amour, l'amour… la haine, oui !

AHMED. Quel panier de crabes, cet Enfer ! *(On entend à nouveau le mugissement franco-allemand dans la coulisse.)* Et ça, c'est pour la présidence théâtrale du XXᵉ siècle ?

LA SOUBRETTE. Exact. Il faut que tu comprennes bien la constitution démocratique des Enfers. Un type est élu par les géants de la montagne, très bien ! Mais voici qu'un autre meurt, un solide, une grosse pointure, qui est *grosso modo* du même siècle. On recommence aussitôt le vote. Celui qui est mort le premier peut très bien perdre son siège quand le nouveau arrive. Tiens, au XVIIIe siècle. Quand Marivaux est mort, en 1763, il a été élu les doigts dans le nez. Mais quand Goldoni a ramené sa fraise, en 1793, rebelote ! Goldoni a eu quatorze voix de plus, et Marivaux a dû décamper. Est-ce que tu crois que c'était réglé ? Que non ! En 1805, arrive Schiller, qui compte pour le XVIIIe siècle. Re-rebelote ! Heureusement, les géants de la montagne anglais et français ont manœuvré pour reconduire Goldoni. Encore un coup de l'entente cordiale contre les Boches.

AHMED. Peux-tu en venir à l'actualité, volubile soubrette ?

LA SOUBRETTE. En 1936, les géants de la montagne ont élu sans difficulté Pirandello, qui venait de débarquer. Mais en 1955 arrive Claudel. Il avait bien choisi sa date, ce bigot, le 23 février, le mercredi des Cendres. Tout un programme. Les Italiens sceptiques, les sicaires du relativisme, les chicaniers du miroir, les amateurs de duplicité, les tenants de la théâtralité de la vie, mènent pour Pirandello une campagne à tout casser. Il y avait des affiches immenses : "Pirandello ! Celui pour qui la mort n'est que le masque de la vie." Forcément, un pareil mot d'ordre, ça intéressait les spectres. Mais le clan lyrique et catholique, les papes, toute la faune épique et poétique, ripostent vigoureusement. On entend des cantiques dans le genre : Avec Paul Claudel, "contrepesant les longs travaux avec son signe débordant, au travers de la Porte Céleste, s'interpose la royale Balance[42]". Ça en jette, il faut le dire. Ce n'est pas absolument clair, mais ça en jette. Vers la fin de 1955, Claudel est élu. Pirandello, aigre et mélancolique, lui propulse à la figure les pantoufles d'or. Mais quelques mois plus tard, en 1956, patatras ! Brecht se meurt, Brecht est mort. Le clan marxiste et révolutionnaire, encore puissant parmi les géants de la montagne, surtout les Chinois, exige un vote. Seulement Claudel est un diplomate rusé. Ce n'est pas pour rien qu'il a été consul en Chine et ambassadeur aux Etats-Unis. Il achète des Chinois, il bénit des Amerloques, il multiplie les recours et les rapports, il roule dans la farine un grand nombre de géants de la montagne… Ça traîne, ça traîne… Figure-toi que ça n'est pas encore réglé ! Sacré Claudel, filou de l'alliance entre Dieu et les avocats ! On dirait qu'il a joué la montre jusqu'à ce que le marxisme soit très malade. Il s'est dit : deux mille ans de catholicisme contre deux petits siècles de marxisme, le temps travaille pour moi. Ceci dit, Brecht est teigneux, il ne faut pas le sous-estimer. Il conspire, il complote. Il fait valoir que les Allemands n'ont eu aucun trône, alors que les Français en tiennent deux. Et c'est vrai que les

Boches se sont toujours fait avoir. Là-dessus Claudel lui lance : "Vous avez vous-même traité l'Allemagne de mère blafarde. On ne va pas couronner une mère blafarde !" Mais Brecht s'acharne. Il séduit une quantité invraisemblable de géantes de la montagne. Il en a, des groupies ! C'est une bagarre de presque un demi-siècle. Et Brecht sait qu'une délégation ministérielle française est en route vers le fond de l'Enfer. Brecht compte sur vous. Il a toujours mis tous ses espoirs dans les brechtiens français. On lui a raconté qu'en mai 68, il y avait sur les murs de la Sorbonne une énorme inscription : "Plus jamais Claudel". Alors il espère, Brecht.

AHMED. Avec madame Pompestan, il va être servi, le pauvre… Enfin. L'affaire est à un tournant. *(Vers la coulisse.)* Madame Pompestan ! Madame Pompestan ! Nous avons trouvé Brecht et Claudel !

LA SOUBRETTE. Je vais les rabattre en douceur vers ici. Faites gaffe ! Ils sont coriaces, quand ils se disputent.

La Soubrette sort. Madame Pompestan arrive, blême.

scène 3

Ahmed, madame Pompestan, le haut-parleur.

MADAME POMPESTAN. Ah ! Mon ami ! Aucun ministre n'a jamais été soumis à une pareille torture dans l'exercice de ses fonctions. Aucun, aucune, n'a sacrifié aux devoirs de sa charge un tailleur aussi coûteux que le mien ; Aucun n'a dû, pour boucler son budget en criant "Réformes ! Des réformes !", affronter des démons, des citrouilles, des nuages de répliques piquantes et de didascalies venimeuses. La dégringolade des sondages n'est rien, à côté. Je vais réclamer à Jacques Chirac une prime de risque. Mon collègue le ministre des Armées touche une prime de risque quand il s'approche à quatre cents kilomètres des essais nucléaires. Vous parlez ! Il n'y en pas, de risque. Mais la culture ! L'art ! L'art est ce qu'il y a de plus dangereux.

AHMED. Certes, madame, l'art du théâtre a toujours pris le risque de se confondre avec une manifestation séditieuse. C'est parce qu'il est devenu une petite sortie du spectacle pantouflard qu'il est malade.

LE HAUT-PARLEUR. Ne perdons plus de temps ; le sacrifice est prêt ;
Allons-y des géants soutenir l'intérêt ;
Abandonnons nos jours à cette ardeur céleste ;
Faisons vaincre l'Auteur ; qu'il dispose du reste !
Un détachement des géants de la montagne est demandé à la frontière du deuxième et du premier cercle. Qu'on le munisse d'un coryphée en bon état. Je répète. En bon état. Eugene O'Neill, Luigi Pirandello, Sean O'Casey, Antonin Artaud, Samuel Beckett et Jean Genet demandent à Paul Claudel

et à Bertolt Brecht de la ramener un peu moins, de se calmer, et de ne pas s'imaginer qu'au XXe siècle ils ont fait à eux tous seuls la pluie et le beau temps. Je répète. La pluie et le beau temps. Et que ce stipendié, mielleux et fourbe de Racine soit mangé par ses propres vers.

AHMED. Corneille annonce la venue de quelques géants de la montagne. Côté ouest, tenez…

MADAME POMPESTAN (se remaquillant à la hâte). On dirait des gens normaux. Des électeurs, peut-être ? Il faut que je sois présentable.

AHMED. Absolument. Pour se présenter aux élections, encore faut-il être présentable.

scène 4

Ahmed, madame Pompestan, le chœur des géants de la montagne, le coryphée.

LE CHŒUR. Terrible, terrifiante
Apoplectique,
Est la colère du poète tondu aux lunettes d'acier,
A la veste de cuir,
A la casquette prolétaire,
A la langue allemande acérée.
Bertolt Brecht, le marxiste des institutions de l'Etat,
Le distancié malin,
Est fou de rage contre l'ambassadeur

478

Retraité,
Le chrétien amoureux de la terre grasse
Et satisfait de l'argent et des propriétés comme
d'un don du Seigneur,
Paul Claudel à l'ample verset soufflant,
Aux images chevalières
Et au comique monumental.

LE CORYPHÉE. Depuis un demi-siècle, retors et
certain de son poids, communiquant directement
avec les conseils de Dieu, Claudel interdit à Brecht
de se présenter à nos suffrages. Bien installé sur le
trône, estimant que tout pouvoir est légitime, il ne
veut pas risquer d'abandonner la place. Brecht de
son côté, cynique et violent, comme qui s'est édu-
qué à l'époque du communisme et de Staline,
alterne les épisodes de grossièreté bavaroise et les
complots séducteurs. Mais voici qu'aujourd'hui ils
vont comparaître devant nous, et devant vous *(Elle
montre madame Pompestan et Ahmed.)* délégation
terrestre parée des attributs officiels de l'Etat. Nous
allons soupeser leurs mérites, et trancher le litige.

AHMED *(au coryphée).* Tout à fait entre nous :
vous ne savez pas où est Scapin, dans cet Enfer ?

LE CORYPHÉE. Le Scapin de Molière ? Non, je
ne l'ai jamais vu. Et pourtant je suis là depuis les
origines, ou presque. J'étais déjà coryphée dans
les dernières pièces d'Aristophane.

AHMED. Vous ? Coryphée à Athènes ? Mais il n'y
avait que des hommes, sur la scène, à l'époque !

LE CORYPHÉE. Les acteurs comiques ont le droit de changer de sexe après leur mort. Surtout quand ils sont morts pour la patrie.

AHMED. Et vous êtes mort pour la patrie, vous ?

LE CORYPHÉE. J'ai été embroché par un Spartiate à la fin de la guerre du Péloponnèse.

AHMED. Scapin est peut-être devenu une femme, alors. Je dois chercher une Scapine.

LE CORYPHÉE. Scapin ou Scapine, je n'ai jamais rencontré personne qui vienne de cette farce de Molière. Mais ouvrons la séance.

LE CHŒUR. Combat d'une rare intensité ! Le catholique amoureux du terroir et des grandes monarchies conquérantes va jeter devant lui de redoutables masses de métaphores.
Il va en appeler aux chemins de la grâce, aux basiliques,
A l'amour entravé et rédempteur,
A l'Océan coriace.
Le marxiste sec, le génie hors-la-loi, va riposter par l'ironie et l'élucidation.
Il va en appeler à la double conscience, au parti militant,
Aux désirs matériels, lubriques et nourriciers,
A la dialectique qui fait s'équivaloir
Toute chose et son contraire.
A la science positive et aux martyrs de l'émancipation.

LE CHŒUR. Pesons leurs vers, leurs répliques, leurs scènes, avec exactitude.

MADAME POMPESTAN *(inquiète, à Ahmed).* Vous savez comment on pèse des vers et des scènes, vous ?

AHMED. Dans la balance de leur effet immédiat sur vous.

Entrent Brecht et Claudel.

scène 5

Brecht, Claudel, Ahmed, madame Pompestan, le chœur.

BRECHT *(très violemment).*
Seht ihn jetzt stehn mit seinem spitzen Kopf !
Ertappt auf nierderm Mißbrauch seiner Macht !
Denn nicht die Macht ist schlecht ; der Mißbrauch
    ist's.

MADAME POMPESTAN. Qu'est-ce qu'il raconte, celui-là ?

AHMED. Il dit que Claudel abuse de sa puissance.

MADAME POMPESTAN. Traduisez-moi son jargon, mon ami.

AHMED. Tiens tiens ! C'est l'Arabe qui doit traduire l'allemand en français, de nos jours ?

Ahmed court derrière Brecht en traduisant au fur et
à mesure quelques bribes pour madame Pompestan.

BRECHT.
Ihr, die ihr kauft, was da nicht käuflich ist
Und nicht entstand durch Kauf ; ihr, die nur kennt
Was Wert hat, wenn's entäußert wird, und nichts
    kennt
Was unveräußerlich ist, wie dem Baum das Wach-
    stum
Untrennbar von ihm wie die Form der Blätter ;
Ihr, die ihr selber fremd, uns entfremdet habt :
Das Maß ist voll !
Ihr aber seht, wie schwer dies ist, das Recht
Herauszuschälen aus dem Wust des Unrechts
Und zu erkennen unter all dem Schutt die
Einfache Wahrheit[43].

AHMED. Vous qui achetez ce qui n'est pas à
vendre… les biens inaliénables… comme l'arbre
qui grandit… la forme de ses feuilles … difficile
de dégager le droit de l'injustice… décortiquer la
vérité…

MADAME POMPESTAN. Mais je n'y comprends
rien ! Vous savez l'allemand comme une vache
arabe !

AHMED *(à Brecht).* Parlez français, nom d'une
pipe ! Brecht ! Vous êtes un disciple de François
Villon et de Rimbaud, après tout ! Vous les pillez
sans vergogne et sans guillemets dans vos pièces…

482

CLAUDEL. Le seul vrai disciple de Rimbaud, l'élu au cœur forestier de l'enfance, c'est nous. Nous, le roi désigné du théâtre par le poème énorme.

BRECHT. Ecoutez-le ! Alors comme ça tu t'appelais le roi du théâtre ? "Tu ne t'appelles pas Paul Claudel, l'ambassadeur à la trompette nasillante et au petit tambour ? Serais-tu quelqu'un qui ne veut pas que son nom tout nu soit prononcé ? Est-ce que tu n'es pas celui qui après avoir écrit une ode au maréchal Pétain a écrit sur la même musique une ode au général de Gaulle ? Tu ne trouves rien à répondre ? C'est affreusement suspect, c'est presque un aveu. Car ce genre de scélérat qui est toujours du côté du manche, il est en général épais comme toi, et il porte un gilet comme toi[44]." *(Vers le chœur.)* Oh ! Géants de la montagne ! Délibérez sur les indices matériels. Ne vous perdez pas dans les nuages du droit.

CLAUDEL. Oui ! Pesons les âmes à leur poids de chair. Je le connais, ce Brecht, complice notoire de tous les affreux crimes communistes. J'ai eu le temps de le scruter. C'est un faiseur de faux caractères didactiques, au langage plat, au cynisme appliqué. Un bavard au service de la volonté abstraite et racornie. Un théâtreux, dressant contre la grandeur de ce qui est, toute la racaille de l'envie et du calcul. Un positiviste. Et en plus, il a fait écrire toutes ses prétendues pièces par ses maîtresses, de pauvres filles qu'il séduisait en chantant des airs un peu obscènes et en grattant la guitare, les yeux ronds fixés sur leurs corps captifs. Sans Marie-Luise Fleisser, Elisabeth Hauptmann, Helene Weigel, Ruth Berlau, Hella Wuolijoki, Margarethe Steffin, on ne saurait même pas ce que c'est, Brecht. Un roi du théâtre, ça ? Un harem de reines, plutôt.

BRECHT. Ah ah ! Moi je dis : Malheur à l'homme dont les entreprises ne doivent rien aux femmes. Il ne connaîtra pas l'étendue du visible. Du reste toi-même, noble Claudel qui me sors, comme un plat de salsifis brûlés, la morale des familles… Parle-nous un peu de cette femme que tu as rencontrée sur le bateau qui t'emmenait exercer tes fonctions coloniales en Chine, hein ? Elle a fini par te plaquer, non ? Une histoire de belle hystérique, de cocu, et de petit monsieur encombré par lui-même. Et après on vous porte tout ça aux dimensions d'un drame sacré planétaire. Sans cette femme, ni *Partage de Midi*, ni *Soulier de satin*. Alors, qu'on ne me bouscule pas le haricot sur les femmes. Parce que moi je les ai toutes gardées jusqu'au bout, dans mon lit et dans mes œuvres, avec une bonne dose de mensonge raisonnable. Ce qui est une performance. Je ne suis pas allé me marier à l'église, moi, pour bénir ma misère et la remettre en grande pompe entre les mains du citoyen céleste. Ce n'est pas moi qui aurais pleurniché devant une femme que j'aimais : "Le paradis que la femme a fermé, est-il vrai que tu étais incapable de le rouvrir[45] ?" Quelle cuistrerie théologique ! Elle fait un mauvais chapeau, Claudel, sur le lapin que la femme t'a posé.

Pendant tout ce temps, Claudel, exaspéré, a été retenu par les géants de la montagne.

CLAUDEL. J'ai reconnu ma dette, moi ! Et tel un voleur et un brigand des âmes, tu l'as toujours dissimulée ! Tu ne laissais même pas à tes esclaves un sou de tes juteux contrats ! Canaille stalinienne ! Moi, j'ai dit : "De la délivrance mystique, nous savons que nous sommes par nous-mêmes incapables, et de là ce pouvoir sur nous de la femme pareil à celui de la Grâce[46]." Pendant ce temps, tu exploitais la dévotion féminine, la dépendance sexuelle des amoureuses, sous prétexte de matérialisme et de lutte des classes !

BRECHT. La grâce ! La grâce ! Quel beau nom pour l'énergie bestiale du désir ! Tu aurais bien voulu, mon petit Claudel, rapport au bas-ventre, qu'elle dépende un peu plus de toi, la dame du bateau pour la Chine. Les femmes ! J'ai reconnu ma dette publiquement maintes fois. Je n'ai pas cherché comme toi des mythologies noyées dans l'encens et l'eau bénite. J'ai proclamé sur scène la loi du genre. Ecoute-moi ça :
(Il chante.)
Ihr lehrt uns, wann ein Weib die Röcke heben
Und ihre Augen einwärts drehen kann.
Zuerst müßt ihr uns was zu fressen geben
Dann könnt ihr reden : damit fängt es an.
Ihr, die auf unsrer Scham und eurer Lust besteht

485

Das eine wisset ein für allemal :
Wie ihr es immer schiebt und wie ihr's immer dreht
Erst kommt das Fressen, dann kommt die Moral[47].

MADAME POMPESTAN. Mais qu'est-ce que c'est ?
Qu'est-ce qu'il dit ? C'est insupportable à la fin.

AHMED. Ça, je connais par cœur.
(Il chante.)
"Vous nous enseignez quand une femme peut
Relever ses jupes et se pâmer, beaux messieurs.
Vous devriez d'abord nous donner à croûter.
Après, parlez : vous serez écoutés.
Vous qui vivez de notre honte et de vos con-
        voitises,
Souffrez qu'une fois pour toutes on vous dise :
ous pouvez retourner ça dans tous les sens,
La bouffe vient d'abord, et ensuite la morale[48]."

BRECHT. Pas mal collègue, pas mal.

CLAUDEL. C'est purement et simplement ordurier.

MADAME POMPESTAN. Il est vrai que c'est un
peu cochon.

LE CORYPHÉE. Arrêtez cette empoignade. Trop
de bassesse nuit à la cause du théâtre. Vos vies
furent ce qu'elles furent, et ici ne nous importent
plus. Procédons à un examen limpide et serein de
vos pièces, et d'elles seules. Argumentez chacun
sur vos arts respectifs.

LE CHŒUR. C'est maintenant que va se livrer le
grand assaut
De théâtre, et de parole, et de savoir
Sur le théâtre.
Assaut du théâtre pour et contre le théâtre.
Votre langue s'exaspère,
Votre vouloir est batailleur.
L'un va distiller de souples perfidies
Et déséquilibrer toutes les postures établies.
L'autre va arracher les mots du fond de son ventre
Avec toutes leurs racines,
Déroulant la longue feuille de ses strophes.

LE CORYPHÉE. Allons, génies fraternels et contraires. Parlez sans vilenies ni platitudes, l'un contre
l'autre, tels deux béliers cornus et furibonds, mais
ennoblis par la beauté des montagnes et la clarté
des prairies.

scène 6

Les mêmes.
*Le chœur, Ahmed, madame Pompestan sont instal-
lés en demi-cercle autour d'une arène où Brecht et
Claudel doivent s'affronter selon des règles immé-
moriales.*

BRECHT. Je vais prouver que ce Claudel n'est
qu'un vantard et un fourbe. Il trompait son monde
en gonflant à des dimensions cosmiques, comme

on souffle dans une baudruche, un mélange à vomir de salmigondis religieux et d'historiettes de sous-préfecture française. Vous prenez un étudiant en droit boutonneux, sorti depuis fort peu de temps des pattes de son précepteur de Nogent-sur-Seine, un malheureux nommé Colin ; un petit bonhomme tout juste rescapé des embuscades rhétoriques tendues par les professeurs du lycée Louis-le-Grand. Vous juchez ce disciple énamouré de Rimbaud sur les épaules théâtrales d'un Empereur en carton. Vous lui faites dire :
"Et je m'élève, non pas comme le petit oiseau,
Mais comme le sphinx aux cris éclatants, le cheval
     volant aux serres d'aigle, porte-mamelles[49]."
Et voilà, le tour est joué ! Le nigaud peut s'imagi-
     ner qu'il est un sphinx porte-mamelles.

MADAME POMPESTAN *(à Ahmed).* "Porte-ma-melles", qu'est-ce que c'est ? C'est le nom théâ-tral du soutien-gorge ?

AHMED. C'en est plutôt la réalité que l'image.

BRECHT. Après quoi tout un amas de figurants viennent servir la soupe à notre sphinx mamelu. Des princesses, des porte-étendards, des Japonais, des conquistadors, des tribuns du peuple, des capi-taines, des centurions, et même un déserteur. Le théâtre de Claudel, c'est Nogent-sur-Seine changé en chœur d'opéra pour gogos.

AHMED. Eh bien quoi, Brecht ? Vous venez d'Augs-bourg, qui n'est pas tellement plus formidable que

Nogent-sur-Seine. Et vous avez mis en scène le pape Urbain VIII et Galilée, Jeanne d'Arc, Hitler, Lucullus et quantité de Chinois. Ramener l'univers à quelques mètres carrés de planches est le destin du théâtre, du vôtre comme du sien.

LE CORYPHÉE. Taisez-vous, Ahmed abrité par son masque ! L'affaire est délicate. Monsieur Brecht, continuez.

BRECHT. Quand il a monté sa soufflerie, plus rien ne l'arrête, Claudel. Il lâche des images grosses comme des truies, des comparaisons aux sourcils broussailleux, couvertes de plumes et de panaches, des phrases impénétrables.

CLAUDEL. C'est tout le contraire, abominable apostat ! Je suis de la plus puissante simplicité.

MADAME POMPESTAN *(à Ahmed)*. Quels hommes ! Quelles natures ! Je ne sais pas lequel je préfère.

BRECHT. Comment ça, simple ? Expliquez-moi par exemple ce genre de pataquès : "Mâchant la lune avec des nœuds de vers[50]." Ou encore : "Les pieds dans cette ruine, accomplir une œuvre impropre au niveau ; édifier sans truelle l'Attente[51]." Et "Attente" avec une majuscule, en plus. Moi, cette Attente majuscule édifiée sans truelle me met en joie. Claudel, le maçon de l'Attente, a perdu ses outils ! Cui-cui !

AHMED. Et faut-il toujours parler, au théâtre, comme dans les journaux ou les bistrots ? Brecht !

C'est vous qui avez écrit : "Malade de soleil et mangé par la pluie / Du laurier volé sur sa tête échevelée[52]", et ainsi de suite. Ça n'est pas non plus de tout repos.

BRECHT. J'étais très jeune. Mais même alors, je ne me serais pas permis un truc du genre : "Tu es comme l'arbre Cassie et comme une fleur sentante ! et tu es comme un faisan, et comme l'aurore, et comme la mer verte au matin pareille à un grand acacia en fleurs et comme un paon dans le paradis[53]." Ce faisan qui fait la roue du paon sur un acacia maritime… C'est de la chiasse verbale.

LE CORYPHÉE. Evitez les trivialités, monsieur Brecht.

MADAME POMPESTAN *(à Ahmed)*. C'est à une femme que Claudel disait ces jolies choses ?

AHMED. Pas Claudel personnellement, madame. Son personnage, un nommé Mesa.

MADAME POMPESTAN. Mon mari, ce bon Edouard, ne m'a jamais comparée à un acacia, ou à un faisan.

AHMED. C'est le privilège du théâtre.

CLAUDEL. Que cet Allemand qui n'a jamais été amoureux achève sa grotesque diatribe.

BRECHT. Quand je me suis imposé sur la scène, je n'ai pas représenté comme lui des Anges gardiens, des Ombres doubles, des saint Denys d'Athènes

ou des Doña Sept-Epées. Je n'ai pas mâché dans une grosse bouche éructante la Ville sainte, les pures cloches, et la funèbre et nuptiale myrrhe. Je l'ai fait maigrir, le théâtre, par de petites chansons pointues, de courtes explications bien senties. Les gens, chez moi, ne se préoccupent plus de savoir si "l'enfer et le ciel même feront cesser à jamais ce Moment où je vous ai révélé le secret dans la Fournaise de ce terrible soleil ici présent qui nous empêchait presque de nous voir le visage[54]". Certes non. Ils ont d'autres soucis, les gens. Et d'abord de savoir comment ils vont manger, survivre à la guerre, faire avancer les usages pratiques de la science, se débarrasser des propriétaires qu'ils ont sur le dos, ou des fascistes qui tiennent le haut du pavé. Ils cherchent les moyens de l'action lucide. Ce sont des cuisinières, des ouvriers, des voyageurs, des soldats ou des maquereaux. Ils ont à éclairer ce qui leur arrive. Ils doivent comprendre que derrière leurs idées et leurs petites envies, et leurs malheurs, il y a le grand mécanisme de la richesse et de la monnaie. Quand ils chantent, c'est comme cette femme qui a trouvé un enfant et qui doit s'en occuper dans les pires circonstances. Elle dit à l'enfant *(Brecht chante, en s'accompagnant à la guitare.)* :
Weil ich dich zu lang geschleppt
Und mit wunden Füßen
Weil die Milch so teuer war
Wurdest du mir lieb.
(Wollt dich nicht mehr missen[55].)

MADAME POMPESTAN. Il a une voix qui vous touche la moelle des os.

AHMED. Ah, mais je ne suis pas mal non plus.
(Ahmed prend la guitare de Brecht, et chante.)
"Comme longtemps je t'ai traîné
Avec les pieds très écorchés,
Comme le lait était si cher
A toi je me suis attachée
Sans toi je ne voudrais plus être[56]."

BRECHT. Je ne laissais jamais rien d'inactif sur la scène. Et aux spectateurs, je montrais les ressorts de l'action, le dessous des cartes. Toujours formaliste, jamais réaliste ! Pour ça, je créais une distance entre l'acteur et son rôle. L'acteur faisait voir son rôle, et le jeu social de ce rôle avec tous les autres, au lieu de glapir ses tourments psychologiques.

CLAUDEL. Et moi donc ! Tu crois que tu es le propriétaire de ta fameuse distanciation ? Espèce d'escroc ! Au début de mon *Soulier de satin*, il y a un Annoncier qui dit, en montrant le décor : "On a parfaitement bien représenté ici l'épave d'un navire[57]." Il n'est pas à distance, par hasard, celui-là ? Il ne montre pas le dessous des cartes ? Et quand il s'adresse directement aux spectateurs pour leur dire : "C'est ce que vous ne comprendrez pas qui est le plus beau, c'est ce qui est le plus long qui est le plus intéressant, et c'est ce que vous ne trouverez pas amusant qui est le plus drôle[58]." Hein ?

Il n'est pas épique et didactique, comme tu le dis dans ton jargon allemand ?

AHMED. Voilà une belle contre-offensive de Claudel.

MADAME POMPESTAN. Il faut avouer qu'il a une sacrée carrure, ce catholique. Il pourrait être banquier.

LE CORYPHÉE. Ne troublez pas les débats. Qu'avez-vous à ajouter, monsieur Brecht ?

BRECHT. Je vous ai appris la Grande Méthode, vous, géants de la montagne, ceux qui vont au théâtre comme ceux qui n'y vont pas. J'ai mis dans mon art le raisonnement et la critique. Je les ai assaisonnés de tous les ingrédients modernes : le rythme américain, l'épopée soviétique, les projections de cinéma, les mélodies, la technologie des lumières… Je n'ai pas voulu rassembler le public, comme un troupeau, sous le mugissement des émotions ou la désolation du sacré. J'ai voulu le diviser, mon public, selon ses idées, ses désirs, et finalement sa position politique et sa classe sociale. Je ne me suis pas caché derrière les mystères du Dieu des fables, certes non. Je suis le seul véritable auteur athée du XXᵉ siècle. Car j'ai récapitulé sur la scène, dans la netteté épique, l'énergie qui circule partout, l'électricité sociale. Grâce à moi, vous, les géants de la montagne, vous avez des précisions sur tout. Vous savez examiner comment les choses sont le contraire de ce qu'elles ont l'air d'être.

Vous pouvez vous demander : "Comment marche cette affaire ? Où en suis-je de ceci ou de cela ? Qui m'a volé mon beefsteak ou ma femme ?"

MADAME POMPESTAN. Là, je le trouve un peu trop marxiste. Il faut quand même que les électeurs, mes électeurs, mes chères électrices et électeurs, croient que je suis bien ce que j'ai l'air d'être. Qu'ils le croient au moins au moment de glisser leur bulletin dans l'urne. Après tout, quand ils votent, ils n'ont rien vu que l'air que j'ai. Il ne faut pas foutre en l'air mon air. Et est-ce bien raisonnable que l'électeur de base se demande à tout bout de champ : "Comment marche cette affaire ?" C'est le rôle des élus et des responsables, ça. C'est très compliqué, la marche des affaires. Il vaut mieux que les affaires aient l'air de marcher comme elles en ont l'air. Vous ne pensez pas ?

AHMED. Au théâtre, il n'y a aucune différence entre l'air qu'on a et ce qu'on est. L'être, au théâtre, est fait avec de l'air. De l'air et du bois. Du bois aérien, c'est ça, le théâtre masqué !

MADAME POMPESTAN. Vous faites des progrès extrordinaires, mon cher Ahmed ! Vous parlez presque comme ce bon Claudel.

AHMED. Aucun progrès, madame. j'ai toujours été le maître de la langue française. De toutes les langues françaises.

LE CHŒUR. "Il y en a deux, et il nous faut dire qu'il n'y en a qu'un, et que c'est assez[59]."

494

Claudel, que répondrez-vous à tout cela ?
Ne vous laissez pas emporter par la colère.
N'allez pas au-delà des lisières.
Brecht vous a porté de terribles coups.
Mais vous, Claudel,
Homme assuré de sa langue et de ses propriétés,
Fortement établi dans ce qui dure,
Songez à replier les voiles de votre esprit péremptoire.
Surveillez le moment où vous aurez,
Vous, actuel détenteur du trône,
Le bénéfice d'une brise d'opinion douce et égale.

LE CORYPHÉE. Allons, vous qui avez brisé, en France, le théâtre mondain ; vous qui n'avez rien épargné, avec les coups de massue de vos énormes drames, de la petite tactique salonnarde, du micmac perpétuel entre vicomtes affairistes et sublimes évaporées ; vous qui avez dévasté, avec votre lyrisme au marteau, à l'enclume, le style des bons mots, des répliques qui font mouche, de l'esprit parisien ; vous qui avez fait venir des collines provinciales une langue glébeuse et élémentaire, pleine de bruits et de brouillards, conduisant vos versets le long d'une grammaire distendue comme des bœufs au labour de la strophe. Ô roi que nous avons élu ! N'hésitez pas, défendez-vous, lâchez le flot !

CLAUDEL. Je ne suis pas ravi de cette rencontre, car j'écraserais bien volontiers de mon indifférence cet homme tout fabriqué de ficelles. Cependant, qu'il me réponde. *(Se tournant vers Brecht.)*

Pour quelle raison faut-il admirer un poète de théâtre ?

BRECHT. Parce que avec le seul appui du simulacre, du jeu distancié, avec des écriteaux et des lumières, il enseigne que rien n'en impose aux hommes, que l'homme. Il enseigne que tous peuvent critiquer et renverser les figures de l'ordre existant, spécialement les plus vénérables. Qu'ils peuvent dissoudre en eux la fausse conscience morale et coutumière qui les enchaîne. Qu'ils peuvent comprendre scientifiquement la machinerie oppressive du monde.

CLAUDEL. Et si tu en appelles pour ça aux forces les plus suspectes de chacun ? A l'envie, à la cruauté, à la simplification ? Si au lieu de les élever, les spectateurs, de les inscrire dans un vaste récit de dédicace et de grandeur, face à face avec le Dieu qui nous désire et nous sauve, tu les cloues, toi, à la croix de leurs appétits ? Que mérites-tu ?

MADAME POMPESTAN. La prison ! La contravention ! L'exclusion ! Bien envoyé, ça. S'élever très haut tout en sachant rester à sa place très bas, c'est l'idéal. Des crédits pour Claudel !

AHMED. Mais, Claudel, est-ce que le plus grand d'entre vous, Shakespeare, n'a pas consacré tout son art à décrire le grand jeu effrayant du pouvoir ? Est-ce qu'il n'a pas poétisé à partir de l'impasse des entreprises humaines ? N'était-il pas, notre roi du XVIe siècle, plutôt du côté de Brecht ?

496

BRECHT. Très bien vu, ça, jeune homme. C'est du reste pourquoi j'ai monté une adaptation sensationnelle de *Coriolan*, du grand Will.

LE CORYPHÉE. La délégation terrestre est priée de rester neutre pendant les débats. A vous, Claudel.

CLAUDEL. Il est très tentant, quand on plaide devant les géants de la montagne, d'avoir Shakespeare pour allié. Avec son culot habituel, Brecht utilise ce truc de prétoire. "C'est vrai, sur le plan du fait, et de l'horizon, impossible de faire mieux que Shakespeare. On ne peut pas être plus intelligent, plus divertissant, plus dramatique, plus illuminant, plus suggestif. Mais je ne suis pas un démagogue, moi. J'ose dire qu'un chrétien, c'est-à-dire un homme complet, ne peut se satisfaire de l'œuvre d'un Shakespeare. Car tous les personnages de l'Anglais vont à leurs affaires et obéissent à leur propre poids. Ils ne sont jamais invités, contraints à se surmonter, à se dépasser. Et alors, qu'ai-je à faire d'eux ? Je finis, tout pris que je suis par la virtuosité surabondante du poète, par sentir émaner en moi sourdement les paroles d'Hamlet : «J'en ai assez de l'homme ! et de la femme par-dessus le marché[60].»"

BRECHT. Il en a assez de l'homme ! L'affaire est dans le sac. un théâtre fait pour vous dégoûter de l'homme est nécessairement fabriqué par un larbin de ceux qui ont intérêt à ce qu'existent des sous-hommes.

LE CORYPHÉE. N'utilisez pas des mots comme "larbin", monsieur Brecht. Et vous, monsieur Claudel, comment pensez-vous être allé au-delà de l'immense Shakespeare ?

CLAUDEL. En animant le théâtre d'une véritable Foi. "L'art purement laïque issu de la Renaissance a épuisé ses résultats. Il s'est consumé dans l'incendie du Walhalla, à la fin de la *Tétralogie* de Wagner. Seule la Foi donne à chacune de nos actions, si elles sont représentées, et qu'elles soient coupables ou non, un caractère symbolique. Rien ne se passe plus isolément, mais au regard d'une réalité supérieure, du grand drame de la Création et du Salut qui sert de fond, et dont une œuvre de théâtre est une espèce de commentaire particulier, une parabole énergique[61]." La Foi est requise pour toute représentation.

MADAME POMPESTAN. Je le trouve un peu tarabiscoté. Une élection, c'est une représentation, puisqu'on élit des représentants. Est-ce qu'une élection cantonale est le symbole du grand drame de la Création ? Est-ce qu'il faut la Foi, pour une élection cantonale ? Il y va fort, le Claudel.

AHMED. Croyez-vous, Claudel, que Brecht n'ait pas animé la scène d'une dure et ample conviction ? N'a-t-il pas lui aussi fait de chaque péripétie particulière le symbole épique de la grande structure historique, la lutte des classes, qui enveloppe toute chose ?

BRECHT. Excellent, jeune camarade. Ecoutez-moi
ça :
"Si en bas quelqu'un dit
Qu'il existe un Dieu qui, bien qu'invisible,
Peut cependant vous secourir,
Celui-là, il faut lui cogner la tête sur le pavé
Jusqu'à ce qu'il en crève[62]."
Alors moi je dis : Crève, Claudel.

AHMED. Allons, allons, Brecht ! Croyez-vous que
Claudel ait ignoré l'Histoire et méprisé la saveur
emportée des révolutions ? C'est un mémorable
poète de la violence. Le seul avec vous à confronter
en profondeur les vieux mondes vermoulus et la
passion des mondes naissants.

CLAUDEL. Je vous remercie de votre perspica-
cité, toute musulmane qu'elle soit. Prêtez l'oreille
à ce passage :
"Seigneur ! Que nous étions jeunes alors, le monde
        n'était pas assez grand pour nous !
On allait flanquer toute la vieillerie par terre, on
        allait faire quelque chose de bien plus beau !
On allait tout ouvrir, on allait coucher tous en-
        semble, on allait se promener sans contrainte
        et sans culotte au milieu de l'univers régénéré,
        on allait se mettre en marche au travers de la
        terre délivrée des dieux et des tyrans[63] !"
Alors, Brecht ? Ne viens pas me donner des leçons
de virulence. La Foi est rude et refait l'univers, elle
n'est pas la petite et morose réflexion d'un solitaire
ranci. Je n'ai pas la mine d'un protestant saxon, moi.

LE CORYPHÉE. Si tout le monde se mêle du débat, si les plaidoiries sont constamment interrompues, si en outre, au lieu de se distinguer nettement l'un de l'autre, les deux candidats rivalisent dans la même direction, je serai obligée de lever la séance.

LE CHŒUR. La cause est difficile. Nous comprenons peu à peu, que Brecht et Claudel,
Vus de loin et dans la sérénité de l'art établi,
Sont beaucoup moins différents qu'on ne pouvait le croire
Il y a cinquante ans.
Car l'un et l'autre ont été
Les poètes épiques d'un grand récit de l'univers.

CLAUDEL. Mon récit était d'une solidité lyrique exemplaire. Que demeure-t-il du sien, la fable marxiste, l'appel à la haine de classe ? Tout ça est tombé en poussière avec le mur de Berlin. Tout le monde sait aujourd'hui que Brecht a été du côté de la ruse et de la trahison. Il a fait l'éloge du crime politique. Il a tout ramené à des histoires de bas-ventre et de gros sous. Il a considéré que le seul but général de l'humanité n'est pas l'espérance du salut, mais la brutale survie alimentaire. Il a enseigné la doctrine morte du socialisme scientifique, dont tout le moteur était la servilité envers les chefs du Parti. Vous connaissez cette atroce histoire de sa pièce *La Décision* ? Un jeune militant a fait une petite erreur. Alors ses camarades le tuent, tout simplement. Et il faut en plus que l'assassiné soit d'accord ! Comme dans les procès de Moscou.

Vous devez connaître le passage, monsieur Ahmed, vous avez l'air de connaître par cœur le théâtre universel. Allez-y, faites l'éducation de la Cour sur le cas de ce Brecht.

AHMED. Le premier agitateur dit : S'ils te prennent, ils vont te fusiller, et comme ils t'auront identifié, notre travail sera découvert. Aussi devons-nous te fusiller nous-mêmes et te jeter dans la fosse à chaux, afin que la chaux te brûle. Mais nous te demandons : Connais-tu une autre issue ? Le jeune camarade répond alors : Non. Les autres reprennent : Alors nous te demandons : Es-tu d'accord ? Et le jeune camarade répond : Oui.

MADAME POMPESTAN. Mon Dieu ! Quelle horreur !

CLAUDEL. Je ne vous le fais pas dire, madame le ministre.

BRECHT. Dis donc, Claudel ! Parle-nous un peu de tes propres histoires. Ton Rodrigue, ton héros du *Soulier de satin*, quand il a le caprice de construire une machine pour traverser l'isthme de Panama, ne fait-il pas mourir les ouvriers par milliers ? Sans le moindre remords ? Il s'en vante, je crois même.

AHMED. Exact. Rodrigue dit : "Et cent mille hommes sous la terre couchés de l'un et l'autre côté de ce chemin que j'ai établi témoignent que grâce à moi ils n'ont pas vécu en vain[64]."

BRECHT. Qu'est-ce que je vous disais ! Cent mille morts ! Le vrai scandale de Panama, c'est Claudel.

MADAME POMPESTAN. Mon Dieu ! Ni ce Brecht ni ce Claudel n'ont la moindre idée des droits de l'homme.

BRECHT. Et parlez-nous un peu de *l'Otage*, cette pièce incroyable ! Vous trouvez ça joli-joli, vous, qu'un curé vienne demander à une pure et noble jeune fille d'aller séance tenante se fourrer dans le lit d'un affreux bourgeois pour lequel elle n'a que haine, mépris et dégoût ? Et tout ça pour obéir au pape. En ce qui concerne la servilité à l'égard des chefs, l'Eglise est insurpassable. Comment il s'exprime, déjà, ce visqueux curé ?

AHMED. Il s'appelle Badilon. Et il dit à la jeune fille, Sygne de Coûfontaine…

BRECHT. Vous parlez d'un nom !

LE CORYPHÉE. Monsieur Brecht, vous êtes déloyal.

AHMED. Il lui dit à peu près :
"Pour sauver le Père de tous les hommes, selon que vous en avez reçu vocation,
Il importe que vous renonciez à votre amour et à votre nom et votre cause, et à votre honneur en ce monde,
Embrassant votre bourreau et l'acceptant pour époux[65]."

BRECHT. Voilà le curé vendant de la chair fraîche aux puissants du jour, et extorquant son accord à la pucelle dégoûtée.

MADAME POMPESTAN. Horreur et vomissure ! Il n'y a donc que de la bestialité dans le théâtre moderne ? Comment voulez-vous que je défende mon budget, avec un dossier pareil ?

CLAUDEL. Mais ce sacrifice n'est que le symbole théâtral des chemins tortueux du salut ! Tout s'éclaire quand Sygne de Coûfontaine, enfin persuadée, s'exclame : "Seigneur, que votre volonté soit faite et non la mienne[66]." Alors le prêtre Badilon illumine la grâce qu'il y a dans ce renoncement terrible. Allez-y, Ahmed.

AHMED *(sortant un livret et le passant à madame Pompestan).* Lisez, je suis fatigué. Page 275, là où il y a une marque.

MADAME POMPESTAN. Je ne sais pas si le rôle d'un curé me convient vraiment. Enfin… *(Lisant.)*
"Le voici donc enfin abattu, l'édifice de votre amour-
    propre ! La voici terrassée, cette Sygne que
    Dieu n'a pas faite ! Le voici arraché jusqu'aux
    narines,
Ce tenace amour de vous-même ! Voici la créature
    avec son Créateur dans l'Eden de la croix[67] !"

CLAUDEL. Et le prêtre termine, changeant le sacrifice en la facilité transfiguratrice de la dévotion :
"Tout est facile, ô mon Dieu, à celui qui Vous
    aime,
Excepté de ne pas faire votre Volonté adorable[68]."

MADAME POMPESTAN. Il me semble que je suis meilleure que lui, dans le rôle de Badilon.

BRECHT. Moi aussi, je peux lire la fin de la pièce *La Décision*, que vous insultiez tout à l'instant. Moi aussi j'éclaire l'horreur du meurtre d'un jeune camarade à partir d'une cause qui surpasse la vie de chacun. Ecoutez le finale. Tenez, vous, la délégation française, donnez-moi la réplique. Les trois agitateurs qui ont dû tuer le jeune camarade avec son accord disent :
"Alors nous l'avons fusillé, et
Jeté dans la fosse à chaux.
Et quand la chaux l'eut englouti
Nous sommes retournés à notre travail."
Et que répondez-vous, le chœur de contrôle ?

AHMED ET MADAME POMPESTAN.
"Et votre travail a porté ses fruits.
Vous avez répandu
Les enseignements des classiques,
L'abc du communisme,
A ceux qui sont dans l'ignorance la connaissance
    de leur condition
Aux opprimés la conscience de classe
Et à ceux qui ont cette conscience l'expérience de
    la révolution.
Et là-bas aussi la révolution va de l'avant
Et là-bas aussi les rangs des combattants sont en
    bon ordre.
Nous sommes d'accord avec vous.

Cependant votre rapport nous montre tout ce qu'il
   faut faire
Pour changer le monde :
De la colère et de la ténacité. De la science et de
   l'indignation,
L'initiative rapide, la réflexion profonde,
La froide patience, la persévérance infinie,
La compréhension du particulier et la compréhen-
   sion du général :
C'est seulement en étant instruits de la réalité, que
   nous pouvons
Changer la réalité[69]."

MADAME POMPESTAN. Vous vous rendez compte
de ce que vous me faites dire ? "Vous avez répandu
l'abc du communisme !" Imaginez que le bureau
du RPR me voie, que Chirac m'entende ! C'est le
lessivage immédiat !

AHMED. Nous sommes au théâtre, madame.

BRECHT. Vous avez écouté ? Est-ce que cette terrestre obstination des hommes pour leur liberté
intégrale ne vaut pas mieux que la sinistre Croix de
Claudel ? N'est-ce pas, sacrifice pour sacrifice, de
meilleure venue que son Dieu qu'il faut prier pour
des prunes en allant coucher avec une ordure ?

LE CHŒUR. Nous sommes perplexes.
Car cette guerre violente, où chacun fait volte-face
et revient à la charge
Nous semble une guerre du même
Contre le même.

Bien que le roi Claudel et le candidat Brecht soient,
de conviction et de langue,
Si différents
Si ennemis
Si inconciliables,
Cependant c'est à leur couple,
Et non à un seul
Que le théâtre de ce siècle doit l'impulsion qui
l'élève
Au-dessus de la monotonie des spectacles.
Et c'est de leur couple
Et non d'un seul
Qu'il faut aujourd'hui repartir pour délivrer la
scène de son mauvais ajustement
A ce que l'époque en cours nous propose d'excep-
tions
A sa misère native.

LE CORYPHÉE. Pour en venir à vos différences
dans le théâtre, puisque chacun jusqu'ici prétend
seulement mieux faire ce que l'autre fait aussi, nous
devons en venir aux détails. Examinons d'abord
vos débuts, comment vous installez sur la scène
l'énergie et l'envol.

LE CHŒUR. Et ne craignez pas l'ignorance des
géants de la montagne.
Ni nous, les morts nombreux.
Ni les vivants qui vous font face.
Chacun ici possède ou apprend les subtilités.
Le théâtre suppose toujours,
S'il est vraiment théâtre,

Que le spectateur, quel qu'il soit, entend ce qui est dit,
Et voit ce qui est fait.

CLAUDEL. Eh bien, allons-y pour les prologues. Il n'y a pas de formule. J'exècre les expositions, la narration interminable des circonstances. Le théâtre n'est pas le roman. Il doit être là, dans l'évidence physique des désirs contraires, dès la première seconde. Je suis tout à fait capable d'y parvenir par le mystère d'un dialogue bref, que seule la suite élucide. Monsieur Ahmed ! Voudriez-vous prendre le tout début de *Partage de midi* ?

AHMED. A vos ordres, monsieur Claudel. Quelle version ?

CLAUDEL. Celle pour la scène, celle de 1948.

AHMED. Parfait. *(A madame Pompestan, lui donnant un livret.)* Je fais Mesa, et vous faites Amalric.

MADAME POMPESTAN. Encore un rôle d'homme ? Vous me prenez pour un travelo, ma parole !

AHMED. Tout acteur est un travesti. Commencez.

MADAME POMPESTAN. "Mon bon ami, vous vous êtes laissé enguirlander."

AHMED. "La chose n'est pas faite encore."

MADAME POMPESTAN. "Alors ne la faites pas. Croyez-moi !
Je vous aime bien, Mesa. Oh ! comme on l'aime, son petit Mesa ! ne la faites pas !"

507

AHMED. "L'affaire ne me paraît pas tellement mauvaise."

MADAME POMPESTAN. "Mais l'homme qui la fait ?"

AHMED. "Eh bien ! il a ses qualités."

MADAME POMPESTAN. "Je déteste les faibles et j'en ai peur[70]…"

CLAUDEL. N'est-ce pas à la fois vif et énigmatique ? N'a-t-on pas envie de savoir qui sont ces gens, et de quoi ils causent ? Mais je peux aussi, par une tirade lyrique écrasante, créer le souffle qui captive. Monsieur Ahmed ! Le tout début de la deuxième version de *Tête d'or*, je vous prie.

AHMED. Mais comment donc.
"Me voici,
Imbécile, ignorant,
Homme nouveau devant les choses inconnues,
Et je tourne ma face vers l'Année et l'arche pluvieuse, j'ai plein mon cœur d'ennui !
Je ne sais rien et je ne peux rien. Que dire ? que faire ?
A quoi emploierai-je ces mains qui pendent, ces pieds
Qui m'emmènent comme le songe nocturne ?
La parole n'est qu'un bruit et les livres ne sont que du papier.
Il n'y a personne que moi ici. Et il me semble que tout

L'air brumeux, les labours gras,
Et les arbres et les basses nuées
Me parlent, avec un discours sans mots, douteuse-
    ment[71]."

CLAUDEL. N'est-ce pas déchirant ? N'est-ce pas
l'inauguration évidente d'un destin ?

BRECHT. C'est surtout carrément pompier. Moi
aussi, je sais comment une tirade peut ouvrir l'intelligence du spectacle. Encore faut-il qu'elle expose
une situation concrète, et indique les contradictions
naturelles dont la pièce tire sa substance. Le pauvre
spectateur de Claudel est stupéfait, horrifié, hypnotisé par une cataracte de sentiments aussi grandioses
que des ballons dirigeables. Qu'est-ce que c'est que
ces labours gras qui parlent un discours sans mots,
cette face tournée vers l'arche pluvieuse ? Avec un
pareil tintamarre dans les oreilles, le spectateur ne
reviendra jamais vers lui-même dans la division
critique de ses croyances. Voyez comment moi je
lui parle. Ahmed ! Le début de ma pièce, *La Mère*,
tirée de Gorki.

AHMED *(à madame Pompestan, lui passant un
livret)*. C'est plutôt pour vous, ça.

MADAME POMPESTAN. Toute ministresse de la
République est une mère de famille irréprochable.
C'est dans mes cordes.
"J'ai presque honte de donner à mon fils une soupe
pareille. Mais je ne peux pas y mettre davantage
de graisse, même pas une demi-cuillerée. La semaine

509

dernière, son salaire a été diminué d'un kopek, et maintenant j'ai beau tout faire, je ne peux plus m'y retrouver. Je sais qu'il a besoin de mieux manger : il fait de grandes journées et son travail est dur. C'est malheureux de n'avoir qu'un fils et de ne pas pouvoir lui donner une meilleure soupe ; il est jeune, encore en pleine croissance. Il ne ressemble pas du tout à son père. Il est toujours la tête dans un livre, et il ne trouve jamais la nourriture assez bonne. Et maintenant, la soupe est devenue encore plus mauvaise. Et lui, de plus en plus mécontent.
Le voilà qui renifle encore la soupe. Je ne peux pas lui en faire une meilleure. Je ne lui sers plus à rien, il ne tardera pas à s'en apercevoir, je ne suis plus qu'une charge pour lui. Je vis dans sa chambre, je mange, je m'habille, tout ça pris sur sa paye. De quel droit ? Il finira par s'en aller. Qu'est-ce que je peux faire, moi, Pélagie Vlassova, veuve d'un ouvrier et mère d'un ouvrier ? Je tourne et retourne chaque kopek. J'essaye d'une façon, j'essaye d'une autre. J'économise une fois sur le chauffage, une autre fois sur les habits. Mais ça ne suffit pas. Je ne vois pas d'issue[72]."

CLAUDEL. On dirait un mélodrame pour faire pleurer Margot.

MADAME POMPESTAN. De la littérature pour soupe populaire ! *(A Ahmed.)* Mon cher ami, la prochaine fois faites-moi jouer des choses un peu plus relevées.

BRECHT. Et quant à attaquer dans le vif du dialogue, comme si la scène avait commencé bien avant le lever du rideau, j'y excelle ! Vous allez voir ça. Ahmed ! Et vous, la beauté bourgeoise, là ! Montrez aux juges le début de *la Noce chez les petits-bourgeois*. Je ferai la mariée. C'est mon rôle préféré, la mariée, j'y suis exquis, cui-cui.

MADAME POMPESTAN *(prenant le livret que lui tend Ahmed)*. J'espère que ce n'est pas encore une histoire de communisme. Voyons ça.
(Elle commence.)
"Voilà le cabillaud."

AHMED. "Ça me rappelle une histoire."

BRECHT. "Mange donc, père ! Tu es toujours le plus mal servi."

AHMED. "Encore cette histoire ! Ton défunt oncle, qui à ma confirmation, mais c'est une autre histoire, donc nous mangions du poisson, tous ensemble, et, tout d'un coup, il avale de travers, les maudites arêtes, faites bien attention, il avale donc de travers et commence à ramer des pieds et des mains…"

MADAME POMPESTAN. "Jacob, prends le morceau de la queue[73] !"

CLAUDEL. La tranche de vie ! Le naturalisme gras ! C'est lamentable.

MADAME POMPESTAN. Dites-moi, Ahmed ! Le morceau de la queue ! Qu'est-ce que c'est, cette histoire de morceau de queue ? Vous m'embarquez dans la pornographie, maintenant ?

AHMED. Ce n'est, chère madame, que la queue du poisson.

LE CHŒUR. Quoiqu'ils s'emparent de matériaux bien différents,
Et que la conception poétique
Soit chez Claudel un peu hyperbolique
Et chez Brecht un peu cynique,
Ils sont l'un et l'autre dans le remuement langagier
Et corporel
Du poids du monde.
Ils proposent.
Ils instruisent.
Ils font passer dans la voix souple d'un simple corps maquillé, qui vient devant nous et parle,
L'extension fragmentaire des possibles.

LE CORYPHÉE. Cherchons l'écart et la distance. Voyons comment l'un et l'autre achèvent leur fable. Et s'ils la laissent en suspens, ou au contraire nous adressent, à nous, géants de la montagne…

LE CHŒUR. … ceux qui vont au théâtre
Et ceux qui n'y vont pas…

LE CORYPHÉE. … de quoi quitter la salle vivifiés et songeurs.

BRECHT. Ah ! Ça, la chute, c'est vraiment ma partie. Une fois dépliées toutes les contradictions,

les réversibilités, les ruptures entre la conscience que chaque personnage a de lui-même et la situation concrète qui le manipule, je m'adresse franchement à la salle. Je lui déclare sans détours ce qui peut servir sa pensée nouvelle. Je dis aux géants de la montagne ce qu'ils doivent chercher et trouver pour leur propre compte et par leur propre effort. Tenez, les deux derniers vers de *la Bonne Ame de Se-Tchouan* :
"Très cher public, cherche la fin qui fait défaut :
Il faut que cette fin existe, il le faut, il le faut[74]."

CLAUDEL. Et moi ! J'élargis la fable par paliers successifs. Il est vrai que d'abord il y a les mécomptes de l'âme pécheresse entre la force égoïste du désir terrestre et l'injonction cosmique du Salut. Mais à la fin, il y a la grande proposition réconciliatrice et libératrice, le toucher de la chair même par le souffle de l'Esprit. Et je m'adresse au public pour lui signifier que cet allégement et cette ascension lui sont, par l'humble artifice du théâtre, exactement destinés. Tenez, la dernière phrase, tremblante et immobile, de mon *Soulier de satin* :
"Délivrance aux âmes captives[75] !"

BRECHT. Et la fameuse fin, vigilante, tournée vers l'avenir, de ma pièce antifasciste, *La Résistible Ascension d'Arturo Ui*. Elle est devenue un proverbe moderne.

AHMED. C'est vrai :
"Le ventre est encore fécond, d'où a surgi la bête
     immonde[76]."

MADAME POMPESTAN. C'est de Brecht, cette histoire de ventre et de bête ? On la lit dans les journaux tous les jours, à propos de Le Pen.

AHMED. Le théâtre, madame, lègue au monde une grande et matérielle sagesse.

CLAUDEL. Et la dernière phrase de ma *Jeanne d'Arc au bûcher*, qui récapitule tout le mystère dans la plus grande simplicité. Ecoutez ça :
"Personne n'a un plus grand amour que de donner
        sa vie pour ceux qu'il aime[77]."

BRECHT. Et le couplet final de *Têtes rondes et Têtes pointues*, cet appel rauque à la résistance, et à ne compter que sur ses propres forces ! Faites-le avec moi, Ahmed.

AHMED. Volontiers.

AHMED ET BRECHT.
"Debout, croquant !
Sois l'attaquant !
Serre les dents et souviens-toi :
Rebelle ou pas, la mort t'attend.
Tu ne peux compter que sur toi.
Tu ne vivras qu'en te battant.
Debout, croquant !
Sois l'attaquant[78] !"

CLAUDEL. Et la bénédiction universelle prononcée par l'Empereur, en dernière réplique du *Repos du septième jour* :
"Paix au peuple dans la bénédiction des eaux !
Paix à l'enfant de Dieu dans la communion de la
        flamme[79] !"

BRECHT. Et la chanson, à la fois printanière et mélancolique, qui achève *Mère Courage et ses enfants* :
"Le printemps vient. Debout, chrétien !
La neige fond. Dorment les morts.
Et ce qui n'est pas mort encor
Maintenant part à fond de train[80]."

CLAUDEL. Et la forte et virile décision fondatrice qui clôt mon drame politique, *La Ville* :
"Pour nous, nous établissant dans le milieu de la
    Ville, nous constituerons les lois[81]."

BRECHT. Et cette espérance scientifique qui est proposée aux spectateurs comme un défi à leur pensée, à la fin de *la Vie de Galilée* :
"Nous sommes loin d'en savoir assez, Giuseppe.
Nous n'en sommes vraiment qu'au commencement[82]."

CLAUDEL. Et l'ultime douceur qui, par les mots conclusifs de son héroïne, Violaine, fait descendre sur le public le sens de l'obscur et de la mort, dans la deuxième version de *l'Annonce faite à Marie* :
"Mais que c'est bon aussi
De mourir alors que c'est bien fini et que s'étend
    sur nous peu à peu
L'obscurcissement comme d'un ombrage très obscur[83]."

BRECHT. Et la vigueur solitaire de Garga, le sens inné des puissances du désordre, quand le rideau va tomber sur *Dans la jungle des villes* :
"Etre seul est une bonne chose. Epuisé, le chaos.
    C'était le meilleur temps[84]."

LE CORYPHÉE. Assez, assez ! Paix, Brecht et Claudel. Le théâtre nous saisit dans l'égalité de sa vigueur.

LE CHŒUR. Chacun des deux,
Brecht et Claudel,
Enseigne à sa façon, au théâtre du siècle, la puissance des commencements et la fécondité des péroraisons.
Ils savent que nous avons besoin, en ces temps parcellaires,
De la force sans pitié de ce qui affirme.
Ils savent que nous exigeons, sans le savoir,
Que l'étroitesse du bonheur soit fracturée
Par l'altitude, en nous, de ce qui est vrai.

LE CORYPHÉE. Puisque ni les considérations générales, ni l'examen détaillé des expositions et des dénouements ne parviennent à vous départager dans l'esprit des géants de la montagne, présentez-nous une scène, et voyons comment vous distribuez en plusieurs voix un de ces grands conflits qui font le devenir du monde, entre l'homme et la femme, entre l'Etat et la politique, entre la science et la religion, entre l'argent et la vérité. Monsieur Brecht !

BRECHT. Parfait ! Je suis le maître de la clarification des conflits, et de l'exposition costumée de leur ambivalence. Prenons *la Vie de Galilée*, scène 3. Je vais faire Galilée. Du reste, Galilée c'est moi. Que madame le ministre me donne la réplique dans le rôle du cardinal Bellarmin. Ce sera un très bon exercice de théâtre pour elle.

MADAME POMPESTAN. Ça alors ! J'étais le curé Badilon, je deviens cardinal ! Tu montes, Mathilde, tu montes !

AHMED *(lui donnant le texte).* La robe pourpre vous irait à merveille !

BRECHT. Et jouez-moi ça de façon découpée et onctueuse. J'y vais.
(Il commence.)
"La vérité n'élève-t-elle pas la voix ?"

MADAME POMPESTAN. "Peut-on marcher sur des charbons ardents et ne pas se brûler le pied ? Etes-vous sûr, cher Galilée, que vous, les astronomes, ne cherchez pas simplement à vous rendre votre astronomie plus confortable ? Vous pensez en termes de cercles ou d'ellipses, et en termes de vitesses uniformes, de mouvements simples qui sont à la mesure de vos cerveaux. Et s'il avait plu à Dieu de faire aller ses astres comme ceci ? *(Avec son doigt elle trace dans l'air à une vitesse irrégulière une orbite extrêmement compliquée.)* Que deviendraient alors vos calculs ?"

BRECHT. "Eminence, si Dieu avait construit le monde comme ceci *(Il refait en l'air la courbe compliquée.)*, alors il aurait également construit nos cerveaux comme ceci *(Idem.)*, de sorte qu'ils reconnaîtraient ces orbites comme les plus simples. Je crois à la raison."

MADAME POMPESTAN. "La raison, mon ami, ne va pas bien loin. Nous ne voyons autour de nous qu'hypocrisie, crime et faiblesse. Où est la vérité ?"

BRECHT. "Je crois à la raison."

MADAME POMPESTAN. "Pensez un instant à ce qu'il en a coûté de peine et de réflexion aux Pères de l'Eglise, et à tant d'autres après eux, pour introduire un peu de sens dans un monde pareil (n'est-il pas répugnant ?). Pensez à la brutalité de ceux qui font fouetter, sur leurs domaines de Campanie, leurs paysans à moitié nus, et à la bêtise de ces malheureux qui, en retour, leur baisent les pieds."

BRECHT. "C'est honteux ! En venant ici, j'ai vu…"

MADAME POMPESTAN. "La responsabilité du sens de tels faits (la vie en est tissée), que nous ne pouvons comprendre, nous l'avons attribuée à un être supérieur, nous avons dit qu'ils servent certains desseins, que tout cela découle d'un vaste plan. Non certes que de la sorte un total apaisement se soit produit, mais vous, à présent, vous accusez cet être suprême de ne pas savoir clairement comment le monde des astres se déplace, chose que vous savez, vous, clairement. Est-ce sage ?"

BRECHT. "Je suis un fils convaincu de l'Eglise…"

MADAME POMPESTAN. "Vous voulez en toute innocence imputer à Dieu les pires bévues en matière d'astronomie ! En somme, Dieu n'a pas étudié l'astronomie assez attentivement avant de composer l'Ecriture sainte ? Cher, cher ami ! N'est-il pas vraisemblable, même pour vous, que le Créateur sache mieux que sa créature à quoi s'en tenir sur sa création ?"

BRECHT. "Mais en dernier ressort, messieurs, l'homme peut interpréter de travers non seulement les mouvements des astres mais également la Bible !"

MADAME POMPESTAN. "Mais c'est en dernier ressort aux théologiens de la Sainte Eglise qu'il revient de juger de la manière d'interpréter la Bible, n'est-il pas vrai ? Monsieur Galilée, le Saint Office a décidé cette nuit que le système de Copernic, selon lequel le soleil est le centre du monde et ne bouge pas, mais que la terre, elle, n'est pas le centre du monde et bouge, que ce système est insensé, absurde et hérétique. J'ai mission de vous exhorter à renoncer à cette opinion."

BRECHT. "Qu'est-ce que ça signifie ? Et les faits ? J'avais cru comprendre que les astronomes du Collegium Romanum avaient reconnu l'exactitude de mes relevés."

MADAME POMPESTAN. "Avec l'expression de la plus profonde satisfaction, de la manière la plus élogieuse pour vous."

BRECHT. "Mais les satellites de Jupiter, les phases de Vénus…"

MADAME POMPESTAN. "La Sainte Congréga-
tion a arrêté sa décision sans prendre connaissance
de ces détails."

BRECHT. "Ce qui veut dire que toute autre recherche scientifique…"

MADAME POMPESTAN. "Est pleinement garan-
tie, monsieur Galilée. Et ceci en conformité avec la
pensée de l'Eglise, qui dit que nous ne pouvons pas
savoir, mais qu'il nous est loisible de chercher. Libre
à vous de traiter de ce système lui aussi sous forme
d'hypothèse mathématique. La science est la fille
légitime et très chérie de l'Eglise, monsieur Galilée.
Personne parmi nous ne suppose sérieusement que
vous veuillez saper la confiance en l'Eglise."

BRECHT. "On épuise la confiance à force d'en
abuser."

MADAME POMPESTAN. "Vraiment ? Ne jetez pas
l'enfant avec l'eau du bain, ami Galilée. Pour notre
part, nous nous en gardons bien. Nous avons besoin
de vous plus que vous n'avez besoin de nous[85]."

LE CORYPHÉE. Arrêtons là.

LE CHŒUR. Brecht ! Magnifique leçon pour le
théâtre triste et diminué,
Enkysté dans la déploration, la névrose, l'absence
de tout avenir
Que cette énergie de la vérité surgissante
En proie aux opinions établies,

Opinions que conforte de toute sa pesanteur et de
toute sa viscosité
L'appareillage obstinément sournois du gouvernement.
Brecht nous est nécessaire.

CLAUDEL. C'est une leçon pour potaches ! Au-
dessus de la science il y a le sacrifice. Au-dessus
du savant se tient le mystère.

LE CORYPHÉE. A vous, monsieur Claudel.

CLAUDEL. Je n'en ferai qu'une bouchée. *Le Soulier de satin*, troisième journée, scène X. Et puisque
ce pervers de Brecht trouve théâtralement drôle de
faire jouer un cardinal par une femme, je ne serai pas
non plus un vieux croûton, moi ! Comme les vieux
Grecs, ou comme pour la messe, je réduirai la cérémonie tragique aux seuls officiants masculins. Monsieur Ahmed ! Prenez le rôle de Doña Prouhèze !

MADAME POMPESTAN. A vous de changer de
sexe, mon cher ami. On va bien rire, car je ne suis
pas sûre que vous ayez mon talent.

AHMED. Le masque, qui est fixe, est au foyer de
toutes les métamorphoses.

CLAUDEL. Et notez que je joue Don Camille,
l'homme de Mogador et des Arabes ! Ainsi Dieu
change-t-il sur la scène du monde toutes ses créa-
tures en ce qu'elles ne sont pas.
(Jouant.)

"Prouhèze, quand vous priez, êtes-vous toute à Dieu ? et quand vous Lui offrez ce cœur tout rempli de Rodrigue, quelle place Lui reste-t-il ?"

AHMED. "Il suffit de ne point faire le mal. Dieu demande-t-Il que pour Lui nous renoncions à toutes nos affections ?"

CLAUDEL. "Faible réponse ! Il y a les affections que Dieu a permises et qui sont une part de Sa Volonté.
Mais Rodrigue dans votre cœur n'est aucunement effet de Sa Volonté mais de la vôtre. Cette passion en vous."

AHMED. "La passion est unie à la croix."

CLAUDEL. "Quelle croix ?"

BRECHT. La croix des croa-croa et des citrouilles de bénitier.

LE CORYPHÉE. Monsieur Brecht ! Vous vous nuisez en sabotant la représentation de l'actuel monarque.

CLAUDEL. Ils ont toujours fait ça, les communistes ! Saboter l'effort unanime, pour tirer les marrons du feu quand le désordre prolifère.

BRECHT. Ils ne l'ont pas fait avec assez d'endurance et de subtilité. Tel est le seul reproche à leur faire.

LE CORYPHÉE. Reprenez à la réplique précédente.

AHMED. "La passion est unie à la croix."

CLAUDEL. "Quelle croix ?"

AHMED. "Rodrigue est pour toujours cette croix à laquelle je suis attachée."

CLAUDEL. "Mais la croix ne sera satisfaite que quand elle aura tout ce qui en vous n'est pas la volonté de Dieu détruit."

AHMED. "O parole effrayante !
Non, je ne renoncerai pas à Rodrigue !"

CLAUDEL. "Mais alors je suis damné, car mon âme ne peut être rachetée que par la vôtre, et c'est à cette condition seulement que je vous la donnerai."

AHMED. "Non, je ne renoncerai pas à Rodrigue !"

CLAUDEL. "Mourez donc par ce Christ en vous étouffé
Qui m'appelle avec un cri terrible et que vous refusez de me donner !"

AHMED. "Non, je ne renoncerai pas à Rodrigue !"

BRECHT (parodiant Ahmed). Non, je ne renoncerai pas à Rodrigue ! Non, je ne renoncerai pas à mes figues ! Non, je ne renoncerai pas à ma misérable intrigue ! Tigue tigue et cui-cui-cui.

CLAUDEL. Qu'on le disqualifie ! Qu'on le ligote et qu'on lui coupe la langue ! Chien d'Allemand blasphémateur !

LE CORYPHÉE. Monsieur Brecht, c'est le dernier avertissement. Reprenez, les Français.

CLAUDEL. "Mourez donc pour ce Christ en vous étouffé
Qui m'appelle avec un cri terrible et que vous refusez de me donner !"

AHMED. "Non, je ne renoncerai pas à Rodrigue !"

CLAUDEL. "Prouhèze, je crois en vous !
Prouhèze, je meurs de soif ! Ah ! cessez d'être une femme et laissez-moi voir sur votre visage enfin ce Dieu que vous êtes impuissante à contenir,
Et atteindre au fond de votre cœur cette eau dont Dieu vous a faite le vase !"

AHMED. "Non, je ne renoncerai pas à Rodrigue !"

CLAUDEL. "Mais d'où viendrait autrement cette lumière sur votre visage[86] ?"

BRECHT. Du masque en bois qu'elle a sur la petite vérole de son museau.

CLAUDEL. Cette fois, je l'écrabouille.

Claudel se jette sur Brecht. Ils se battent, on les sépare.

LE CHŒUR. Claudel ! Magnifique admonestation de la profondeur sacrificielle
Par le repenti.
Ainsi la scène nous montre qu'en chacun le cheminement du choix,

524

Le changement de direction de l'existence,
Se fait par l'arrachement au mécanisme de soi-
même,
Et par un consentement secret
A ce qui contrarie notre aisance.
Nous avons besoin de Claudel.

LE CORYPHÉE. L'épreuve s'achève. Elle fut
véhémente et compliquée. Nous pouvons, instruits, et ravis, procéder au vote. Je demande que
lèvent la main ceux qui veulent maintenir Claudel
sur son trône.

*La moitié exactement des juges (le chœur, le Cory-
phée, madame Pompestan et Ahmed) lèvent la
main, parmi lesquels madame Pompestan. Ahmed
s'abstient.*

LE CHŒUR. Et maintenant, qui ferait choix pour
le trône de Bertolt Brecht en remplacement de
Claudel ? *(Même nombre de mains levées que pour
Claudel. Ahmed ne vote toujours pas.)* Il y a stricte
égalité des voix d'un côté et de l'autre. Le vote ne
décide rien. Monsieur Ahmed ! Vous n'avez levé la
main ni pour Brecht, ni pour Claudel. Ne pouvez-
vous pas faire pencher la balance ?

BRECHT. Cher ami, cher Arabe ! Souvenez-vous
de ce que les catholiques intégristes et les pétai-
nistes mal repeints vous ont fait ! Savez-vous,
prolétaire apatride, l'invisibilité où vous met le
parti des diplomates et des banquiers, le parti de
Claudel ?

AHMED. Je ne suis pas apatride. Où que je sois, je suis de là où je suis. A l'instant, et pour toujours.

CLAUDEL. Souvenez-vous de ce que le Dieu qui vous fonde est le sérieux de votre destinée collective. Et que vous n'êtes reconnus dans votre légitimité immémoriale que par la controverse qu'avec vous, musulmans, mène la catholicité.

AHMED. Je suis universel, et non collé à une singularité divine. Je suis, sous le bois du masque, n'importe qui, égal à n'importe qui.

LE CHŒUR. Mais comment alors trancher le litige !

AHMED. Ne le tranchez pas.
Le théâtre, aujourd'hui, est souvent comme une petite plaine coupée de haies, un bocage, un paysage provincial et sans horizon. Ça et là fleurissent quelques vivacités, qu'on arrose, qu'on préserve. Et l'on sait partout bien faire les choses, comme le font des jardiniers consciencieux. Seulement, l'énergie fait défaut, et la proximité du monde est presque toujours perdue. Si ornés et subtils que puissent être les spectacles, ils sont comme dans un enclos potager. On les oublie comme on oublie sur l'étagère le bibelot qui fit un temps notre délectation. Le génie de Brecht et de Claudel fut de faire circuler dans l'espace étroit de la scène, à tout prix, une sommation, un déchirement planétaire. L'un y a mis toute la ressource frontale du cynisme dialectique. L'autre, toute l'épaisseur de la langue et

des mythologies. En sorte qu'avec eux, plus de haies ! plus de compartiments ! plus d'exercices limités ! Une adresse familière et brutale fait de la fable une réquisition. Car il s'agissait pour eux de vaincre, et non de témoigner. Mais cette victoire se donnait dans la multiple saveur du doute. Oui ! Faire briller l'infini du doute pour qu'un soir nous devinions à la fois son emprise nécessaire, et comment n'y pas succomber ! Telle est la magie du théâtre. Et peu importe au fond de quel doute et de quel triomphe il s'agit. Personnellement, j'ai plus à gagner, cela est sûr, à Brecht qu'à Claudel. Mais le théâtre ne fait pas acception des personnes.

C'est pourquoi il faut repartir, pour saisir à bras-le-corps la violence du monde, et la changer en pensée volubile, en manifestation saisissable, de Brecht et de Claudel. Déclarons-les égaux, sous l'œil universel du théâtre.

(Applaudissements du chœur.)

En outre, si vous avez deux arbres dans l'ombre desquels inventer une nouvelle forêt, il faut aussi saisir le charme de leur duplicité. La vérité passe moins par chacun d'entre eux, qu'elle ne se faufile dans leur intervalle. Nous est également cher et utile l'homme des doubles, des écarts, des miroirs et des ambiguïtés. L'homme pour qui toute chose, et d'abord le théâtre, n'existe que hantée par ce qui n'est pas elle, et cependant, peut-être, le deviendra. Saluons aussi le roi déchu, le grand Pirandello.

(Applaudissements du chœur.)

Je vous propose, changeant en l'honneur de ce siècle terrible et fécond vos usages constitutionnels, d'élire un triumvirat, comme le formèrent en temps de crise les implacables Romains. Que soient mis sur le trône, quand l'époque vient à son achèvement, Brecht, Claudel, et Pirandello.

Applaudissements du chœur.

BRECHT. Eh eh ! Le filou politique ! Entre Claudel et moi, Pirandello ne fera guère meilleure figure que ce pauvre Crassus entre Pompée et César. Je vais m'allier avec lui pour balayer Claudel, et après je le dégommerai en douceur.

CLAUDEL. Il faut accepter ce qui vient de Dieu. Brecht fera tant de choses abjectes, qu'avec l'aide de mon Ange gardien et de ce pauvre petit Pirandello, je le ferai jeter dehors.

MADAME POMPESTAN. J'ai toujours dit que ce Brecht et ce Claudel étaient tous les deux des hommes, des vrais. L'un plutôt dans le genre hobereau. Mais quelle santé ! Et l'autre dans le genre maquereau. Mais quelle séduction ! Bon, laissons ces questions sexuelles. Mon cher Ahmed, qu'est-ce que je vais faire de tout ça pour mon budget ?

AHMED. Il n'y a qu'un principe, madame le ministre.

MADAME POMPESTAN. Lequel ?

AHMED. Il faut aimer le théâtre. Il faut vouloir le théâtre. L'aimez-vous désormais ?

MADAME POMPESTAN. Je l'adore ! Et puis si Chirac me fait chier, je deviendrai actrice ! Croyez-vous que je serai bonne ?

AHMED. Triomphale, madame ! Pas très sobre, mais triomphale ! *(A Brecht.)* Cher Bertolt Brecht, sauriez-vous par hasard, vous qui furetez et com-plotez partout, si Scapin, le valet fourbe de Molière, est quelque part dans cet Enfer du théâtre ? Tel que je vous connais, et tel que je le connais, ce subtil prolétaire cynique devrait être de vos amis.

BRECHT *(fixant Ahmed).* Scapin ? Mais c'est toi, Scapin ! Il n'y a pas d'autre immortel Scapin que toi, aujourd'hui, ici et maintenant. L'immortel Sca-pin passe dans le mortel Ahmed. Il est dans le bois de ton masque, Scapin !

AHMED. Vérole ! Je suis descendu aux Enfers pour me chercher moi-même, alors ?

BRECHT. C'est toujours aux Enfers qu'on a une petite chance de se trouver.

LE CHŒUR. Vous tous, spectateurs, pensez à ce combat,
Et soyez sur la terre les géants de la montagne.
Pas des nains qu'on engraisse.
Pas des moutons de la mode façonnée.
Mais vous-mêmes, capables de voir et de penser ce qui est vu.
Découvrez en vous votre propre exigence !
Oui, oui, soyez pour le siècle qui s'ouvre,

Fixant l'exacte hauteur du théâtre qu'il mérite,
Et vous aidant pour le faire
De Brecht,
De Claudel
De Pirandello,
Soyez les géants de la montagne
Ceux qui vont au théâtre pressant et poussant
Vers le lieu sibyllin
Tout ceux qui n'y vont pas.

ANNEXE

Citations de Brecht, de Claudel et de Pirandello

Les numéros renvoient aux notes dans le texte. Les éditions utilisées ont été : pour Brecht, le théâtre complet en huit volumes aux éditions de l'Arche ; pour Claudel et pour Pirandello, le théâtre complet aux éditions de la Pléiade. Les citations un peu transformées sont accompagnées de la lettre D, pour "déformation". Celles qui sont accommodées à la sauce "citrouilles" au point d'être presque méconnaissables sont marquées TD.

1. *La Jeune Fille Violaine*, 2e version.
2. *La Noce chez les petits bourgeois*, D.
3. *Rien à tirer de rien*, D.
4. *Tête d'or*, 2e version.
5. *Turandot ou le Congrès des blanchisseurs*, TD.
6. *Le Soulier de satin*, version pour la scène, D.
7. *Maître Puntila et son valet Matti*, D.
8. *L'Otage*.
9. *La Bonne Ame de Se-Tchouan*.
10. *L'Echange*, 1re version, TD.
11. *La Résistible Ascension d'Arturo Ui*, D.
12. *Tête d'or*, 2e version.
13. *Ibid.*
14. *La Vie de Galilée*, D.
15. *Ibid.*
16. *Mère Courage et ses enfants*, D.
17. *Partage de midi*, 1re version.

18. *Ibid.*
19. *Ibid.*
20. *Ibid.*, TD.
21. *L'Opéra de quat'sous*, TD.
22. *Le Soulier de satin*, D.
23. *La Bonne Ame de Se-Tchouan*, D.
24. *Ibid.*, D.
25. *L'Otage.*
26. *Les Visions de Simone Machard.*
27. *Ibid.*, D.
28. *Baal.*
29. *Le Soulier de satin.*
30. *Le Cercle de craie caucasien.*
31. *Tête d'or*, 2e version.
32. *Les Jours de la Commune*, D.
33. *La Ville*, 2e version, TD.
34. *Dans la jungle des villes.*
35. *Ibid.*
36. *Comme tu me veux.*
37. *Ibid.*, TD.
38. *Ibid.*
39. *Les Géants de la montagne.*
40. *Henri IV*, D.
41. *La Volupté de l'honneur.*
42. *La Jeune Fille Violaine*, 2e version.
43. *Têtes rondes et têtes pointues.*
44. *Homme pour homme*, TD.
45. *Le Soulier de satin.*
46. *Ibid.*
47. *L'Opéra de quat'sous.*
48. *Ibid.*
49. *Tête d'or*, 1re version.
50. *Tête d'or*, 2e version.
51. *La Ville*, 1re version.
52. *Baal.*
53. *Partage de midi*, 1re version.
54. *L'Annonce faite à Marie*, version pour la scène.

55. *Le Cercle de craie caucasien.*
56. *Ibid.*
57. *Le Soulier de satin.*
58. *Ibid.*
59. *L'Annonce faite à Marie*, version pour la scène, D.
60. In *Mes idées sur le théâtre*, Gallimard, 1966.
61. *Ibid.*
62. *Sainte Jeanne des abattoirs.*
63. *L'Otage.*
64. *Le Soulier de satin.*
65. *L'Otage.*
66. *Ibid.*
67. *Ibid.*
68. *Ibid.*
69. *La Décision.*
70. *Partage de midi*, version pour la scène.
71. Tête d'or, 2ᵉ version.
72. *La Mère.*
73. *La Noce chez les petits-bourgeois.*
74. *La Bonne Âme de Se-Tchouan.*
75. *Le Soulier de satin.*
76. *La Résistible Ascension d'Arturo Ui.*
77. *Jeanne au bûcher.*
78. *Têtes rondes et têtes pointues.*
79. *Le Repos du septième jour.*
80. *Mère Courage et ses enfants.*
81. *La Ville*, 2ᵉ version.
82. *La Vie de Galilée.*
83. *L'Annonce faite à Marie*, version pour la scène.
84. *Dans la jungle des villes.*
85. *La Vie de Galilée.*
86. *Le Soulier de satin.*

TABLE

DU MÊME AUTEUR

PHILOSOPHIE
Le Concept de modèle, Maspéro, 1969 ; nouvelle édition augmentée, Fayard, 2008.
Théorie du sujet, Le Seuil, 1982.
Peut-on penser la politique ?, Le Seuil, 1985.
L'être et l'événement, Le Seuil, 1988.
Manifeste pour la philosophie, Le Seuil, 1989.
Le Nombre et les nombres, Le Seuil, 1990.
Conditions, Le Seuil, 1992.
L'Ethique, Hatier, 1993 ; nouvelle édition, Nous, 2003.
Deleuze, Hachette, 1997.
Saint Paul, la fondation de l'universalisme, PUF, 1997.
Court traité d'ontologie transitoire, Le Seuil, 1998.
Petit manuel d'inesthétique, Le Seuil, 1998.
Abrégé de métapolitique, Le Seuil, 1998.
Le Siècle, Le Seuil, 2004.
Logiques des mondes, Le Seuil, 2006.
Second manifeste pour la philosophie, Fayard, 2008.
Petit panthéon portatif, La Fabrique, 2008
L'antiphilosophie de Wittgenstein, Nous, 2009.
Eloge de l'amour, Flammarion, 2009.

ESSAIS CRITIQUES
Rhapsodie pour le théâtre, Imprimerie Nationale, 1990.
Beckett, l'increvable désir, Hachette, 1995.

LITTÉRATURE
Almagestes (prose), Le Seuil, 1964.
Portulans (roman), Le Seuil, 1967.
Calme bloc ici-bas (roman), POL, 1997.

THÉÂTRE
L'Echarpe rouge (romanopéra), Maspéro, 1979.
Ahmed le Subtil (farce), Actes Sud-Papiers, 1994.
Ahmed philosophe, suivi de *Ahmed se fâche*, Actes Sud-Papiers, 1995.
Les Citrouilles (comédie), Actes Sud-Papiers, 1996.

ESSAIS POLITIQUES

Théorie de la contradiction, Maspéro, 1975.

De l'idéologie (Collab. F. Balmès), Maspéro, 1976.

Le Noyau rationnel de la dialectique hégélienne (Collab. L. Mossot et J. Bellassen), Maspéro, 1977.

D'un désastre obscur, L'Aube, 1991.

Circonstances 1, Léo Scheer, 2003.

Circonstances 2, Léo Scheer, 2004.

Circonstances 3 (Portées du mot "juif"), Lignes, 2005.

Circonstances 4 (De quoi Sarkozy est-il le nom ?), Lignes, 2007.

Circonstances 5 (L'hypothèse communiste), Lignes, 2009.

B△BEL

Extrait du catalogue

COÉDITION ACTES SUD – LEMÉAC

Ouvrage réalisé
par l'atelier graphique Actes Sud.
Reproduit et achevé d'imprimer
en décembre 2009
par Normandie Roto Impression s.a.s.
61250 Lonrai
sur papier fabriqué à partir de bois provenant
de forêts gérées durablement (www.fsc.org)
pour le compte des éditions
Actes Sud
Le Méjan
Place Nina-Berberova
13200 Arles.

Dépôt légal
1re édition : janvier 2010
N° impr. : 094259
(Imprimé en France)